KB170050

〈재혼황후〉3권도
오래 기다려주셔서 감사합니다.
따뜻한 봄날 되세요.
알파타르트 드림.

재혼황후

재혼 황후

Remarried Empress

알파타르트 장편소설

해피북스
투유

차례

10

재혼 승인을 요구합니다

쓰러져 있는 금색 새를 보자마자 비명이 나왔다.

'안 돼!'

나는 황급히 퀸을 끌어당긴 다음 창문을 닫았다. 퀸에게 화살을 쏜 이들이 저 밖에 있다는 생각에 화가 치밀었지만, 그보다는 퀸을 먼저 챙겨야 했다. 커튼을 치고서 퀸을 침대로 데려가 눕혔다.

'죽은 건가? 아니지? 퀸, 죽은 거 아니지?'

퀸의 목과 가슴 부근에 손을 대보니, 다행히 숨은 쉬고 있었다. 그래도 혹시 몰라 가슴에 귀를 대자 심장 소리가 들렸다. 쿵 쿵 세게 뛰는 심장박동에 눈물이 솟았다. 그러고 있자니 커다란 날개가 내 머리를 덮어주었다.

새의 품은 따스했다. 눈가가 뜨거워지면서 코가 매워졌다. 눈물이 계속 흘러나왔다. 나는 머리를 들어 올려 퀸을 보았다. 퀸이 눈을 가늘게 뜬 채 보라색 눈으로 날 바라보고 있었다. 평소보다 힘없어 보이는 모습을 보자 심장이 미어지듯 아팠다.

"퀸…… 죽지 마."

— 구…….

안 돼. 이러고 있을 때가 아니다. 나는 침대에서 일어나 구급상자를 가져왔다. 다행히 상자 안에는 있을 건 다 있었다. 비상 연고, 붕대, 거즈 등. 다음엔 응접실로 나가서 와인병을 챙겼다.

다시 침실로 들어가 문을 잠그고 퀸에게 다가가자, 퀸은 힘없이 눈을 깜빡거리다가도 눈이 마주칠 때마다 웃는 것처럼 눈을 가늘게 떴다. 그 모습에 가슴이 아려왔다. 명치가 쿡쿡 찌르듯 아프고 갈비뼈가 욱신거렸다.

"괜찮을 거야."

억지로 웃어 보였지만 자꾸만 눈물이 흘렀다.

'이럴 때가 아니야. 일단 퀸부터 치료하자.'

나는 와인병을 내려놓고서 대충 손등으로 눈물을 닦았다. 그런데 손등을 내리고 보니, 퀸이 발을 최대한으로 뻗어서 까딱거리고 있었다.

"발이 아파?"

놀라서 곁으로 다가가 허리를 숙여 보았지만 다리는 멀쩡했다. 그래도 세심하게 살피고 있자니, 퀸이 다시 다리를 달달달달 떨었다.

"아."

이제야 퀸의 다리에 묶인 편지가 눈에 들어왔다.

"알았어."

나는 편지를 뺀 다음 탁자 위에 두었다.

— !

퀸은 내가 편지를 보지 않자 놀란 듯 눈을 동그랗게 떴지만…….

"지금은 너부터. 네가 먼저야."

하인리가 좋은 친구인 만큼 퀸도 좋은 친구였다. 하인리의 편지보다는 퀸의 건강이 우선이었다.

"보자."

나는 찬찬히 화살이 박힌 부분을 확인하기 위해 깃털을 들춰보았다.

"아."

염려한 것과 달리 화살은 깃털 사이에 묻혀 있었다.

"괜찮겠다."

창문에 부딪쳐서 쓰러져 있기에 크게 다친 줄 알았는데. 화살촉이 살에 닿긴 했지만 촉 때문에 약간 까진 정도이고, 화살이 박힌건 아니었다.

"놀랐잖아."

— ?

아무래도 퀸은 먼 거리를 날아와서 지쳐 있는데 화살까지 쏘아대니, 놀라서 엎드려 있던 모양이다. 그래도 다친 건 다친 거여서, 나는 깃털을 들추고 거기에 와인을 부었다. 깃털을 하나하나 헤치며 와인을 붓자 퀸은 간지러운지 다시 발가락을 쭉 펴고서는 눈을 동그랗게 떴다. 도망치려는 것 같기에 한 팔로 잡아 몸을 고정시키자, 퀸의 커다란 눈동자가 좌우로 흔들렸다.

"따가워도 조금만 참아."

와인을 적당히 부은 다음에는 거즈로 닦고 그 위에 연고를 발랐다. 따가울까 봐 연고 위를 후후 불어주자 퀸이 다시 발가락을 쭉 펴고서 눈을 동그랗게 떴다.

"많이 아파?"

— ……

"다 됐어."

눈썹 부근과 눈가, 뺨을 손가락으로 쓸자 퀸은 금새 얌전해져서 눈이 풀렸다. 콧등에 가볍게 입을 맞춰주고서, 상처 부위에 얼른 붕대를 감아주었다. 퀸은 붕대가 어색한지, 엉덩이만 침대에 대고 몸을 늘어뜨린 희한한 자세로 앉아서 붕대 감은 날개를 가볍게 퍼드덕거렸다.

"간만에 보니까 좋다, 퀸."

그 모습이 귀엽고 사랑스러워서, 나는 다시 퀸의 이마에 입을 맞춰주었다. 그러고서 하인리가 보낸 편지를 펼쳐 보았다.

<u>멀지 않은 곳에 와 있습니다. 직접 만나 뵙고 싶습니다.</u>

<u>내일 아무 때나 에르기 공작의 방으로 찾아와주세요.</u>

편지 내용은 아주 놀라웠다. 사정을 알겠다든가 그런 이야기가 있을 줄 알았는데. 하인리가 아예 이곳에 와 있다고? 게다가 에르기 공작의 방에 가 있어? 또?

'황궁의 다른 장소보다 에르기 공작의 방이 침입하기 쉽나?'

도대체 남궁까지 무슨 수로 간 거지? 변장을 하고 갔나? 아니,

그보다 하인리는 어떻게 이렇게 빨리 여기로 왔지? 아르티나 부단
장이 도착한 게 몇 시간 전인데. 아르티나 부단장을 통해 파르앙
후작에게 편지를 전해 받은 하인리가, 어떻게 몇 시간 후에 여기에
도착할 수 있던 거지?

"황후의 방에 전서조가 들어갔다고?"

소비에슈는 커다란 금색 새가 황후의 침실 창문으로 들어갔단
보고를 듣고 인상을 찡그렸다.

"예, 폐하."

소비에슈의 명령으로 황후궁 근처에 진을 치고 있던 궁수가 얼
른 대답했다.

소비에슈는 한숨을 내쉬었다. 황후도 대신관을 만났으니 그가
이혼을 신청했단 걸 들었을 텐데, 이 와중에도 그 바람둥이 왕과
편지를 주고받다니. 몹시 불쾌했다. 새 한두 마리 죽어도 상관없을
만큼 연락을 주고받고 싶단 건가? 기분이 나빠진 그는 주먹을 쥐었
다 펴기를 반복하며 숨을 느리게 쉬었다.

하지만 파란 새가 죽은 줄 알고 기절하던 황후의 모습이 눈앞에
선했다. 게다가 그들은 이혼을 앞두고 있었다. 지금쯤 충격에 잠겨
있을 텐데. 차마 얼굴을 볼 용기도, 싸울 기운도 나지 않았다.

"되었다. 놔두거라."

소비에슈는 무거운 목소리로 명령했다.

"예, 폐하."

"그리고 앞으로 황후의 방에 들어가는 새를 더 쏠 필요 없다."

"예, 폐하."

궁수가 나가자 소비에슈는 다시 한숨을 내쉬었다. 그는 종을 울려 시종에게 독한 술을 가져오라 지시했다. 시종이 술을 가져오자, 그 술을 잔에 따라 연거푸 들이켰다.

다음 날 아침. 일어나서 확인해보니, 퀸이 내가 어젯밤 마련해준 내 옆자리 보금자리에 몸을 웅크리고 누워 있었다. 이전에는 아무리 옆에서 재워도 내가 자는 사이에 몰래 날아가버리더니. 이번에는 급하게 날아온 데다 화살까지 맞아서 많이 지치고 놀란 걸까?

"왜 이렇게 웅크리고 자."

귀여워서 머리를 쓸자 퀸은 눈을 천천히 뜨더니 나를 쳐다보았다. 그 아름다운 보라색 눈동자를 보자 하인리 생각이 났다. 하인리…… 그는 지금 에르기 공작과 함께 있을까? 나는 퀸의 가슴에 입을 맞춰주고서 침대에서 일어났다.

"어머나. 퀸?"

엘리자 백작 부인은 시중을 들어주기 위해 침실에 들어왔다가, 놀라서 눈을 휘둥그렇게 떴다. 퀸이 다리에 붕대를 감은 모습을 보자 그녀는 더욱 놀라서 내 쪽을 보았다.

"비밀로 해줘요."

퀸도 엘리자 백작 부인을 알아본 듯, 인사를 하는 것처럼 한쪽 날개를 흔들고는 피곤한지 등을 돌리고 누웠다. 엘리자 백작 부인은 웃으면서 그러겠다고 했다.

그런데 간단하게 씻은 후 엘리자 백작 부인의 도움을 받아 드레스를 입고 있을 때였다. 소비에슈의 시종이 찾아왔다. 옷을 마저 입고서 응접실로 나가자, 시종은 몹시도 죄송스러워하며 말했다.

"황후 폐하. 황제 폐하께서 긴급 국정회의를 소집하셨습니다."

"……."

"그리고 황제 폐하께서는, 이 회의에 황후 폐하께서도 꼭 참석해 주시기를 바란다 하셨습니다."

시종의 말이 끝나자마자 엘리자 백작 부인이 몸을 꿈틀했다.

"그래. 그러겠다."

나는 최대한 침착하게 대답하고서 시종에게 물러가라 손짓했다. 하지만 속은 전혀 침착하지 않았다. 정신이 아찔했다.

'정말로 코앞까지 왔구나, 이혼이.'

아무리 대비를 해두었다지만 좋은 기분은 아니었다. 혓바닥이 간지럽고 배가 아팠다. 위장이 비틀리는 기분이 들면서 음식 냄새 조차 맡기 싫어졌다. 아침 식사를 테이블 위에 내려놓던 시녀들은, 접시며 잔을 내려놓고서 내 가까이로 와서 나를 말렸다.

"참가하지 마세요, 황후 폐하."

"편찮으시다 전하겠습니다."

"황후 폐하께서 왜 그런 곳에 가셔야 합니까?"

그녀들도 소비에슈가 긴급 국정회의를 소집한 게, 나와의 이혼

이야기를 꺼내려는 걸 알기에 걱정이 되는 모양이었다. 누구는 화를 내고 누구는 울었고 누구는 펄쩍 뛰었다. 하지만…….

"괜찮아요. 내가 참석하지 않는다 해도 어차피 이혼은 진행될 겁니다."

그렇다면 일이 어떻게 흘러가는지 직접 보는 게 나았다. 게다가 소비에슈의 얼굴을 확인하고 싶었다. 라스타에게 나와 이혼할 거란 약속을 한 다음 날. 그는 미안하다는 듯 내게 다정하게 대했지. 나와의 이혼을 모두에게 공론화한 후에는 어떻게 대하려나. 곧 떨쳐내야 할 거머리처럼 귀찮다는 듯 대할까? 아니면 옛 우정을 생각하며 미안해할까? 어느 쪽이든 죄책감이 없진 않을 거라 생각한다.

그리고 그가 나를 보며 강한 죄책감에 젖는 건, 내가 바라는 바이기도 했다. 이별을 하며 행복을 빌어주는 연인도 있다지만, 그것도 웬만한 이별이어야지. 일방적으로 이혼을 당하는 처지에, 내가 그의 마음을 편안하게 해줄 필요가 있나?

없지.

"옷을 바꿔 입겠어요."

잠시 침울해진 분위기 속에 서 있다가, 나는 엘리자 백작 부인에게 부탁해서 푸른색 드레스를 벗었다. 대신 소박하고 무늬가 적은데다 장식도 거의 없는 하얀 드레스를 입었다. 당당한 모습으로 나가는 게 나을지, 아니면 그 반대로 그의 죄책감을 자극하는 게 좋을지 고민한 끝에 선택한 옷이었다. 지금은 그의 죄책감을 최대한 자극하고 싶었다. 머리도 느슨하게 묶자.

임시 국정회의가 열리는 곳은 알현실이었다. 알현실 앞으로 가자, 앞을 지키고 선 기사들이 나와 눈도 제대로 맞추지 못하고서 문을 열어주었다. 반면, 안으로 들어서자 귀족과 관리들의 시선은 대번에 내게 쏠렸다. 그들의 눈에는 온갖 감정이 드러나 있었다.

알현실 안은 무척이나 조용했다. 물방울을 떨어트리면 그 톡 소리까지 날 정도로 오싹한 정적이 감돌았다. 소비에슈는 나란히 놓인 옥좌 한쪽에 앉아서 나를 보고 있었다. 나는 허리를 펴고서 옥좌 쪽으로 천천히 걸어갔다. 아무 일도 없던 것처럼, 아무 소식도 듣지 못한 것처럼 태연히 소비에슈의 옆에 앉았다. 그 상태로 가만히 정면을 쳐다보았다. 하지만 옆에서 안절부절못하는 소비에슈를 느낄 수 있었다. 그가 무릎 위에 얹은 손가락을 연신 굽혔다 폈다 하는 게 얼핏 보였다.

"……황후."

한참 만에야 소비에슈는 나를 불렀다. 나는 그제야 그를 제대로 쳐다보았다. 눈이 마주치자마자 그가 굳은 얼굴로 사과했다.

"미안하오. 하지만 절대로……."

"사과는 됐어요."

"?"

"받을 마음 없으니, 폐하께서도 하지 마시기를."

"황후. 나는……."

소비에슈는 무어라 말을 하려 했지만, 조용하던 문이 열리자 입을 다물었다. 나는 멍하니 허공을 보고 있다가 열린 문을 보았다. 대신관이 들어오고 있었다. 다시 한 번 소름 돋는 정적이 찾아왔다. 대신관은 불만스러운 얼굴로 우리의 가까이로 다가와 섰다. 귀족들은 서로 눈을 맞추면서 숨을 죽였다.

잠시 후. 소비에슈가 옥좌에서 일어나자 귀족들이 동시에 그에게 인사를 올렸다. 소비에슈는 손을 저어 그들의 인사를 흘리고는, 무거운 목소리로 입을 열었다.

"짐은 나비에 황후와 이혼하고자 한다."

대신관이 나와 소비에슈를 따로따로 면담할 때부터 이미 짐작한 일일 텐데. 귀족들은 처음 듣는 일인 것처럼 숨을 들이켰다. 웅성거리는 소리가 기름에 불을 붙인 것처럼 확 번져나갔다.

"황제 폐하, 다시 고려해주십시오."

"황제 폐하, 이건 아닙니다."

"황제 폐하……."

비슷비슷한 만류의 목소리가 여기저기서 튀어나왔다. 나는 최대한 무표정을 유지하고서 가만히 정면만 쳐다보았다. 만인의 앞에서 이혼을 통보받는 일은, 아무리 마음의 준비를 해도 수치스러웠다. 최대한 이 감정을 보이지 않는 게, 지금 내 자존심을 지킬 수 있는 유일한 방법이었다.

"이미 결정된 일이다."

소비에슈는 딱 잘라서 귀족들의 만류를 끊어냈다. 이후 어떻게 시간이 흘렀는지 모르겠다. 기억나는 건 곧 이혼 법정이 열린다는 것뿐. 법정이라고는 해도, 정말로 재판을 연다는 건 아니다. 첫 번째 이혼 법정에서는 대신관이 나와 소비에슈, 귀족들을 불러 모은 다음, 이혼에 동의할 건지 내게 물어보는 게 다일 것이다.

회의가 끝나자마자 내게로 동정 가득한 시선들이 따라붙었다.

그 시선을 애써 무시하며, 나는 일부러 평소와 같은 속도로 알현실을 나갔다. 하지만 알현실을 나가자마자 하필 라스타가 보였다. 그녀는 멀지 않은 곳에 서 있었다. 언젠가 그랬던 것처럼, 기둥 뒤에 서서 빼꼼히 몸을 반만 내민 채 나를 바라보고 있었다. 눈이 마주치자 그녀는 내가 가엾다는 듯 눈썹을 치켜올렸다. 그러더니 얼른 가까이 다가와서 말했다.

"폐하도 너무하세요. 이렇게 공개적으로……."

날 가엾어하는 표정은 완전히 울상으로 변했고, 그녀는 울먹거리며 말을 이었다.

"황후 폐하는 라스타를 싫어하셨지만, 라스타는 황후 폐하가 싫지만은 않았어요. 황후 폐하가 없어져도 라스타는 황후 폐하를 기억할게요."

꼭 내가 사형장에라도 가는 듯한 뉘앙스였다. 기분이 나빴지만 이 와중에 얘와 말을 섞어봐야 무슨 소용일까.

"기억하지 않아도 된다."

나는 딱 잘라 말하고서 정원으로 들어갔다. 하인리가 에르기 공작의 방에서 만나자고 했지. 하지만 지금은 사람들이 내게 너무 모여 있으니, 좀 돌아다니면서 시간을 보내다가 그에게 갈 생각이었다. 나는 일부러 평소 좋아하던 정원을 거닐다가, 내 뒤를 따라오는 호위들에게 말했다.

"지금은 혼자 있고 싶구나."

이혼을 앞둔 황후의 말은 효과가 큰 법이다. 이 와중에 나를 노릴 만한 인물도 없는지라, 호위들은 얼른 물러났다. 나는 그들에게 웃어 보이고서 좀 더 산책을 하다가, 적당한 때쯤 남궁으로 가 에르기 공작이 머무는 방을 찾았다. 문을 두드리자 안에서 "누구세요?" 하는 소리가 들려왔다. 에르기 공작의 방으로 오라 했으니 하인리도 공작에게 내가 올 거란 말을 해두었겠지. 하지만 혹시 몰라서, 일부러 모호하게 대답했다.

"납니다."

잠시 기다리자, 빠르게 문가로 다가오는 소리가 나더니 문이 열렸다. 나는 바닥을 내려다보고 있다가, 최대한 덤덤한 표정으로 고개를 들었다. 그러나 문을 열어준 이는 에르기 공작이 아니었다.

하인리였다.

"하인리?"

에르기는 어디 가고 벌써? 아니, 물론 여기서 만나기로 하긴 했지만…….

잠시 당황해 있자, 하인리는 나를 보며 활짝 웃었다.

"퀸."

"어떻게 여기에……?"

"계속 기다리고 있었습니다. 항상 기다렸지만, 오늘은 좀 더 가까이에서 기다렸습니다."

내가 방 안으로 들어가자, 하인리는 문을 닫고서 나를 향해 다시 웃었다. 그러고는 초조한 것처럼 발을 살짝 구르더니, 내 눈치를 살피며 슬쩍 두 팔을 벌렸다. 혹시…… 안기라는 건가?

그런 모양이다.

'안겨도 되는 건가?'

나는 머뭇거리다가 엉거주춤하게 그에게 머리를 가져다 댔다. 그의 가슴에 어색하게 내 뺨이 닿았다. 그 상태로 차렷 자세를 유지하고 있자, 그 꼴이 많이 웃긴지 하인리가 크게 웃음을 터트렸다. 얼굴에 열이 올라와서 고개를 들려 하자, 그는 얼른 웃음을 멈추고서 물었다.

"퀸. 힘을 줘서 안아도 될까요?"

"괜찮아요."

대답하자마자 그는 나를 꽉 끌어안았다. 그러자 엉성하게 닿아 있던 내 머리가 그의 가슴에 꼭 붙으면서, 목덜미에 그의 머리카락이 닿았다. 그의 머리카락은 새의 깃털처럼 부드러워서 괜히 간지러운 느낌이 들었다. 하지만 접촉하는 면적이 커지자 어색한 기분은 더욱 강해졌다. 결국 이도 저도 못 하고 계속 차렷 자세를 유지했더니, 하인리의 어깨가 가볍게 떨렸다. 하인리는 그 상태로 속삭였다.

"다 들었습니다."

"무엇을……? 아."

오늘 긴급 국정회의에 대해 들은 거구나. 엄청난 소식이니 남궁까지도 소문이 바로 흘러왔겠지. 국정회의가 몇 시간이나 계속되기도 했고, 나도 회의가 끝나고 바로 온 게 아니니까. 그의 목소리는 낮고 묵직했지만 힘이 없었다.

"난 괜찮아요."

나는 어색하게 차렷 자세로 있던 팔을 접어서 그의 등을 두드렸다.

"정말 괜찮아요."

그가 급격히 시무룩해진 듯해서 위로하려고 한 행동인데. 내 손이 등에 닿자마자 하인리의 몸이 바싹 굳는 게 느껴졌다. 너무 긴장하는 듯해서, 나는 다시 손을 차렷 자세로 되돌리며 말했다.

"그대가 와주었으니 정말로 괜찮아요."

하인리는 느릿하게 날 놓고서 뒤로 반보 물러났다. 그러고는 한쪽 무릎을 굽히고서, 처음 만났을 때처럼 내게 손을 내밀었다. 그가 내민 손 위에 내 손을 올리자, 하인리는 눈을 감고 내 손등 위에 입을 맞췄다. 그 상태로 그는 천천히 눈을 뜨고서 나와 눈을 맞춘 채 말했다.

"퀸께서 홀로 서 있는 시간은 짧았으면 합니다."

"그대 덕에 가능할 거예요."

"퀸께서 이혼하자마자, 재혼 승인을 받고 싶습니다."

나는 하인리의 손을 잡고 고개를 끄덕였다. 내가 했던 생각을 그가 그대로 말해주는 게 고마웠다. 하인리는 기쁘다는 듯 웃으며 천천히 몸을 일으켰다. 자연스럽게 손이 떨어졌고, 나는 어색한 기분에 내 손끼리 깍지를 꼈다. 오랜만의 재회를 기뻐하고 중요한 말도 주고받고 나자, 새삼스레 그와 포옹을 했던 게 떠올라 민망해졌다. 하지만 나와 달리 하인리는 의연하게 물었다.

"커피를 타드릴까요?"

"고마워요."

나도 표정을 관리하고서 소파로 가 앉았다. 그러다 달그락 소리가 들려 옆을 보니, 어느새 그가 능숙하게 주전자에 물을 끓이고 있었다. 2인분이 소분되어 옆에 놓여 있는 걸 보니, 커피 가루는 미리 준비한 것 같고……. 에르기 공작이 준비한 건가?

'아.'

"에르기 공작은 어디에 갔나요?"

왜 보이지 않지?

"제가 보냈습니다. 전할 말이 있나요?"

"보내다니요?"

"음. 셋이서 같이 있고 싶진 않았거든요."

"?"

"미리 고백하자면, 전 질투의 화신과도 같습니다."

……무슨 화신? 떨떠름한 기분에 그를 쳐다보자, 하인리는 바쁘게 손을 움직이면서 쑥스럽단 듯이 웃었다.

"그놈은 진짜로 바람둥이라서요. 퀸의 곁에 두고 싶지 않았어요."

하지만 부끄러워하는 얼굴로 내뱉은 말은 꽤 거칠었다. 이전부터 궁금했던 질문이 다시 떠올랐다. 에르기 공작과 하인리. 둘은 친구잖아. 그런데 왜 항상 안 보이는 데서 서로를 흉볼까? 하지만 이걸 물어보는 순간, 에르기 공작이 하인리가 없으면 그를 안 좋게 말한다는 걸 전하는 게 되어버리지. 중간에서 내가 이간질하는 것처럼 될 수도 있어서, 이번에도 궁금증을 눌러 참았다.

그사이, 물을 다 끓인 하인리는 주전자를 잡고 커피잔에 기울였다. 그러다가 시선을 느낀 듯 날 쳐다보며 활짝 웃었다. 그 미소는 예술가들이 환호할 만큼 아름다웠고, 커피향보다 부드러웠다. 그가 주전자 주둥이를 조금 더 옆으로 해서 물이 새지 않게 따랐다면 더욱 그림 같았겠지만.

하인리는 날 보며 연신 방긋거리다가, 뒤늦게 실수를 깨달았는지 귀가 붉어져서 얼른 커피잔 주위를 냅킨으로 닦았다. 나는 웃음을 참기 위해 턱에 힘을 꽉 주었다. 다행히 그가 한 손에 커피잔을 하나씩 들고 다가올 때는 평소 같은 표정을 꾸며낼 수 있었다.

"제가 원래는 이런 실수를 잘 안 합니다……."

"사람은 누구나 다 실수할 수 있지요. 인간미가 느껴졌으니 괜찮아요."

"멋지게 보이고 싶었는데."

"충분히 재미, 아니, 멋있었어요."

"우아하게 웃으면서 그리 말씀하시니까 더욱 민망합니다, 퀸."

하인리가 작게 투덜거리면서 맞은편 소파에 앉는 동안, 나는 웃음을 참기 위해 다시 턱에 힘을 주어야 했다. 완벽해 보이는데도 가끔 나타나는 저런 허술한 면 때문일까. 이젠 일국의 왕이란 걸 알면서도 자꾸 예전의 왕자 시절처럼 그를 대하게 되었다.

웃음을 참기 위해 나는 일부러 커피를 빨리 마셨다. 하지만 너무 오랫동안 웃음을 참느라, 오히려 이번에는 분위기가 멋쩍게 변해 버렸다. 하인리도 커피만 마시고 나도 커피만 마셨다. 그러나 꽃잎이 떨어지더라도 소리가 들릴 만큼 방 안이 조용해졌지만, 싫지는 않았다. 하인리가 눈이 마주칠 때마다 날 향해 활짝 웃어서일까. 그 모습 덕에 나도 차츰 어색해하지 않게 되었지만…… 문득 그와 부부가 될 거란 생각이 떠오르면서 도로 민망해지고 말았다.

소비에슈 때에는 워낙 어린 시절부터 부부가 될 거라 생각해서 민망하거나 쑥스러워 할 시간이 없었는데. 다 커서 하인리와 맺어질 생각을 하자, 자연스럽게 어색한 생각이 따라온 탓이다. 정략결혼이라도 부부관계는 해야겠지, 하는 생각.

'하인리와 부부관계를 맺는다고?'

그 생각을 해서는 안 되었다. 그 생각을 하자 갑자기 도망치고 싶을 만큼 민망한 기분이 들어서 나는 커피잔을 꽉 쥐었다. 하인리는 다행히 거기까지는 생각하지 않은 듯하지만…….

아. 안 돼. 한 번 그 생각을 하니 자꾸만 그쪽으로 생각이 가잖아. 아무 질문이든 빨리 해서 방향을 바꿔야겠어.

"에르기 공작은요? 보이지 않는데?"

"제가 보냈습니다."

대답을 듣고 나니 아까 했던 질문이었지만. 하인리가 웃어대는 소리를 들으며, 나는 커피잔 바닥을 노려보았다. 커피잔을 계속 만지작거리면서 속으로 몇 번이나 다른 생각을 외쳤는지 모르겠다. 다행히 효과가 있어서, 이번에는 정말로 꼭 해야 할 말이 떠올랐다. 분위기에 휩쓸려 잊고 있었던 말이.

"폐하께서 그대가 이혼 법정에 참석하지 못하도록 방해할지도 모릅니다."

아니, 소비에슈라면 무조건 하인리를 막을 게 분명하다. 소비에슈는, 라스타 일 때문에 하인리를 싫어하니까. 내가 하인리와 편지를 주고받았다는 걸 알았을 때도 불같이 화를 내지 않았던가. 하인리가 갑자기 나타나 이혼 법정에 참석한다고 하면, 재혼을 떠올리진 않더라도 그가 참석하지 못하게 할 확률이 높았다. 이혼 당일에 재혼 승인을 받으려면 절대로 안 될 일이었다. 결혼 승인을 받을 때에는 상대도 꼭 함께 있어야 하니까. 하지만 내 불안과 달리 하인리는 태연하게 웃으며 대답했다.

"걱정 말아요, 퀸. 준비는 잘 되어 있습니다."

"준비……?"

"네. 그러니 퀸께서는 이혼을 승인한 후, 안심하고 바로 재혼을 신청해주시면 됩니다."

하인리는 자기가 그 타이밍에 맞춰서 나타나겠다며, 사람들이 놀라 뒤집어질 거라고 웃음을 터트렸다. 그 웃음소리를 듣자, 놀랍게도 아까까지의 뒤숭숭한 마음이 가라앉았다. 이 남자는 정말로 사람을 편안하게 해주는 성격이구나. 마음이 편해지자 잊고 있던 또 다른 질문이 다시 떠올랐다.

"하인리. 그대는 내 편지를 받고 온 건가요?"

"받자마자 왔습니다."

"그런데 어떻게 이렇게 빨리 왔나요?"

"!"

"아르티나 경이 돌아온 지 얼마 되지 않아서 그대가 왔어요. 나야 반갑고 좋지만……."

도대체 무슨 수를 쓴 건지 모르겠다. 그가 이곳에 왔단 편지를 받은 후로 내내 궁금하던 부분인데, 상황이 상황이다 보니 잠시 잊었다가 이제야 다시 기억난 것이다. 묻고 나니 더 궁금해져서, 나는 커피잔을 내려놓고 그의 대답을 기다렸다. 하지만 사람들을 깜짝 놀라게 해주자면서 자신만만하게 웃던 하인리는, 내 질문에 돌연 쪼그라든 목소리로 대답했다.

"그게…… 지금은 말할 수 없게 되어 있습니다, 퀸. 결혼 후에 말씀드리겠습니다."

아무래도 그가 이곳으로 빠르게 올 수 있던 방법은 기밀인 모양이었다. 기밀이라는데 굳이 졸라대서 곤란하게 할 필요는 없지.

"알았어요."

나는 그가 미안해하지 않도록 일부러 평소보다 활짝 웃어 보이면서 대답했다. 그러자 이번에는 하인리가 물었다.

"저도 질문을 하나 해도 되겠습니까?"

"말해봐요."

"퀸께서는 결혼한 후에 제일 먼저 뭘 하고 싶나요?"

"결혼 후?"

하인리는 나를 보며 웃고 있다가, 갑자기 혼자 얼굴을 굳히더니 손을 내저었다.

"절대로 첫날밤 이야기가 아닙니다. 아니, 이렇게 말하니 더 이상한데. 절대로 야한 의도로 한 질문이 아닙니다."

당연히 그쪽으로는 생각하지 않고 있다가, 나는 오히려 그의 변명을 듣고서야 당황했다. 하지만 하인리가 정말로 죽고 싶단 얼굴을 하고 있었으므로, 솔직하게 대답했다.

"장부를 빨리 보고 싶어요."

"장부……요?

"장부를 분석하면 서왕국 예산 흐름을 파악하기 쉬우니까요. 빨리 일에 적응해야지요."

"……"

파르앙 후작은 요 며칠 갑갑해서 견딜 수가 없었다. 아무리 기다려도 서왕국의 황제인 하인리 왕을 만날 수가 없어서였다. 원래 파르앙 후작은, 하인리 왕이 답장을 써줄 때까지 코샤르와 함께 어울리며 지내려 했다. 전서조를 이용하는 게 답장은 더 빠를 테지만, 세상에는 편지로 전하기 어려운 것들도 많지 않은가. 편지를 받았을 때 상대의 반응 같은 것.

나비에가 전달하라고 한 편지를 전달했을 때, 하인리 왕은 활짝 웃더니 기뻐하며 편지를 받았다. 의외로 두 사람은 제법 사이가 좋은 듯했다. 파르앙 후작이, 자신이 직접 하인리 왕의 답장을 받아 나비에에게 전달하기로 결심한 것도 그 표정 때문이었다.

처음 하인리 왕이 바쁘다고 한 며칠간은 파르앙 후작도 초조하지 않았다. 상대는 즉위한 지 얼마 되지 않은 왕이니 해야 할 일들도 많을 터. 어차피 코샤르를 간만에 만나 회포도 풀고 싶었기에, 파르앙 후작은 하인리 왕을 조르지 않고 잘 기다리기로 했다. 하지만 아무리 기다리고 기다려도 하인리 왕은 답장해주지 않았다.

"도대체 얼마나 바쁘시기에 답장 하나 주실 틈이 없는 겁니까?"

파르앙 후작은 결국 참지 못하고 왕의 측근인 맥켄나를 만나 물었다. 그런데 돌아온 대답은 영 뜻밖이었다. 하인리 왕이 좀 먼 곳으로 외출했다는 것이다. 왕이 외출했다는 이야기는 듣지 못했는데? 내내 그를 기다리던 파르앙 후작은 황당해서 입을 벌렸으나, 대답은 변하지 않았다.

"아니, 도대체 갑자기 왜……."

"급한 일이 있으셔서요."

맥켄나는 파르앙 후작을 가엾다는 듯 보더니 퍽 친절하게 제안했다.

"궁전에서 기다리시지요. 너무 오래 걸리진 않으실 겁니다."

고마운 제안이었지만 파르앙 후작은 받아들일 수 없었다. 나비에 황후는 최측근 중 하나인 근위기사단 부단장을 보내 편지를 전달하라 지시했다. 이미 첫 편지를 전달한 상태에서, 그 정도로 급하게 편지를 추가했다. 나비에의 성정을 생각한다면 참으로 드물고 희한한 일이었다. 단순히 안부를 묻는 편지라면 그렇게 할 리가 없었다. 편지를 뜯어보진 않았지만, 이런 점만으로도 파르앙 후작은 나비에 황후에게 아주 심각하고 급박한 일이 있을 거라 짐작했다. 그런데 여기에서 하인리 왕이 자기 볼일을 다 마치고 오기를 기다리라? 그럴 수는 없었다.

"나중에 다시 찾아오겠습니다."

결국 파르앙 후작은 서둘러 서왕국을 떠나기로 결정하고 옷을 챙겼다.

하인리에게 다녀온 날을 마지막으로 나는 황후궁 밖으로 나갈 수 없게 되었고, 이건 시녀들 역시 마찬가지였다.

150년 전인가…… 이혼을 앞두고 황제 시해를 계획한 황후가 있었다. 그 이후, 이혼을 통보받은 후부터 1차 이혼 법정이 열릴 때까지 황후는 황후궁 밖으로 나갈 수 없다는 법이 만들어졌다. 황후의 측근이라 할 수 있는 시녀들도 마찬가지였고, 반대로 외부 사람도 황후궁으로 들어올 수 없었다.

갇힌 채 커다란 일을 기다리기 때문일까? 시간은 빠르게, 동시에 한없이 느리게 흘러갔다. 낮에는 무엇을 하고 있건 시간이 흐르지 않았다. 하지만 밤이 되면 하루가 순식간에 지나가버렸음에 허망해졌다.

'하인리 왕자가 이곳에 왔고 제대로 이야기까지 했으니, 적어도 부모님에게는 재혼에 대해 말씀드리고 싶었는데.'

이혼 후 다시 재혼을 할 생각이라지만, 그렇다고 해서 이혼이 하루하루 손꼽아 기다려지는 건 아니다. 오히려 하루가 지나갈수록 심장이 묵직해지고 마음은 어지러워졌다. 시녀들은 처음 이틀간은 나를 볼 때마다 울었지만, 얼마 후 마음을 고쳐먹은 건지 평소처럼 나를 대하며 일부러 밝고 활기차게 떠들어주었다.

소비에슈가 찾아온 건 법정이 열리기 전날이었다. 나는 완전히 긴장감과 압박에 짓눌려 지내고 있다가, 그를 보자 정신이 일순 멍해졌다. 즉위식 날이 생각났다. 결혼식을 할 때에는 너무 어려서

이 정도로 긴장되지 않았다. 함께 있는 데 익숙했기에, 결혼식 전
날에도 둘이서 같이 떠들고 웃어댔다. 하지만 즉위식 날에는 이것
보다 더욱 긴장해서 물 한 모금 마시기 어려울 지경이었지. 실수를
해도 바로잡아줄 사람이 없는 위치에 간다는 게 괜히 무섭게 여겨
졌다.

전혀 다른 날인데. 어째서 그날이 생각날까? 배가 슬그머니 아파
지기 시작해서 인상을 찡그렸다. 그 사이, 소비에슈도 무언가를 떠
올리듯 문가에 서 있기만 했다. 뒤늦게 그는 내 가까이로 다가왔고,
엘리자 백작 부인은 조용히 문을 닫아주었다. 코앞으로 다가온 소
비에슈는 놀라울 정도로 평소와 같았다. 여전히 위압적으로 아름
다웠고, 여전히 건강해 보였다.

"작별 인사라도 하러 왔나요?"

그에게 짓눌리고 싶지 않아서 나는 태연한 척 물었다. 어젯밤에
는 소비에슈의 머리카락을 죄다 뽑아버리고 싶었는데. 막상 지금
보니 그저 공허하기만 할 뿐, 그럴 마음도 들지 않았다.

"……헤어지는 시간은 짧을 거요."

소비에슈는 내 말에 대답하는 대신 낮게 중얼거렸다. 아니면 설
마 이게 작별 인사인가? 어쨌든 지금 상황에 그의 말은 퍽 우습게
들렸다. 헤어지는 시간이 짧기는 무슨. 저절로 입가에 뒤틀린 미소
가 떠올랐다.

"지금부터는, 우리가 함께한 날들보다 함께하지 않을 날들이 많
을 겁니다."

나는 단호하게 그에게 이혼하면 끝이란 걸 알려주었다. 하지만

소비에슈는 내 말을 못 알아들은 건가?

"이혼을 한 후에도 그대가 곁에 머물러주면 좋겠소."

희한한 말을 내뱉었다. 왜 저런 말을 하지? 동정? 오랫동안 알고 지낸 친구에 대한 예의? 물론 이혼을 한 후에도 황제 곁에 머무른 황후가 없던 건 아니니, 불쾌하긴 해도 그의 제안이 아주 터무니없지는 않았다.

"이혼을 하면 우리는 남이 되는 겁니다. 그러니 그럴 수는 없어요."

"남이 된다고?"

"예."

"아니. 잠시 이혼을 한다고 해서 우리가 남이 되진 않소."

하지만 소비에슈가 이런 말을 하는 건 아주 이상하고 황당했다. 그의 말이 이치에 어긋나서는 아니었다. 따지고 보면 그의 말은 옳다. 이혼을 하면 우리는 남이 된다지만, 정말로 남과 같은 사이가 될 수는 없겠지. 우리에게는 애증이란 게 남아 있을 테고, 아무리 잊으려 애써도 함께한 과거를 송두리째 도려낼 수는 없으니까. 난 여전히 그를 보면 마음이 무겁고, 어쩌면 그 역시도 죄책감이 강할 수도 있겠지. 그렇지만 이런 말은 멋대로 이혼을 통보한 쪽이 하기엔 좀 뻔뻔하지 않을까? 저것도 말이라고 하는가 싶어서 무심히 바라보자, 소비에슈가 조심스레 내 손을 잡았다. 나는 힘을 주어 그의 손에서 내 손을 빼냈다.

그래도 소비에슈가 마지막 날 다녀간 덕에 나는 허망하고 공허한 기분을 지울 수 있었다. 그 자리를 분노가 채우긴 했지만. 미래를 다짐하는 데는 차라리 이편이 나았다. 황후궁에서의 마지막 식사를 하고 있자, 엘리자 백작 부인은 무거운 얼굴로 내게 물었다.

"어떤 옷으로 입으시겠습니까, 황후 폐하?"

며칠간 간신히 잠잠해졌던 시녀들이 다시 울음을 터트렸다.

"평소 같은 의상으로 부탁해요."

나는 목소리가 갈라지지 않도록 몇 번 헛기침을 하고 대답했다.

"예."

옷을 입는 내내 바스락바스락 옷깃 스치는 소리만 들려왔다. 아무도 입을 열지 않았고 공기조차 무거웠다. 옷을 다 입은 후. 나는 거울에 내 모습을 비추어 보다 멈칫했다. 거울 뒤편으로 시녀들이 소리 죽여 우는 모습이 보였다. 특히 가장 슬프게 우는 로라…….

무거운 한숨이 나왔다. 나는 한 달 전이나 지금이나 달라진 게 하나도 없는데. 어느새 내 처지는 완전히 달라지게 되었다는 게 실감이 났다. 하인리와 재혼을 약속했는데도 이렇게 슬프고 갑갑한데, 그 약속조차 없었더라면 얼마나 절망적이었을까.

그러나 이제는 슬픔을 억누를 시간조차 주어지지 않았다. 시간이 되었다며 소비에슈가 보낸 기사들이 찾아온 탓이다. 나를 법정에 데려가기 위해 온 거겠지. 도망이라도 갈까 봐 이런 절차를 만들어둔 걸까? 어쨌든 기사들은 무표정하게 제자리에 섰고, 기사단장은 무거운 목소리로 물었다.

"준비되셨습니까?"

"그래요. 나가지."

나는 슬픈 내색을 하지 않기 위해 덤덤하게 대답하고서 한 발짝을 내디뎠다. 그러나 무표정으로 서 있던 기사들이 한쪽 무릎을 꿇는 바람에 어색하게 멈춰서야 했다. 기사단장은 잠시 곤혹스러운 듯 부하들을 내려다보았으나, 곧 자신도 천천히 한쪽 무릎을 굽히고서 내게 머리를 숙였다. 시녀들의 울음소리가 더욱 커져갔다.

라스타는 자신의 삶이 송두리째 바뀌었다는 걸 실감했다. 평소에도 황제궁의 사람들은 다 친절했으나, 요 며칠은 유독 더 친절했다. 산책하고 있으면 귀족들은 은근슬쩍 그녀에게 말을 걸어왔다. 안타깝지 않냐고, 참으로 안된 일이라고 황후를 이야깃거리 삼아 그녀에게 접근했다. 그들 모두가 라스타와 교분을 쌓고 싶어 하는 게 눈에 훤히 보였다.

이혼 법정 당일. 라스타는 자신이 황후가 되면 사람들의 시선이 여기서 어떻게 더 변할까, 생각하며 웃음을 터트렸다. 황후가 싫진 않았다던 말은 진심이었다. 물론 최근에는 이런저런 일 때문에 미워지긴 했지만, 분명 처음부터 싫지는 않았다. 아니, 오히려 동경했지. 일이 이렇게 된 지금은 조금 동정심이 들기도 했으나, 라스타는 황후보다 자신이 더 소중했다. 황후가 가엾다고 해서 자신에게 굴

러올 복을 걷어차면서까지 돕고 싶진 않았다. 라스타는 황후를 동
정하는 입장에 선 지금이 좋았다.

"이제는 라스타 님의 시대네요."

"응?"

"다들 모였다 하면 라스타 님 얘기예요."

"그래?"

"그럼요! 요즘 라스타 님 밑에서 일하는 게 얼마나 뿌듯하고 자
랑스러운지 몰라요."

델리스가 활짝 웃으면서 하는 말에 라스타는 같이 웃으면서 생
각했다. 고마워. 하지만 그 자랑스러운 일을 너는 할 수 없을 거야.
처음 하녀 일을 해본다는 델리스는 일을 싹싹하게 잘하지 못했다.
장점이라곤 성격뿐이었으나, 그 장점이 황제에게도 적용된다면 장
점일 수 없었다.

'델리스도 그렇고…… 베르디 자작 부인도 시녀 일을 그만두게
해야겠어.'

앞으로 황후가 될 텐데 시녀가 자작 부인이라면 부끄러운 일 아
닌가. 데려온 경위도 찝찝하고 가끔은 충성심도 의심스러우니 이
참에 치워버리는 게 좋을 것이다.

에르기 공작이 찾아온 건 이혼 법정에 갈 옷을 고르던 중이었다.

"오랜만에 뵙네요."

라스타는 얼른 에르기를 방 안에 들여주고서 활짝 웃었다. 에르
기 공작은 들어오자마자 섭섭하다는 듯 과장되게 투덜거렸다.

"이런 중요한 이야기를 비밀로 하다니. 섭섭한데, 아가씨."

"어?"

라스타는 놀라서 눈을 동그랗게 떴다. 에르기 공작의 말이, 마치 그녀는 황후의 이혼을 미리 알고 있지 않았느냐는 타박처럼 들린 탓이다.

"어떻게 알았어요?"

라스타가 깜짝 놀라 되묻자, 에르기는 "눈치로?"라고 대답하며 웃었다.

"많이 섭섭하세요? 미안해요. 하지만 폐하께서 꼭 비밀로 하라 하셨거든요."

한 가지 더 비밀을 앞두고 있는 라스타는 정말로 미안해져서 두 손을 모으고 귀엽게 사과했다.

"그런 거라면 어쩔 수 없지."

다행히 에르기 공작은 기분 나쁘지 않은 듯 웃으며 중얼거렸다.

"사람은 누구나 비밀을 가지고 있잖아."

"공작님도 비밀이 있으세요?"

"있어. 아가씨도 얼핏 봤을 텐데?"

"제가요? 아. 그거……."

라스타가 하인리 왕에게서 온 묘한 편지를 떠올리고 어색하게 웃자, 에르기 공작은 농담을 한 건지 진담을 한 건지 헷갈리는 모호한 미소를 지었다.

"하지만 이 일을 말하지 못한 게 라스타 탓만은 아니에요. 요 며칠간은 공작님도 갈 때마다 방에 없었잖아요."

"아아. 성질 더러운 새 때문에."

"새요? 그때 그 파란 새?"

"다른 새. 자꾸 머리카락을 뽑아대는 새가 있어."

"새를 좋아하시나 봐요?"

"약간은."

애매하게 대답한 에르기 공작의 시선이 라스타가 늘어놓은 옷들로 향했다. 주로 하얀색 위주인 드레스들이 방 가운데의 행거에 한가득 걸려 있었다.

"아가씨도 오늘 법정에 나가려고?"

"네. 그런데 뭘 입어야 할지 고민돼요."

"내가 골라줄까?"

에르기 공작이 질문을 하면서 눈을 찡긋했다. 라스타는 웃음을 터트리고서 고개를 끄덕였다.

"잘 볼 수 있겠어요?"

"여자 드레스는 많이 봤거든."

날건달 같은 말을 한 에르기 공작은 한 손으로 턱을 괸 채 드레스를 유심히 살피더니 가장 화려하고 번쩍거리는 드레스를 가리켰다.

"저게 낫겠어."

"오늘은 조용하게 입는 게 좋지 않을까요……?"

"왜?"

"좋은 날은 아니니까?"

"황후에겐 좋지 않은 날이지만, 아가씨한텐 아니잖아? 사람들한테 그걸 보여줘야지. 이젠 아가씨의 세상이란 걸."

법정에 가자 이미 모든 사람들이 다 도착해 있었다. 고위 귀족들, 관리들, 갇혀 지내는 내내 너무나 보고 싶던 부모님……. 서왕국에서 급하게 돌아온 건지 평소보다 좀 꼬질꼬질한 파르앙 후작도 보였다. 그는 뒤늦게 내 이혼 소식을 접한 건지 얼굴이 새파랬다. 눈이 마주치자 그가 아랫입술을 꽉 깨무는 게 보였다. 하지만 양옆을 지키고 선 기사들 탓에 그들과 대화를 나눌 수는 없었다. 무사히 이혼하고 나면 얼마든지 대화할 수 있겠지만.

몇 시간 전 옷을 갈아입으면서는 손바닥이며 발바닥이 미친 듯이 가렵고 숨 쉬는 것조차 따끔거릴 만큼 긴장되었는데. 막상 이곳에 오니 아무 생각도 들지 않았다. 나는 무덤덤하게 정면을 보았다. 늘 나와 나란히 있던 곳에 소비에슈가 혼자 서 있었다. 대신관은 중앙의 단상에 있고…… 소비에슈의 뒤쪽으로는 새하얗고 우아한 드레스 차림의 라스타가 보였다.

평소 라스타는 장식이 화려하지 않은 깔끔한 디자인의 드레스를 자주 입는데. 오늘은 유난히 힘을 주어서 신년제에나 입을 만한 드레스를 입고 있었다. 그걸 보자 오지랖 같은 의문이 들었다. 라스타에게는 아직도 '제대로 된' 조언을 해주는 사람이 없나? 의상과 치장도 때와 장소가 있는 법인데. 지금 저렇게 입고 오면 자기가 요란해 보인다는 걸, 아무도 알려주지 않은 걸까?

'……하긴. 무슨 상관이야.'

뒤에서 그르릉 문이 닫히는 소리가 무겁게 홀을 울리며 주위가 완전히 정적에 잠겼다. 이제 시작이구나. 나는 덤덤하게 대신관의 앞으로 다가갔다.

"……."

아무도 입을 열지 않았다. 내가 단상 앞으로 와 서자, 대신관은 짧게 한숨을 내쉬고서 단상에 놓인 서류를 내려다보다 입을 열었다.

"나비에 황후. ……동대제국의 나비에 황후. 그대의 남편인 소비에슈 황제가, 내게 그대와의 이혼을 요청했습니다."

대신관의 목소리는 또렷하게 홀 여기저기에 부딪치며 사람들의 고막에 파고들었다. 나는 말없이 그의 입만 쳐다보았다.

"이혼을 받아들인다면, 나비에 황후, 그대는 더 이상 황후가 아니게 되며, 황족과 황후로서 누리던 모든 권리를 박탈당하고 황실의 성을 사용할 수 없게 됩니다."

"……."

"신께 맹세한 부부의 연은 갈라지고, 나비에 황후와 소비에슈 황제는 서류상 미혼으로 돌아갈 겁니다."

대신관은 이혼 사유에 대해서는 공개하지 않고서 내게 바로 물었다.

"그래도 이혼을 받아들이겠습니까? 원치 않는다면 그대는 부부의 권리로, 이혼 소송을 진행할 수 있습니다."

나는 최대한 무심해 보이도록 대답했다.

"이혼을 받아들이겠습니다."

내 말이 떨어지는 순간 라스타의 입가에 떠오르는 옅은 미소를 발견한 건 나 하나뿐일까?

소비에슈는 반쯤은 안도한, 반쯤은 미안한 얼굴로 나를 내려다보았다. 가식일지도 모르지만 진심일지도 모른다. 지금까지 나는 좋은 동료였고 완벽한 황후였다. 그가 '그녀'를 데려온 후 사이가 데면데면해지긴 했지만 그전까지 우리는 심각하게 싸운 적도 없었다.

자신의 사랑을 위해 그런 나를 내치지만, 마지막 순간까지 그는 좋은 남자이자 좋은 황제이고 싶을 것이다. 황후 자리에서 떠날 수 없다 우기는 나와 내 가문, 그리고 우리의 결혼을 승인해준 대신전과 지지부진한 이혼 재판을 하고 싶진 않겠지. 소비에슈는 그런 남자였고, 그런 황제였다. 어젯밤 날 찾아와 한 말도 같은 맥락에서 꺼낸 말일 테고.

"황후폐하! 말도 안 됩니다!"

파르앙 후작이 버럭 외치며 내 쪽으로 달려오려 시도했다. 황제의 근위기사들에게 붙들려 결국 몇 발자국도 떼지 못했지만…….파르앙 후작과 엘리자 백작 부인, 나를 지켜준 아르티나 부단장. 모두 다 내게는 고마운 사람들이다. 나는 마지막으로 그들에게 감사를 듬뿍 담은 시선을 던진 뒤 대신관에게로 고개를 돌렸다.

"나비에 황후. 정말로 이 이혼 서류에 아무런 이의 없이 동의하시는 겁니까?"

대신관은 조금 노한 얼굴로 질문했다. 그는 내가 싸우기를 원하고 있었다. 절대로 이혼은 안 된다고, 내가 뭐 때문에 이혼해야 하냐고 재판을 하길 원하고 있었다.

황제와의 재판에서 승소 가능성은 아예 없다. 단 한 명의 황후도 황제와 이혼 재판을 해서 승소하지 못했다. 하지만 재판이 진행되는 몇 년의 시간 동안, 사람들은 이 소식을 들으며 황제와 그의 정부를 손가락질할 것이다. 대신관과 내 가족들, 친구들이 원하는 바는 그것이었다.

난 고개를 저었다. 이혼 재판을 진행하면 황제의 명성에 상처를 줄 수 있겠지. 하지만 내 이름에도 상처가 고스란히 남을 것이다. 내게 도덕적인 문제가 생긴다는 건 아니다. 다만 난 다른 나라의 왕과 재혼을 할 생각이니까. 복잡한 일에 얽혀 있으면 하인리와 재혼하는 데 도움이 되지 않았다.

"이혼을 받아들이겠습니다."

다시 한 번 거듭 말하자 대신관이 눈을 질끈 감았다. 여기저기서 안타깝다는 탄성이 터져 나왔다.

"그리고 재혼 승인을 요구합니다."

하지만 내가 다음 말을 덧붙인 순간, 분위기는 완전히 바뀌었다. 대신관은 눈을 커다랗게 떴고, 주위는 정적에 휩싸였다. 다들 자신들이 뭘 들었는지 확신할 수 없단 얼굴로 눈짓만을 교환했다.

소비에슈의 옆에 선 그녀 역시도 표정이 매우 요상해졌다. 소비에슈는 말할 것도 없었다.

대신관이 얼떨떨하게 물었다.

"나비에 황후. 재혼이라면……?"

대답 대신 나는 손을 뻗어 한곳을 가리켰다. 홀 안에는 하인리가 보이지 않으니, 숨어 들어와 있다면 저기뿐이겠지. 역시나. 내가 그곳을 가리키자, 기다렸다는 듯이 보석을 엮은 주렴 뒤에서 반투명한 베일을 뒤집어쓰고 서 있던 남자가 유쾌하게 웃음을 터트렸다.

"이제 나가도 됩니까?"

정적이 사라지고 웅성거리는 소리가 커졌다. 남자는 주렴을 헤치고서 뚜벅뚜벅 걸어 나와 내 옆에 섰다. 그가 베일을 벗자, 지금까지 사태를 관망하고만 있던 소비에슈가 벌떡 일어났다.

"나비에! 그자는!"

"재혼 상대입니다."

대신관의 눈 아래가 퀭하게 질렸다.

나는 생긋 웃으면서 내 옆에 선 하인리를 쳐다보았다. 그는 '이런 반응은 어차피 예상했잖아요?' 하는 표정으로 어깨를 으쓱했다. 어쩐지 유쾌한 기분이 들었다. 복수를 위해 벌인 일이 아닌데도.

하지만 유쾌한 기분인 건 나나 하인리뿐인 모양이다. 서왕국 왕의 난데없는 출현 탓일까. 사람들이 웅성거리는 소리는 멈출 생각이 없었다.

소비에슈는 입을 벌린 채 나를 바라보다가 외쳤다.

"말도 안 돼!"

라스타도 만만치 않게 당혹스러워 하는 얼굴이었다. 어째서인지 그녀는 나나 하인리, 소비에슈가 아니라 에르기 공작을 보고 있지만. 에르기 공작은 하인리가 여기에 와 있었단 걸 알고 있었으면서도 깜짝 놀란 연기를 하고 있었다.

대신관은 몇 번 헛기침을 했다. 그는 여전히 혼란스러워 보였다. 한참 만에야 대신관은 내게 거듭 물었다.

"나비에 황후. 지금 그 말이 정말입니까? 하인리 왕자, 아니, 하인리 왕, 진심으로 하는 말입니까?"

하인리가 나보다 먼저 대답했다.

"네. 나비에 황…… 나비에 님을 제 왕비로 모시고 싶습니다."

소비에슈가 헛웃음을 쳤다.

"남의 나라에서 지금 뭘 하자는 거지?"

하인리는 태연히 대꾸했다.

"청혼이요."

하지만 명백히 소비에슈를 자극하려는 대답이어서, 대신관은 미간을 찡그리며 하인리에게 경고를 날렸다.

"하인리 왕."

하인리는 얼른 표정을 순수하고 애처롭게 바꾸고서 대신관에게 간청했다.

"대신관. 이후에도 정식으로 다시 모실 테지만, 지금 기회를 놓치면 시기가 너무 늦어질 듯해 급히 달려온 겁니다. 갑작스러우시겠지만, 이런 점을 고려해 꼭 승인해주시기를 부탁드립니다."

나는 숨을 참고서 대신관의 결정을 기다렸다. 대신관이 허락을 해줄 것 같긴 한데. 그래도 혹시나 싶어 불안했다.

"대신관. 하인리 왕이 말없이 이 법정에 참석한 건 명백한 불법입니다."

소비에슈는 낮은 목소리로 대신관에게 윽박질렀다. 대신관은 말없이 나를 바라보았고, 나도 그를 똑바로 쳐다보았다. 그가 내게 '이게 네 의사냐'고 묻는 것처럼 여겨졌다. 정말로 묻고 있는 건지는 모르겠지만, 나는 고개를 끄덕였다. 그러자 대신관의 하얀 수염이 흔들리더니 눈썹이 일그러졌다.

순간 불안한 마음이 들었다. 안 된다고 하려나?

마침내 대신관의 입이 열렸다. 나는 마른침을 삼켰다. 자연스럽게 하인리의 손이 내 손으로 와 닿았고, 그가 힘주어 내 손을 잡았다. 나 역시 매달리듯 그의 손을 꼭 붙잡았다.

대신관의 눈이 우리의 손에 닿는 일순간.

"나비에의 재혼과 하인리 왕의 결혼을 승인합니다."

그의 목소리가 가슴을 찢듯 밀고 들어왔다. 말이 끝나기가 무섭게 하인리가 숨을 토하듯 뱉어냈다. 그 역시 혹시라도 대신관이 허락을 하지 않을까 봐 걱정한 듯했다. 돌아보자, 그가 나를 보며 햇살처럼 웃었다. 하인리는 이 와중에도 사람들 앞에서 감정을 당당하게 드러냈다.

나는 그를 따라 어색하게 입꼬리를 올리며 힐긋 소비에슈를 보았다. 소비에슈는 대신관이 주먹으로 자기 뒤통수를 치기라도 한 것 같은 얼굴이었다. 그가 무어라 말을 하려 했으나, 대신관이 손을 들어 좌중을 조용히 시켰다.

"이혼 법정은 끝났습니다."

폐회를 선언한 대신관은 나와 하인리에게 가까이 다가오라 말했다. 이미 가까이 있는데도 또다시. 곁으로 몇 발자국 다가가 서자, 정말로 예전 결혼 서약을 할 때와 같은 구도가 나왔다. 단상 위의 대신관과 그 앞에 나란히 선 나와 하인리……. 남자가 바뀌었단 것 외에는 이전과 같았다. 같은 생각을 한 걸까. 대신관은 쓸쓸하게 웃더니, 새로이 결혼하는 부부를 축하하는 구절을 읊어주었다. 하지만 이전처럼 열정적이진 않았다. 결혼을 허락하긴 하지만, 이 상황

자체를 혼란스럽고 징글징글하게 여기는 듯했다.

"대신관. 고맙습니다."

그런 축복이라도 마음에 드는지 하인리는 눈꼬리가 휘어지도록 웃으면서 인사했다.

"나중에 제대로 격식을 갖춰서 초청하겠습니다."

"……난 이미 허락을 했으니, 그럴 필요는 없습니다. 바쁜데 두 번 부르진 말아요."

시간 관리에 철저한 대신관은 딱 잘라 말하더니 내 쪽을 복잡한 시선으로 보며 말했다.

"나비에 황후. 아니, 나비에 왕비. 어린 시절부터 보아온 그대를 믿기에 이런 청을 승인했지만…… 이것도 절대 쉬운 길이 아닐 겁니다."

"감사합니다, 대신관."

대신관은 이번엔 하인리를 보더니, 낮게 충고했다.

"결혼식을 화려하게 열어서 사람들을 많이 초대해요. 누가 수군 대든 당당하게 나가야 합니다."

"감사합니다. 대신관님도 결혼식에 꼭 초대하겠습니다."

"난 바쁘다니까."

딱 잘라 평소처럼 말한 대신관은 힐긋 뒤를 보았다. 뒤에는 소비에슈가 폭발 직전의 용암처럼 서 있었다.

라스타는 이제야 에르기 공작에게서 시선을 뗀 채 나와 하인리를 번갈아 보고 있었다. 희미하게 떠올라 있던 미소는 완전히 사라진 얼굴로.

소비에슈의 이마와 주먹에 핏줄이 올라와 있는 게 보였다. 그러다 소비에슈와 시선이 마주쳤다.

"······."

"······."

우리는 아무 말도 없이 서로를 바라보기만 했다. 나는 정말로, 정말로 아무 생각이 들지 않았다. 주위는 너무나 소란스러운데. 사건의 중심에 서 있으니 태풍의 가운데 있는 것처럼 고요한 기분이 들었다. 이제부터 어떤 일이 벌어질지 막막했지만, 그게 무엇이든 나는 잘해나갈 거란 자신감이 들었다.

반면 소비에슈의 까만 눈동자는 온전한 분노로 무섭게 번들거렸다. 대신관이 땀을 닦으며 옆으로 물러나자마자 소비에슈는 천천히 내 쪽으로 다가왔다.

그는 무슨 말을 할까. 화를 낼까? 아니면 잘 가라고 할까? 내가 재혼해서 마음이 편해졌다고 하지는 않겠지. 저렇게 무서운 눈을 하고 있으니 확실하게 나쁜 말일 거야.

"황후. 아니, 나비에. 이게…… 무슨 이상한 짓이오?"

다가와서 그가 내게 한 건 질문이었다. 그의 목소리는 차가웠고 비교적 차분했다. 눈동자는 이글거렸지만 목소리만큼은 아주 고요해서, 전혀 화난 사람 같지 않았다.

"청혼이다, 이따위 대답은 하지 마시오. 그 대답을 원하는 게 아닌 걸 알잖소."

그의 냉정한 태도가 나까지 덩달아 차분하게 만들었다.

"그래요. 무슨 대답을 원하는지 알고 있어요."

도대체 뭘 어떻게 했기에 이혼하자마자 재혼을 할 수 있던 건지, 그 상대가 왜 하인리인지 등등을 듣고 싶겠지. 하지만…….

"알지만 대답하지 않겠어요."

나는 최대한 덤덤하게 그에게 말했다.

"전남편이 나설 일이 아니니까."

내 대답은 소비에슈를 확실하게 자극한 모양이다.

"전남편?"

소비에슈는 어처구니가 없다는 듯 되물었다.

"전남편?"

그러고는 다시 되물으며 하, 하고 바람 빠지는 소리를 냈다.

"그래, 전남편이지. 전남편인데……."

이윽고 그의 차분함이 깨졌다. 소비에슈의 목소리가 더욱 낮아졌고, 이마에는 파란 핏줄이 뚜렷하게 보였다. 그는 내게로 한 발자국 더 다가오더니 위압적으로 내려다보며 웃었다.

"여전히 그대가 속한 나라의 황제이기도 하지. 그리고 난, 내 전 부인의 결혼을 허락할 마음이 없는데."

역시 이렇게 나오는구나. 이렇게 나올 거라 생각해서 대신관 앞에서 미리 재혼을 바로 승인받길 잘했지……. 속으로 혀를 차고 있자니, 옆으로 물러났던 대신관이 딱 잘라 말했다.

"소비에슈 황제. 그건 내 권한입니다."

지금 이 상황이 어이없는 연극처럼 보였을까. 누군가 근처에서 웃는 소리를 냈다. 꽤 큰 소리여서, 소비에슈도 들은 듯했다. 그의 얼굴이 한층 더 굳었고 귓가가 붉어졌으니까. 소비에슈는 나와 하인리를 번갈아 보다가, 결국 돌아서서 옆문으로 홀을 빠져나가버렸다. 대신관에게 감사하단 말을 하려 했지만, 그사이에 대신관도 소비에슈를 따라 나가고 있었다.

황제와 대신관이 사라지자 주위가 갑작스럽게 소란스러워졌다. 동시에 악기를 연주하기 시작한 것처럼 온갖 이야기 소리가 사방에서 터져 나왔다. 내게도 부모님과 시녀들, 파르앙 후작이 곧장 달려와 물어댔다.

"나비에. 이게 무슨 일이니?"

"나비에야, 갑자기 재혼이라니……."

"나비에 님, 무슨…… 이게 어찌 된 일인가요?"

그들은 내게 질문을 퍼부으면서도 하인리의 눈치를 살폈다. 이젠 왕자가 아니라 왕이 된 사람이다 보니, 장본인을 옆에 두고 말하기 곤란한 기색이었다.

"미리 말하지 못해서 미안해요."

겸연쩍기도 해서 나는 순순히 사과했다. 일을 제대로 진행하기 위해 철저하게 비밀로 붙이긴 했지만. 날 소중하게 대해주는 사람들은 당황스럽기도 하고 섭섭할 수도 있으니까……. 다행히 시녀들은 날 탓하지 않았다. 오히려 울면서 잘되었다 말해주었다.

"아니에요, 잘되었습니다."

"얼마나 통쾌했는지 모릅니다."

"이혼을 순순히 승인하셔서서 이가 부득부득 갈렸는걸요!"

로라는 여기서 한술 더 떠서, 주먹을 꽉 쥐고서 다짐했다.

"방금 결심했어요! 전 유학 간다 하고 나비에 님을 따라갈래요!"

"로라, 그건……."

"어차피 거기서 왕비님이 된 후에도 시녀가 필요할 거잖아요!"

다른 시녀들과 달리, 로라가 애초에 내 시녀가 된 건 궁중예법을 배우기 위해서이긴 했다. 유학을 핑계로 대도 이상하진 않지만……. 아무리 그래도 먼 외국까지 로라만 데려가도 될까 망설이고 있자니, 주베르 백작 부인이 나섰다.

"그러면 저와 로라가 나비에 님을 따라가면 되겠군요."

"주베르 백작 부인?"

로라야 그렇다 쳐도 주베르 백작 부인까지 나설 줄은 몰랐는데? 놀라 쳐다보자 그녀는 별거 아니라는 투로 말했다.

"엘리자 백작 부인은 남편과 사이가 좋으니 외국까지 따라가긴 무리겠지만요. 제 남편과 전 따로따로 논 지 오래거든요. 그 인간은 제가 집에 안 들어가도 1년은 모를 겁니다, 나비에 님."

"……."

황당해 쳐다보자 그녀는 낄낄 웃으며 덧붙였다.

"물론 나도 모르지만요. 어제 집에 있긴 했던가?"

그 능청스러운 태도에 웃음이 나왔다.

"주베르 백작 부인까지 같이 가준다면 나야 좋지만……."

그래도 괜찮겠나 싶어 주저하자, 가만히 보고만 있던 하인리가 얼른 끼어들며 로라와 주베르 백작 부인에게 먼저 인사했다.

"부인을 대신해 고맙단 인사를 전하겠네. 대우는 이곳에서보다 더 좋게 해줄 테니, 안심하고 와주게."

부인이란 말에 로라는 꺅 하는 까마귀 소리를 냈지만, 부모님의 얼굴은 멍해졌다. 두 분은 아직 이 상황을 받아들이기 힘든 듯했다.

"아, 장모님, 장인어른."

하인리가 어머니와 아버지 쪽을 향해 이렇게 부르자, 두 분은 더더욱 당혹스러운 듯 서로 눈치만 주고받으셨다. 하지만 하인리가 어머니와 아버지 사이에 머리를 넣고서 작은 목소리로 "형님은 서왕국에 먼저 와 있습니다"라고 말하자, 놀란 표정을 짓더니 결국 아버지는 눈물을 터트렸다. 어머니는 아버지를 달래느라 울진 않았지만, 몹시 안도하는 얼굴이었다.

방금 전까지는 내가 폐후로 살지 않아도 된다는 데 안도하면서도, 추방된 오빠가 걱정이 되어 마음껏 기뻐하지 못하신 모양이다. 그 모습을 보고 있자 결국 나도 눈가에 힘이 들어갔다.

허전한 마음, 상실감, 분노 등이 아예 없는 건 아니다. 지금은 내가 바로 재혼 신청을 한 데 다들 놀라서 웃고 좋아해주지만, 어쨌든 난 황후 자리에서 쫓겨났고 이혼을 통보받은 처지니까. 하지만 시녀들이 기뻐해주고 부모님이 안도하는 걸 보자, 긍정적인 마음이 슬픔과 분노를 누르고 크기를 키웠다. 특히 하인리에게 너무 고마웠다. 그가 없었더라면 나는 이혼을 통보받고 시녀들의 위로를 들으며 서 있었겠지. 부모님은 날 황태자비로 보낸 걸 자책하며 우실 테고, 사람들은 날 동정했을 것이다.

그러나 기쁨의 눈물이라 해도, 역시 사람들 앞에서는 울고 싶지

않았다. 나는 눈가의 열감을 가라앉히기 위해 찬찬히 심호흡하고,
하인리를 보며 활짝 웃어 보였다.

라스타는 소비에슈를 뒤따라가며 황후가 참으로 잔인하다 생각
했다.

'아. 이젠 전 황후구나.'

그녀는 '전 황후'인 나비에가 황후 자리를 위해 소비에슈 옆에
있었을 뿐, 그를 사랑하지 않는다는 건 이미 알고 있었다.

그것만으로도 참 속물적이고 권력욕에 눈이 먼 자라 여기기 충
분했는데. 이혼을 하자마자 둥지를 옮겨 가듯 다른 왕을 찾아가다
니. 정말 권력욕의 화신 같은 사람이 아닌가! 그 사람은 그 과정에
서 한때 남편이었던 사람이 얼마나 우스꽝스러워질지는 전혀 생각
하지 않는 듯했다.

'독해. 참으로 독한 사람이야.'

라스타는 혀를 차면서, 곧장 침실에 들어가는 소비에슈를 뒤따
라갔다. 소비에슈는 방 안에 들어가자마자 탁자에 한 손을 짚고 숨
을 몰아쉬었다. 아까의 일이 상당히 충격이었던지 크게 뜬 눈동자
가 공허해 보였다.

"폐하……."

그 모습을 보자 라스타는 눈시울이 붉어졌다.

'가엾으셔라…….'

그녀는 입가를 한 손으로 막고서 소비에슈에게 다가갔다. 소비에슈는 분노를 꾹꾹 누르듯 숨만 쉬고 있다가, 이제야 라스타를 발견한 듯 미간을 살짝 찡그렸다. 그러고는 어색하게 웃으면서 라스타에게 말했다.

"미안하지만 라스타. 지금은 좀, 혼자 있고 싶은데."

"폐하……."

라스타는 훌쩍이며 그에게 다가가 두 손을 뻗었다. 두 사람의 손이 겹쳐졌다. 커다란 손 위에 자신의 온기를 얹은 라스타는 떨리는 목소리로 고백했다.

"폐하. 하인리 왕자의 편지 친구는 사실 폐비였어요."

소비에슈는 눈동자만 돌려 라스타를 보았다. 그건 직접 편지를 보아서 그도 이미 알고 있던 사실이었다. 또한 그는 라스타가 하인리 왕의 편지 친구를 사칭했단 것도 알았다. 그런데 뜬금없이 라스타가 그 얘기를 하자, 이 와중에도 의아했다. 라스타는 슬픈 천사처럼 처연한 모습으로 눈을 내리깔며 말했다.

"폐비는 예전부터 하인리 왕자와 바람이 나 있었어요."

"!"

"라스타는 폐비를 지키고 싶어서…… 일부러 편지 친구인 척 군거구요."

소비에슈의 날카로운 시선이 라스타를 살폈다. 라스타는 뚝뚝 떨어지는 눈물을 손등으로 닦으며 그를 맑은 눈으로 응시했다.

"그런데 이렇게 폐하의 뒤통수를 때리다니……. 이럴 줄 알았으면 미리 말씀드릴 걸 그랬어요. 라스타가 판단을 잘못했어요,

폐하."

정말로 슬퍼하는 듯한 그녀를 보며, 소비에슈의 표정이 묘해
졌다.

황실에 대한 소식은 어딜 가나 인기 있었다. 사람들은 심지어 황
족 중 누군가 변비란 이야기조차 호기심을 가졌다. '황실에서 무엇
을 한다'는 이야기가 퍼지면 그게 곧 유행이었다. 당연히 모든 잡
지가 황실에 대한 이야기를 다루는데, 그 많은 잡지 중 가장 신빙
성 있는 잡지를 꼽는다면 단연코《로르댕》이다. 잡지의 이야기는
다 헛소문이라 혀를 차는 이들도《로르댕》발 황실 소식이라면 일
단 믿을 만큼,《로르댕》은 황실 가십 분야에서는 높은 권위를 자랑
했다. 이는《로르댕》이 황실의 허락을 받아 독점적으로 황궁 내의
공식지 역할을 하기 때문이었다.

황제 부부의 이혼과 몇 초 후의 재혼 소식이 전해졌을 때. 사람
들은 이 소식이《로르댕》에서 나왔다는 데 경악했다.《로르댕》발
소식이 아니라면 누구라도 믿지 않을 정도로 엄청난 일이었다. 폐
후의 재혼이라니!

법적으로 금지된 일은 아니지만, 역사상 그 어느 이혼한 황후도
재혼을 하진 않았다. 황후의 짝이 누가 되든 이래저래 관계도가 복
잡해지는 데다 황제의 눈치가 보이기 때문이었다. 폐후에게 구애
하던 청년들이 없던 건 아니지만, 폐후 역시도 그들과 애인 사이는

될지언정 공식적인 재혼은 하지 않았다. 사교계는 좁았고 사람들의 시선은 이혼한 후에도 폐후를 뒤따라 다닌다. 한때 사교계의 정점에 올랐던 이가 그 아래 계단에 선 채 다시 나타나는 건, 폐후로서도 몹시 자존심이 상하는 일이었으니 재혼을 거절할 만도 했다.

그런데 나비에 황후가. 그 냉랭하고 칼 같기로 유명한 황후가 재혼을 한단다. 심지어 그 상대는 서왕국의 왕이란다! 다들 이 초유의 사태에 기절할 정도로 놀랐다.

"잘됐지 뭐야. 어차피 이 나라에서 폐후로 사는 것보다야, 서왕국으로 가서 왕비가 되시는 게 낫지."

"그래. 폐후가 되어도 자유롭게 살 수 있다지만, 평생 남들 시선이 따라다닐 텐데. 그게 쉽나."

"황제 폐하는 정부를 두고 사는데, 황후 폐하는 왜 재혼도 하면 안 돼?"

"아니, 아무리 그래도 예의란 게 있는 거지. 어떻게 몇 초 만에 재혼을 해?"

"그래. 그러면 폐하가 뭐가 되냐고. 다른 나라에서도 우리나라를 우습게 볼 거 아냐."

"동대제국 황후였던 분이 서왕국 왕비가 되는 건 나라에 대한 배신이지."

놀라움이 가시자 사람들의 의견도 분분해졌다. 어떤 이들은 나비에의 재혼에 찬성했고, 어떤 이들은 재혼이 말도 안 된다며 펄쩍 뛰었다. 재혼에 심정적으로는 공감하면서도, 황후의 능력을 생각하면 나라에 좋은 일이 아니라고 말하는 이도 많았다. 뛰어난 황후가 다른 나라의 왕비가 되는 건 국가의 손해이니, 반드시 이 재혼을 막아야 한다며, 떠나지 못하게 마차를 붙잡자고 주장하는 이들도 있었다.

다음 날 점심 무렵. 파르앙 후작에게 이 소식을 전해 들은 나비에는 쓸쓸하게 웃으며 말했다.

"어느 쪽 의견이든 나올 수 있는 이야기지요."

이미 우려했던 일이었다. 각오한 일이기도 했다.

"그 사람들에게 있어서 나는 황후일 뿐이니까요."

어쩔 수 없는 일이지. 국민에게 나는 나라의 일부일 테니까. 강제로 이혼당하게 된 친구나 가족이 새 삶을 찾아가는 건 환영할 일이지만, 강제로 떼어낸 나라의 일부가 다른 나라에 가서 붙는 건 떨떠름하고 당혹스러운 일 아니겠는가.

파르앙 후작은 내 눈치를 보다가 일부러 밝게 웃음을 터트렸다.

"아니, 그런데 정말로 치밀하시지. 절 심부름꾼으로 이용하면서도 어떻게 한 마디 언질도 안 주십니까?"

"미안해요."

"미안해하실 일은 아니고요."

파르앙 후작은 눈을 찡긋하며 새끼손가락을 들어 보였다.

"나중에 이 파르앙이, 나비에 님의 재혼에 지대한 공을 세웠다는 것만 기억해주시면 됩니다."

능청스러운 태도에 웃고 있자니, 30분가량 맞은편에서 목록을 작성하고 있던 재산 관리인이 펜을 내려놓으며 상체를 일으키는 게 보였다. 그는 트로비 가문의 재산을 담당하는 관리인인데, 내 재산 목록을 정리해준 것이었다.

"다 되었나요?"

내가 묻자, 재산 관리인은 뻐근한지 뒷목을 문지르며 히히 웃었다.

"다 되었습니다. 염려 마시죠, 아가씨. 아가씨의 머리빗 하나 빼놓지 않고 다 챙겨드리겠습니다."

"고마워요."

파르앙 후작이 옆에서 눈을 굴리다가 물었다.

"황후궁에서 쓰던 물건을 전부 다 가져오시려고요?"

돈이나 보석이야 그렇다 쳐도 물건까지 다 가져올 거냐는 질문 같았다. 나는 고개를 끄덕였다.

"그럴 생각입니다."

치사할 수도 있지만…… 나 다음으로 황후궁을 쓰게 될 사람이 누구인지 뻔히 알고 있다 보니, 물건들을 놔두고 오고 싶지 않았다. 어차피 황후궁의 주인이 되면 자기 취향에 맞게 방을 꾸미게 되고, 이전의 물품 대다수는 그대로 버려진다. 가구 역시도 갈아치우지. 나는 라스타가 내 물건을 이어 사용하는 것도, 내 물건들을 버리는 것도 싫었다. 그러니 내가 직접 다 챙겨 오는 수밖에.

재산 관리인은 평소 귀족들의 씀씀이가 너무 헤프다며 혀를 차는 쪽이었는데, 그 때문인지 내 결정이 아주 마음에 드는 모양이었다. 그가 콧노래를 부르면서 다시 한 번 목록을 점검하는 사이, 나는 아치문 너머를 보았다. 그곳에는 하인리가 부모님과 마주 보고 서서, 특유의 눈웃음을 열심히 뿌리는 중이었다. 쉽지 않은지 중간 중간 시무룩한 표정이지만.

'……저런 점이 귀엽다니까.'

어젯밤, 하인리는 부모님에게 같이 서왕국으로 이주하는 게 어떨지 제안했고, 부모님은 거절하셨다. 나나 오빠가 서왕국 사람이 되는 걸 막을 수는 없지만, 두 분은 동대제국 사람이고 이곳의 귀족이기에 나라를 바꿀 수는 없다고……. 아마 그 얘기를 이어서 하는 모양이었다.

그때, 갑자기 하인리가 내 쪽으로 몸을 돌리더니 눈꼬리를 휘며 웃었다. 그러더니 하인리는 물론 아버지와 어머니까지 이쪽으로 다가왔다. 재신 관리인은 왕인 하인리와 가까이 있는 건 영 어색한지, 슬쩍 일어나서 2층으로 올라갔다. 다가온 어머니는 내게 곧장 물었다.

"나비에. 이제 어떻게 할 셈이니? 언제까지 여기에 머무를 거고?"

아무래도 셋이서 이 얘기를 하던 모양이었다. 나는 얼른 대답했다.

"언제든 출발할 수 있어요. 준비는 미리 해두었으니까요."

공식적으로 온 것도 아닌 듯한데. 이제 막 즉위한 하인리가 여기에 오래 머무르는 건 좋지 않겠다 싶어서, 미리 생각해둔 일이었다. 그러나 의외로 하인리가 나서서 더 오래 머물겠다고 말했다.

"마차는 준비해두었으니까…… 보름 정도 더 머물다 떠나는 건 어떨까요?"

나야 좋지만. 보름씩이나 더 머물러도 되나? 걱정이 되어 인상을 찡그리고 쳐다보자, 하인리는 눈을 찡긋했다.

"저도 퀸의 부모님께 점수를 딸 시간이 있어야지요."

소비에슈에게 익숙한 부모님은 하인리의 화법이 영 어색한지, 그 말에 더욱 경직되어서 서로 엉뚱한 곳을 쳐다보았지만. 이 상황을 재밌어 하는 건 파르앙 후작뿐이었다. 하지만 아버지가 그를 매섭게 쳐다보자, 파르앙 후작은 실실 웃다 말고 얼른 두 손을 들어 올리며 둘러댔다.

"아, 저는 다른 볼일이 생각나서요."

그러고는 도망치듯 밖으로 나갔다. 하지만 어째서? 문을 열고 나간 그는 그 자리에 멈춰 선 채 움직이지 않았다. 왜 그러나 싶어 다가가자, 파르앙 후작이 싸늘한 표정으로 정문을 쳐다보고 있었다.

'뭐가 있나?'

그가 쳐다보는 방향을 자세히 보니, 과연 정문 너머로 이상한 장면이 보였다. 근위기사들이 문 앞을 벽처럼 둘러싼 장면이.

"잠시 여기에 있어보십시오."

중얼거린 파르앙 후작은 정문 쪽으로 걸어가더니, 문을 열지 않은 채 기사 한 명에게 말을 걸었다. 하지만 기사는 고개조차 돌리지 않았다. 파르앙 후작은 담 근처의 커다란 바위 위로 올라가 담

너머를 살피더니, 혀를 차면서 다시 이쪽으로 돌아와 말했다.

"정문 앞뿐만이 아니라 저택 전체를 기사들이 둘러싸고 있습니다."

설마. 소비에슈, 날 가둬둘 셈인가? 나는 직접 정문으로 가서 기사들을 보았다. 근위기사들은 날 보고는 당혹스러운 듯 서로 눈짓을 주고받았다. 미안해하는 기색. 그러나 비키지는 않는다.

"여기엔 왜 와 있는 거지?"

"죄송합니다, 황…… 나비에 님."

"계속 여기에 서 있을 셈인가."

"폐하의 명령이 있었습니다."

그들은 쩔쩔매면서도 단호했다.

"폐하를 직접 만나 뵙겠다. 비키거라."

나는 화를 삭이며 문을 열며 명령했다. 그러나 기사들은 문을 몸으로 막아 아예 내가 문을 열지도 못하게 만들었다.

"!"

놀라서 쳐다보자, 그들은 눈을 맞추지 못해 시선을 이리저리 피하면서도 자리를 지켰다. 어느새 뒤로 다가온 건지 하인리가 싸늘하게 중얼거렸다.

"서왕국의 왕과 왕비를 감금하다니. 국가 문제로 비화될 일이란 건 모르나?"

혼잣말 같지만 협박이었다. 기사들은 당혹스러운 듯 입술을 우물거렸다. 그러나 이에 대해 대답한 건 다른 인물이었다.

"국가 문제를 신경 쓴다는 사람이 남의 아내를 빼앗아?"

소비에슈였다. 기사들이 진을 치고 있는 탓에 보이지 않았는데. 어느새 소비에슈가 바로 앞까지 온 것이다. 기사들은 소비에슈가 오자 그제야 양옆으로 물러나 섰다. 소비에슈는 하얀 창살로 된 정문을 사이에 둔 채 나와 하인리를 번갈아 보았다.

"난 '남의 아내'를 빼앗은 적은 없을 텐데요."

"이런. 하인리 왕. 그런 거짓말을 하려면 어제 같은 소동은 벌이지 말았어야지."

"이혼한 순간 폐하께서는 나비에 님과 관련 없는 사람입니다. '남의 아내'는 분명 아니었죠."

소비에슈는 하인리의 말에 이를 갈았다. 잠을 못 잔 건가. 그의 눈 아래가 거뭇했다. 평소처럼 위엄 넘치는 모습이지만 많이 피곤해 보였다. 이혼을 했으니 기뻐하며 샴페인이라도 터뜨릴 줄 알았는데. 내가 바로 재혼하는 바람에 축배를 들진 못한 모양이지? 고소한 기분이 들었지만 너무 티를 내지 않기 위해서, 나는 침착한 표정을 유지했다.

하지만 소비에슈는 피로 때문인지 침착하지 못했다. 그는 철창을 한 손으로 거칠게 확 잡아당겼고, 문에서는 덜컹 소리가 났다. 그 상태로 소비에슈는 하인리에게 윽박질렀다.

"바람둥이 왕. 하인리 왕. 그대가 순진한 나비에를 유혹한 거지?"

청혼을 한 건 내 쪽이니, 하인리로서는 억울할 질문이었다. 하지만 내 체면을 생각해서일까. 하인리는 아무 대답도 하지 않았다. 결국 내가 나서서 "청혼은 내가 했습니다"라고 말을 하자, 소비에슈는 한 대 맞은 표정으로 나를 멍하니 쳐다보다 물었다.

"그렇게까지 해서 저자를 편들고 싶소?"

진실을 알려주었는데도, 여전히 하인리가 유혹을 하고 내가 거기에 넘어갔다 믿는 모양이었다.

"정말이에요."

다시 한 번 알려주자, 소비에슈는 이번에는 하하 기가 막히다는 듯이 웃더니 내게 물었다.

"내게 복수하려고 이러는 거요?"

"복수?"

"내가 저자를 싫어하니까, 날 화나게 하려고 저자를 선택했소?"

"아닙니다."

"저 애송이는 철없는 바람둥이란 걸 모르오? 복수를 하려고 그대 인생을 망칠 필요는 없을 텐데."

"망치지 않아요."

"저자는 나비에, 그대를 이용할 뿐이오."

"서로를 이용하는 거지요."

"!"

"!"

내 대답에 소비에슈가 눈을 부릅떴다. 이상한 건 옆에서 웃고 있던 하인리까지 같이 눈을 부릅떴단 것이다. 아아…… 하긴. 이런 상황에 굳이 우리가 정략결혼이란 걸 알릴 필요는 없겠구나. 하지만 여기서 그걸 정정하자니 더 이상해서, 나중에 그에게 사과하기로 하고 소비에슈만 쳐다보았다. 소비에슈의 까만 눈동자가 사정없이 흔들렸다. 표정만 보면 내가 그의 왕좌라도 빼앗아 간 듯했다.

"놀랄 필요 없습니다. 폐하는 폐하가 가려던 길을 가세요. 폐하가 함께 걸어가고 싶은 사람과."

"내가 같이 있고 싶은 건 나비에 그대요!"

"하지만 어제 절 이혼 법정에 세운 건 폐하십니다."

"그건……!"

소비에슈는 입을 뻐끔거리다가 다시 하인리를 노려보았다.

"그대에 대해 아는 것 하나 없는 저딴 애송이한테 보내려는 건 아니었소."

하인리는 아까 내 대답을 들은 후로 여전히 멍한 상태였다. 자신에게 화살촉이 날아왔는데도 바로 대응하지 못할 정도였다.

'이 정도로 놀랄 말이었나?'

슬쩍 옷자락을 잡고 흔들자, 하인리는 뒤늦게 여유로운 척 웃으며 대답했다.

"하지만 그 애송이는 이제 나비에 님에 대해 알아갈 시간이 많답니다, 폐하."

"하인리 왕……!"

소비에슈는 이제는 아예 두 손으로 철창을 잡았으나 더 말을 잇지 못했다.

"폐하."

옆에 서 있던 카를 후작이 작게 소비에슈에게 속삭였기 때문이다.

"보는 눈이 너무 많습니다."

소비에슈는 그제야 주위를 둘러보았고, 나도 주변을 보았다.

'이런.'

정말로 보는 눈이 많았다. 기사들로 빼곡히 진을 친 데다 정문 앞에서 대놓고 말다툼을 하고 있다 보니, 사람들이 구경하기 위해 모여들어 있던 것이다.

소비에슈는 이를 악물고서 하인리와 나를 노려보았지만, 어쩔 수 없는지 몸을 돌려 마차에 올라탔다. 그를 태운 마차는 빠르게 사라졌다. 하지만 소비에슈가 두고 간 기사들은 여전히 제자리를 지키고서 물러나지 않았다. 여기서 더 있을 필요는 없기에 나와 하인리도 우선 집 안으로 들어왔다.

사태를 설명하자, 어머니는 설마 가족 전부를 가두어두진 못할 거라며 내게 하녀로 변장해서 나가면 어떻겠냐고 물었다. 지금 상황에 꼭 15일간 여기에 머무르다간 정말로 완전히 붙잡힐 듯해서, 나는 그러겠다고 했다. 하지만 시험 삼아 하녀를 내보낸 결과, 그 방법은 전혀 쓸 수 없단 걸 알게 되었다. 하녀를 내보내주긴 했지만, 기사들은 철저하게 얼굴을 확인했다. 몸이 날랜 하인을 시켜 담벼락을 넘게 했더니, 그 하인을 도로 담벼락 너머로 집어던져버렸다.

정확히 누구누구를 가두어두는지 확인하기 위해 가족들이 하나씩 나가본 결과, 그들이 잡아두는 대상은 나와 하인리 단 두 사람이라는 게 명백해졌다. 다음 날, 부모님은 날 풀어달란 청을 하기 위해 소비에슈를 만나려 했지만, 소비에슈는 부모님과 만나주지 않았다.

이쯤 되자 나도 초조해졌다.

'오래 붙들려 있는 시간이 길어질수록 하인리에게는 좋지 않을

텐데……'

남의 나라 황후와 재혼하기 위해 멋대로 혼자 움직였다가 붙잡힌 왕. 나야 그렇다 쳐도, 서왕국 내에서 하인리에 대한 평판이 우스워질까 걱정되었다.

이런 마음이 드러났을까.

"괜찮아요."

내가 창가에 서서 기사들을 내려다보자, 하인리는 내 옆으로 다가와 조심스럽게 내 손을 잡아주었다.

"소동을 일으키지 않고 조용히 떠나는 게 가장 좋긴 하지만…… 그게 안 될 시를 대비해두긴 했으니까요."

"맥켄나 경 말인가요?"

"네. 며칠 후면 서왕국에서 공식적으로 항의가 들어올 겁니다."

하인리는 입꼬리를 슬쩍 올리며 덧붙였다.

"그대의 전남편은 비겁한 남자지만, 황제로서는 일을 잘하는 편이니까요. 그쯤 되면 어쩔 수 없이 기사들을 물릴 겁니다."

"그래요……."

그럼 다행이지만…….

"그보다, 저…… 퀸. 묻고 싶은 게 있는데요."

"물어봐요. 무엇이든."

"그…… 어제 했던 말 말입니다."

"?"

"그게……."

어제 한 말이 너무 많아서 그가 뭘 말하는지 모르겠다. 내가 쳐다보자, 하인리는 시선을 아래로 내린 채 머뭇거리다가 웃으면서 고개를 저었다.

"아닙니다."

'뭐길래 저러지?'

아! 혹시?

"우리가 정략결혼을 한다는 걸 밝힌 것 때문에 그러나요?"

"예?"

"미안해요. 생각 없이 밝혀버렸습니다."

하인리는 나를 멍하니 바라보더니 볼을 붉적거리고서 애매하게 웃었다.

"그게 아니라……."

아니라?

하인리는 한숨을 내쉬었다. 그러고는 날 잡은 손에 힘을 꽉 주며 속삭였다.

"저는 퀸을 단순히 정략적 상대로 생각하지 않습니다."

"?"

"그걸 말씀드리고 싶어서요."

"폐하. 나비에 님이야 그렇다 쳐도, 하인리 왕은 슬슬 돌려보내야 합니다."

카를 후작은 걱정스럽게 소비에슈에게 말했다. 일방적으로 전 황후와 하인리 왕을 저택에서 나가지 못하게 한 지도 벌써 나흘째. 하인리 왕이 몰래 여기로 왔든 아니든, 재혼 소문이 파다하게 흘러갔으니 서왕국에서 왕의 위치를 알게 되는 건 시간문제였다. 대놓고 저택에 가둬두고 있으니, 그들은 자신들의 왕이 동대제국 수도에 있단 것도 알게 될 터. 이대로 있다가는 정말로 국가 문제로 비화될 게 분명했다.

"서왕국은 칭제하지 않았을 뿐 강대한 나라입니다, 폐하."

알고 있다. 안다. 아니까 나흘 내내 골머리를 앓았던 것이다. 소비에슈는 속으로만 대답하며 관자놀이를 짚고 눈을 반쯤 감았다. 카를 후작의 잔소리, 이미 다 아는 이야기를 계속 되풀이해대는 그의 잔소리가 피로감을 한층 가중시켰다.

"사이가 틀어지지 않아야 합니다."

"……."

그런데 한참 계속되리라 여겼던 카를 후작의 잔소리가 이상한 데에서 끊어졌다. 분명 한 5절은 더 나와야 할 것 같았는데. 소비에슈는 반쯤 감고 있던 눈을 뜨고 비서를 보았다. 카를 후작이 아주 난감해하는 얼굴로 선 채 그의 눈치를 살피고 있었다.

"무슨 말을 하려고 그러나."

소비에슈가 한숨을 내쉬며 묻자, 카를 후작은 용기가 생겼는지 머뭇거리며 제안했다.

"폐하. 차라리, 이참에 국가 간의 결혼을 한다 생각하고 축의금을 내어 대인배의 풍모를 보이시는 건 어떻습니까?"

"축의금?"

"예. 하인리 왕의 결혼식 축의금……."

"축의금?"

소비에슈의 눈이 어두워졌다. 표정에서 '지금 네가 제정신이냐'는 심경이 뚜렷하게 드러났다. 카를 후작은 자신이 말을 하고서도 이건 좀 아니다 싶었는지 시선을 떨구었다.

나라만 생각한다면 사실, 이편이 제일 좋긴 했다. 나비에를 '이혼한 전 황후'가 아니라 '동대제국 귀족가의 영애'로 취급한다면 축의금을 못 내줄 것도 없었다. 나비에의 재혼으로 어색해질 동대제국과 서왕국의 미래를 생각한다면, 민망하긴 하지만 가장 나은 길이었다.

하지만…… 카를 후작은 어색하게 두 손을 모았다. 그 민망한 정도가 어마어마하게 크니 그게 문제였다. 게다가 전 부인의 축의금을 내주었을 때, 소비에슈를 대인배로 보는 사람도 있겠지만, 미친 호구라 여기는 사람도 많을 터. 황제로서는 불쾌한 감정을 떠나서 황당해할 만도 했다. 소비에슈는 총애하는 수석비서에게 험한 소리를 하진 못하고, 이를 악물고 악담했다.

"네 부인이 다른 남자와 재혼할 때나 축의금을 보내거라. 대인배답게."

카를 후작이 나간 후. 소비에슈는 쾅 소리가 나도록 책상을 내리쳤다. 화를 내긴 했지만, 소비에슈도 알고 있었다. 하인리 왕을 더 붙잡아둘 수는 없다. 그리고 대신관이 직접 재혼을 승인해준 나비에 역시도. 결혼식을 치르진 않았지만, 대신관은 이미 동대제국 수도를 떠났다. 대신전으로 돌아간 그는 서류에 하인리와 나비에를 부부로 기록하라 지시할 것이다. 그러면 하인리와 나비에는 부부가 되는 거였고, 그녀는 명실상부한 서왕국의 왕비가 되는 거였다. 이 사실이 소비에슈를 더욱 분노케 했다.

나비에의 재혼 상대는 그여야 하는데. 두 사람은 어린 시절부터 함께해온 부부인데. 잠시 이별을 겪을 뿐, 다시 만나야 하는데. 하인리 그 망나니 같은 놈이⋯⋯!

"젠장, 하인리 하인리 하인리!"

그는 쾅쾅쾅 연달아 책상을 내리쳤다. 소비에슈의 파란 새가 새장 안에서 털을 고르다 말고 놀라 눈을 휘둥그렇게 떴다. 저게 미쳤나 생각하는 눈이었다. 소비에슈는 이마에 팔을 올리고서 숨을 고르다가, 책상에 놓인 종을 흔들었다. 그러고는 시종이 들어오자마자 바로 지시했다.

"에르기 공작을 불러와라!"

에르기 공작이 불려 오자마자, 소비에슈는 이번에도 곧장 용건을 말했다.

"공작, 그대는 하인리 왕과 친구라 들었는데."

"예, 폐하. 어릴 때부터 어울려 지냈습니다."

"그대도 나와 하인리 왕 사이에 무슨 일이 있었는지는 다 들었겠지."

"그게⋯⋯."

에르기 공작이 대답하기 민망한 듯 애매하게 웃었다. 소비에슈는 차갑게 명령했다.

"서왕국의 왕을 오래 붙잡아둘 수는 없으니 슬슬 하인리 왕을 돌려보낼 생각인데."

"다행이군요."

"그대가 친구인 하인리 왕을 트로비 공작가에서 데리고 나오는 '형식'을 취할 수 있겠나."

에르기는 이번에도 '다행이군요.' 하고 대답하려다가 멈칫했다. 말이 좀 이상했다. '데리고 나와라'도 아니고 '데리고 나오는 형식'을 취하라?

"무슨 뜻이신지……."

"그대가 직접 트로비 공작가로 가서 '하인리 왕'만 데리고 나오게."

에르기는 그제야 소비에슈의 의도를 알아차렸다. 이 상황에서 연적이나 다름없는 하인리 왕을 그가 직접 내보내주는 건, 소비에슈가 물러서는 것과도 같다. 반면 진위 여부야 어쨌든, 하인리 왕의 친구인 에르기 공작이 나서면 친구를 구출하는 모양새가 된다. 소비에슈는 그걸 의도하고서 이런 부탁을 하는 것이다. 자존심이 센 만큼 머리도 잘 굴러가는 황제구나. 에르기는 속으로 감탄하며 물었다.

"그러겠습니다. 헌데 나비에 님은 어쩌시려고요?"

"지금 서왕국에 급한 건 하인리 왕이지 나비에가 아닐 텐데."

에르기 공작은 잠시 머뭇거렸으나 웃으면서 "그러지요." 하고 대답한 후 일어섰다. 에르기 공작이 나가자마자 소비에슈는 이번에는 비서진들을 모두 불러 모아 지시했다.

"최대한 빨리, 황후의 재혼을 막을 법률을 찾아라. 역사서든 법전이든 예법서든 전부 다 뒤져서라도 찾아내야 한다."

두어 시간 후. 슬슬 소비에슈의 명령이 트로비 공작가를 지키고 선 기사들에게 전달되었을 거라 계산한 에르기는 마차 위에 올라탔다. 얕게 흔들리는 마차 안에서 에르기는 고민했다. 그는 아직 소비에슈와 정면으로 대립할 수 없었다. 아니, 소비에슈의 총애를 얻게 된다면 오히려 좋다. 만약 소비에슈의 이 사적인 부탁을 잘 해결해준다면, 황제의 신뢰를 얻을 수도 있었다. 하지만 정말로 하인리만 쏙 빼서 나오자니 우정이 걸렸다. 친구는 나비에 황후를 많이 좋아하는 모양이던데. 나비에 황후를 두고 가자 했다가 싸움이 나진 않을까.

하인리와 에르기는 중간 목적은 일치했지만, 최종 목적이 달랐다. 이 탓에 협력 관계를 유지하면서 필요에 따라 힘과 정보를 교류하긴 했으나, 서로에게 세세하게 간섭하진 않았다. 그런데 하필 에르기 자신에게 도움이 될 일과 하인리를 아프게 할 일이 정반대 상황으로 나타나버린 것이다.

소비에슈의 신임을 얻게 되면 그의 목적에 도움이 된다. 하인리가 그에게 화를 내긴 하겠지만, 공동의 목표를 둔 이상 협력 관계가 깨지진 않는다. 반면, 하인리를 데리고 나오면서 나비에 황후까지 데리고 나오면 소비에슈의 불신을 사게 된다. 하인리가 고마워하겠지만 별로 쓸모는 없다. 이미 그들은 동맹 관계니까.

"흐흠."

에르기는 콧노래를 부르며 자신의 볼을 두드렸다.

"답이 나왔네. 답이 나왔어."

이 상황을 타개할 방법은 뭐가 있을까. 어떻게 하면 저 기사들의 벽을 뚫고 빠져나갈 수 있을까. 나는 복도를 서성이다 가끔 창밖으로 담벼락과 기사들을 보며 고민했다. 하지만 아무리 고민해도 좋은 수가 떠오르지 않았다. 사람이 오가면 기사들이 철저하게 얼굴을 확인한다. 얼굴을 가리고 지나가려 하면, 무슨 핑계를 대더라도 꼭 얼굴을 드러내게 해 확인한다. 담벼락을 넘어서 빠져나가려 하면 도로 집어던져버리고, 마차는 아예 출입 자체가 막혀 있다.

탈출할 길은 요원해 보였다. 하인리가 말한 것처럼 서왕국에서 공식적으로 항의를 하는 수밖에는. 역시 그와 재혼한 건 내 욕심이었던 걸까. 나 때문에 하인리까지 수모를 겪는 것 같아서 마음이 무거워진다. 그런데 멍하니 창가를 지나가는 도중이었다. 얼핏 이상한 광경이 보였다. 뭐지? 도로 뒷걸음질 쳐 보자, 까맣고 커다랗고 화려한 마차가 안으로 들어오고 있었다.

'어떻게?'

마차에 숨어서 탈출할까 봐 소비에슈는 아예 마차의 출입을 막아두었는데? 당황스러워서 얼른 계단을 내려가 정문으로 나가보았다.

'소비에슈인가?'

소비에슈가 아니라면 기사들이 마차를 들여보내줄 리가 없는데? 그러나 마차 문을 열고 내린 이는 예상하지 못한 인물이었다. 에르기 공작. 하인리의 친구이자 라스타의 친구인 에르기 공작이 이곳에 온 것이다.

"하인리는?"

에르기 공작은 마차를 묶어두기 위해 다가온 하인에게 묻다가, 나를 발견하고는 미소를 띠었다.

반대로 하인은 나를 발견하고 안도하는 표정이 되었다. 얼결에 달려 나오긴 했지만, 낯선 손님이 다짜고짜 저택의 손님부터 찾는 게 이상했던 모양이다. 나는 그에게 할 일을 계속하란 신호를 보내고서, 에르기 공작 쪽으로 다가갔다. 에르기 공작은 이마를 긁적이며 난처한 표정을 지었지만 내가 코앞까지 다가와 "오랜만입니다." 하고 인사하자 매끈하게 웃으며 대답했다.

"그렇군요. 잘 지내셨습니까?"

"……보시다시피."

그는 픽 가벼워 보이는 미소를 흘렸다.

"긍정인지 부정인지 모르겠는데요."

"생각하기에 따라 다르겠죠."

"제가 보기엔 잘 지내신 건 아닌 듯한데."

"하인리를 만나러 왔나요?"

에르기 공작은 입꼬리 끝을 살짝만 비틀며 웃었다.

"네. 하인리는 잘 지내고 있습니까?"

내가 하인리를 이름으로 부르는 것처럼, 에르기 공작 역시 이미 왕이 된 그를 자연스레 이름으로 불렀다. 내가 알기로 에르기 공작은 하인리의 대관식에도 가지 않았는데. 그래도 여전히 하인리와 친분이 두텁단 걸까? 하지만 이런 걸 물어보았자 대답해주지 않겠지. 지금 두 사람의 우정이 중요한 문제도 아니고. 나는 고개를 끄덕인 후 다시 물었다.

"하인리를 만나러 온 게 폐하의 뜻인가요?"

"!"

"그런 모양이군요."

"전에도 늘 생각했지만, 눈치가 아주 좋으십니다."

근위기사들이 소비에슈의 명령이 없었다면 마차를 들여보내주지 않았을 테니까. 이건 눈치도 무엇도 아니었지만, 굳이 더 이 이야기를 하는 대신 나는 눈짓으로 정원을 가리키며 말했다.

"하인리를 만나기 전에 나와 먼저 얘기 좀 했으면 하는데요."

"음. 그건 폐하의 뜻이 아니긴 합니다만……."

"그대의 뜻으로."

에르기 공작은 나와 이야기하는 게 좋진 않은 듯 눈동자를 옆으로 굴리다가, 곧 웃으면서 절하는 시늉을 했다.

"명령이시라면."

나는 그를 사람들이 이따금씩만 오가는 정원으로 데려간 후, 주위에 아무도 없단 걸 확인했다. 에르기 공작은 그런 내 태도가 재밌다는 듯 경박하게 웃음을 터트렸다.

"이야. 무슨 비밀 이야기를 하시려고요?"

"사람들이 알지 않았으면 하는 이야기. 가족들은 더욱 몰랐으면 하는 이야기라."

"기대되는군요."

에르기 공작은 말을 마치자마자 눈을 빛내며 가까이 다가와서는, 한 손으로 옆의 붉은 벽돌벽을 짚었다. 무게중심을 삐딱하게 한 채 오만하게 웃고 선 그는 사교계의 유명한 바람둥이답게 보였다. 잘나 보이고 가벼워 보인다. 문득 궁금해진다. 하인리도 에르기 공작과 어울리며 온갖 나라의 사교계를 휩쓸 때, 저렇게 행동했을까?

'나중에 물어봐야지.'

"쉽게 말씀하시지 않는 걸 보니, 아주 곤란한 말씀을 하시려는 듯한데요. 제가 그런 거 좋아하는 거 또 어떻게 아시고."

"공작. 그대는 라스타 양과 친구이지요?"

"……이런. 제가 생각한 방향은 아니네요."

에르기 공작은 경박하지만 눈치가 없진 않았다. 그는 삐딱하게 두었던 손을 내리고서 나를 진지하게 바라보았다. 입꼬리는 여전히 장난스레 올라가 있었지만, 아까보다는 분명 무거운 자세였다. 나는 다시 주위를 둘러본 후 그에게 말을 꺼냈다.

"라스타 양이 사고를 치건 말건 그건 상관없습니다."

"?"

"하지만 라스타 양이 혹시 동대제국 국민들에게 해가 될 것 같다면, 그대가 옆에서 올바른 길을 알려줘요."

내가 이혼하는 날, 전혀 상황에 맞지 않은 화려한 드레스로 온 라스타가 기억난다. 처음 왔을 때와 전혀 달라지지 않은 그 말투도. 그녀의 곁에는 싸우게 될 걸 각오하고서라도 제대로 조언해줄 사람이 없는 게 분명했다. 라스타가 이대로 정부에 머물 거라면, 옆에 콩고물을 노리는 사람들만 있더라도 아무 상관이 없다. 하지만 소비에슈는 라스타를 황후로 올릴 생각이니 문제였다.

방금 에르기 공작에게 말한 것처럼, 나는 라스타가 혼자 뭔 짓을 하건 상관이 없었다. 이제 난 그녀를 볼 일조차 거의 없을 테니. 하지만 라스타가 자신을 파멸시키며 동대제국이나 국민들까지 끌어들이는 건 싫었다. 나는 이제 서왕국의 왕비가 되었으니 서왕국 국민들을 위해 살겠지만…… 동대제국의 황후가 아니게 되더라도, 동대제국이 내 모국인 건 변함없으니까.

그러나 진심이든 아니든 적당히 대답할 줄 알았던 에르기 공작은, 내 말에 난처하단 표정으로 한숨을 내쉬었다.

"이거 참."

"어려운 일인가요?"

에르기는 라스타가 힘든 시절부터 도와준 친구이니 충분히 이런 말을 할 수 있을 텐데?

"왜 이런 이야기를 굳이 숨어서 하십니까?"

라스타를 위해 부탁하는 건 아니지만 라스타에게 좋은 일이 될 부탁이니까. 부모님이나 하인리가 이 부탁을 들으면 속상해할 테니까. 하지만 구구절절 사정을 말하면 너무 물러 보일 것 같아서,

나는 무표정으로 말했다.

"어려운 일이 아니라 생각합니다."

당신도 콩고물을 노리고 라스타 옆에 붙은 사람이 아니라면.

에르기 공작은 나를 지그시 바라보더니, 내가 원한 대답이 아니라 엉뚱한 말을 했다.

"제가 마차를 타고 오면서 내내 고민한 게 있습니다."

"?"

"간신히 결론을 냈거든요?"

'무슨 뜻이지?'

"그런데 이렇게 나오시니 곤란합니다. 칼을 들고 제 양심을 마구 찔러대시네요."

"양심이라니요?"

에르기 공작은 다시 한숨을 내쉬며 그런 게 있다고 중얼거렸다. 나는 여전히 그의 말을 이해하지 못했다. 눈썹을 치켜올리고서 그를 쳐다보고 있자니, 에르기 공작은 손을 저으면서 못되게 웃었다.

"뭐, 라스타 양과 제 일은 전 황후께서 끼어들 일은 아니시고."

"!"

"전 황후께선 빨리 방으로 간 다음, 꼭 챙겨야 할 짐을 최대한 작게 챙겨서 뒷문으로 오세요."

우리 집 뒷문이 어딘지도 모르면서 뒷문으로 오라 말한 에르기 공작은 뒤돌아서 걸어가다가 다시 돌아와 물었다.

"아. 근데 하인리가 어디 있다고요?"

"왜 뒷문으로……."

"친구의 부인이 되셨으니까, 밀회는 몰래 해야죠."

밀회…… 아, 혹시!

"날 탈출시켜주려는 건가요?"

그럴 사람 같진 않았는데. 하인리와 우정이 있긴 했던 모양이다. 놀라 묻자, 에르기 공작은 눈을 가늘게 뜨더니 중얼거렸다.

"반응이 정말 재미없으십니다."

"고마워요."

"칭찬으로 들렸습니까?"

"탈출하는 걸 도와주려는 거. 그대는 좀 수상하지만 좋은 구석도 있군요."

"!"

무슨 짐을 챙길까 고민하다가, 서왕국에서도 살 수 있는 물건들은 우선 제외했다. 대신 돈을 주고도 사기 힘든 물건과 추억이 담긴 물건을 챙겼다. 물건들이야 나중에라도 옮길 방도가 있으니, 지금은 탈출하기 쉽도록 최소한의 소지품을 챙겨야겠지. 물건을 다 챙긴 후에는 부모님께 들러 에르기 공작에 대해 말한 후 뒷문 복도로 갔다.

'에르기 공작이 나왔을까?'

그러나 문에 난 창문을 통해 밖을 보았으나, 그는 보이지 않고 그가 타고 온 까만 마차만 보였다. 마차에 이미 마부가 앉아 있는 걸 보니 곧 출발할 모양인데. 저 마차에 날 태워서 내보내줄 생각일까?

잠시 기다리자 에르기 공작과 하인리가 다가왔다. 그런데 어째서? 공작이야 그렇다 쳐도, 하인리까지 거의 빈손이나 다름없었다.

"퀸!"

겨우 두어 시간 전에도 나와 함께 있었으면서. 하인리는 날 보자 활짝 웃으면서 몇 년 만에 만난 사람처럼 달려왔다. 에르기 공작이 꼬리라도 하나 달아줘야 하는 거 아니냐 빈정거렸지만 전혀 신경 쓰는 기색이 아니었다. 덩달아 웃으면서 그를 보고 있자니, 하인리가 눈썹을 올리며 물었다.

"장인어른과 장모님은요?"

내가 곧 떠나려는데, 왜 부모님이 나와 있지 않나 의아한 모양이었다.

"혹시……."

"이번엔 제대로 말씀드렸어요."

"아아."

"여기 사람들은 모두 우리 사람들이지만, 혹시 모르니 두 분은 평소처럼 행동할 거라고 산책 나가듯 떠나라 하셨습니다."

"아아……."

하인리는 감탄사를 뱉으며 고개를 끄덕였으나, 에르기 공작은 희한한 표정이 되었다.

"누굴 닮으셨나 했더니, 부모님을 닮으셨나 봅니다."

"부모님이니까 당연하지 않나요?"

"글쎄요. 전 우리 부모님과 전혀 안 닮아서."

어깨를 으쓱인 에르기 공작은 나가자 했고, 우리는 문을 열고 나 갔다. 전 황후에 대한 마지막 남은 예의인진 모르겠지만 근위기사 들은 집 안을 엿보진 않았다. 덕택에 마차를 뒷문에 바짝 가져다 댔는데도 이상하게 보는 사람이 없었다. 하지만 혹시 모르기에, 나 는 재빨리 마차 안으로 들어갔다. 뒤를 이어 에르기 공작이 들어왔 고, 다음으로 하인리가 들어오려 했다. 그러나 에르기 공작은 하인 리가 타기 전에 문을 닫아버렸다. 왜 이러나 싶어 보자, 에르기 공 작은 "실례합니다"라고 말하더니 마차의 가장 대각선 위쪽으로 손 을 뻗었다.

"?"

"황제 폐하께서 내보내라 명하신 건 하인리뿐이어서요."

에르기 공작은 그렇게 말하더니 어딘가를 꾹 눌렀다. 그러자 내 가 앉아 있던 마차 의자에서 작게 덜컹 소리가 났다. 놀라서 반대 편으로 엉덩이를 떼고 내려다보자, 에르기 공작은 낄낄 웃으면서 방석을 치웠다.

분명 무슨 소리가 났는데? 방석을 치워도 의자는 그대로였다. 하지만 에르기 공작이 의자의 끄트머리를 잡고 힘주어 들어 올리 자 커다란 공간이 나타났다. 놀랍게도 의자 안쪽이 완전히 빈 공간 이었던 것이다. 게다가 의자의 바깥쪽에는 부풀린 가죽이 붙어 있 어서, 툭툭 두드려보아도 안이 비어 있단 걸 알기 힘들게 되어 있 었다.

"이건……."

놀라서 쳐다보자, 에르기 공작이 손으로 빈 공간을 가리키며 말했다.

"죄송하지만 전 황후께선 이 자리에."

기사들은 마차가 떠나기 전, 에르기 공작에게 양해를 구한 후 안을 확인했다. 하지만 마차 안은 넓은 데다 짐조차 거의 없어서 확인하고 말고 할 것도 없었다. 짐이 많은 마차라면 짐 안까지 뒤져봐야 할 테지만, 에르기 공작은 지팡이만 하나 들고 있었다. 맞은편의 하인리 1세는 갈색 가죽 가방을 들고 있었지만 사람을 숨길 만한 크기는 아니었다. 그 외의 다른 사람은 마부뿐.

안을 샅샅이 확인한 기사들이 물러나며 지나가도 좋단 신호를 보내자, 에르기 공작은 웃으면서 그들을 향해 눈을 찡긋한 후 문을 닫았다.

기사들은 그로부터도 이틀 동안 황후가 사라졌단 사실을 알지 못했다. 당연히 소비에슈 역시 나비에가 사라졌단 걸 모른 채, 재혼을 취소할 방도를 찾기 위해 비서들만 닦달하고 있었다. 소비에슈의 비서들은 역대 황제의 기록들을 다 뒤졌고, 다른 나라의 사례들을 검토하고, 법전을 첫 페이지부터 샅샅이 훑었다. 하지만 왕과 황제의 결혼은 대신관의 권한이었기에, 아무리 일반 법률을 뒤져도 답은 나올 리 없었다.

"이런 사례가 분명 있었을 거다. 수많은 황후 중 재혼한 황후가 하나뿐이려고!”

하나였다. 소비에슈는 부하들을 볶아댔으나, 아무리 유능한 부하라 한들 없던 과거를 만들 도리는 없었다. 약간의 조작을 하고 싶어도, 역사학자들의 수가 최소 수백 명인데. 그들의 기억까지 함께 조작할 수는 없지 않던가. 결국 소비에슈의 비서들은 약간 잔꾀수를 부리기로 했다.

“평범하게 취소할 방도는 없습니다, 폐하.”

“대신관님이 직접 오시더라도 일방적으로 취소하실 수는 없답니다.”

“20년 전쯤, 재혼은 아닙니다만, 남왕국의 왕이 대신관을 불러 3일 만에 결혼을 취소하려 한 적은 있습니다.”

“어떻게 되었지?”

“했던 결혼을 어떻게 취소하냐며 대신관께서 거절하셨다고 합니다.”

소비에슈의 표정이 무거워지자 비서들은 열심히 머리를 맞대고 획책한 일을 고했다.

“하지만 반대로 이혼을 취소한 전례는 있습니다, 폐하.”

“이혼을 취소?”

귀족들의 이혼 취소 신청은 몇 번 소비에슈도 본 적이 있었다. 치정 싸움 때문에도 그랬고, 가문의 이득 문제로도 그랬다. 양가가 싸워서 이혼을 하게 되었는데, 다시 화해를 하자 이혼을 취소해달라 요청한 경우도 있었다. 소비에슈의 부하들은 그 이야기를 하는 것이다.

"예. 많이 쓰이는 법은 아니지만, 분명 왕도 이혼을 취소한 전례가 있습니다."

"이혼을 취소하면 이중 결혼이 되어버릴 것이니, 재혼도 자연스럽게 취소되기 마련입니다, 폐하."

"!"

이건 생각하지 못한 말이어서 소비에슈는 눈을 커다랗게 떴다.

"이혼을…… 취소한다?"

그가 초조하게 옥좌 손잡이를 두드리며 중얼거리자, 부하들이 예 예 대답했다.

"예, 폐하. 그러면 재혼이 취소가 됩니다."

소비에슈는 헛웃었다. 지금 와서 이혼 취소라니.

"다른 방도는 없나?"

"없었습니다, 폐하."

소비에슈는 무거운 눈꺼풀을 내렸다. 이혼 취소…… 이혼 취소. 하지만 애초에 왜 이혼을 하려 했나. 황후가 불임이고 그에게는 후계자가 필요하기 때문이었다. 후계자가 태어나지도 않았는데 이혼을 취소해버리면, 애초에 이런 일을 꾸밀 필요도 없었다.

"……."

결국 소비에슈는 한참을 고민하다가 우선 트로비 공작 가문으로 가보기로 했다. 나비에를 만나보고 싶었다. 그녀를 보아야 마음의 갈피가 잡힐 듯했다. 하지만 트로비 공작가로 간 소비에슈를 기다리는 건, 나비에가 아니라 충격적인 빈자리였다.

"나비에는?"

소비에슈는 화가 나서 공작 부부를 다그쳤으나, 공작 부부는 자신들도 모르는 일이라고 했다. 소비에슈는 주먹을 쥐고 입술을 깨물었다. 에르기 공작이 황후를 빼돌렸구나! 며칠 전 하인리 왕을 빼내면서 나비에를 같이 내보내준 게 분명했다.

그는 밖으로 나오자마자 지시했다.

"황후가 도망쳤다! 찾아! 관문마다 사람들을 보내 황후와 비슷한 여자를 모두 다 잡아두라 일러라!"

커다란 상자라지만 보는 것과 들어가 있는 건 전혀 다른 느낌이었다. 나는 멍한 기분으로 양 무릎을 끌어안은 채 '지금 난 뭘 하는 중인가' 생각했다. 아무리 생각해도 이건 왕비가 되어 떠나는 게 아니라, 그냥 탈주범의 도주 같은데.

마차는 부드럽게 나아갔지만 의자 아래의 상자는 바퀴와 너무 가까운 위치였다. 마차가 약간이라도 흔들릴 때마다 덜커덩 시끄러운 소리가 났고, 몸이 흔들리며 머리가 상자의 윗부분에 부딪쳤다. 그러고는 그 반동으로 튕겨져 나와 이번엔 상자의 아랫부분에 다리나 엉덩이가 부딪쳤다. 그나마 이 자세도 몇 번이나 여기저기 쿵쿵 부딪치다가 가까스로 찾아낸 자세였다. 조금이지만 덜 흔들리고 덜 아픈 자세.

"퀸. 괜찮아요?"

그래도 이따금씩 하인리의 목소리가 들려와서 날 안심시켜주었다.

"퀸. 이제 조금만 더 가면 국경을 넘어갈 수 있어요."

나는 그때마다 대답하는 대신 주먹을 쥐어서 상자 벽을 콩콩 두드렸다. 이 상황에서 목소리를 내면 분명 이상한 소리가 나올 텐데. 그랬다간 에르기 공작이 대놓고 웃어댈 게 분명했기 때문이다. 처음 하인리가 "괜찮아요?" 하고 물었을 때 "갠찮아요"라고 샌 발음으로 대답했다가, 에르기 공작이 시끄러울 정도로 웃어대서 얼마나 민망했는지 모른다. 하지만 내가 벽을 두드려 대답하는 것조차 에르기 공작에겐 즐거운 듯했다. 이번에도 그가 웃어대는 목소리가 들려서, 나는 아랫입술을 깨물었다. 하인리가 그만하라며 말리는 목소리가 들렸지만 도움도 되지 않았다.

"왜? 너도 웃고 있잖아. 소리를 내느냐 아니냐의 차이지."

에르기 공작의 이 말에 갑자기 두 사람의 대화 소리가 뚝 멈춰버렸으니까. 하인리가 공작의 말처럼 '소리 없이' 에르기 공작과 말다툼을 하는 게 분명했다.

'후우……'

나는 한숨을 내쉬고서 눈을 꽉 감았다. 차라리 잠들자. 그 편이 시간이 빨리 가겠어.

생각보다 내 정신은 무던한 편인가 보다. 눈을 감고 잠을 청하면서도 '잠이 올까?' 싶었는데. 이상한 기분에 눈을 떠보니, 상자 뚜

껑이 열려 있었다. 시선을 돌려 옆을 보자 뚜껑을 잡고 선 하인리
가 보였다. 아주 제대로 잠이 든 것이다. 쑥스럽기도 하고 민망하기
도 해서 괜히 웃어 보이자, 하인리는 눈꼬리가 휘어지도록 웃으면
서 말했다.

"신화의 한 장면 같습니다. 퀸이 눈을 뜨고 날 보는 순간, 너무
벅차서 가슴이 철렁했어요."

칭찬에도 정도라는 게 있다. 즉, 어느 선까지는 고맙지만 그 선
을 넘어가는 순간 듣기가 민망해진다. 방금 하인리의 칭찬은 선을
넘어간 수준이었다. 나는 민망한 기분에 얼른 무릎을 놓고 상체부
터 일으켰다.

"천천히 일어나요."

하인리는 얼른 내가 일어나는 걸 도와주었다.

"한 자세로 오래 있다가 그렇게 빨리 일어나면 몸에 좋지 않습
니다, 퀸."

완전히 일어나자 그는 구겨진 옷을 직접 여기저기 펴주고는, 다
시 날 보며 웃었다. 나는 그가 더 민망한 칭찬을 하기 전에 얼른 먼
저 질문했다.

"다 도착한 건가요?"

"아니요. 여긴 국경 마을입니다."

"기사들은……."

"아직 여기까지는 명령이 전달되지 않은 모양입니다."

하인리는 그렇게 말하면서도 슬쩍 마차 밖을 살폈다.

"곧 도착할 테지만요."

나는 상자 밖으로 완전히 나와 하인리의 손을 잡고 마차에서 내렸다. 에르기 공작은 심각한 얼굴로 마부와 무어라 대화를 나누다가, 나를 보자 다시 난잡해 보이는 미소를 지으면서 손을 흔들었다. 하인리가 슬쩍 중간 자리로 끼어드는 바람에 바로 그 모습이 보이지 않게 되었지만.

그사이 나는 마을이 어디인지 파악하기 위해 여기저기 고개를 돌렸다. 국경 마을들은 모두가 국가 요충지라, 한 번씩은 방문해본 적이 있었다. 오빠 같은 경우는 완전히 국경 마을로 추방 와 있기도 했고.

'룩스 쪽인가.'

오빠가 머물렀던 변경 지대는 아니었다.

'나는 이렇게 멀리까지 올 동안 잠들어 있었던 건가?'

황당한 기분에 눈을 깜빡이고 있자니, 말을 다 나눈 건지 에르기 공작이 나와 하인리 쪽으로 다가와 말했다.

"저는 여기까지만 동행해야 할 것 같습니다."

"고마웠어요, 에르기 공작."

"저도 재미있었습니다, 왕비님."

트로비 저택에서는 '전 황후'라고 부르며 깝죽거리던 에르기 공작은 이번에는 나를 '왕비님'이라고 불렀다. 하인리를 의식한 호칭 같았지만, 그 호칭을 듣자 오히려 내가 더 하인리를 의식하게 되었다. 슬쩍 곁눈질로 보니, 하인리는 가볍게 웃고 있었다.

"아. 짜증 나. 저 행복한 얼굴. 진짜 불쾌해."

에르기 공작이 중얼거리는 소리를 들으면서도 하인리는 태연했다. 그보다…… 하인리와 에르기 공작이 생각보다 친한 모양이구나. 이렇게 격의 없이 대화할 정도라니.

에르기 공작은 혀를 찼지만 다시 말을 이었다.

"좋은 상단이라고는 못 하겠지만, 신뢰도는 확실한 상단을 불러 두었습니다. 대기하고 있으니까, 왕비님은 그쪽으로 가서 상단에 합류하시면 됩니다."

"하인리는……?"

내가 잠든 사이에 자기들끼리 말을 나눈 걸까. 하인리는 놀라지 않고서 내게 말했다.

"같이 가면 수상할 테니 따로 가는 게 좋습니다, 퀸."

"그대는 다른 상단을 이용할 건가요? 아니면 용병?"

"음…… 그건 아닙니다. 전 혼자 갈 거라서요."

"위험해요. 함께 가요."

소비에슈가 하인리를 다시 붙잡으려 들 것 같진 않지만, 그래도 일국의 왕이 혼자서 국경 밖을 다니겠다니. 이곳은 상시천이 자주 오가는 곳은 아니었지만, 그래도 만약이란 모르는 법이다. 상시천 외의 다른 도적들이 있을지도 몰랐고, 강도가 있을지도 모르는데.

그러나 하인리는 자신만만하게 웃으면서 괜찮다고 말했다. 에르기 공작도 낄낄 웃으면서 하인리는 괜찮을 거라고 말해주었다.

"하인리는 이상할 정도로 신출귀몰하니 괜찮습니다."

그래도 위험하지 않냐, 말하고 싶지만…… 하긴. 이미 하인리가 혼자서 월월에 온 것도 보았지. 최근에는 남들 모르게 동대제국 수도의 황궁에도 들어왔고. 걱정이 사라지진 않았지만 나는 고개를 끄덕였다. 하인리가 정말로 혼자 도망치는 솜씨가 좋다면, 나와 다니는 게 오히려 그를 더 위험하게 하는 걸 테니까.

"그러면, 하인리. 나는 갈게. 왕비님도 조심해서 가시길."

에르기 공작이 타고 온 마차를 타고 떠난 후. 우리는 걸어서 평범해 보이는 여관으로 들어갔다. 하룻밤 묵고 가려는 건가 싶었지만, 아니었다. 우리를 보자마자 한 여자가 다가오더니 나와 하인리를 번갈아 보며 물었기 때문이다.

"운반해야 한단 사람은 어느 쪽?"

나는 슬쩍 손을 들어 올렸다. 하지만 대답하면서도 심장이 빠르게 뛰었다. 내 얼굴은 초상화로 그려져서 여기저기 퍼져 나갔고, 내가 이혼한 후로 며칠의 시간이 흘렀다. 소문은 충분히 퍼졌을 테고, 아무리 국경 지대 사람들이라지만 황후의 이혼과 재혼 소식을 모를 리가 없었다. 특히 정보에 민감한 상단이라면. 지금은 긴 망토를 입고 망토에 달린 모자까지 눌러써서 얼굴을 가렸지만, 혹시라도 망토를 벗어보라 하면…….

"갑시다."

그러나 여자는 얼굴을 확인하잔 말도 없이 시원스레 말하고서 먼저 나갔다.

'그냥 가는 건가?'

당황해서 하인리를 보자, 하인리는 안심하라며 웃었다.

"괜찮아요. 몇 번 같이 일해본 적이 있는데, 아, 물론 제가 왕자란 건 몰랐지만요. 여하간 일 하나는 완벽하게 해내거든요."

하인리가 그렇다면 그런 거겠지. 나는 고개를 끄덕이고서 여자를 따라갔다. 하인리는 약간 거리를 둔 채 날 따라와서, 내가 상단 마차에 올라타는 것까지 지켜보았다. 이후 마차가 떠날 때까지도 그는 그 자리에 있었는데, 여자가 나를 부르는 바람에 잠시 다른 쪽을 보았다가 창문을 보자, 순식간에 사라져 보이지 않았다.

머리 위로 새가 우는 소리가 들려왔다.

여자는 상단의 주인이라 했는데, 눈치를 보니 상단 외 용병 일도 하는 것 같았다. 그녀는 쉬지 않고 수다를 떨었지만 동시에 입이 무거웠다. 절대로 자신에 대한 이야기를 깊게 하지 않았으며, 나에 대해서도 일절 물어보지 않았다. 내가 그녀에게 들을 수 있던 건 오로지 소문과 이름 모를 그녀의 지인들, 동료들 이야기였다. 그소문 중엔 당연히 '이혼하자마자 재혼한 황후' 이야기가 있어서 곤혹스럽긴 했지만. 그래도 그 일에 대한 국민들의 반응을 직접 들을수 있던 건 좋았다.

"난 황후 폐하의 행동에 찬성하는 쪽입니다."

"그런가요?"

"뭐, 부하들 중엔 이기적이었다 말하는 사람도 있는데요. 그거야자기들 일 아니니 그렇게 떠들 수 있는 거거든요."

"……."

"이혼을 먼저 하자 한 것도 아니고 상의해서 한 것도 아니고, 일방적으로 당한 거잖아요. 그런데 이혼 후 의리? 개뿔이지. 안 그럼니까?"

'고마워요'라고 말할 뻔한 걸 참고서 나름 열심히 고개를 끄덕였다.

"맞아요. 개뿔입니다."

"근데 말투 되게 이상하시네."

"!"

이후로도 그녀는 계속해서 이야기를 해주었고, 마차가 잠시 멎을 때마다 우리는 식사를 했다. 식사를 하는 사이에는, 새로운 마부가 나타나 말을 교체하고 마부석에 올라탔다.

나는 이 상태로 쭉 서왕국의 수도까지 갈 거라 생각하고서, 나중에는 완전히 마음을 놓고서 창문을 열고 밖의 풍경을 구경했다. 소비에슈가 기사들을 풀었는지 아닌지는 모르지만 충분히 잘 빠져나온 것 같았다. 하지만 여자가 날 내려준 곳은 서왕국 국경을 넘기전이었다. 인근 나라의 작은 마을에 날 내려준 그녀는 여기까지 데려다주란 게 자기가 받은 의뢰였다며, 잘 지내라 인사하고는 바람같이 사라져버렸다.

낯선 곳에 홀로 뚝 떨어진 데 놀라 멀뚱히 서 있자, 다행히 얼마 지나지 않아 하인리가 커다란 말을 타고 나타났다.

"언제 왔어요?"

나는 놀라서 물었다. 하인리는 마을 바깥쪽이 아니라 안쪽에서 나타났다. 즉, 숙박 없이 마차를 달려 온 나보다 먼저 도착한 것이다.

"조금 먼저 왔습니다."

"전혀 못 봤는데⋯⋯."

"겹치지 않을 길로 왔거든요."

내가 대로로 왔으니, 하인리는 지름길로 왔단 건가? 하긴. 하인리는 마차를 타고 온 것 같지 않으니 지름길로 왔을 수도. 고개를 끄덕거리고 있자 하인리가 웃으면서 손을 내밀었다.

"승마 할 줄 알아요?"

속도의 제한 없이 말을 타는 건 오랜만이었다. 하인리가 승마복까지 준비해둔 덕에, 나는 말에 타자마자 신이 나서 고삐를 틀어줬었다.

"퀸, 너무 빠른, 빠르게 달리는 거 아닙니까?"

하인리는 뒤에서 내 허리를 꽉 붙잡으며 더듬더듬 물었다. 바람 때문에 목소리가 계속 끊어지는 듯했다. 앞을 봐야 했기에, 나는 정면을 쳐다본 채 웃으면서 대답했다.

"좋아해요."

귀족 대부분은 몇 가지 의무로 배워야 하는 스포츠가 있는데, 그중 승마도 포함되어 있었다. 황후가 된 후에는 바빠서 시간을 내기 어려웠지만, 원래 나는 승마를 좋아하는 편이었다. 황태자비가 되기 전에는 정원에서 혼자 조랑말을 타고 다녔고, 황태자비가 된 후에는 선대 황후께서 선물해주신 아름다운 흑마를 타고 다녔다. 소비에슈 역시 승마를 좋아해서, 우리는 같이⋯⋯.

'그만 생각하자.'

과거를 생각하면 항상 소비에슈가 나온다. 내 모든 과거에 그가 당연하다는 듯이 같이 있는 탓이다. 나는 억지로 소비에슈에 대한 생각을 옆으로 밀어내다가, 문득 하인리가 너무 조용하단 걸 깨달았다.

'하인리는 너무 빨리 달리는 걸 싫어하나?'

"하인리?"

나는 놀라서 황급히 그를 불렀다.

"⋯⋯네."

다행히 대답은 바로 들려왔다. 어째서인진 모르겠지만 목소리가 좀 잠겨 있는 것 같기도 했다.

"무서워요? 속도를 늦출까요?"

걱정이 되어 묻자, 하인리는 고개를 저었다. 그가 내 뒤에 붙어 있는 탓에, 그가 고개를 젓자 그의 가슴이 자연스럽게 내 등에서 살짝 흔들렸다. 그 바람에 뒤늦게 그가 의식되어서 나는 고삐를 더욱 꽉 쥐었다. 간만에 승마를 해보고 싶어서 내가 앞에 타겠다고 한 건데. 의식하고 나니 이 자세는⋯⋯.

나는 고삐를 더 꽉 틀어잡았다. 내 허리를 단단하게 안고 있는 하인리의 손이 느껴졌다. 그는 내 허리를 한 치의 공간도 없을 정도로 꽉 끌어안고 있었다.

"하인리."

"네, 퀸."

"약간⋯⋯ 손에서 힘을 빼도⋯⋯."

"그러면 제가 떨어집니다."

"……."

"무서워서 그래요."

하인리는 날 의식하지 않는데, 내가 하인리를 혼자서 의식하는 걸까? 괜히 몸이 딱딱하게 굳었다.

'이렇게 붙어 있으니 하인리도 그걸 느낄지 몰라.'

혼자서 이상한 사람이 되는 것 같아서, 나는 속도를 더욱 빠르게 해서 하인리의 손이 아닌 바람을 느끼려 애써보았다. 하지만 잘 되지 않아서, 결국 속도를 조금 늦추었다. 그런 기색을 눈치챈 걸까. 미약하게 하인리의 등이 떨리는 게 느껴졌다. 내가 상자에 쪼그리고 누워 있을 때, 에르기 공작이 타박한 것처럼 그가 소리 없이 웃고 있는 게 분명했다. 그렇다고 자리를 바꾸자고 하자니…… 이것도 좀 자세가 이상해질 게 분명했다. 내가 뒤로 가면, 지금 하인리가 하는 것처럼 내가 그의 등을 꽉 끌어안아야 하는데.

그랬다가는 분명…… 닿을 거다. 내 등에 하인리의 단단한 가슴이 그대로 느껴지듯, 반대로 타도 마찬가지일 테니까. 이러지도 저러지도 못하고 있자 하인리가 웃으면서 물었다.

"제가 같이 고삐를 쥐겠습니다, 퀸. 그러면 될까요?"

같이 고삐를 쥔다는 건 그가 날 이렇게 꽉 끌어안지 않을 거란 이야기였다. 나는 얼른 고개를 끄덕였다.

"그게 낫겠어요. 약간 갑갑해서……."

하인리는 웃으면서 손을 뻗더니, 내가 잡은 고삐 뒤쪽으로 고삐를 잡았다. 그런데 이번에도 문제가 생겼다. 하인리는 내 손과 겹치지 않게 고삐를 잡았지만, 고삐를 잡는 부위가 길어봐야 얼마나 길겠는가. 그가 위아래로 잡는다고 잡는데도 손이 맞닿았다. 손뿐이 아니라 팔도 맞닿았다. 나는 입술을 깨물고서 억지로 정면만 쳐다보았다. 아까는 그가 날 끌어안은 자세였다면, 이번에는 내가 그의 팔 사이에 파묻히듯 안긴 자세였다.

"마차를…… 마차를 타면 좋을 것 같은데."

"승마 좋아한다면서요."

"마차도 좋아해요."

"하지만 말이 속도가 더 빠릅니다, 퀸."

"말을 한 마리 더 구하면 어떨까요?"

"이런 명마를 당장 구하긴 어려워서요. 말을 구한 다음 출발하면 시간이 오래 걸릴 겁니다, 퀸. 게다가 조금만 더 가면 서왕국인데, 그쪽엔 이미 맥켄나가 대기하고 있을 거고요."

난처하단 목소리로 설명한 하인리는 걱정스러운 듯 "왜 그래요? 멀미 날 것 같습니까?" 하고 물었다. 차마 자세나 맞닿은 그의 가슴, 팔, 손이 신경 쓰인단 말은 할 수 없어서, 나는 덤덤한 척 "아닙니다." 하고 대답했다.

그래. 곧 서왕국이라니까. 조금만 더 참으면 되겠지. 그의 말처럼, 지금 우리가 탄 말만큼 빠르게 달릴 만한 말을 구하려면 거기에 시간이 많이 소요될 터였다.

'상대는 아무렇지 않아 하는데, 내가 혼자 의식하면 그게 더 이상해. 이건…… 아주 자연스러운 거야. 우리는 그냥 말을 같이 타고 있을 뿐이야.'

나는 애써 마음을 수습하고서 고삐를 힘주어 잡았다.

"아, 퀸. 금색을 좋아한다고 했지요?"

"편지. 봤나요?"

"네. 제가 떠날 때쯤엔 아직 방이 완성되지 않았는데……."

하인리가 나지막하게 웃는 소리가 들렸다.

"아마 도착할 때쯤에는 금색으로 잘 꾸며져 있을 겁니다. 기대하
세요."

"금색을 좋아하지만 방이 금색일 필요는 없어요."

"하긴. 남편이 금색이니까요."

"!"

"제가 옆자리에 누워 있으면 시야가 다 금색일 겁니다."

"뒤돌아 잘 거예요."

"지금 같은 자세로요?"

"!"

이곳이 말 위라는 걸 잊지 않기 위해서 나는 고삐를 최대한 세
게 움켜쥐었다. 하인리는 말 위에서 내내 이런 식이었다. 가볍게 말
을 하는데, 어느 순간 곤혹스러울 정도로 노골적이게 우리가 부부
란 이야기를 꺼냈다. 그때마다 나는 놀라서 고삐만 계속 긁어야 했
다. 그가 자꾸 남편이니 아내니 부부니, 이런 말을 할 때마다 괜히
얼굴에 열이 올랐다. 그렇다고 '그런 말 좀 하지 마'고 하기엔, 또

못 할 말을 한 건 아니어서……

"그런데 퀸. 그거 아십니까? 서왕국엔 왕비궁이 없어요."

"그럼 난 어디서 자나요?"

"같은 층에 방이 나란히 세 개가 있는데, 그중 중앙에 있는 게 공용 침실, 옆에 좌우로 붙은 방이 각자 왕비와 왕의 방입니다."

"왜 굳이 그런 구조를……?"

그런 구조라면 너무 불편하지 않을까? 아무리 사이좋은 부부라도 가끔은 완전히 혼자 있고 싶을 텐데, 우리는 정략결혼이기까지 하고…….

하인리가 다시 조용히 웃는 소리가 났다.

"아. 우리는 좀 특별한 침대를 사용하거든요."

여기서 침대 얘기를 꺼낸다는 건, 혹시 첫날밤을 기대한단 뜻인가? 괜히 놀라서 눈에 힘이 들어간다. 하지만 하인리의 목소리는 이번에는 장난스럽지 않고 진지했다. 야한 말을 건넨 것 같진 않았다. 그럼 정말로 침대가 특별하단 건가? 어느 쪽이든 좋으니…… 일단은 말에서 좀 내리고 싶다.

마침내 국경선이 보였을 때, 나는 안도해서 대놓고 한숨을 내쉬고 말았다. 이 민망한 자세에서 벗어날 수 있단 것만으로도 다행이었다. 하지만 기껏 풀었던 긴장은 국경선 바로 뒤쪽으로 대기 중인 마차와 근위병들, 맥켄나 경을 보자 다시 돌아와버렸다.

나는 서서히 말의 속도를 줄여 국경선을 넘어 그들에게로 다가갔다. 말이 완전히 멈추자, 서왕국 근위병 둘이 다가와 고삐를 잡아주었다. 그 사이, 하인리는 먼저 말에서 내려 내게 손을 내밀었다.

그의 손을 잡고 내려가자 맥켄나는 가까이 다가와 내게 먼저 인사하고는, 하인리를 향해서는 질문부터 던졌다.

"전하, 분명 말을 두 필 보냈는데 왜 한 마리만 타고 오십니까?"

두 필? 그의 말에 내가 덩달아 쳐다보자, 하인리는 무표정하게 고개를 저으며 말했다.

"네가 실수한 모양이다, 맥켄나."

"예? 그게 뭐 실수할 일이라고 실수합니까. 분명 두 필을 보냈습니다."

"한 필뿐이었다."

덤덤하게 말을 한 하인리가 슬쩍 나를 보았다. 눈이 마주치자 그는 맥켄나가 잔실수가 많다면서 웃었다. 맥켄나가 뒤에서 인상을 구기는 바람에, 나는 따라 웃으면서 고개를 젓다가 뒤늦게 근위병들의 얼굴을 자세히 보고 정색했다. 하인리를 호위하기 위해 나왔을 근위병들은 무표정을 유지하려 애쓰는 듯했지만, 눈꺼풀이며 입술에서 당혹스러워하는 티가 또렷하게 났다. 맥켄나는 내 표정을 눈치채고는 안심하라는 투로 웃으며 말했다.

"소문으로만 듣던 왕비님을 눈앞에서 뵈니 아주 놀란 모양입니다."

……그런 의미로 보는 시선이 아닌 것 같은데. 설마 내가 감격한 표정과 당황한 표정을 구분하지 못할까. 하지만 여기서 같이 당황하면 분위기는 더 이상해지겠지. 나는 태연한 척 조용히 웃었다. 맥켄나는 눈치 좋게도 얼른 준비해둔 마차 문을 열어주었다.

"들어가십시오, 왕비 전하."

……눈치가 좋은 건지 나쁜 건지 모르겠다. 이 와중에 꼬박꼬박 왕비라고 부르다니. 나는 도망치는 기분으로 그에게 묵례해 보이고서 얼른 마차 안으로 들어갔다. 하지만 마차 안으로 들어가서도 아까 본 근위병들의 눈빛은 뇌리에서 쉽게 지워지지 않았다. 무표정으로 있는 데 능숙해야 할 근위병들조차 저런데. 서왕국의 국민들은, 사교계에서 직접 만나게 될 귀족들은 날 어떻게 쳐다볼까? 황후였을 때 동대제국에서 만난 적이 있던 사람들은? 마차가 출발한 후에도 마찬가지였다. 창밖으로 보이는 풍경은 약간씩 동대제국과 달랐고, 여기부터는 소비에슈의 추적을 받을 리도 없어서 안심해야 하는데. 마음은 말을 타고 달려올 때보다 더욱 복잡해졌다.

'괜찮아. 잘할 수 있어. 잘하면 돼.'

속으로 주문을 외우고 있자니, 하인리가 "퀸." 하고 부드럽게 나를 불렀다. 그는 내 맞은편에 앉아서 나를 바라보고 있었다. 같이 눈을 맞추자, 다정한 눈이 가늘게 휘어졌다. 하인리는 허리를 약간 숙이더니, 자기 손으로 내 손을 조심스럽게 덮으며 말했다.

"괜찮습니다. 퀸은 누구라도 사랑할 수밖에 없는 황후시잖아요."

그랬으면 이혼을 했을 리가…….

하인리는 나를 너무 높게 평가하는 경향이 있나 보다. 내가 상자에 구겨져 있을 때조차 신화 속 한 장면 같다고 감탄하지 않았던가. 이 때문일까. 하인리의 위로는 내게 그리 도움이 되진 않았다. 하지만 위로해주고 있으니 거기에 맞춰주어야겠지.

"고마워요. 힘이 납니다."

나는 웃으면서 그에게 고개를 끄덕였지만, 결국 마차가 멈출 때까지 긴장을 풀지 못했다. 그나마 다행이라면 소비에슈가 라스타를 데려온 후, 사람들의 호기심 가득한 시선을 받는 데 익숙해졌다는 것이다. 그 시선을 태연한 척 받아 넘기는 것도. 덕택에 궁전에 도착해 마차에서 내렸을 때, 수많은 숫자의 궁정인들을 보고서도 침착하게 웃을 수 있었다. 하지만 심장은 기묘한 긴장감으로 잘게 떨렸다. 호기심, 걱정, 기대, 흥미, 불쾌함……. 수많은 감정이 담긴 수십 개의 눈동자는 샹들리에처럼 번쩍거리는 착시 효과까지 불러왔다.

나는 그들을 향해 최대한 화려해 보이도록 웃으며 하인리의 팔짱을 꼈다. 효과가 있는지, 그들은 잠시 주춤하다가 절도 있게 허리를 숙여 인사했다.

"전하와 왕비님을 뵙습니다."

"눈들이 아주 번쩍번쩍 빛나네요."

궁정인들을 물린 후. 방으로 데려다주겠다며 내 손을 잡은 하인리는, 계단을 올라가는 내내 기가 차다는 듯 중얼거렸다. 그러면서도 내가 기분이 상할까 봐 염려되는지 수시로 나를 곁눈질했다. 그가 보기에도 모여 있던 이들의 시선이 엄청나긴 한 모양이었다.

"괜찮아요."

덤덤하게 대답했지만, 하인리는 "제가 안 괜찮습니다." 하고 딱 잘라 말했다.

"제가 퀸을 왕비로 모시고 싶어서 얼마나 열심히 어필했는데. 초를 쳐도 꼭……."

"왕이 결혼을 독단적으로 진행하는 일은 많이 없으니까요."

"그건 그렇지요."

"그런 데다 서왕국의 귀족 영애가 아닌, 옆 나라 이혼한 황후를 데려왔잖아요?"

하인리는 픽 웃으면서 고개를 숙였다. 하지만 웃음은 잠시뿐. 여전히 표정이 좋지 않았다. 우리와 함께 올라가던 맥켄나는 내 눈치를 살피며 말했다.

"염려하지 않으셔도 됩니다, 왕비 전하. 동대제국의 황후 폐하가 우리의 왕비님이 되신단 이야기에 좋아하는 사람이 아주 많습니다."

"그런가요?"

"물론이지요."

하지만 아까 구경 나온 사람들 대부분은 다 얼굴에 '당황'이라고 쓰여 있었는데. 그 표정이 생각나서 나는 소리 없이 웃었다. 하인리나 맥켄나의 걱정과 달리 기분이 나쁘진 않았다. 완전히 새로운 환경이라 긴장되긴 하지만…….

맥켄나는 다시 한 번 나와 하인리를 살피며 말했다.

"실제로 보고 놀란 건 별개니까요. 아무래도 좀. 놀랐지 않겠습니까. 그래도 속으론 감탄하는 사람들이 많았을 겁니다."

그러나 기껏 내 기분을 풀어주려던 맥켄나와 하인리의 시도는, 복도에서 만난 기사 때문에 허무하게 흩어지고 말았다. 그는 왕비의 방 앞에 서 있었는데, 우리를 보자마자 다가왔지만, 표정이 싸늘하다 못해 냉랭할 정도였던 것이다. 인사 역시 교과서에 나와야 할 정도로 절도 있었지만, 이후 덧붙인 말은 상당히 직설적이었다.

"전하, 너무 무모한 행동을 하셨습니다. 여자 하나 때문에 목숨을 거시다니요."

그는 하인리가 직접 가서 날 데려온 걸 노골적일 정도로 대놓고 타박하고 있었다. 게다가 내가 신분상 이미 왕비가 되었다는 걸 아는 듯한데도, 얼굴 앞에서 '여자 하나'라고 칭하기까지 했다. 맥켄나는 발끈해서 "유닌 경!" 하고 외쳤지만, 하인리는 농담이라도 하듯 차분하게 경고했다.

"왜? 말 한 마디 때문에 목숨을 거는 사람도 내 앞에 있잖나."

그 말에 '유닌 경'이란 기사는 표정이 굳었다. 그래도 눈치가 없진 않은지 바로 내게 사과 인사를 올렸다.

"결례를 저질렀습니다. 근위대장 유닌입니다."

그러나 제법 고집이 있는지 뒤에 뼈 있는 말을 덧붙였다.

"나비에 님을 모시고 오려다 제 주군이 위험할 뻔해서, 좋은 소리가 나가지 않았습니다. 죄송합니다."

"유닌 경. 내가 그대의 주군이듯, 나비에 님 역시 그대의 주군이다. 예를 다하라."

하인리가 직접적으로 경고하자, 그는 마지못해 눈에서 힘을 풀고 뒤로 물러나며 사과했다. 그러나 하인리가 그에게 거듭 경고를 날린 후 나를 데리고 '왕비의 방' 안으로 들어가려 하자, 다시 앞으로 나서며 말했다.

"송구하오나 전하. 왕비의 방은 결혼식을 치르기 전에는 사용할 수 없습니다."

그 말에 하인리는 완전히 폭발 직전까지 닿은 듯했다. 내내 띠고 있던 미소가 완전히 사라지면서 분위기가 눈 깜짝할 사이에 살벌해졌다. 처음 만났을 때도 무표정으로 있으면 날카로워 보인단 생각은 했지만. 지금 표정은 무서울 정도로 분위기가 전혀 달랐다.

내 시선을 느꼈는지 하인리는 다시 미소를 띠었으나, 마차 안에서 내게 보여주던 미소와는 달랐다. 하지만 지금은 하인리의 표정이나 관찰할 때가 아니지. 나는 잠시 놀란 정신을 수습하고서, 얼른 손을 뻗어 하인리의 팔을 잡았다.

'나서지 마.'

손안에 잡힌 하인리의 팔근육이 깜짝 놀란 듯 움찔했다. 하지만 내 의도를 알아차렸는지 아무 말도 하지 않았다. 참기 힘든지 턱에 힘이 꽉 들어가긴 했지만. 잘했다는 의미로 그의 팔을 엄지로 쓸면서, 나는 자연스러워 보이도록 웃었다.

그래. 이건 하인리가 나설 일이 아니다. 저자는 내가 외국 황후 출신이라 화가 난 게 아니라, 날 데려오려다 하인리가 동대제국에 감금되었던 데 분노해 있는 거니까.

이곳에 오면서 쭉 분위기를 보니, 서왕국 사람들은 아직 나를 '서왕국 왕비'보다 '동대제국 황후'로 여기는 듯했다. 이자 역시 마찬가지겠지. 그런데 이 와중에 하인리가 날 편들어 자신의 부하, 그것도 분노한 하인리에게 혼날 걸 무릅쓰고라도 할 말을 다 하는 부하를 벌한다? 장기적으로는 내게 전혀 좋지 않았다. 게다가 저자는 하인리의 분노를 감수하면서까지 자기가 옳다고 생각하는 대로 행동하고 있다. 저런 사람은 권력으로 눌러 순응시킬 유형이 아니었다. 날 인정하고 신뢰하도록 만들어야 하는 유형이지.

그래. 이곳에서 제대로 자리를 잡으려면, 난 저런 자들의 인정을 받아나가야 할 것이다. 내 힘으로.

나는 일부러 미소를 띠고서 부드러운 목소리를 내어 말했다.

"이곳의 생활 방식이 그렇다면 이곳의 방식을 따라야지요."

유님은 내가 화라도 낼 줄 알았던지 잠시 주춤했지만, 불신하는 표정을 풀지는 않은 채 사과했다.

"죄송합니다."

나는 황태자비 시절 수백 번 수천 번 연습한 '자애롭지만 위엄 있는 미소'를 지으며 그에게 물었다.

"그럼 내가 지낼 만한 다른 방은 준비되었나요?"

생각해둔 바가 있던지 그는 바로 대답했다.

"귀빈실이 있으니 그곳에서 지내면 되실 겁니다."

나 역시 바로 고개를 저어 그의 논리를 따라 했다.

"결혼식을 올리지 않았으니 왕비의 방을 쓸 수 없다 했나요? 하지만 결혼 서약을 했으니 신분은 분명히 왕비. 같은 이치로 손님용 방은 쓸 수 없습니다."

"!"

유님은 한 번 무르게 나왔던 내가 두 번째는 까다롭게 나오자 당황한 듯 눈썹을 꿈틀했다. 나는 계속 같은 표정으로 웃으며 그를 응시했다. 그의 신뢰와 호의를 얻어야 하는 건 맞지만, 만만하게 보여서도 안 되지. 그 선을 지키려면 양보할 수 있는 선과 양보해선 안 될 선을 잘 구분해야 한다.

"어어······."

맥켄나는 나와 유님의 대치를 멍하니 바라보다가, 내가 그를 쳐다보자 의미 모를 소리를 뱉었다. 그러더니 힐긋 하인리의 눈치를 보며 입을 열었다.

"그러면, 그러니까, 음. 전하의 방을 같이 사용하시면 어떨까요? 아니, 한 방을 사용하시라는 게 아니라, 아래층에도 전하의 방이 더······."

그런데 맥켄나가 말을 다 잇기도 전에, 복도를 또각또각 걸어오는 발소리가 들려왔다. 맥켄나는 말을 멈췄다. 나도 소리가 나는 쪽으로 고개를 돌렸다. 파란 드레스 차림의 귀부인이 이쪽으로 다가오고 있었다. 놀랍게도 유님은 그녀가 나타나자 표정을 약간 풀었다. 반대로, 맥켄나는 곤란하단 표정을 지었다.

'누구길래?'

의아해하고 있자니, 귀부인은 내게 가까이 와서 인사했다.

"난 워턴 3세의 왕비인 크리스타라고 합니다, 나비에 님."

그러고는 나를 향해 상냥하게 웃으며 제안했다.

"인사를 하기 위해 오다가 대화를 듣고 말았습니다. 임시 거처 문제로 곤란을 겪고 계신 모양인데, 왕비의 별궁에서 머무시면 어떨까요? 물론 나비에 님께서 괜찮으시다면요."

지금까지 나온 의견 중 가장 나은 의견이었다. 하인리는 불만인지 미간을 찡그렸으나, 나는 알겠다고 대답했다. 고맙다고 인사하자 그녀는 따라오라며 앞서가기 시작했다. 하인리는 이번에도 따라오려 했으나, 나는 혼자 가겠다 손을 젓고서 그녀를 따라갔다. 하지만 속으로는 무척 당황스러웠다. 선대 왕비가 궁전에서 함께 머물 거란 생각은 하지 못했기 때문이다.

지금은 돌아가신 동대제국의 선대 황후께서는, 소비에슈와 내가 보위에 오르자 일부러 측근들을 데리고 부수도의 궁전으로 가셨다. 자신이 있으면 내가 황궁에서 자리 잡는 게 어려울 거라고.

서왕국의 계승 체계에 대해서는 이미 공부해두었기 때문에, 나는 서왕국의 선대 왕비도 컴프셔의 대저택에 가 있을 줄 알았다. 그래도 언젠가 만나리란 생각을 하긴 했지만, 이곳에서 머물고 있을 줄은…….

단순히 함께 있는 게 불편해서 곤란한 게 아니었다. 하인리가 바로 결혼하지 못했으니, 아마 그녀는 왕비가 아니게 된 후에도 자연스럽게 궁전 일을 맡아 보았을 터. 지금 궁전 안의 고용인들은 그녀가 왕비일 때 고용한 그녀의 사람들일 텐데. 그녀가 나와 한곳에서 지내면 누구를 더 따를까? 당연히 그녀일 것이다. 이런 상황이라면 크리스타가 좋은 사람이건 아니건, 아니, 좋은 사람이라면 더더욱 이곳에서 내 자리를 만드는 게 까다로울 것 같았다.

'큰일이구나.'

속으로 걱정하고 있자니, 옆에서 나란히 걸어가던 크리스타가 속삭이듯 내게 물었다.

"소문이 정말인가요?"

"무슨 소문 말인가요?"

"이혼하자마자 곧장 전하와 결혼했단 소문이요."

"……맞아요."

"세상에."

솔직하게 대답하자 그녀는 자기 입가를 가리고 웃었다. 다정하면서도 기품 있는 미소였다. 하지만 웃는 순간이 지나가자 그녀는 놀라울 정도로 조용해지더니 갑자기 울적한 표정이 되었다. 몹시 슬픈 표정이었다.

"크리스타 님? 괜찮나요?"

걱정이 되어 묻자, 크리스타는 의아한 얼굴로 나를 쳐다보았다.

"뭐가 말인가요?"

"……."

희한하게도, 그녀는 자신이 어떤 행동을 했는지 전혀 모르는 눈치였다.

"아니. 아닙니다."

'사별한 남편 때문인가?'

나는 굳이 조금 전 그녀의 표정이 아주 어두웠단 이야기를 하는 대신, 마주 보고 조용히 웃었다.

그때였다. 지나가던 궁정인 하나가 크리스타에게 자연스럽게 "왕비 전하를 뵙습니다!" 하고 인사했다. 날 구경하러 나왔던 궁정인이 아닌지, 내 앞에서 크리스타를 왕비라 부르면서도 태연자약한 태도였다. 크리스타는 날 안내해주다 말고 깜짝 놀라 말을 고쳐주었다.

"왕비라니. 이젠 그렇게 부르면 안 된다고 하지 않았느냐."

하지만 궁정인은 해맑게 웃으면서 대답했다.

"계속 왕비 전하께서 왕비 역할을 해오셨잖아요. 새 왕비님은 외국인인 데다 자기 나라를 그렇게 아낀다던데. 왕비님만큼 우리를 위해주시겠어요? 우리에겐 왕비님이야말로 진짜 왕비님이십니다."

11

분수대의 남자

대범한 말에 크리스타는 곤혹스러워하며 나를 곁눈질했다. 본인의 입으로 정정해주면 꾸짖는 모양새가 될 테니, 내가 누구인지 궁정인 스스로 알아차리게 만들려는 모양인데…… 안타깝게도 그 궁정인은 눈치가 나빴다. 궁정인이 전혀 알아듣지 못하고 그 '진짜 왕비 칭송'을 이어 나가자, 크리스타는 이번엔 내 쪽을 향해 간절한 눈빛을 보냈다. 내가 직접 나서서 진실을 알려주길 바라는 것 같았다.

크리스타에게는 미안하지만…… 나는 나서지 않았다. 대신, 잠자코 궁정인의 모습을 지켜보았다. 아까 우려했던 일. 나이 차이가 크게 나지 않는 두 명의 왕비. 이 부분에 대한 궁정인들의 솔직한 태도를 보고 싶어서였다.

자연스러운 권력 교체가 이루어지지 못해서 사실상 두 명의 왕비가 있게 되어버린 궁전. 한 명은 더 이상 왕비가 아니지만 작년까지만 해도 왕비였고, 왕비가 아니게 된 후에도 쭉 왕비 역할을 해왔다. 친구와 가문, 지지자들도 모두 이곳에 있지. 심지어 궁정인들 대다수는 그녀가 고용했을 거다.

반대로 다른 한 명은 왕비가 되었지만 외국인인 데다, 가문과 친구, 지지자 모두 다 외국에 있다. 서왕국 궁정인들과는 아무 관련도 없다. 궁정인들이 누구에게 호감을 느끼고 있을지는 뻔했지만, 그래도 확실하게 내 눈으로 확인하고 싶었다.

이후에도 여러 명의 궁정인들과 더 마주쳤고 비슷한 상황이 계속 벌어졌지만, 나는 끝까지 가만히 있었다.

"저…… 너무 기분 나빠하지 않았으면 좋겠습니다."

별궁에 거의 도착했을 때, 크리스타는 영 신경 쓰이는지 내게 조심스럽게 말을 걸었다. 그녀는 창백한 입가에 슬픈 미소를 띠었다.

"제게 너무 익숙해 있어서 저럴 뿐이지, 좋은 사람들입니다. 지금은 제 처지를 가엾게 여겨 저러지만, 곧 나비에 님을 따를 겁니다."

"그래요……."

나는 너무 건성으로 들리지 않도록 조금 느리게 대답했다. 하지만 그녀의 말에 전혀 동의하지 않았다. 지금까지 오는 길에 마주친 궁정인 대부분은 크리스타를 계속 왕비라 부르면서 추켜세웠다. 나는 외국인인 데다 남편과 이혼하자마자 재혼한 약삭빠른 여자이고, 동대제국 출신이라 거만할 거란 이야기도 들었고. 또 뭐라더라. 아. 미리 기선 제압을 해야 한다던가. 내가 마차에서 내리는 걸 구경했던 궁정인 몇 명은 웃으면서 다가왔다가, 크리스타의 뒤쪽에

선 나를 보고 기겁해 입을 다물었지만…….

'내가 없는 곳에서는 비슷한 말을 하겠지.'

분명 그들은 크리스타에게는 좋은 사람일 것이다. 그녀가 왕비가 아니게 된 후에도 곁에서 힘을 주는 좋은 사람들. 하지만 그 사람들이 내게도 좋은 사람일까?

"……."

"나비에 님?"

그렇지만 솔직하게 이런 이야기를 하지 못한 건, 소비에슈가 라스타를 데리고 왔을 때의 일이 떠올라서…….

물론 나와 크리스타의 상황은 다르다. 크리스타는 하인리의 형수이지 아내가 아니니까. 하지만 자신의 자리가 새로 온 사람 때문에 흔들린단 점에서는 비슷한 감정일 것 같았다. 크리스타는 내가 마주 보고 웃자 안심했는지, 별궁에 도착하자 가벼운 걸음걸이로 다가가 문을 열어주었다.

"여기예요."

나는 심란한 마음을 애써 감추고서 그녀를 따라 들어갔다. 크리스타는 뿌듯한 목소리로 물었다.

"아름답지요?"

"그러네요."

별궁은 정말로 아름다웠다. 홀에는 잔잔한 햇빛이 부서지듯 내려왔고, 약간 흐트러진 듯 놓인 가구들마저 고풍스러웠다. 좀……
동대제국의 크리스탈 하우스와 상당히 흡사하게 생겨서 당혹스럽긴 하지만.

'예전에 선대 황후께서 크리스탈 하우스를 본떠 만든 건물들이 외국에 많다더니. 그중 하나인가?'

그렇지만 내가 이 얘기를 꺼내면 동대제국에서 와서 거만하다든가, 그런 식으로 몰리기 쉽겠지. 그 이야기는 하지 말자. 나는 아름답다는 말만 반복했다. 그런데 방을 다 소개해준 뒤에도 크리스타는 나가지 않고 머뭇거렸다. 왜 그러나 싶어 보자, 그녀는 두 손을 깍지 끼고서 조심스럽게 입을 열었다.

"이런 이야기를 싫어하실 수도 있겠지만…… 염치 불고하고 말씀드려야 할 것 같아서요. 저…… 나비에 님. 부탁드릴 게 있습니다."

"무엇인가요?"

"이곳에 고용된 사람들, 궁정인들은 다들 은퇴할 나이가 되려면 멀었어요."

"?"

"제가 고용한 사람들이거든요."

한숨을 내쉰 크리스타는 사슴 같은 눈으로 날 바라보며 부탁했다.

"아까도 말씀드렸지만, 모두 좋은 사람들뿐이에요. 나비에 님께도 힘이 되어줄 수 있고, 일도 잘하고, 성실하고요."

"……."

"괜찮다면 나비에 님이 궁정인들을 바꾸지 않고 그대로 두셨으면 좋겠어요."

나는 너무 굳은 표정을 짓지 않으려 애썼지만, 힘들었다. 그녀가 이런 부탁을 하는 마음은 알겠다. 왕권이 교체되면 대거 인사이동이 일어난다. 자신이 뽑았단 이유로 덩달아 해고될 이들이 가엾은 거겠지.

하지만 받아들이기엔 난처한 부탁이었다. 궁정인들은 말 그대로 궁전에서 함께 살아가는 사람들인데, 지금은 모두 다 크리스타의 사람들이 아닌가. 내 사람들로 채워놓아도 내 행적이 라스타에게 알려졌는데. 내 사람이 아닌 이들로 가득 찬 궁전에서 살아가라고? 왕비로서 자리를 잡기는커녕, 오는 길에 보았던 것처럼 일거수일투족이 가십거리가 될 게 뻔했다. 하지만 그녀의 걱정이 이해가가지 않는 바도 아니어서, 나는 잠시 고민하다가 나름대로 적정선을 내밀었다.

"나와 접점이 없는 곳에서 근무하는 이들은 그대로 두겠어요."

"접점이 없는 곳이라면……?"

"자주 부딪치게 될 만한 곳에서 일하는 사람은 그대로 쓰기 곤란합니다. 해고하진 않더라도 근무지는 바꿔야 해요."

크리스타의 표정이 어두워졌다. 왕비가 자주 오가는 곳에서 일하는 사람들은, 당연히 그녀와도 더 안면이 있을 테지. 그 탓인 듯했다. 하지만 크리스타는 내게 다시 부탁하는 대신 "그렇군요." 하고 웃으면서 고개를 끄덕였다.

"내가 너무 무리한 부탁을 했던 모양입니다. 미안해요."

"왕비 전하! 동대제국 황후는 좀 어떻던가요?"

크리스타가 방으로 돌아오자, 옹기종기 모여 기다리고 있던 시녀들이 다가와 나비에 왕비에 대해 물었다. 그녀들은 크리스타가 왕비인 시절부터 함께해온 시녀들로, 크리스타에게는 친구이자 자매 같은 존재들이었다. 크리스타는 씁쓸하게 웃으며 고개를 저었다.

"벌써부터 날 견제하는 모양이었어요."

"아니, 왕비님이 뭘 어쨌다고요?"

"그럴 수밖에 없었어요. 궁정인들이 내게 왕비 전하라 부르는 걸 옆에서 들었거든요."

"옆에서요? 옆에 있는데도 궁정인들이 그랬다고요?"

"자기가 왕비란 걸 말하지 않고 지켜보고 있어서……."

크리스타의 말에 시녀들은 혀를 찼다.

"굉장히 머리가 좋다더니. 벌써부터 내칠 사람을 고르고 있나 봐요."

크리스타는 한숨을 내쉬면서 의자에 앉았다.

"왕비님, 벌써부터 눌리시면 안 돼요."

"초장에 미리 기선을 잡아두셔야 해요!"

최고로 높은 자리에서부터 함께해온 시녀들은 화가 나서 씨근덕거렸지만, 크리스타는 고개를 저으며 중얼거렸다.

"난 이제 왕비가 아닌데, 어떻게 권력을 두고 경쟁하겠어요."

크리스타는 허망한 기분에 처량하게 웃었다. 차라리 다른 귀족가의 영애가 왕비 자리에 올랐다면 좀 기분이 나았을까. 며칠 전에는 자신과 다를 바 없는 처지였던 사람이었는데. 소문을 들으면서 동병상련의 감정도 느꼈는데. 그 사람이 가엾은 처지에서 벗어나기 위해 가져간 게 자신의 자리라는 게, 참으로 묘하고 억울한 기분이었다. 게다가 재혼한 상대가…….

"그 여자도 황후 자리에서 쫓겨나자마자 왕비 자리를 차지했는걸요."

"왕비님이라고 안 될 이유가 없어요!"

"크리스타 님도 다른 왕과 재혼하면 안 되나요?"

시녀들이 위로의 말을 던졌지만 큰 효과는 없었다.

나비에와 크리스타가 서로의 처지를 이해하면서도 물러날 수 없는 입장에 심란해하는 사이. 하인리는 관리들과 궁정인들을 불러모은 다음, 자신이 혼자서 동대제국에 간 게 경솔한 행동이었다고 인정했다. 하지만 그건 나비에가 불러서 간 게 아닌 자신의 독단적인 선택이었단 걸 강조하며 경고했다.

"그분은 내가 늘 숭배하고 흠모하던 분이네. 황후로서의 뛰어난 능력을 존경해 일부러 어렵게 모시고 온 건데, 오자마자 무슨…… 자네들은 그분이 뭐 유니콘인 줄 아는가?"

재혼한 황후를 구경하러 나갔던 관리들은 헛기침하며 시선을 피했다. 저 멀리에서 소문으로만 듣던 황후가, 그들의 바람둥이 주군과 재혼해서 찾아온 게 신기하다 보니 좀 넋 놓고 구경하긴 했다. 반박할 거리가 없었다.

"동대제국 황후가 갑자기 왕비로 나타났고, 그 과정에서 어떤 언질도 없었습니다. 아직 사람들은 크리스타 님을 왕비처럼 여기는데, 갑자기 다른 나라 황후를 왕비로 대우하라 하시면 당연히 어렵습니다."

크리스타 전 왕비의 사촌인 케트런 후작만이 그나마 반박해보았지만, 하인리가 손가락으로 그의 심장을 가리키며 하는 말에 입을 다물어야 했다.

"난 다음 날 그대의 자리에 다른 사람이 있어도 그대처럼 대할 수 있는데."

크리스타가 간 후, 홀로 탁자에 앉아 이런저런 생각을 하고 있을 때였다. 창문을 똑똑 두드리는 소리가 났다. 창가로 다가가 문을 열어보니 하인리가 보석 다발을 들고 서 있었다. 꽃다발은 들어봤지만 보석 다발이라니…….

"이게 뭔가요?"

당황해서 묻자, 그는 이전에도 한 번 들어봤던 설명을 반복했다.

"서왕국은 보석 산출국인데, 광산이 왕실 소유여서요. 보석이 많습니다."

"……."

"보석 싫어하시나요?"

"그건 아니지만……."

전에 케이크에 보석을 박아 넣은 것도 그렇고. 혹시 보석을 여기저기 뿌리는 건 하인리의 취향인가? 어쨌든 뜬금없는 타이밍에 저런 걸 내미니 받기가 민망했다. 꽃다발이라면 가벼운 마음으로 받았을 텐데.

주저하고 있자, 그가 걱정스럽게 물었다.

"아직도 부담스러우신가요?"

"꽃다발이었으면 좋았을 텐데요."

내가 어색하게 웃으며 말하자, 하인리는 손가락으로 보석 다발 사이에 몇 가닥 끼워 넣은 붉고 조그마한 꽃을 가리키며 주장했다.

"여기 꽃도 있습니다. 꽃이 있으니 이건 꽃다발입니다."

그 말에 웃음을 터트리자, 하인리는 자기가 생각해도 민망한지 머쓱하게 볼을 긁적이며 말했다.

"우리는 이제 부부잖아요, 퀸. 받아줘요."

보석 다발을 받아 들자 그는 대번에 얼굴이 환해졌다. 선물을 받아준단 것만으로도 저렇게 좋아하다니. 그 모습이 귀여워서, 나는 그에게 들어오라 말하며 뒤로 물러났다. 문을 열어주기 위해서였다. 그런데 뜻밖에도, 하인리는 내가 뒤로 물러나자마자 훌쩍 창문을 뛰어넘어 들어왔다.

"하인리?"

문을 놔두고 왜 창문으로 들어오나 싶어서 눈썹을 치켜세우자, 그는 아차 하는 얼굴로 중얼거렸다.

"습관이……."

"평소에 창문으로 자주 다니나 봐요?"

하인리의 눈동자가 정처 없이 좌우로 흔들리는 걸 보니 그런가

보다. 왕이 할 만한 행동은 아니었지만 계속 물어보면 그가 민망할 듯해서, 나는 더 추궁하는 대신 일부러 말을 돌렸다.

"회의가 있다더니."

하인리는 얼른 내가 돌린 화제를 따라왔다.

"뭘 의논하려고 연 회의는 아니라서 금방 끝났습니다."

"오랫동안 자리를 비웠는데. 일에는 이상이 없나요?"

"제가 사라진 게 제일 큰일이었지요."

하인리는 농담조로 대답했지만, 곧 심각한 얼굴로 변해 말을 이었다.

"아까는 나서지 말라 해서 가만히 있었지만, 퀸. 저는 그대가 제 아내이고, 이곳의 왕비라는 걸 모두에게 확실하게 해두고 싶습니다."

유님이 내게 무례하게 대할 때 말린 일을 이야기하는 모양이다. 그러나 나는 고개를 저었다.

"이미 다들 알고 있어요."

"알면 행동이 따라와야 합니다. 그게 안 된다면, 더욱 확실하게 알게 해야지요."

"하인리. 그대가 도와줄 일이 있고, 내가 스스로 해야 할 일이 있는 겁니다."

나는 보석 다발을 탁자 위에 놓고서 그의 손을 가볍게 쥐었다.

"고마워요. 하지만 황제인 소비에슈조차 라스타의 평판을 통제하진 못했습니다. 이건 내가 직접 해야 해요."

"......."

하인리는 입술을 삐끔거렸지만, 결국 힘없는 목소리로 수긍했다.

"알겠습니다. 하지만 제가 도움이 되는 게 있다면 전부 다 말해 주셔야 합니다."

"고마워요. 그렇지 않아도 필요한 게 있었어요."

"바로 말씀하시네요."

부탁을 받으면서도 하인리는 얼굴이 환해져서 얼른 말해보라는 듯 다정하게 나를 응시했다.

"유님 경의 누이를 시녀로 보내달라 하셨다고요?"

회의가 마치자마자 별궁에 다녀온 하인리가 전한 말에, 맥켄나는 눈을 휘둥그렇게 떴다. 몇 시간 전, 근위대장 유님이 나비에에게 어떻게 대하는지 그도 똑같이 보았기 때문이다. 그런데 '왕비의 시녀'라는 명예로운 자리에 그의 누이를 보내달라니.

"임시일 뿐이야. 동대제국에서 부인의 원래 시녀였던 두 사람이 이곳에서도 시녀가 되어주기로 했는데, 아직 도착하지 않았거든."

"아니, 아무리 그래도 그렇지……."

괜히 자기가 화가 나서 맥켄나는 인상을 찡그렸다. 화살까지 맞아가며 사랑의 전서조 역할을 했다 보니, 아무래도 맥켄나는 나비에의 편일 수밖에 없었다.

"그리고요, 유님 경도 너무합니다. 아니, 동대제국에 있던 왕비님이 전하를 무슨 수로 끌고 갔다고 전하가 동대제국에 잡힌 게 왕비님 탓이란 겁니까? 전하가 전하 날개로 날아간 거잖아요!"

그렇지 그렇지 동조하면서 고개를 끄덕이던 하인리는, 퍼뜩 놀라 물었다.

"그런데 코샤르 형님이 안 보인다?"

하인리가 며칠간 함께 지내며 본 코샤르는, 우애가 깊은 데다 동생 일에는 물불 가리지 않는 오빠였다. 그 성격으로 보아 동생이 오자마자 제일 먼저 달려와야 할 텐데. 아직까지도 모습이 보이지 않으니 이상했다.

"별궁에도 안 오신 것 같았는데."

"아아. 지금 최대한 피해 다니고 있을 겁니다. 그래봤자 근방 어딘가에 있겠지만요."

"피하다니? 왜?"

"자기가 지금 나섰다가 왕비님께 폐가 될까 걱정된다고……."

하인리는 눈썹을 치켜올렸다가 안타까워 혀를 찼다. 맥켄나는 어깨를 으쓱했다.

"사실 그렇긴 하지요. 코샤르 경은 좀, 악명이 높으니까요."

"형님을 부려먹는 것 같아서 미안하지만, 평판을 바꿀 만한 일을 맡겨야겠군."

"앞으로를 생각하면 그게 좋을 것 같습니다."

하인리는 고개를 끄덕이고서 책상으로 다가갔다. 그의 책상 위에는 자리를 비운 사이 쌓인 서류가 수북했다. 하인리는 책상 앞에 앉아 소맷자락을 걷어 올렸다.

"아, 그리고 결혼식은 빨리 준비하지."

그러고서 잉크병 뚜껑을 연 그는, 깃털 펜을 꺼내 끄트머리를 까만 잉크에 담그다가 "음?" 하고 맥켄나를 쳐다보며 물었다.

"결혼식 준비, 네가 하는 거 아니잖아?"

맥켄나도 그를 빤히 쳐다보고 있었다.

"예. 보통은…… 왕비님이 하시죠."

보통은 왕세자일 때 왕세자비를 들이니까, 궁전의 가장 윗사람인 왕비가 결혼식을 맡아서 준비해준다. 하인리와 맥켄나의 표정이 둘 다 비슷하게 떨떠름해졌다. 그 '보통'의 사례가 지금과 너무 달랐기 때문이다. 크리스타는 이미 왕비가 아니었고, 나비에는 이미 왕비였다.

물론, 지금 당장은 지위가 없다 해도 전 왕비인 크리스타가 결혼식을 준비해주는 게 모양새가 제일 좋긴 했다. 하지만 이건 나비에를 위해서 안 될 일이었다. 국혼을 준비하려면 몇 주간 궁정인들을 지휘하고 관리 감독해야 하는데. 이 과정을 거치면서, 크리스타의 위치가 더 굳건해질지도 모르기 때문이다. 그렇다고 나비에에게 직접 자신의 결혼식을 준비하라 하는 건, 사교계에 마음껏 물어뜯겨보라며 나비에를 내밀어놓는 거나 다름없었다. 성대하게 준비하면 사치스럽다 뜻을 테고. 소박하게 준비하면 서왕국을 무시한다고 뜻을 테니까.

맥켄나가 걱정스럽게 물었다.

"어쩌지요?"

"뭘 어떻게 하겠어. 내가 직접 해야지."

"그렇게 말씀하실 거라 생각하긴 했습니다만……."

하인리의 대답에 맥켄나는 말끝을 흐렸다.

"다만?"

"전하께서 준비하신다 한들 마찬가지일 텐데요."

맥켄나는 한숨을 내쉬었다.

"전하께서 성대하게 결혼식을 준비하시면 사랑에 눈이 멀어 사치스럽다 할 테고……."

"칭제할 거다."

맥켄나는 "또……" 하고 말을 이으려다가 얼어붙었다. 그는 멀뚱히 눈만 깜빡였다.

"예?"

내가 뭘 잘못 들었나, 생각하는 얼굴이었다.

"결혼식 날, 칭제할 거다."

하인리가 거듭 말하자, 맥켄나는 한손으로 입가를 가리고 눈을 커다랗게 떴다. 그제야 말이 제대로 이해가 된 듯했다.

"그럼……!"

"아무리 성대하게 한다 해도 사치 운운하진 못하겠지."

"심, 심장이. 심장이 엄청나게 뜁니다."

맥켄나는 멍하니 중얼거렸다.

칭제. 약간 이른 감이 있긴 하지만, 그보다는 장점이 더 많은 선택이었다. 나비에는 서대제국의 첫 황후가 되는 거였고, 그건 두 사람의 빠른 결혼에 대한 이미지를 쇄신해줄 터였다. 게다가 좋은 소식과 함께 온 손님은 덩달아 길한 손님이 되는 법. 나비에가 외국인이란 이질감도 칭제의 영광과 함께 덮어질 터였다. 하지만 마냥 좋아하는 맥켄나와 달리, 하인리는 칭제를 말하면서도 표정이 무거웠다.

"전하?"

맥켄나는 괜히 걱정되어서 하인리를 불렀다.

"혹시 칭제를 안 하고 싶으신데 하시려는 거면……?"

하인리는 고개를 저었다.

"해야지."

그러나 말하면서도 역시 서늘한 얼굴이었다. 사실 그는 자신의 형에 대해 생각하는 중이었다. 서왕국은 귀족들에게 봉토를 나누어주는 국가가 아니었다. 귀족들의 사병 수도 제한했다. 서왕국이 동대제국에 맞먹는 군대를 모을 수 있던 것도, 왕실이 무척 부유한데다가 군대를 왕이 지휘하기 때문이었고, 서왕국의 왕권은 막대한 부와 집중된 군사력으로 자연히 탄탄해졌다.

하지만 하인리의 형인 워턴 3세 치하를 거치면서, 그 탄탄하던 왕권이 약간 약해졌다. 워턴 3세가 원래도 마음이 약한 편인데, 병석에 누운 기간이 길어졌기 때문이었다. 이런 상황이다 보니, 가끔씩 자신이 그때 형의 곁에 있었더라면 좀 괜찮았으려나, 이런 생각이 드는 건 막을 수 없었다. 물론, 그랬다가는 안 그래도 흉흉한 독살설이 더 강해졌겠지만.

하인리는 한숨을 내쉬었다. 그나마 다행인 건 왕권이 아버지 대보다 약해졌다 하더라도 충분히 통제 가능한 선이라는 것. 상대의 마법사 수를 줄인다고 해서 이쪽의 마법사 수가 늘어나는 것도 아니니, 군대를 잘······.

"아."

"예?"

"맥켄나. 그때 마법 아카데미 학생은?"

"그 에벨리인가 하는 학생이요? 전하께서 마력을 돌려주라 하셨던?"

"그래. 지금은 좀 어때?"

"아직 뭐. 그렇죠. 마력을 가져가는 것도 오래 걸리는데, 돌려주는 건 더 오래 걸립니다."

"그래."

하인리는 고개를 끄덕이고서, 이젠 정말로 일을 하려는지 서류를 보았다. 맥켄나는 우물거리다가 물었다.

"그런데 전하. 마력, 그거 꼭 돌려주어야 합니까?"

좀 불만스러운 얼굴이었다.

"돌려줘."

하인리의 즉답에, 얼굴에 떠오른 불만은 더욱 강해졌다. 맥켄나는 입술을 꿈틀거리며 퉁명스레 말했다.

"돈이 너무 많이 듭니다. 너무 너무 많이 들어요. 어차피 그 앤 동대제국 사람이니 마력을 돌려줘도 동대제국에 갈 거지 않습니까."

"딱 한 명이잖아. 걔만 돌려줘."

"······."

한편, 소비에슈는 나비에를 찾았단 소식이 들려오기를 기다리며 초조하게 방 안을 오가는 중이었다. 그러나 아무리 기다려도 소식은 들려오지 않았다.

"폐하······."

라스타는 그런 소비에슈를 걱정스럽게 바라보았다. 태교를 하러 와서는 저러고 있으니, 태교는커녕 마음이 오히려 더 불안해졌다. 이혼을 기뻐해야 할 그가 내내 무거운 표정으로 폐비를 찾으려는 게 찜찜했다. 저러다 황후 약속을 무르면 어쩌지?

'그나마 폐비가 서왕국으로 가버려서 다행이지.'

나비에가 동대제국에 남아 있는데 소비에슈가 저랬다면, 그녀는 정말로 잠을 못 잘 만큼 불안했을 것이다.

"폐하, 사람들이 폐비가 도망치듯 떠난 일을 두고 수군거린대요."

라스타는 보다 못해 소비에슈를 위로할 말을 꺼냈다.

"평판이 많이 떨어졌다고 하니 염려 마세요. 다들 폐하의 편이 어요."

효과가 있었을까? 소비에슈는 서성거리던 걸 멈추더니, 라스타를 잠시 쳐다보다 물었다.

"라스타."

라스타는 이때다 싶어 얼른 소비에슈의 곁으로 가, 그렁그렁하게 그를 올려다보았다.

"말씀하세요, 폐하."

"그 얘긴 누가 해줬지?"

"얘기요? 에르기 공작님이요."

에르기 공작의 이름에 소비에슈의 표정이 무서워졌다. 소비에슈는 에르기 공작이 나비에를 빼돌렸다고 확신하고 있었다. 에르기 공작이 외국의 왕족이기도 해서 더 뭐라고 나서진 못하지만, 분노가 이마 끝까지 찬 상태였다. 소비에슈는 라스타에게 화를 내지 않기 위해 애써 목소리를 누르며 충고했다.

"에르기 공작과는 어울리지 마라."

"네? 어째서요?"

"네가 어울릴 만한 작자가 아니다."

라스타는 소비에슈가 에르기 공작을 하인리에게 보낸 걸 몰랐다. 그 탓에 라스타는 지금 소비에슈의 분노가 에르기 공작을 향한 질투라 생각했다. 황후가 폐비가 된 지금 소비에슈의 여자라고 할 만한 사람은 자신뿐인데. 그녀가 에르기 공작과 어울리니 소비에슈가 질투하는 게 분명했다. 라스타는 소비에슈의 분노를 보자 차라리 안심이 되기도 하고 마음도 찡해져서 속삭였다.

"걱정 마세요, 폐하. 라스타가 사랑하는 건 폐하인걸요."

"뭐?"

"에르기 공작은 친구일 뿐이에요……."

소비에슈는 이게 무슨 말인가 싶어서 라스타를 보았다. 라스타는 아련한 표정으로 웃고 있었다. 소비에슈는 라스타의 오해를 알아차렸지만, 그녀가 민망할까 봐 정정하지 못하고 그냥 고개만 끄덕이고서, 옆의 소파에 앉으며 말했다.

"태교를 하러 와서 너무 무거운 이야기만 했군. 그래, 뭘 하면 된다고?"

같은 시각 밤중. 하인리의 근위대장인 유님은 맥켄나에게 왕명을 전달받고서, 간만에 숙소가 아닌 자기 집으로 돌아갔다.

"코빼기도 안 보이더니. 오랜만이네?"

유님의 누이인 로즈는 잠들어 있다가 비몽사몽한 채로 그를 맞이했다. 그녀는 하품을 하고서 하녀에게 먹을 걸 좀 가져오라 지시했다.

"이거."

유님은 무거운 외투를 벗으며, 로즈에게 왕명이 적힌 서한을 건넸다.

"이게 뭔데?"

로즈는 다시 하품을 하며 유님이 건넨 서한을 받아 펼쳤다.

"누나를 새로운 왕비의 임시 시녀로 삼겠다는 왕명."

"나를?"

시녀로 삼겠다는 왕명은 거절하고 싶으면 해도 된다. 하지만 이런 명령을 거절하는 건 왕에게 찍히기 쉬운 빠른 길이었다. 게다가 왕비의 시녀가 된다는 건 아주 영광스러운 일이기에, 아주 특수한 경우가 아니라면 대부분은 거절하려 들지도 않았다.

　로즈는 왕명이 쓰인 종이를 심각한 표정으로 스윽 훑더니 웃음을 터트렸다.

　"아, 이거?"

　"속이 뻔히 보여서 한심하지 않아?"

　유님은 한심하다는 듯 중얼거리며 허리춤에서 무거운 검을 끌러 테이블에 내려놓았다. 로즈는 깔깔 웃어대며, 읽은 내용을 다시 한번 더 읽었다.

　"왜. 그래서 재미있잖아."

　"흥."

　"제법 머리를 쓰는 모양인데? 날 불러놓고서 최대한 어질고 착한 왕비처럼 굴려나 봐."

　로즈는 픽 웃으면서 유님을 흘겨보았다.

　"이게 다 내 남동생이 왕비님 앞에서 오만방자하게 굴었기 때문이겠지?"

　몇 시간 전의 일이지만, 이미 소문으로 유님이 나비에게 어떻게 했는지 다 들은 눈치였다. 유님은 그사이에 자기의 일이 로즈에게까지 들어간 게 어이없기도 해서 코웃음을 쳤다.

　"왕비님과 나 사이에 공통점이 하나 있긴 하네. 욱하는 형제를 둔 거."

　"난 남을 때리진 않아."

　"퍽이나."

　"……."

"어쨌든 일이 이렇게 되었으니 뭐. 좋아. 내가 그 임시 시녀 노릇을 하면서 새 왕비님을 관찰해보지."

"할 수 있겠어?"

"어떤 왕비인지, 나라에 도움이 될 사람인지, 뭐 이런 거 보면 되는 거잖아. 그치?"

유님의 누이가 찾아온 건 오전 11시경이었다.

"임시로 왕비님을 모시게 된 로즈 퀘벨이라 합니다."

나는 무릎 위에 세워둔 책을 내리며 그녀를 살폈다. 속마음이야 알 길이 없지만, 일단 유님과 달리 겉으로는 공손했다. 가끔씩 곁눈질을 하는 걸 보니 날 경계하고 있는 듯하지만.

"부탁을 들어주어서 고마워요, 로즈 양."

모른 척 웃으면서 책을 아예 옆에 내려놓고 일어났다.

"앞으로 많이 도와줘요."

"물론입니다, 왕비 전하."

그녀는 싹싹하게 말하고서는 나를 빤히 바라보았다. 이제 뭘 어떻게 할까요, 하는 시선이었다.

나는 바로 물었다.

"의상실로 안내해줄래요?"

로즈는 설마 내가 진짜로 바로 물어볼 줄은 몰랐던지, 얼결에 "예?" 하고 되물었다.

"의상실로 가고 싶은데."

"아…… 네. 의상실이요."

로즈는 당황해서 눈을 깜빡였지만, 곧 태연한 미소를 지으면서 "이리로 오세요." 하고 방을 나갔다. 나는 그녀를 천천히 따라가며 걸음걸이를 살폈다. 걸음걸이만큼 사람의 성격이 잘 나타나는 것도 없으니까.

사실, 나는 유님의 누이를 기다리며 여러 가지 시나리오를 준비해두었다. 유님의 누이가 어떤 성격인지에 따라 다르게 대응할 생각이었다. 심약하고 소심한 사람이라면 다정하게 대해줄 생각이었고, 미리 가시를 세우고 온 고슴도치라면 익숙해질 시간을 줄 생각이었다. 권력순응형이라면 하인리를 찾아갈 생각이었고, 내가 자기의 호감을 사야 한단 걸 잘 알고서 찾아온다면…….

'예상을 깨주어야지.'

"여기입니다, 왕비 전하."

소문 속의 새 왕비가 의상실에 나타나자, 재단사와 조수들은 허둥지둥 인사를 올렸다. 나는 그들의 인사를 하나하나 받아주고 수고한다고 인사치레를 한 후, 다시 웃으며 로즈를 불렀다.

"로즈 양."

그녀는 내가 재단사들에게 무슨 말을 하나 가만히 지켜보고 있다가, 내가 부르자 웃으며 대답했다.

"네, 왕비 전하."

나는 그녀에게 내가 입은 옷을 가리키며 말했다.

"난 가져온 옷이 얼마 되지 않습니다."

정확히는 입고 왔던 옷뿐이지만.

로즈는 눈을 동그랗게 떴다. 아마 나와 하인리가 도망치듯 이곳으로 온 일을 떠올리고 있겠지. 얼마나 바쁘게 도망을 친 거면 옷도 못 가져왔나, 이런 생각을 할지도 모르겠다.

"그러시군요. 그러면 지금 옷을 맞추어야겠습니다."

나는 계속 웃는 낯을 유지하며 부탁했다.

"맞아요. 그래서 말인데, 당장 급하게 입을 의상을 여섯 벌 구해 줘요."

"네. 어떤 의상으로 준비할까요?"

"평소에 입을 의상 세 벌, 업무 중에 입을 의상 두 벌, 혹시 모르니 간단한 연회 때 입을 의상 한 벌."

"원하는 스타일이라든가……."

가격대를 묻고 싶겠지. 나는 그녀가 뭘 물어보는지 모르는 척, 생긋 웃으며 부탁했다.

"난 서왕국 방식에 대해 잘 모르니, 로즈 양에게 일임하겠어요."

이렇게 하면 내가 어떻게 옷을 입더라도 꼬투리를 잡을 수 없게 되겠지. 일부러 사람들 앞에서 직접 명령을 내렸으니, 혹시 로즈가 이상한 의상을 만들어 오더라도 사람들은 그게 누구 탓인지 바로 알 거다.

로즈는 순순히 그러겠다고 대답했다. 그러나 내 대답을 들은 후, 그녀가 아까보다 나를 경계하는 게 느껴졌다. 그렇지만 이번에도 모르는 척 부탁했다.

"궁 안을 안내해주겠어요? 지리를 익혀두어야 하니까요."

"……예, 왕비 전하."

우리는 의상실을 나가 계단을 두 개 내려간 다음, 긴 회랑을 지나 산책로로 들어갔다. 아주 부유한 나라라더니. 그 명성에 걸맞게, 서왕국의 궁전은 동대제국보다 그 위용이 절대로 떨어지지 않았다. 궁전은 전반적으로 더 밝은 톤이었는데, 특이하게도 건물 여기저기가 보석으로 치장되어 있었다. 그걸 보자, 자신의 나라가 보석 산출국이라 거듭 강조하던 하인리의 말이 떠올라 웃음이 나왔다.

'반짝거리는 걸 좋아하는 게 꼭 새 같아.'

새…… 새?

"……."

"왕비님? 왜 그러십니까?"

"아아. 아니. 아닙니다."

잠시 잊고 있던 '맥켄나는 파란 새'란 가설이 떠올랐다. 하인리가 오면 물어봐야겠어. 맥켄나가 파란 새라면 하인리도 분명 알고 있을 테니.

"계속 가지요."

그런데 다시 걸어가려다 보니, 갑자기 허둥지둥 뒤따르는 소리가 났다.

"?"

로즈의 발소리는 아니었다. 이상해서 돌아보자, 단정하게 차려입은 누군지 모를 남자가 입술에 펜을 문 채 균형을 잃고 허둥대고 있었다. 결국 한 번 넘어진 그는 얼른 발딱 일어나 바지를 털다가, 내가 자기를 쳐다보고 있단 걸 눈치채고는 모든 행동을 멈췄다.

"누군가요?"

로즈에게 묻자, 그녀가 작게 알려주었다.

"왕실 출입을 허가받은 기자입니다."

기자…….

"왕비님께서 가까이할 인물은 아닙니다."

로즈는 얼른 덧붙였다.

"나중에 회견 일정이 잡히면 그때 만나시는 게 나아요."

그녀는 내가 다른 곳으로 가길 원하는 듯 좀 불편한 표정이 되었다. 사교계는 여러 가지 일이 많이 발생하다 보니 기자들의 좋은 먹잇감이 되기 쉬운데, 아무래도 그 탓인 모양이다.

"왕실 출입을 허가받은 기자가 한 명이 아닌 건가요?"

하지만 내가 계속해서 묻자, 그녀는 어쩔 수 없다는 투로 이어 설명해주었다.

"지금은 총 세 개 신문사가 왕실 출입 허가를 받고 있습니다. 각 신문사당 한 명의 기자만 들여보낼 수 있고요."

그런데 날 쫓는 기자가 한 명이라는 건, 다른 두 명은 크리스타에게 붙어 있단 건가? 아니면 크리스타가 궁전에 기자들이 돌아다니는 걸 싫어한다거나…….

'어느 쪽이든 지금 상황에는 도움이 될지도.'

나는 다른 쪽으로 가는 대신, 일부러 기자 쪽으로 다가가 최대한 부드럽게 웃으며 물었다.

"나한테 궁금한 게 있나 본데. 무엇이지?"

기자는 설마 내가 직접 다가올 줄 몰랐던지 당황해서 눈을 굴렸다. 로즈 역시도 "전하." 하고 초조하게 불렀다.

기자는 영리했다. 당혹스러워하는 것도 잠시, 그는 곧바로 수첩을 꺼내 들며 내게 물었다.

"어떻게 이렇게 빨리 재혼하신 겁니까?"

"기자들을 가까이해야 돼, 아가씨. 그 사람들의 질문을 들어보면, 국민들이 뭘 원하는지 알 수 있거든."

같은 시각, 에르기 공작은 라스타와 나란히 걸어가며 조언해주는 중이었다. 공교롭게도 그가 라스타에게 알려주는 전략은 나비에와 비슷했다. 하지만 라스타는 에르기 공작의 조언을 반쯤 흘려들었다. 대신 그녀는 에르기 공작과 가까이하지 말라던 소비에슈의 말을 떠올렸다. 충고를 받은 게 바로 어제인데. 다음 날 바로 공작을 만나러 왔으니, 괜히 신경이 쓰일 수밖에 없었다.

'하지만 어쩔 수 없어.'

라스타는 입을 부루퉁 내밀었다. 랑트 남작은 친절하고 똑똑하지만 황제의 사람이고, 베르디 자작 부인은 영 못 미더운 구석이 있다. 신입 하녀 델리스는 충성스러워 보이지만 소비에슈를 볼 때마다 반응이 찝찝하고, 경력 많은 하녀 아리언은 일은 잘하지만 너무 말이 없어 속내를 모르겠다. 에르기 공작은 라스타가 궁전 안에서 신뢰할 수 있는 몇 안 되는 인물이었다.

아니, 라스타는 그에게 자신이 곧 황후가 될 거란 사실을 알려주지 못한다는 게 미안할 정도였다. 그러면 에르기 공작도 이런 이야기는 집어치우고 당장 황후 역할을 수행하는 데 도움이 될 조언을 해줄 텐데. 에르기 공작은 그 사실을 모르니, 황후 자리에 오르는 데 도움이 될 법한 이야기나 해주지 않는가.

"게다가 아가씨의 평판을 올리는 데에도 기자들은 중요해. 아가씨가 세상에서 제일가는 선량한 사람이어도, 평민들은 아가씨를 실제로 볼 수 없거든."

"으음."

"귀족들은 소문이 아무리 잘못 나더라도 아가씨를 직접 보고 판단할 기회가 있지만, 평민들은 그럴 기회가 없어. 그러니 평민들을 공략하려면, 기자들과 가깝게 지내도록 해."

"안 그래도 되는데……."

결국 라스타가 소리 내어 중얼거리자, 에르기 공작이 어리둥절해서 물었다.

"안 그래도 된다고? 아가씨 자신과 아기를 지키기 위해 황후가 되고 싶다며. 마음이 바뀌었어?"

"그건 아니에요."

"나비에 황후가 사라졌으니 이제 안전할 것 같아서 그래?"

"네. 라스타를 해칠 사람은 이제 아무도 없잖아요."

"다음 황후가 아가씨를 더 싫어할 수도 있잖아."

그럴 일은 없단 말을 참기 위해, 라스타는 입술을 뾰족하게 만들고서 돌아서서 웃었다.

"아가씨. 진지한 얘기잖아……. 너무 흘려듣지 마."

"알았어요. 기자들에겐 다 잘 대해주란 거죠? 그러면 되죠?"

"그렇지도 않아."

"?"

"적과 나 모두에게 잘 대해주는 사람은, 결국 아군은 아니잖아?"

라스타는 울상을 지었다. 폐비 이야기나 좀 한 다음, 새로 생긴 양부모에 대해 말하고 싶은데. 에르기 공작이 너무 따분한 이야기만 하고 있지 않은가.

"아가씨. 기자들은 몇 종류가 있는지 알아?"

"몰라요."

"딱 두 종류야."

"좋은 기자, 나쁜 기자?"

"귀족에게 친화적인 기자와 귀족에게 적대적인 기자."

"귀족에게 친화적인 기자들이 왕실에도 친화적일 테니까, 라스타는 귀족 친화적인 기자들과 친하게 지내야 하나요?"

"그렇게 딱 잘라 말할 수는 없어."

"?"

"귀족 친화적이라 해서 왕실 친화적인 건 아니고, 귀족 적대적이라 해서 왕실에도 적대적인 건 아니거든."

라스타는 두 손으로 자기 옆머리를 짚었다. 그만! 하고 외치고 싶은 기분이었다.

"귀족과 왕이 사이가 나쁘면, 왕은 귀족 적대적인 기자들과 가깝게 지내야 해. 즉, 눈치 싸움이란 거야."

"아…… 음. 네."

"하지만 평민은 확실하게 귀족 적대적이야, 아가씨. 이 차이를 명심하고서 어디를 가까이할지 정해."

라스타는 한숨을 내쉬고서 대답했다.

"라스타는 평민의 지지를 받아야 하니까, 평민 친화적인 기자들을 가까이해야 하네요."

"그렇지. 하지만 귀족 친화적인 기자들에게 밉보여서도 안 돼."

"으…… 누가 평민 친화적인지 누가 귀족 친화적인지는 어떻게 아는데요?"

"최근 3년간의 기사를 다 읽어보면 돼."

라스타는 결국 쪼그리고 앉아 손을 휘둘렀다.

"아기가 그런 얘기는 안 듣고 싶대요! 좀 재밌는 얘기로 해줘요!"

에르기 공작은 그런 라스타를 빤히 내려다보다가, 곧 크게 웃음을 터트렸다. 라스타가 입을 삐쭉이자, 에르기 공작은 실소하며 고개를 저었다. 그녀가 몹시도 귀엽다는 태도였다. 그러면서도 대놓고 칭찬은 하지 않는다. 라스타는 그를 힐긋거리다가 괜히 배시시 웃으며 아래를 보았다.

사람들은 신문을 읽으며 두 가지를 기대한다. 진실. 혹은 자신이 원하는 답. 지금의 질문에 필요한 건 진실이 아니라 '원하는 답'이다. 그렇다면 서왕국 국민들이 원하는 답은 무엇일까……. 국민 대다수는 자기들의 왕이 치정극을 찍으며 우스갯거리가 되는 걸 싫어하지. 왕실 치정극은 재미있지만, 적어도 왕과 왕세자 부부만큼은 거기에 섞이지 않길 바란다.

서왕국 국민들 역시 마찬가지일 거다. 특히 하인리의 형은 정부를 여럿 두었으니, 그에 관한 이야기에 질려 있을 터. 그렇다면 지금은 정략적인 이야기보다는 로맨스를 섞어 대답하는 게 낫겠지. 하지만 나와 하인리의 경우는 로맨스가 너무 짙으면 불륜이 되어버리니, 선을 잘 지켜야 한다.

'하인리와 말을 맞춰 대답하는 게 가장 좋겠지만…….'

나중에 대답을 하겠다며 대답을 한 번 미뤄버리면, 이후의 대답에는 진실성이 떨어져 보인다. 그때는 아무리 좋은 대답을 하더라도 말을 맞추거나 지어냈을 거라 생각할 테니, 지금 당장 대답하자.

생각을 마치자마자 나는 희미하게 웃으면서 대답했다.

"이혼을 앞두고 모든 걸 정리 중일 때."

"?"

"그때 전하께서 힘이 되어주셨습니다."

물론 대답을 하면서, 상대가 관심을 보일 다른 미끼를 주는 것도 잊어서는 안 된다. 영리한 기자는 내 말에 포함된 속뜻을 대번에 읽어내고는 놀라 물었다.

"이혼하게 될 거란 사실을 미리 아셨다고요?"

"……들어버렸거든요."

상상의 여지가 있도록 구구절절이 대답하진 않았지만, 이것만으로도 충분하겠지. 기자는 놀라서 입을 벌렸고, 로즈도 몹시 놀란 표정을 지었다. 이윽고 그녀는 나를 가엾다는 듯 바라보았다.

저녁 6시경. 별궁에는 조리실이 따로 없기 때문에, 로즈는 왕비의 식사를 챙기기 위해 직접 본궁으로 갔다. 자연스럽게 로즈는 남동생인 유님과 접선할 수 있었다. 유님은 로즈를 보자마자 왕비가 어떤지 물었고, 로즈는 혀를 내둘렀다.

"좋은 쪽으로도 나쁜 쪽으로도 인간미가 없어."

"무슨 뜻이야?"

"말 그대로의 뜻이야."

유님은 잠시 생각해보다가 덧붙였다.

"근데 예상외로 날 회유하려 들지 않아."

"누나가 눈치 못 챈 건 아니고?"

"내가 그런 것도 구분 못 하는 줄 알아?"

"그건 그렇지."

"회유는 안 하는데. 도움은 다 받아내려 하더라."

로즈는 황후가 자신에게 의상을 준비하라 시킨 것과 사람들 앞에서 '일임하겠다' 명령한 걸 말한 후, 치맛자락을 살짝 들어 올려 퉁퉁 부은 발을 가리켰다.

"이거 보여? 궁전을 구경시켜달라 해서 하루 종일 걸어 다녔어."

"뭘 어떻게 걸었기에 발이 부어?"

"말도 마, 얼마나 꼼꼼하게 보고 다니는지 몰라."

로즈는 손을 휘휘 저으면서 몸을 떨었다. 왕비가 아니라 스파이가 왔나 싶을 정도로, 왕비는 모든 방마다 다 들어가 내부까지 확인하며 돌아다녔다. 그러다 보니 자연스럽게 여러 궁정인들과 마주쳤는데, 이상한 건 그들 중 몇몇이 왕비를 보고 사색이 되었단 것이다.

"궁전을 구경한 게 아니라, 사람들에게 자기 얼굴을 구경시킨 것 같기도 하고……?"

고개를 갸웃하는 로즈에게, 유님이 다시 물었다.

"크리스타 님과 비교하면 어떤데?"

"고작 하루 같이 있었잖아. 거기까진 모르겠어."

"인품은?"

"하루 만에 알긴 어렵지."

"능력은?"

"잘하겠지, 소문이 여기까지 날 정도인데. 내 눈으로 직접 보진 못했어."

로즈는 솔직하게 대답한 후, 머뭇거리다가 인정했다.

"뭐. 난 흠, 싫진 않았어. 조금만 덜 돌아다니실 거라면, 계속 시녀 생활을 해봐도 괜찮겠고."

"……."

이런 대답을 원한 게 아니었는지 유님이 미간을 살짝 구겼다.

로즈가 늦게 온다.

'나간 지 얼마 정도 지났지?'

나는 시계를 쳐다보며, 오늘 하루 종일 돌아다니면서 체감한 본궁과 별궁 사이의 거리를 떠올렸다. 짧은 거리는 아니었다. 피곤한 다리로 오간다면 걷는 속도는 좀 더 느려질 테고……. 하지만 이런저런 걸 고려하더라도 역시 그녀는 늦게 오고 있다. 그렇다면 누군가를 만나서 얘기 중이란 건데. 누구를 만났을까?

'자기 남동생을 만났을 거야.'

그래. 크리스타를 만난 거라면 나중에 따로 만나든가 하지, 지금처럼 길게 얘기하진 못할 거다. 이 정도로 길게 얘기하고 있단 건 찔리는 게 없단 걸 테니, 유님을 만난 게 맞겠지.

'그렇다면 무슨 말을 하고 있으려나?'

어쩌면 오늘 너무 많이 돌아다녀서 다리가 아프다고 투덜거리고 있을지도. 나는 웃음이 나오려는 걸 참기 위해 입술을 엄지로 눌렀다.

똑똑.

아, 왔나 보다. 나는 얼른 입술에서 손을 떼고 일어났다.

똑똑.

그런데 노크 소리는 문가에서 들려오는 게 아니었다. 창문에서 들려오고 있었다. 마치 어제처럼. 무슨 일인가 싶어 창가로 가 문을 열자, 역시나. 하인리가 어제와 비슷한 모습으로 서 있었다. 다른 점이 있다면 오늘은 보석 다발 대신 아이보리색에 금박을 입힌 도시락 상자를 들고 있다는 점뿐.

"하인리, 그건?"

"같이 식사해도 됩니까, 퀸?"

"로즈 양이 아직 돌아오지 않았어요."

하인리는 자신이 든 도시락을 통통 두드리며 웃었다.

"같이 먹으려고 준비해 왔잖아요."

그 모습을 보자 어렸을 때 소비에슈가 쿠키를 바리바리 싸 들고 찾아왔던 일이 떠올랐다. 잠시 마음이 아릿했지만, 나는 얼른 그 일을 흘려보내고서 그러자고 웃었다. 허락이 떨어지자마자 하인리는 대번에 창틀을 뛰어넘었다.

또. 내가 눈썹을 치켜올리자 뒤늦게 아차 하는 표정이 되었지만······.

'저 습관은 고치는 게 낫지 않을까?'

나중에 좀 더 편한 사이가 되면 잔소리를 해야겠어. 속으로 다짐하고서, 나는 하인리와 같이 테이블에 마주 앉았다. 하인리는 도시락을 테이블에 놓고 뚜껑을 벗기며 물었다.

"오늘은 어땠습니까?"

"기자를 만났어요."

"기자요? 아아. 세 명이 돌아다니고 있죠."

당연하지만 하인리도 그들이 누구인지 아나 보다. 그의 눈꼬리가 묘하게 휘었다.

"어느 쪽을 만났습니까?"

"남색 머리였어요. 꽁지머리를 하나로 묶은……."

"누군지 알겠습니다."

하인리에게 그 기자가 한 질문과 내가 한 대답을 알려주자, 하인리는 작게 웃음을 터트렸다.

"많이 생략되긴 했지만 사실이네요."

"지금도 생각하는 거지만, 그대에게 늘 고마운 마음이에요."

"항상 말씀드리는 거지만, 퀸. 그대를 왕비로 모시고 싶어 한 건 저입니다."

말을 마친 그가 슬금슬금 달팽이처럼 손을 뻗는다. 뭐 하는 거지? 보고 있자니, 그 손은 내가 앉은 탁자 위까지 다가와 멈췄다. 손을 잡으란 건가? 그 손을 내려다보다가 어색하게 내 손을 겹치자, 하인리는 얼른 내 손을 답삭 쥐었다. 먹이를 기다리던 식충식물처럼.

"로즈 양은 어떻던가요?"

"파리지옥……."

"그 정도로 별로였습니까?"

"네? 아, 아니. 영리해요."

하인리는 내가 자기 손을 두고 파리지옥이라 말한 걸 모르는지, 고개를 기웃하다 다시 물었다.

"로즈 양 외에 원하는 시녀는 없습니까?"

"좀 더 차분히 살펴볼게요."

나는 대답하면서 슬쩍 그의 손에서 내 손을 빼냈다. 왕세자비 시절을 거치면 누구를 곁에 두어야 하고 누구를 멀리해야 할지 자연스럽게 알게 된다. 왕세자비 시절을 거치지 않았더라도, 내가 서왕국 출신이라면 평판이 좋거나 친한 사람들은 먼저 시녀로 들일 것이다. 하지만 나는 두 가지 중 어느 경우도 아니었기에, 왕비궁에서 데리고 있을 시녀들을 고르는 게 쉽지 않았다.

하인리는 "그래요." 하고 중얼거리면서도 자신의 손에서 빠져나간 내 손을 물끄러미 바라보았다. 누가 보아도 아쉬워하는 기색이 강해서, 나는 괜히 손을 쥐었다 펴기를 반복하며 어색하게 웃었다.

그와 함께 있으면 자주 이렇다. 어색한데 편안하고, 간지럽다. 그는 깃털을 커다랗게 뭉쳐 만든 포근한 베개 같아서, 날 편안하게 해주지만 자꾸 간지러워 웃음이 나게 만든다. 하지만 그래서 걱정이었다. 결혼식을 하면 첫날밤도 치러야 할 텐데. 벌써부터 이렇게 어색해서⋯⋯. 첫날밤을 치르기 전도 고민이고, 치르는 것도 고민이고, 치른 후 그의 얼굴을 보는 것도 고민이었다.

그때에도 우리가 이렇게⋯⋯ 동료처럼 서로를 볼 수 있을까?

첫날밤 생각을 하자 아기 고양이가 까칠한 혓바닥으로 심장을 핥는 기분이 들어서, 괜히 멋쩍어진다. 이런 기분은 영 이상해. 나는 일부러 도시락을 내려다보며 누가 썼는지 모르지만 아주 잘 썼다고 칭찬했다.

"제가 쌌습니다."

돌아온 대답은 완전히 의외였지만.

"정말인가요?"

이건 또 생각해보지 못한 일이라 놀라 묻자, 하인리는 고개를 끄덕이더니 속삭이는 투로 내게 물었다.

"그래서 말인데 퀸. 부탁 하나만 해도 될까요?"

"부탁?"

"우리는 이제 결혼도 했잖습니까."

"……그렇지요."

그런데 갑자기 그걸 왜 주지시키지? 괜히 불안해져서 쳐다보자, 그가 작은 목소리로 물었다.

"해보고 싶은 게 있습니다."

나는 하인리의 말에 숨을 멈추고 여기저기 눈동자를 굴렸다. 결혼을 했으니 해보고 싶은 게 있다는 거면…… 뭘 말하는 걸까. 뭘 떠올리고 저런 질문을 하는지 모르겠지만, 몹시도 당혹스러웠다. 아니, 사실은 몇 가지 짐작 가는 게 있기는 했다. 키스. 키스일 것 같은데? 어쩌면 좀 더 진한 스킨십을 원하는 걸지도.

괜히 긴장이 된다. 두 손을 깍지 껴 아래로 내리고서 나는 어색하게 그를 응시했다. 소비에슈와는 어떻게 키스를 했더라? 모르겠다. 하지만 어릴 때부터 하도 자연스럽게 단계가 진행되어서…….

하지 말라고 할까?

해도 된다고 할까?

그의 입술을 확인해보니, 아주 맑고 탐스러워 보였다.

'하긴. 부부니까, 아예 키스를 안 하고 살 수는 없어.'

나는 짧은 고민 끝에 키스를 하기로 결정했다. 그리고 나름대로 마음의 준비를 하고서, 무덤덤한 척 그에게 허락했다.

"해도 좋아요."

절대로 하인리의 입술이 예뻐서 키스를 허락하는 건 아니다.

그러자 하인리는 활짝 웃더니, 얼른 포크를 집었다.

'포크?'

그러고는 챙겨 온 흰살생선을 집어 내 입가로 가져오더니 "아하십시오." 하고 말했다. 나는 멀뚱히 눈을 깜빡거리다가 멍하니 입을 벌렸다. 바로 입안에 고소한 뭔가가 들어왔다. 기계적으로 생선살을 씹은 다음 넘겼다. 여전히 멍한 기분으로 쳐다보자, 하인리는 눈을 반짝이며 날 바라보고 있었다.

"이게 뭔가요?"

키스는?

당황해서 묻자, 그는 부드러운 목소리로 속삭였다.

"이게 제 로망입니다."

키스하려던 게 아니었어? 나는 더욱 당황해서 중얼거렸다.

"……내게도 손이 있는데요."

분명 당황해서 나온 목소리인데, 내 목소리는 내가 듣기에도 너무 무뚝뚝했다. 내가 말하고서도 미안해져서 쳐다보니, 하인리는 민망해하며 사과했다.

"퀸은 이런 걸 싫어하십니까? 죄송합니다."

"그게 아니라, 나는……."

"?"

나는 입술을 꾹 다물었다. 아무것도 모르겠단 저 표정에 대고서, 내가 각오한 건 키스였단 말을 어떻게 한단 말인가. 나는 그와 키스하고 싶어서 안달이 나지 않았다. 그냥 그의 의도를 잘못 짚어서 헛된 각오를 했을 뿐이다. 하지만 이 말을 해버리면, 내가 그와의 키스를 기대하는 것처럼 들릴 게 뻔해. 나는 솔직하게 설명하는 대신 말없이 방울토마토를 집어서 그의 입에 넣고 넣고 또 넣어주었다.

"퀸? 너무 많은, 많은데요. 천천히."

"벌려요."

"퀸, 조금만 천천히……."

"부부끼리 이걸 하고 싶었다면서요."

"윽, 퀸, 일단 이것부터 먼저……."

"하나도 흘리지 말고 다 먹어요."

로즈는 문 앞까지 다가왔다가 방 안에서 들려오는 왕의 신음 섞인 애원에 놀라서 뒤로 물러났다. 그녀는 눈을 동그랗게 뜨고 방문을 쳐다보았다. 이윽고 그 얼굴은 새빨갛게 달아올랐다. 동대제국의 황후는 칼 같은 성품이라더니. 여러모로 칼 같은 성품인 모양이었다. 아주 거침없는……. 로즈는 한 손으로 자신의 뺨 여기저기를 누르다가, 얼른 그릇을 들고서 별궁 복도를 나왔다.

방울토마토를 다 먹여주고 나니, 하인리의 입가는 붉은 물이 여기저기 튀어 묻어 있었다. 그는 손수건으로 입가를 닦으면서 원망스레 투덜거렸다.

"제 로망은 이렇게 격렬한 건 아니었는데요."

하지만 잠시 생각해보더니 웃으면서 말을 바꿨다.

"그래도 퀸이 주는 거라 좋았습니다."

그 모습이 어찌나 대범해 보이던지. 문득 나 혼자 엉뚱한 착각을 했다가 애먼 화풀이를 한 건가 싶어져서, 미안해진다.

"내가 해줄게요."

결국 죄책감을 견디기 힘들어서, 나는 자리에서 일어나 그의 옆으로 가 선 다음, 손수건을 빼앗아 입가를 제대로 닦아주었다. 그는 순순히 내게 얼굴을 맡겼다. 하지만 얼굴을 맡기면서도 눈은 절대로 감지 않는다. 오히려 자기 얼굴을 닦아주는 나를 뚫어져라 바라보았다. 그러다가 눈을 깜빡일 때면, 금색 속눈썹이 빛을 받아 부드럽게 팔랑였다.

이상하지? 그 사이로 보라색 눈동자가 나타났다 사라지는 걸 보니, 꼭 퀸 같았다. 퀸도 저렇게 예쁜 보라색 눈을 가지고 있지.

아. 그러고 보니…….

"물어볼 게 있었는데. 생각났어요."

내 말에 하인리는, 눈꼬리가 휘어지도록 웃었다.

"무엇이든 물어봐요, 퀸."

"혹시 맥켄나가, 그대가 기르는 파란 새인가요?"

"!"

하인리는 울상을 지으며 투덜거렸다.

"이 분위기가 이 분위기가 아니었지 않습니까?"

아름답던 눈웃음이 사라진다. 눈에 띄게 시무룩해진 얼굴로, 그는 고개를 숙였다. 나도 손을 떼고서 그에게 손수건을 돌려준 후 내 자리로 돌아왔다.

"아닌가요?"

내가 거듭 묻자, 하인리는 곤란한 듯 괜히 방의 이곳저곳을 쳐다보았다. 하지만 결국 버티지 못하고 작게 한숨을 내쉬며 인정했다.

"맞습니다."

저절로 입이 벌어졌다. 반 이상 확신하고 있긴 했지만, 그래도 놀라웠다. 사람이 새가 되다니……. 이건 정말로 놀라운 일이었다.

'게다가 그 새가 하인리의 부하였어.'

전설처럼 내려오는 그 종족이 정말 존재하는 종족이었단 말일까? 나는 호기심을 굳이 감추지 않고서 계속 물었다.

"맥켄나 경은 그럼, 새대가리 일족인 건가요?"

그러나 하인리가 내 질문을 받자마자 정신없이 웃어대는 바람에, 대답은 바로 들을 수 없었다. 에르기 공작도 그러더니 하인리까지. 나는 입술을 깨물고서 하인리를 흘겨보았다. 내가 그 종족 이름을 말하면 좀 이상하게 들리는 건 알지만. 그건 내 탓이 아니지 않나? 애초에 이름을 그렇게 지은 것부터가 문제일 텐데?

"음."

하인리는 웃음을 참으려는 듯 입술을 꽉 깨물었다. 하지만 그로부터도 3분여 가까이 지나서야 제대로 대답해주었다.

"맞긴 하지만, 그 이름은 되도록 안 부르는 게 좋습니다, 퀸."

"이름이 바뀌었나요?"

"아니, 그건 아닙니다. 하지만 음, 그 일족 사람들이 좋아하는 이름이 아니라서요."

그러고 보니 애초에 그 이름은 그들과 대립하던 이들이 붙인 거라 했지. 생각해보니 실례인 것 같아서, 나는 고개를 끄덕이고 물었다.

"그럼 이름을 바꾸면 안 되나요?"

"뭐라고 말입니까?"

"새 머리 일족…… 조두족이라거나."

하인리가 입술을 다시 꽉 물고서 떨었기 때문에, 나는 되도록 그 종족 이름은 입에 담지 않기로 했다.

"그런데 퀸. 퀸은 어디에서 그 정보를 들었습니까?"

"궁정 마법사에게 들었어요."

"아…… 그렇군요."

왜 저러지? 지금까지 내내 웃음을 참지 못하고 즐거워하던 하인리가, 갑자기 눈썹을 치켜올린다. 분위기도 차가워지고. 웃고는 있는데 웃는 것 같지 않은 얼굴……. 혹시 내가 말한 게 기밀인가? 그래서 저런 반응을 보이나? 걱정스레 쳐다보자, 하인리는 그제야 별일 아니라는 듯이 생긋 웃었다.

"혹시 기밀…… 같은 건가요?"

하지만 그 미소를 보자 오히려 더욱 걱정이 된다. 하인리는 손을 저었다.

"일족이 아직까지 살아 있다는 건 기밀이지만, 그런 종족이 있다는 것 자체는 기밀이 아닙니다."

"안색이 어두운데⋯⋯."

"그냥, 동대제국엔 확실히 뛰어난 인재가 많구나, 이런 생각이 들어서요."

칭찬 같지만 칭찬처럼 들리지 않는 말이다. 하인리는 본인의 생각보다 더욱 자기 나라를 사랑하는구나. 기특했지만, 서왕국의 왕비이면서 동대제국 출신인 내 입장에서는 반응하기 모호한 말이기도 했다. 그렇다고 하면 하인리가 섭섭할 테고, 아니라고 부정하기엔 사실이었으니까. 결국 의미 없이 고개만 끄덕거리다가, 하인리가 좀 진정된 것 같을 즈음 다시 물었다.

"물어보고 싶은 게 하나 더 있어요."

하인리는 이번에는 아까처럼 '무엇이든 물어봐요'라고 하는 대신, 불안한 미소를 지었다. 또 내가 무슨 말을 할지 두렵다는 듯. 나는 그의 눈치를 살피다가, 이번에는 조금 더 신중하게 물었다.

"혹시⋯⋯ 퀸도 새, 그 일족인가요?"

"!"

"퀸도 그대의 부하 중 한 사람인가요?"

이번 대답은 더욱 힘든가? 하인리가 움찔한다. 그는 두 손을 깍지 끼고서 시선을 아래로 내렸다. 보기에는 가만히 있는 것 같지만, 자세히 보면 그의 머리카락이 계속 잘게 떨리고 있었다. 하인리는 그 상태로 한참을 가만히 있다가 물었다.

"만약 퀸도 사람이라면⋯⋯ 기분이 나쁠 것 같습니까?"

퀸. 사랑스러운 퀸. 내게 케이크를 가져다주고 날 위해 울어주고 날개를 뻗어 포옹해주던 퀸. 퀸 자체만으로 생각하면 전혀 기분 나쁘지 않다.

하지만…….

나는 주저하다가 "약간"이라고 대답했다. 퀸이 사람인 자체가 기분이 나빠서가 아니었다. 다만, 내가 퀸을 너무 격의 없이 대해서. 그 때문이었다. 생각해보면 퀸은 내가 옷을 갈아입을 때도 늘 뒤를 돌아보았고, 내게 먼저 뽀뽀하지도 않았다. 내가 포옹을 하면 경직된 상태로 인형처럼 굳어 있기만 했지. 문제는 내가 그런 퀸을 끌어안고 뽀뽀한 건 물론, 앞에서 옷을 홀렁홀렁 갈아입어댔다는 점이었다. 퀸이 퀸일 때는 상관없지만, 퀸이 내 남편의 부하라면 몹시 곤란했다.

하인리는 어색하게 웃더니 "그렇군요." 하고 중얼거리며 황급히 도시락에 포크를 가져다 댔다.

"이, 이거도 맛있습니다."

"그래서 결국 아무 말씀도 못 하고 오셨다고요?"

다음 날. 맥켄나는 하인리의 말을 듣고서 혀를 찼다. 하인리는 두 손으로 머리를 감싸고 책상에 엎드렸다.

"기분 나빠, 하는 순간 머리가 하얗게 변했어."

"제가 새란 이야기는 쉽게 하셔놓고서……."

"너한테는 기분 나쁘단 말을 안 했단 말이다!"

"저는 전하처럼 왕비님과 친한 새는 아니었으니까요."

전 아주 독립적인 새였죠, 하고 덧붙인 맥켄나가 뿌듯하게 웃었다. 하인리는 그를 째려보면서 한숨을 내쉬었다.

"진실을 말해야 하는데……."

진실을 안 나비에가 차가운 눈으로 그를 쳐다보며 경멸스럽다 말할 게 두려웠다. 그 차갑고 잔인한 눈동자는 보고 있으면 척추가 오싹해질 만큼 매력적이지만, 그 눈동자가 자신을 향해 적의를 보이는 건 원치 않으니까.

하인리가 괴로워서 아무 소리도 내지 못하자, 맥켄나는 혀를 찼다.

"그래도 언제까지 숨길 수는 없지요."

"알아. 말해야지."

그들의 일족에 관한 건 기밀이어서, 절대로 직접 말해줄 수 없게 되어 있었다. 하지만 예외로 두고 있는 게 가족이었으니, 이제 나비에게도 말해줄 수 있긴 하다. 실제로 그는 나비에에게 퀸의 비밀을 밝힐 준비를 하고 있었다.

하인리는 한숨을 내쉬고서 숙였던 머리를 들어 올렸다.

"부인의 동대제국 시녀들이 온 다음에 말하려고."

"주베르 백작 부인이었나, 그 사람하고 로라 양이요?"

왜 굳이? 맥켄나가 뒷말을 삼켰지만, 하인리는 그가 무슨 말을 하고 싶은지 알아차리고 설명했다.

"퀸이 충격을 받더라도 달래줄 사람이 있어야 하잖아."

이미 나비에가 아주 큰 충격을 받을 거라고 확신한 태도였다. 나비에가 퀸의 궁둥이를 열심히 두드려댔다던가, 여기저기 뽀뽀를 해댔다던가, 끌어안고 운 일 등을 모르는 맥켄나는 '전하도 참 유별나시구나' 생각하며 혀를 찼다. 하지만 막상 하인리의 방을 나오자, 자기도 괜히 불안해져서 주춤했다.

'난 뭐 별일 없었⋯⋯던 거 맞지?'

하인리가 왜 그렇게 당황했던 걸까. 나는 밤새 그 생각을 하다 잠들었다. 아침에 일어나서도 그 생각이 가장 먼저 들었다. 세수하면서도, 이를 닦고 목욕을 하면서도, 로즈가 급하게 가져다준 드레스를 보면서도, 드레스를 입고 머리를 묶으면서도⋯⋯. 심지어 동대제국에서는 먹어본 적 없는 아주 매운 음식을 먹고 기침을 할 때도 하인리의 당황한 표정이 잊히지 않았다.

그가 당황한 이유가 전혀 짚이지 않는 건 아니었다. 짐작 가는 게 있었다. '혹시 하인리가 퀸이어서 그렇게 놀란 게 아닐까?' 하는 생각이다. 하인리가 아주 조금만 더 침착했더라면, 나는 그 생각은 하지 못했을 것이다. 그러나 맥켄나 이야기를 할 때와 퀸의 이야기를 할 때, 그의 태도가 너무 눈에 띄게 달랐다. 자기가 퀸 본인이 아니라면, 왜 그렇게 소스라치게 놀란단 말인가.

"왕비님, 오늘은 어디로 가보시겠습니까?"

"⋯⋯."

"왕비님?"

새…… 일족은 분명 혈연관계겠지. 하인리와 맥켄나는 사촌 형제다. 난 지금까지 맥켄나의 모계 쪽이 새…… 일족이라 생각했다. 일국의 왕족이 새…… 일족은 아닐 거란 편견 때문에. 하지만 예상 외로 그게 부계 쪽 체질이라면? 그러면 하인리와 맥켄나가 모두 새 인간일 수 있다. 하인리의 그 당혹스러운 반응, 핏줄로 이어지는 체질…… 이 모든 건 하인리가 퀸일 때 딱 떨어지는 이야기였다.

"왕비니임?"

게다가 퀸도 하인리도 보라색 눈에 금색 털을 가지고 있잖아?

'맙소사.'

생각하면 생각할수록 오싹해진다. 나는 두 손으로 입가를 막고서, 손에 느껴지던 퀸의 부드러운 몸을 떠올렸다. 정말로 사랑스러운 새여서, 귀엽단 생각이 들 때마다 궁둥이를 두드렸던 것 같은데. 아니, 그러고 보니 내가 궁둥이를 두드릴 때마다 새가 경직되었던 것 같기도. 혹시 옆에 두고 잠들어도 항상 먼저 일어나 가버리던 게 그 때문인가? 내가 퀸한테 뽀뽀를 몇 번이나 했었지?

"왕비님!"

깜짝이야. 머릿속을 휘몰아치는 생각에 잠겨 있다가, 나는 놀라서 고개를 들었다. 로즈가 테이블에 두 손을 올린 채 나를 걱정스럽게 보고 있었다. 그녀의 얼굴 역시 평소보다 가까이 다가와 있었고.

"왜 그러나요?"

놀라 묻자, 로즈는 목소리를 높인 채 물었다.

"괜찮으신가요? 벌써 몇 번을 불렀습니다."

"아. 아아. 미안해요. 뭘 좀 생각하느라."

"안색이 안 좋으십니다."

"괜찮아요. 생각할 게 있어서······."

대체 뭘 생각하기에 내가 이러나 싶은지, 로즈는 고개를 기웃거리다가 조심스레 물었다.

"혹시 크리스타 님 때문이신가요?"

"크리스타?"

크리스타가 누구······ 아아.

"아니요. 그런 게 아닙니다."

나는 얼른 '왕비의 미소'를 지으면서 고개를 저었다. 내 생각에 빠지느라 주위 신경을 너무 안 썼어. 그녀가 크리스타 이야기를 한 후에야, 아직 내가 크리스타에게서 권력을 완전히 가져오지 못했다는 게 떠오른다. 퀸이 하인리인가 아닌가도 중요하지만, 그래. 지금 당장은······.

'하인리가 탈출을 잘한다는 거. 새라서 그런 거 아닌가?'

······안 되겠다. 앉아 있으니 자꾸 생각이 그쪽으로 가버려. 나는 의자에서 일어나 로즈를 향해 사과했다.

"정말로 미안해요. 하지만 크리스타 님 때문에 이러는 건 아니에요."

"그래요······."

로즈는 내 말을 못 믿는 것 같았지만, 갑자기 얼굴이 붉어지더니 "아아." 하고 시선을 내리깔며 웅얼거렸다.

"그, 그럼요. 생각할 일은 많으니까요."

"?"

'왜 갑자기 저렇게 부끄러워하지?'

어리둥절해 쳐다보자, 로즈는 허둥지둥 물었다.

"오늘은 뭘 하고 지내실 건가요? 궁전은 이제 전부 다 살펴보셨습니다."

수도 안에 '궁전'이라 부를 만한 다른 곳이 있긴 하지만, 완전히 동떨어진 부지여서 마차를 타고 가야 한다 했지. 당장 그곳까지 살필 필요는 없어서, 나는 고개를 저었다.

"궁전 구경은 이제 다 됐고……. 아. 혹시 내 오빠가 어디서 지내는지 아나요?"

분명 오빠가 서왕국 궁전에 와서 지낸다고 들었는데. 이상하게도 아직 한 번도 마주치지 않고 있다. 사실 오빠가 먼저 날 찾아올 거라 생각했는데……. 그사이에 어디 다른 곳으로 간 걸까?

"코샤르 경 말씀이신가요?"

로즈는 내 질문에 대번에 오빠의 이름을 말했다.

"맞아요."

역시 오빠가 여기에서 지내는 건 맞는 것 같았다. 고개를 끄덕이자, 로즈는 잠시 고개를 갸웃하더니 말했다.

"확실한 건 아니지만 귀빈실에서 머물고 계실 겁니다."

"그쪽으로 가보지요."

궁전을 구경할 때 귀빈실 근처에도 가긴 했지만, 방 안을 들어가 보진 않았다. 사람이 실제로 숙소로 쓰는 곳인데 내가 구경하는 건 실례라 여겼기 때문이다. 하지만 이럴 줄 알았으면 그곳에서 오빠를 찾아볼걸. 약간 후회가 되지만, 이제 찾아가면 되는 거니까.

"예."

로즈는 앞장서서 귀빈실로 걸어갔고, 나는 다시 한 번 더 궁전 내부를 살피며 그녀를 뒤따랐다. 귀빈실 앞 복도에는 관련 관리가 서 있어서, 오빠의 이름을 대자 바로 위치를 알려주었다.

"코샤르 경이라면 저기 앞에서 세 번째 방에 머물고 계십니다."

"고맙다."

나는 관리에게 인사를 하고서 오빠가 머무는 방문 앞으로 가서 문을 두드렸다. 서왕국에서 오빠를 다시 만날 생각에 괜히 심장이 떨렸다.

'부모님은 동대제국에 남는 걸 선택했지만, 그래도 오빠라도 같이 있어서 다행이야.'

"……."

그러나 아무리 기다려도 안에서는 아무 대답이 없었다.

'외출했나?'

하긴. 오빠는 원래 여기저기 돌아다니길 좋아하니까. 어쩌면 며칠 동안 외박을 나가서, 아예 궁정에 없는지도 모르겠다. 꼭 오늘 보아야 하는 것도 아니기에, 나는 나중에 다시 오기로 마음먹고서 돌아서며 말했다.

"도서관 쪽으로 가는 게 낫겠어요."

"네, 왕비 전하."

그런데 막 몇 걸음을 내디뎠을 때였다. 쿵쿵 소리가 날 정도로 커다란 발소리가 들리더니, 덩치가 어마어마하게 큰 기사가 나타났다. 이쪽 복도로 오려는 듯 몸을 틀었던 기사는, 귀부인들을 대하는 게 어색한지 우리를 보자마자 얼른 옆으로 비켜섰다. 하지만 막상 나와 로즈가 그를 스쳐 지나가려 하자, 눈을 커다랗게 뜨며 외쳤다.

"코샤르 경?"

그러고는 날 향해 손가락을 내밀었다. 날 오빠로 착각해서 손가락을 내민 건지, 아니면 내가 오빠와 닮은 걸 보고 놀라서 그런 건지는 모르겠지만, 이 사람이 오빠와 알고 지낸 사람인 건 확실했다.

잠시 그 상태로 서 있던 그는, 로즈가 "무엄하다!"라고 버럭 외치자, 그제야 "나비에 왕비님?" 하고 묻더니 무릎을 꿇고 사과했다.

"죄송합니다, 왕비 전하. 코샤르 경과 너무 똑같이 생기셔서 그만……."

괜찮다고 말하자, 기사는 굽혔던 무릎을 펴고 일어서며 자신을 소개했다.

"저는 에이프린입니다, 왕비 전하. 근위대에 속해 있진 않지만, 하인리 전하께 친히 기사 서임을 받았습지요."

나는 고개를 끄덕이고서 그에게 서둘러 물었다.

"반가워요, 에이프린 경. 그런데 내 오빠를 찾고 있는 것 같던데……."

이 기사를 보자 갑자기 불안해져서였다. 하인리의 기사가 오빠를 찾아다닐 일이 뭔지 짐작이 안 가서. 소비에슈의 기사가 오빠를 찾아다닌 후에는 늘 안 좋은 일이 있었다. 하인리는 소비에슈가 아니란 걸 알지만, 오빠는 계속 오빠였다. 누가 내 뒷이야기를 하면 참지 못하고 욱하는 오빠. 서왕국 궁전에는 내 뒷이야기를 하는 사람들이 많을 텐데. 혹시 그 때문에 싸움이 벌어졌나?

하지만 에이프린의 대답은 예상외였다.

"아아, 예. 자꾸 절 피해 다니셔서요."

"?"

"코샤르 경과는 서왕국에 올 때 길을 안내한 인연도 있고 해서 친하게 지내고 싶은데. 자꾸만 절 피해 다니시네요."

친하게 지내고 싶어서 오빠를 찾아다녔다고? 하인리의 기사가? 그런데 오빠는 그런 기사를 피해 다녀? 싸움이 일어나서 찾아다니는 게 아니니 다행이긴 한데…….

이번에는 다른 의미로 인상이 찡그려졌다. 오빠는 강한 사람들끼리 어울려서 하루 종일 검 얘기, 말 얘기, 전쟁 얘기, 전법 얘기하는 게 취미인데, 저렇게 강해 보이는 기사를 피해 다닌다고?

떨떠름하게 쳐다보자, 기사가 나를 미심쩍다는 듯 보며 물었다.

"그러고 보니 왕비님이 나타나신 후로 더 찾기 어려워졌는데. 혹시…… 왕비님께서 코샤르 경을 숨기셨습니까?"

"무례하군요!"

로즈가 외치자, 에이프린은 다시 무릎을 꿇더니 얼른 사과했다. 그 모습은 비굴해 보이기까지 해서, 나도 모르게 더욱 의아해졌다. 이 에이프린이란 기사는 내가 본 기사 중에 가장 기사답지 않은 기사였다. 행동하는 것도 말하는 것도 보이는 것도 모두 다. '정말로 하인리의 기사가 맞나?' 의심스러울 정도이다.

그렇기에 더 이해가 가지 않았다. 오빠는 '전형적인 기사들'과 오히려 잘 어울리지 못했다. 귀족들이 자주 사용하는 말다툼을 못 견뎌서. 다른 귀족들은 화가 나도 미소를 유지한 채 상대를 비꼬아 대는데, 오빠는 화가 나면 바로 폭발해버리니까. 그러니 오히려 '전형적이지 않은 기사'들과 잘 어울리는데……. 이자는 뭘 어떻게 했기에 오빠가 피해 다닌다는 거지?

떨떠름하게 보고 있다가, 우선은 오해부터 풀어야겠다 싶어 나섰다.

"나도 오빠를 찾으러 왔는데 없어서 돌아가려던 길입니다."

"아아. 그랬군요."

에이프린은 뒤늦게 깨달음이라도 얻은 양 감탄사를 뱉었다. 그러더니 자연스럽게 내 옆으로 다가와 섰다. 귀빈실이 있는 복도를 나가 계단을 내려갈 즈음에는, 자연스럽게 그가 내 옆에서 자기 집안 이야기를 하고 있었다.

"그래서 제게 여동생이 있는데요, 아주 착하고 멋지고……. 하여튼 좋은 건 다 한답니다, 왕비 전하."

"그래요……."

"그런데 애가 너무 순진해요. 남자들과 제대로 눈도 못 마주칠 정도라서, 그건 좀 걱정입니다."

"네에……."

"물론 순진할 뿐이지 애가 영리하고 영특하고, 아시지요?"

내가 본 적도 없는 당신 동생에 대해 알 리가. 나는 속으로 생각하면서도, 일단 그의 말에 계속해 대답해주었다. 하지만 속은 혼란스러웠다. 왜 이 남자가 자꾸 나랑 같은 방향으로 걸어가는 거지?

결국, 30분 정도가 지난 후. 나는 그에게 그만 헤어지자는 말을 약간 둘러서 전달했다.

"실례지만, 에이프린 경."

"네, 왕비 전하."

"난 이제 도서관에 갈 생각입니다."

"그렇군요. 제가 좋은 책을 추천해드리지요!"

"……추천해주지 않아도 괜찮아요."

"그럼 왕비님께서 제게 추천해주시겠습니까?"

하지만 소용없었다. 이자는 내 옆에서 떨어지지 않을 셈 같았다. 오빠를 찾는다는 건 핑계이고, 혹시 크리스타가 날 염탐하러 보낸 사람인가? 의심스럽기까지 했지만…… 그건 아닌 것 같은데. 복도를 걸어가다가 웬 시녀와 마주쳤는데, 그때 에이프린 경이 대놓고 한 말 때문이다.

"저 사람은 전 왕비님의 시녀로군요!"

"!"

"아직 안 나가고 여기 있습니까?"

크리스타가 보낸 사람이라면 저렇게 큰 목소리로 시녀를 무안하게 할 리가 없었다. 크리스타의 시녀는 나와 에이프린을 번갈아 보더니, 따지지도 못하고 얼굴이 빨개져서 달아났다. 에이프린이 내 측근이고, 방금 그 발언이 내 뜻이라고 오해라도 한 듯. 하지만 자기가 크리스타의 시녀에게 무안과 착각을 주었다는 것도 모르는지, 에이프린은 이런 소리나 하고 있었다.

"제가 인기가 좋습니다. 다들 저만 보면 얼굴이 빨개져요."

'……그냥 눈치가 없는 사람인가.'

어쨌든 이 목소리 큰 기사를 데리고 도서관에 갈 수는 없을 것 같아서, 나는 그냥 외워둔 길이나 짚어보기로 마음먹고서 산책로로 접어들었다. 로즈는 에이프린이 영 마음에 들지 않는 듯 내내 뚱한 얼굴로 침묵했지만, 그가 떨어질 생각을 하지 않자 어쩔 수 없이 그를 무시하고서 내게 말을 걸기 시작했다.

"그런데 왕비 전하께선 다른 시녀를 구할 마음은 없으신가요?"

"동대제국에서 함께 생활하던 두 명이 올 예정입니다."

"저까지 셋이 되겠군요. 그래도 부족합니다, 전하."

"상황을 보면서 조금씩 늘려가야지요."

그런데 내 부족한 시녀 수에 관한 이야기를 나누던 도중이었다. 웬일로 조용하게 대화를 듣던 에이프린 경이 갑자기 손을 들며 나섰다.

"왕비님! 제 여동생을 시녀로 추천합니다!"

최대한 그를 참아주던 로즈는, 그 말이 나오자마자 내 팔을 살짝 잡으며 고개를 빠르게 저었다. 절대로 안 된단 표시였다.

'아는 사이인가?'

물론 사교계에 있으면 친하지 않아도 얼굴이나 이름을 알게 되긴 하지만……. 내가 로즈를 살피느라 바로 대답하지 않자, 에이프린은 간절해 보일 정도로 애원했다.

"정말로 착한 아이입니다. 눈치가 좋고 건강해서, 왕비 전하께 큰 도움이 될 겁니다. 받아만 주신다면 저희 가문의 광영이 될 것입니다. 왕비 전하의 은덕을 절대로 잊지 않겠습니다!"

"일단 내일 보내보겠어요?"

하도 애절해 보여서 어쩔 수 없이 내일을 기약하자, 약속을 잡은 에이프린은 그제야 내게서 떨어져 신이 나 달려갔다. 그 뒷모습을 잠시 보고 있자니, 로즈는 그가 완전히 사라지기를 기다렸다가 솔직하게 털어놓았다.

"왕비님, 절대로 에이프린 경의 누이를 시녀로 삼으시면 안 됩니다."

"로즈 양도 아는 사람인가요?"

"개인적으로는 모르지만 아주 유명합니다."

유명하다고?

"사고를 친 게 있나요?"

"에이프린 경과 똑같습니다. 결도 속도."

아…….

"그 여자를 곁에 두고 있으면 있던 품위도 깎여 나갈 겁니다, 전하."

도대체 어느 정도이기에 저러나 싶어 괜히 불안해진다. 하지만 이미 내일 데려와보라 약속을 한 상태라, 무를 수 없었다.

"일단 내일 오기로 했으니까. 보고 판단하겠어요."

로즈가 에이프린의 동생을 시녀로 두는 걸 반대한 이유는, 다음 날 그녀를 보자마자 깨달을 수 있었다.

'이런.'

"마스타스 비이올렛입니다, 왕비 전하."

우렁찬 목소리로 인사하는 그녀는 분위기가 정말로 살벌했다. 섬뜩하고. 생김새가 에이프린과 똑같다더니. 아니다. 내가 볼 때, 진짜로 똑같은 건 분위기였다. 에이프린은 기사이면서도 살벌하고 거친 인상이었는데. 그 인상이 마스타스도 마찬가지였던 것이다. 게다가 등 뒤에 매단 저건 뭐지?

창……?

"아. 얘는 바이올렛입니다, 전하."

레이스와 진주로 장식한 연보라색 드레스 뒤로 삐죽이 나온 거대한 창은, 너무나 부조화스러웠다. 내가 멍하니 무기를 쳐다보자, 마스타스는 얼굴이 발개져서 볼을 긁적였다.

"그…… 레이디는 무기를 곁에 두고 절대 떨어뜨리지 않아야 한다고 배웠습니다."

무기를 가지고 있지 않은 로즈의 얼굴이 일그러졌다.

"잘 부탁해요, 마스타스 양."

나는 놀랐지만 최대한 티를 내지 않으려 애쓰며 인사했다. 하지만 마스타스가 내 말을 듣자마자 감격한 얼굴로 "마스타스 양이요?" 하고 묻는 바람에, 반사적으로 놀란 표정이 나올 뻔했다. 내가 눈썹을 치켜올리고 쳐다보자, 마스타스는 두 손을 꼼지락거리며 사과했다.

"죄송합니다. 기사 서임을 받은 후로 다들 '마스타스 경'이라고만 불러서요."

"기사 서임을 받았나요?"

사정이 있는지 마스타스는 우울한 얼굴로 "예." 하고 대답하고는, 내 눈치를 살피며 우물쭈물하다 물었다.

"저…… 그런데 시녀는 뭘 하는 겁니까, 전하?"

로즈가 등 뒤에서 '거봐요. 절대 안 됩니다.' 하고 조용히 입모양으로 말했다. 나는 망설이다가 일단 차를 마시고 싶다 부탁했다. 그 말을 듣고서도 마스타스가 우두커니 서 있자, 로즈가 마스타스의 팔을 잡고서 방 밖으로 데리고 나갔다. 전혀 다른 두 영애의 발소리가 멀어진 후. 나는 안락의자에 몸을 기대고 앉아 고민했다.

'시녀가 뭔지도 모르는 영애를, 에이프린은 왜 굳이 내게 밀어보낸 거지?'

뭔가 꿍꿍이가 있는 것 같은데.

"누가 누구의 시녀로 갔다고?"

하인리는 물을 마시다 말고 사레가 들려 콜록거렸다.

"마스타스 경이요."

맥켄나는 난처한 얼굴로 대답했다. 하인리는 붉어진 얼굴을 손부채질로 가라앉히며 다시 물었다.

"왜?"

"왜긴 왜겠습니까. 마스타스 양이 되겠다고 그렇게 벼르더니, 기회를 잡으러 갔나 보죠."

하인리는 인상을 찌그렸다.

"걔는 왜 그렇게 거기에 집착하는 거야?"

에이프린과 마스타스 남매는 하인리가 '자신만의' 사람들로 구성한 지하 기사단 소속이었다. 단순히 소속된 것뿐만이 아니었다. 에이프린은 기사단의 단장이었으며, 동생인 마스타스는 2조의 조장이었다. 비밀리에 일을 수행하느라 지금은 정체가 베일에 가려져 있지만, 하인리는 자신이 칭제를 하게 되면 지하 기사단을 최측근 기사단으로 삼아 수면 위로 올릴 계획이었다. 그런데 앞으로 더 바빠질 2조 조장이 왕비의 시녀가 되겠다고 가 있다니.

하인리는 골머리가 아파 이마를 눌렀다. 그는 마스타스를 부하로서는 아끼지만, 부인의 시녀로 두고 싶진 않았다. 마스타스는 기사단 내에서도 손속이 잔인하기로 유명했다. 오죽하면 별명이 '피의 손'일까. 그런데 적들의 목과 머리를 썰던 손으로, 부인의 스테이크를 썰겠다고?

맥켄나가 혀를 찼다.

"이게 다 에이프린 경 때문입니다. 코샤르 경에게 꽂혀서 그렇게 쫓아다니더니. 결국, 일이 이렇게 됐군요."

"잠깐. 무슨 소리야? 누가 누구한테 꽂혀?"

"에이프린 경이요. 동생을 코샤르 경에게 소개해주고 싶다고, 전하께서 자리를 비우신 동안 매일 쫓아다녔습니다."

"!"

"에이프린 경이 머리를 쓴 게 틀림없습니다. 왕비님의 시녀가 되면 자연스럽게 코샤르 경과 만날 기회가 생길 테니까요. 마스타스 경에겐 왕비님의 시녀가 되면 누구도 무시 못 할 레이디가 될 수 있다 꼬셨겠죠."

"그럴듯한데?"

"생긴 건 곰인데, 아주 머리 굴리는 건 여우라니까요."

맥켄나는 툴툴거리면서 한참 동안 에이프린을 흉보다가, 지금은 이게 중요하지 않단 걸 뒤늦게 떠올리고서 하인리에게 물었다.

"그보다 전하. 오늘 밤 훈련은 어떻게 하실 건지요? 많이 피곤하실 텐데, 취소시킬까요?"

하루 동안 마스타스를 데리고 다닌 후, 나는 더욱 고민에 빠졌다. 마스타스가 시녀로서는 형편없었지만, 인간적으로는 꽤 마음에 들기 때문이었다. 기사 서임을 받았다더니. 정말로 행동 하나하나가 절도 있게 멋졌다. 게다가 처음에만 잠시 우물거렸을 뿐, 시녀가 하는 일이 뭔지 알게 되자 곧 능숙하게 심부름도 잘해냈다. 무시무시한 분위기와 달리 성격은 퍽 온순했고, 어째서인진 모르겠지만 내가 말을 하고 있으면 몽롱한 얼굴로 내 옆모습을 구경하고 있기도 했다.

그래, 솔직히 귀여웠다. 만약 마스타스에게 '사교계 모의 말다툼'을 시켜보지 않았더라면, 나는 마지못해 그녀를 시녀로 삼았을지도 모른다. 하지만 '사교계 모의 말다툼'을 시켜본 후, 나는 절대로 마스타스를 내 시녀로 들여서는 안 되겠다고 생각했다. 말다툼을 시작한 지 5분도 안 되어서, 그녀가 창을 뽑으며 외친 것이다.

"이 창에 대고 맹세컨대, 내 말은 진실이다. 내 말이 거짓이라면 이 목을 내놓을 테니, 그쪽도 목을 걸어라."

시녀들은 황후나 왕비를 대신해 말다툼하게 될 때가 있다. 그래서 모의 말다툼을 시켜본 건데. 결과가 너무 어마어마했다. 내 앞에서 심부름하며 잔 실수를 하는 거야 어떻게 넘어간다 처도, 사교계에서 저랬다가는……. 안 돼. 내 오빠도 감당이 안 되는데 시녀까지 저럴 수는 없었다. 그러나 돌아가기 전 마스타스가 부끄러워하며 내게 한 고백 때문에, 나는 마스타스에게 '그쪽을 시녀로 둘 수 없다'고 바로 거절하지도 못했다.

"뜬금없이 오빠가 시녀가 되어보라고 해서 뭔가 했는데. 전 시녀 생활이 잘 맞는 것 같습니다."

"!"

"실수를 한다고 손가락을 자르니 마니 하는 소리도 안 하시고……. 왕비님은 참으로 따뜻한 분이세요."

도대체 어떤 환경에 있었기에 실수를 하면 손가락을 자른단 이야기가 나오는 거지? 저대로 돌려보내도 괜찮은 건가? 그러나 로즈는 마스타스가 가자마자 내게 진지하게 충고했다.

"시녀는 온정으로 뽑는 게 아닙니다, 왕비 전하. 절대, 절대 안 됩니다. 특히 지금 왕비님은 크리스타 님과 하나하나 비교되는 입장이십니다. 시녀 때문에 우스갯거리가 되어선 안 됩니다."

"……."

"에이프린 경도 마스타스 경도, 기사 서임만 받았을 뿐 기사단에 받아들여지지조차 못한 괴짜들입니다. 괜히 그들과 엮이실 필요 없습니다, 전하."

그 이후로 내내 이렇게 고민하는 거였다. 로즈의 말이 아니어도, 나는 원래 시녀들의 예법을 철두철미하게 신경 썼다. 시녀들은 내 거울과도 같았고, 때에 따라서는 내가 그들의 실수나 잘못을 대신 책임져야 할 때도 있으니까. 내 시녀 중 가장 활발하고 말이 거친 로라도, 필요할 때에는 교과서 같은 예법을 구사했다. 그런데 마스타스는…… 부담스럽다. 정에 이끌려 시녀로 삼았다가, 그녀가 파티에서 창으로 사람을 찌르면 어쩌지?

하지만 안 된다고 대답하자니, 내가 좋다면서 눈을 반짝이던 모습이나 손가락 이야기가 자꾸 걸렸다. 서왕국으로 온 후 아직 내 편이라 할 사람이 적어서일까. 그녀는 로즈처럼 내가 계획을 세워 끌어들인 이가 아니었다. 그런데도 먼저 나서서 날 좋아한다고 말해주는 게 고마웠다.

결국, 답을 찾지 못한 채 나는 밤중에 혼자 별궁을 나섰다. 안내해줄 사람이 없었지만, 길은 이미 다 외워두어서 괜찮았다. 특히 이 근방은 완벽하게 외웠지. 길을 잃을 염려가 없으니, 혼자서 주위를 거닐며 밤공기를 쐴 생각이었다. 밤공기를 맡으면 마음이 가라앉고 생각을 정리하기 쉬우니까.

"……."

그런데 얼마를 걸어 다녔을까. 푸드덕 소리가 나는 것 같아 고개를 들어 보니, 커다란 새들이 줄을 지어 날아가는 게 보였다. 나는 눈을 깜빡이다가, 손등으로 눈을 비비고 다시 새들을 보았다.

'착각인가?'

새 무리에 퀸이 있었던 것 같은데……? 파란 새가 같이 있었더라면 확신이 섰을 텐데. 눈에 확 띄는 파란 새가 없다 보니, 내가 본게 퀸인지 아닌지 긴가민가했다. 주저하다가 나는 새들이 날아간 방향으로 따라가보았다. 그곳은 '귀신이 나온다'는 소문이 있던 폐궁이었다. 로즈는 그 설명을 하면서 아주 무서워했지. 왜 그런 흉흉한 소문이 도는 폐궁을 그대로 두냐고 묻자, 폐궁을 허물려던 인부들이 다 귀신을 보고 도망쳤다고 했다.

하지만 난 그런 쪽으로는 겁이 없는 편이어서, 그냥 안으로 쭉쭉 들어갔다. 귀신을 보더라도 상관이 없었다. 그러나 중앙의 분수대에서 첨벙첨벙하는 소리가 들렸을 때는, 나도 모르게 몸이 움찔했다.

'진짜 귀신?'

나는 기둥 뒤에 몸을 감춘 채 분수대를 보았다. 유심히 쳐다보자, 분수대의 물줄기 안쪽으로 새의 형태가 보였다.

'아. 새가 낸 소리였구나.'

내가 너무 겁을 먹었구나 싶어서 웃음이 나온다. 귀신이 안 무섭다면서 놀란 게 민망해서, 나는 입술을 꽉 깨물고 분수대를 쳐다보았다. 사람을 놀래놓고서는. 물줄기 뒤쪽의 새는 첨벙첨벙 날개로 물을 튕기고 신나게 놀고 있었다. 귀여워.

그러다가 새가 앞쪽으로 약간 나오자, 새의 얼굴과 깃털이 드러났다. 역시. 퀸이었다.

'내가 본 게 맞았구나.'

그런데 다른 새들은 어디로 가고 퀸만 여기에? 어리둥절했지만 계속 지켜보고 있을 때였다. 놀랍게도 퀸이 물에 맞은 머리를 파르르 떨더니, 눈 깜짝할 사이에 커다란 남자로 변했다. 쑥쑥 커진다거나 하는 것도 아니었다. 그야말로 눈 깜짝할 사이에 변해 있었다. 커다란 남자가 된 새는, 물에 젖어 얼굴에 달라붙는 옅은 금색 머리카락을 한 손으로 뒤로 넘기며 무어라 투덜거렸다.

나는 비명이 나올 뻔한 입을 막았다.

남자는…… 벌거벗은 하인리였다.

나는 당황해서 그의 나신을 멍하니 보았다. 그는 허벅지까지는 분수대에 잠겨 있고 그 위로는 훤히 벗은 몸을 드러내고 있었다. 예전에 에스코트를 받으면서 짐작하긴 했지만, 몸 여기저기가 근육으로 가득했다.

옷을 입고 있을 땐 두꺼운 느낌이 들지 않는데. 옷을 벗으니 오히려 몸이 더욱 탄탄해 보인다. 배와 팔, 허벅지, 쇄골, 우아한 목선, 쭉 뻗은 등은 신전에서 본 조각 같았다. 아름다운 피부는 물에 젖어 야해 보였고, 뒤로 완전히 넘긴 머리카락 덕에 수려한 얼굴이 뚜렷하게 드러났다. 물방울이 달빛을 받아 여기저기 반짝이는 바람에, 사람이 아니라 엘프처럼 보이기도 했다. 하지만 그의 몸에서도 한 군데 이질적인 부분이 있었다. 저런 거대한…… 부분은 신전의 조각상에도 없었고, 엘프에게도 없을 것 같은데.

'새에서 사람이 될 때는 알몸인 건가.'

퀸이 하인리일 거라고 의심은 했지만. 이렇게 실제로 보게 되니 심장이 너무 빠르게 뛴다. 너무 자극적인 방식으로 보게 되어서 더욱 그랬다.

'새 상태일 때 설마 알몸 상태였을 줄은……'

그럼 난 알몸 상태의 하인리를 끌어안고 뽀뽀하고 궁둥이를 두드려……! 비명을 토해내지 않기 위해서 나는 혀를 꽉 깨물었다. 눈앞에 하인리의 나신이 있다 보니, 내가 저 몸을 끌어안고 무슨 행동을 한 건가 싶었다.

하인리가 날 속였다는 데 화를 내야 하는데. '퀸'과 자신을 분리하고서 앙큼하게 굴었다는 데 화를 내야 하는데. 당혹스러운 마음이 너무 커서 화도 나지 않았다. 게다가 너무 부끄러웠다. 입술만 씹고 있자니, 하인리는 분수대에서 나와 어딘가로 가버렸다. 나는 그 자리에 주저앉아 있다가, 주위를 둘러보고서 황급히 별궁으로 돌아왔다.

'화를…… 화를 내야 해.'

그러고는 방으로 돌아오자마자 침대에 앉아서, 머릿속을 뒤적여 최대한 분노를 긁어보았다. 그가 날 속인 데 화를 내야 했다. 그에게 화를 드러내진 않더라도 화가 나야 한다. 그게 정상일 것 같았다. 하지만 이리저리 뒤져봐도 내 머릿속에서 나오는 건 그의 벗은 몸뿐이었다. 벗은 몸 중에서도 유독 그게…… 인상이 강렬해서. 자꾸만 그게…… 떠올랐다.

'어쩌지?'

하인리에게 솔직해질 기회를 주고 싶다. 새 일족에 관한 게 기밀이라 했으니, 그도 일부러 속인 건 아닐 거라 생각한다. 그러니 결혼을 한 지금, 솔직해질 기회를 주고 싶다. 하지만 그가 솔직하게 인정하면? 자연스럽게 그는 내가 자신을 끌어안고 궁둥이를 두드려준 일을 떠올릴 테고…….

다시 분수대의 하인리가 눈앞에 툭 환상처럼 튀어나왔다. 나는 베개에 머리를 파묻었다.

'……모른 척하고 있어야 하나.'

다음 날. 동대제국의 소비에슈에게도 충격적인 소식이 전해졌다.

"나비에가 서왕국에 들어갔다고."

부하의 보고를 받은 소비에슈는 헛웃음을 흘리며 이마를 짚었다.

"정말로 가버렸어?"

"예. 궁전에서 지내고 있다 합니다."

소비에슈는 하하 책을 읽는 것처럼 웃었다. 서왕국에서 동대제국까지 오고 가는 거리가 있으니, 저 보고가 사실이라면 나비에는 이미 서왕국 궁전에서 지낸 지 며칠이 지났을 것이다.

그는 허탈해서 계속 의미 없이 웃었다. 강한 배신감에 치가 떨렸다. 아무리 화가 났다지만, 어떻게…… 어떻게 바로 다른 나라의 왕비가 되어 가버리지? 그로서는 도저히 이해할 수가 없었다. 애초에 하인리와 좋아하며 지낸 게 아니고서는, 그렇게 빨리 재혼할 수 있는 건가?

'젠장.'

하인리와 주고받은 편지를 태워버린 게 뒤늦게 후회되었다. 어쩌면 평범해 보이는 그 편지에 비밀 암호가 숨어 있을 수도 있었는데. 미래를 약속하는 끈적한 그런 약속들 말이다.

소비에슈는 분노를 누르며 부하에게 나가라 지시했다. 부하가 나가자마자 그는 이를 악물고 벽을 걸어찼다. 나비에는 어릴 때부터 그의 부인이었다. 연인도 아니라 부인. 언제나 함께 있었고, 앞으로도 함께할 부인.

아니, 그런 걸 떠나서 나비에의 가문은 여러 번 황후를 배출한 명문가였다. 근친혼을 막기 위해서 매번 그 가문에서 황후가 나오는 건 아니다. 하지만 모든 가문을 통틀어서, 가장 많은 수의 황후를 배출한 명문가 중의 명문가였다. 그런 가문의 사람이 서왕국으로 갔다고? 소비에슈는 주먹을 쥐고 거듭해서 벽을 쿵 쿵 쿵 두드렸다. 화가 났을 테지만, 그래도 넘으면 안 되는 선이란 게 있지 않나? 소비에슈가 생각하기에, 나비에의 행동은 그 '선'을 넘은 것이나 다름없었다.

"카를 후작."

소비에슈는 한참 혼자 화를 삭이다가, 결국 분노를 이기지 못하고 카를 후작을 불러 지시했다.

"라스타와의 결혼을 서둘러야겠다."

"벌써…… 말입니까?"

"아기를 낳기 전에 결혼식을 해야지. 결혼식도 피곤한 일인데, 배가 많이 불러 무거워진 몸으로 할 수는 없지 않느냐."

"그건 그렇습니다."

"결혼식은 최대한 성대하게 올리겠다."

카를 후작은 예 예 대답하다가 걱정스레 소비에슈를 바라보았다. 소비에슈가 평소보다 좀 더 흥분한 상태라는 걸 이제야 눈치챈 것이다. 카를 후작은 소비에슈의 눈 주위가 약간 불그스름하다는 것도 알아차렸다.

"폐하……?"

"결혼식에는 나비에도 와야 하겠지. ……후회하게 만들 거다."

"폐하……."

소비에슈는 눈을 질끈 감았다. 나비에는 아직 결혼식을 치르지 않았다. 결혼식을 하게 되면 이쪽에도 결혼식 초대장이 올 터이니 분명하다. 그러니 아예 선수를 쳐서, 나비에가 결혼식을 하기 전에 먼저 결혼식을 치러버릴 생각이었다. 나비에가 화려하고 성대한 결혼식을 보며 후회하도록. 치졸하다는 건 알지만, 이렇게라도 하지 않으면 분노를 견딜 수가 없었다.

"후……."

한차례 속내를 털어놓은 소비에슈는, 눈을 감고서 마음을 가라앉혔다. 그는 뒤숭숭한 마음을 꾹꾹 누르고서 애써 태연하게 물었다.

"지금 라스타에 대한 여론은 어떻지?"

"원래도 좋은 편이었지만, 나비에 님에 대한 반발 심리로 지금은 아주 좋아진 상태입니다."

"그래. 그나마 다행이군."

사교계 사람들은 라스타에게 잘 보이려 한다. 하지만 소비에슈도 알고 있었다. 그들이 라스타에게 잘 보이려 하는 건, 최종적으로는 그 뒤에 있는 자신에게 잘 보이려는 것뿐. 그들은 라스타가 황후가 되길 기대하는 건 아니었다.

아니, 오히려 라스타와 친한 이들도 막상 라스타가 황후가 된다고 하면 펄쩍 뛸 확률이 높았다. 평민 출신으로 황후가 된 이들이 드물진 않았지만, 그들이 황후가 될 때마다 귀족들은 늘 반대를 해 왔으니까. 물론 지금은 귀족 부모가 생겼지만, 첫 이미지가 그렇게 쉽게 없어지는 건 아니지 않던가.

"라스타에겐 국민들의 여론이 중요해."

"예. 하지만…… 라스타 양이 황후 자리에 오른다고 했을 때도 지금 여론이 유지될지는 모르겠습니다."

"안 되겠지."

성공 신화에 열광하는 것과, 그 사람에게 자신의 운명을 맡기는 건 전혀 궤가 달랐다.

"하지만 귀족들보다는 낫겠지."

주먹을 쥐었다 펴길 반복하던 소비에슈는, 이제야 책상에 앉으며 지시했다.

"라스타의 양부모에게 적당한 명예직을 내려서 체면치레를 시켜주어라."

랑트 남작이 찾아왔을 때, 라스타는 양부모와 함께 이런저런 이야기를 나누는 중이었다.

"우리는 먼저 일어나볼까?"

"바쁜 모양인데, 이만 갈게."

양부모는 라스타와 웃으면서 얘기하던 도중이었지만, 랑트 남작이 오자 얼른 자리에서 일어났다.

'참 눈치도 좋으시지.'

라스타는 그들을 뿌듯하게 바라보았다. 그녀는 그들이 정말 마음에 들었다. 그들은 라스타가 친딸이라도 되는 마냥 다정하게 대해주면서도, 언제나 선을 지켜 예의를 갖추었다. 어차피 에르기 공작의 조언도 있기에, 이 부부가 어떤 성격이든 이들을 챙겨야 하는데. 하는 행동까지 이렇게 마음에 드니, 보면 볼수록 좋아질 수밖에 없었다.

"그러면 나중에 다시 봬요, 어머니, 아버지."

라스타는 랑트 남작 앞에서 살갑게 그들에게 작별 인사를 했다. 그러나 랑트 남작이 떠나려는 부부를 오히려 붙잡았다.

"아, 꼭 자리를 비키지 않으셔도 됩니다."

부부는 게걸음으로 소파와 커피 테이블 사이를 빠져나오다가, 무슨 말인가 싶어 그를 쳐다보았다. 라스타 역시도 랑트 남작이 왜 저러는지 이해하지 못하고 그를 쳐다보았다.

"왜요?"

라스타가 묻자, 랑트 남작은 뿌듯하게 웃더니 들고 있던 연노란
색 두루마리를 내밀었다. 라스타는 어리둥절해서 두루마리를 받아
들었다. 돌돌 말린 두루마리를 펼친 그녀는 천천히 글자를 읽었다.
아직은 약간 느린 속도여서, 양부모는 괜히 초조해져서 라스타를
바라보았다. 라스타는 한참 만에야 눈을 커다랗게 뜨고 랑트 남작
을 보다가, 다시 양부모를 쳐다보며 외쳤다.

"폐하께서 아버지를 영무대신 자리에 임명하신대요!"

라스타의 가짜 아버지는 어리둥절해서 "영무대신?" 하고 묻다
가, 뒤늦게 깜짝 놀라 입을 벌렸다. 라스타의 가짜 어머니는 두 손
으로 입을 틀어막고서 랑트 남작을 쳐다보았다. 간신히 작위만 유
지할 뿐인 몰락 귀족 부부는 단 한 번도 어떤 직위를 가져본 적이
없었던 것이다.

라스타는 꺅 귀엽게 비명을 지르며 뛰었다. 폐하께서 날 황후로
올리려고 이러시는구나. 라스타는 대번에 소비에슈의 의도를 알아
차리고는 기뻐서 눈물까지 훌쩍였다. 가짜 어머니 역시 덩달아 눈
시울이 붉어져서는, 손수건으로 눈가를 닦으며 웃었다.

"자식을 잘 두니 이런 일도 생기는구나."

"네가 보물이다, 라스타."

라스타가 양부모들과 얼싸안고 기뻐하는 모습을 보며, 랑트 남
작은 뿌듯하게 웃었다. 나비에 황후가 떠난 건 아쉬웠지만, 그와
별개로 그는 이 세 사람이 마음에 들었고 앞으로 잘 풀리기를 바
랐다.

어린 시절 부모를 잃고 고생하며 살아온 여자. 재산을 다 쓸 정

도로 딸을 찾아다닌 부부. 10년이 넘게 떨어져 있던 가족이 극적으로 해후하고, 이제는 앞길이 꽃길이다. 한 편의 감동적인 연극 같아서, 랑트 남작은 코까지 훌쩍였다.

"남작님이 왜 우세요……."

라스타가 웃으면서 장난스레 묻자, 랑트 남작은 어색하게 웃었다.

"그러게요. 그런데 눈물이 납니다."

"남작님……."

"앞으로 좋은 일이 가득할 겁니다. 그럼요."

랑트 남작이 나간 후, 라스타는 양부모의 손을 잡고서 부탁했다.

"내일 티파티가 있을 텐데. 좋은 소식도 전할 겸, 두 분도 함께하시겠어요?"

소비에슈가 양부모에게 직위를 준 건, 사교계에서 입지를 탄탄하게 만들어두란 뜻일 터. 그의 뜻대로, 직위가 생긴 양부모를 귀족들에게 소개하고, 자신이 부모님과 사이좋게 지내고 있단 걸 여기저기에 보일 생각이었다.

다음 날. 라스타의 양부모는 라스타의 티파티에 처음으로 참여했다. 라스타는 뿌듯한 기분으로, 사람들이 양부모와 인사하는 걸 바라보았다. 기분이 너무나 좋았다. 예전에 투아니아 공작 부인이 티파티를 열던 그 장소에 지금은 자신이 앉아 있다는 게 뿌듯했다. 곁에는 세상 누구보다 그녀를 사랑하는, 최소한 사랑하는 시늉을 해줄 양부모가 있었고, 그 양부모는 직위를 가진 귀족이었다. 신경 쓰이던 폐비는 다른 나라에 가서 재혼했으니 돌아올 일이 없고, 배 속에는 황제의 첫아기가 들어 있다. 소비에슈는 그녀에게 황후 자리를 약속했고, 배 속의 아기는 장차 황제가 될 터. 모든 게 탄탄대로였다.

문제가 있다면 약속된 황후 기간이 1년이란 것과 로테슈 자작 일가인데…….

'내가 또 임신하게 되면 황후 기간은 늘어나겠지. 폐하께서는 사생아를 만들고 싶어 하지 않으시니까. 게다가 라스타를 사랑하시잖아.'

기간이 1년이니 어쩌니 하는 건, 사실 그리 신경 쓰이지 않았다. 하지만 로테슈 자작 쪽은 아니었다. 지위가 높아지면 높아질수록 앞으로 더 거슬릴 터인데…….

'입 가벼운 르베티랑 구질구질한 알렌, 쓰레기 같은 자작을 치워야 할 텐데. 그랬다간 아기가…….'

그때였다. 갑자기 옆에서 울음소리가 들려왔다. 라스타는 상념에서 깨어나 놀란 얼굴로 옆을 보았다. 그녀의 가짜 어머니가 구슬피 울고 있었다.

"어머니?"

라스타가 놀라서 부르자, 맞은편의 귀족이 당황하며 말했다.

"그게, 실례했습니다. 제가 말실수를……."

"말실수라니요?"

"그…… 잃어버린 딸이 둘인데, 하나라도 찾아서 좋겠다고…….”

귀족은 쩔쩔매며 고개를 숙였다. 라스타는 당황해서 가짜 어머니 마샤를 보았다. 가문이 몰락하도록 딸을 찾아다녔다던 가짜 어머니는 잘 지내는 와중에 아픈 이야기를 들어서인가. 얼굴이 하얗게 질려서 울음을 그칠 것 같지 않았다.

사람들의 시선이 라스타에게 쏠렸다. 그들은 라스타가 마샤의 친딸, 그중에서도 첫째 딸이라고 생각해서인지, 당연히 라스타가 어머니를 위로하리라 여기는 듯했다. 가짜 아버지는 이미 부인을 끌어안고 같이 울고 있었다. 라스타는 떨떠름하지만 일어나서 가짜 어머니를 꼭 끌어안았다. 그들이 잃어버린 딸은 자신과 아무 관계가 없지만, 남들은 그 딸이 자신의 친동생이라 여긴다. 생각해보니, 이 가짜 부모를 친부모처럼 대하려면 그 가짜 동생도 찾는 시늉이나마 해야 할 것 같았다.

"라스타가 생각이 부족했어요, 어머니. 동생을 먼저 찾아야 했는데……"

라스타는 훌쩍이며 가짜 어머니를 끌어안고 약속했다.

"염려 마세요. 라스타가 꼭 동생을 찾아드릴게요."

가짜 어머니는 라스타의 약속을 듣고는 엉엉 울면서 물었다.

"정말이니? 정말로 네 동생을 찾아줄 거니?"

그 동생이 왜 내 동생이야? 라스타는 속으로 황당했지만, 얼른 고개를 끄덕였다.

"그럼요."

간신히 가짜 어머니를 달래고 나서 보니, 귀족들은 덩달아 눈시울을 붉히고 훌쩍이고 있었다. 이 장면이 퍽 감동적이라 여기는 것처럼. 그나마 다행이라 생각하며, 라스타는 다시 자리에 앉았다.

하지만 이후로는 아무리 웃고 떠들어도 대화에 집중하기가 어려웠다. 자신의 친아들도 어찌하지 못해 쩔쩔매고 있는데. 피 한 방울 안 섞인, 게다가 도움 될 일도 없는 가짜 동생을 찾을 생각을 하자 너무 귀찮아졌다. 좋은 마음으로 시작했다면 이렇진 않겠지만, 뜻하지 않게 억지로 한 약속이다 보니 괜히 더 싫었다.

그냥 따로 부탁했어도 들어줬을 일인데. 이런 자리에서 울음을 터뜨린 가짜 어머니마저 짜증스레 여겨질 정도였다. 하지만 가짜 어머니를 탓할 수도 없었다. 먼저 잃어버린 딸 이야기를 꺼낸 건 다른 귀족이니까.

'랑트 남작이 데려온 귀족 부부를 부모로 삼을 걸 그랬나.'

라스타는 속으로 한숨을 내쉬다가, 결국 손을 씻고 오겠다며 자리에서 일어났다. 잠시 바람을 쐬면서 화난 마음을 가라앉힐 생각이었다. 그런데 두 바퀴 정도 근처 산책로를 돌아다녔을 때였다. 에르기 공작이 보였다. 라스타는 에르기 공작을 발견하자 얼른 그쪽으로 다가갔다.

그도 이번 티파티에 참석은 했지만, 먼발치에 앉아서 내내 다른 귀부인, 영애들과만 이야기했다. 이렇게 되고 보니 그 점도 괜히 서운해서, 좀 가까이 앉으라 말할 셈이었다. 그러나 에르기 공작은 이미 다른 사람과 대화를 나누고 있었다. 라스타는 멈춰 서서 미간을 찡그렸다. 에르기 공작이 대화하는 사람은, 아까 가짜 어머니 앞에서 딸 이야기를 꺼낸 그 귀족이었다.

대화 소리는 들리지 않지만, 두 사람 다 얼굴이 심각했다.

'무슨 얘기를 하는 거지?'

라스타는 그곳을 가만히 주시했다. 좀 더 가까이 다가가 대화를 들어보고 싶은데. 바닥이 잔디여서, 가까이 가면 소리가 날 게 분명했다. 라스타는 눈을 가느스름하게 떴다. 에르기 공작은 사교계의 명사이지만, 바람둥이란 소문답게 주로 여자들과만 어울렸다. 스캔들을 일으키든 일으키지 않든, 그의 친구는 모두 여자였다. 적어도 라스타가 본 바로는 그랬다. 아까 티파티에서도 영애나 귀부인들과만 대화하지 않았던가. 그런데 지금 대화하는 상대는 남자 귀족이었다. 굳이 여기까지 나와서 남자 귀족과 심각한 대화를 한다? 평소라면 이상하다 여겨도 그냥 지나갈 테지만, 아무래도 타이밍이 타이밍이다 보니 영 찝찝했다.

하지만 그날 저녁. 가짜 부모 앞에서 잃어버린 딸 이야기를 꺼낸 그 귀족이 찾아와 사과를 하자, 라스타의 찝찝한 마음도 대번에 풀렸다. 그자가 사과를 하면서 에르기의 이름을 알아서 언급한 탓이었다.

"에르기 공작님께서, 무척 화를 내셨습니다."

"에르기 공작님이요?"

"예. 좋은 자리에서 그런 말을 하는 건, 이스쿠아 자작 부인뿐만 아니라 라스타 양께도 실례되는 행동이었다고요."

"⋯⋯그렇게 실례되진 않았어요. 그냥, 아픈 이야기를 갑자기 꺼내서 마음이 아팠을 뿐이지."

"사과드립니다, 라스타 양."

심각한 얼굴로 대화하던 게 이 일 때문이었구나. 라스타는 마음이 풀려서 안도의 한숨을 내쉬었다. 사방에 온전히 믿을 사람은 에르기 공작 하나뿐인데. 비밀을 다 털어놓은 에르기 공작까지 의심해야 하나 싶어서, 몇 시간이지만 너무 불안했다. 이제라도 오해가 풀려 다행이었다. 한숨을 내쉬는 모습조차 청초하게 아름다운 라스타를 보며, 말실수를 한 귀족이 떠보듯 말했다.

"그런데요, 에르기 공작님은 라스타 양을 많이 좋아하시는 모양입니다?"

라스타는 주춤해서 물었다.

"그게 무슨 말인가요?"

"아니, 그냥 갑자기 따라오라 하시더니 그런 얘기를 하시니까……."

그 귀족은 라스타와 에르기 사이를 의심이라도 하듯 얄궂게 웃었다.

"하긴. 라스타 양 같은 매력적인 분이라면 누구의 마음도 붙들어 두기 쉽겠지요."

"……."

라스타는 대답하지 않았다. 하지만 그 귀족이 나간 후 얼굴이 붉어져서 고개를 갸웃했다.

'에르기 공작님은 하인리 왕과 그런 사이가 아니었나?'

아닌가? 그 편지는 그냥 친구끼리 장난친 거였나? 하긴, 생각해보면 에르기 공작은 온갖 여자들과 염문을 뿌렸다. 하인리 왕과 그렇고 그런 사이라면 그렇게 자주 스캔들이 날 리 없었다. 게다가…… 생각해보면 에르기 공작은 처음 만났을 때부터 유독 자신에게 잘해주었다. 본인 입으로 좋아한다 말하기도 했다. 장난조라서 흘려들었을 뿐.

라스타는 입술을 오물거리다가 난처해져서 바닥을 내려다보았다. 아까 그 귀족이 하고 간 말이 귓가를 간질였다.

'에이, 아닐 거야.'

속으로 생각하면서도 라스타는 얼굴이 빨개져서 손부채질을 했다.

'그런데 결혼식은 언제쯤 올리는 거지?'

"최대한 빨리 진행하실 거라고, 직접 그렇게 말씀하셨대요."

다음 날, 아침이 되자마자 찾아온 로즈는 식사를 차려주며 자신의 남동생에게 들은 이야기를 전해주었다. 로즈가 가져온 음식은 국물이 맑은 호박수프와 스크램블, 세 종류의 잼, 자르지 않은 바게트였다. 나는 작은 식탁 위에 아기자기하게 놓이는 그릇을 보고 있다가 다시 물었다.

"정말로 직접 결혼식을 준비할 거라 말했나요?"

최대한 결혼식을 빨리 하잔 이야기는 본인에게 직접 들었다. 나 역시 동의한 일이기도 하고. 하지만 하인리가 직접 결혼식을 준비하겠다는 건 처음 들어서, 조금 놀라웠다.

"네."

로즈는 접시를 다 내려놓고는 슬쩍 내 눈치를 살피며 물었다.

"혹시 직접 준비하고 싶으세요?"

"그런 건 아니에요."

"그런데 왜 그렇게 놀라세요?"

"전하께서는 지금이 한창 바쁠 때니까요."

"아. 하긴. 그건 그래요."

하지만 크리스타에게 결혼식을 맡겼다가, 이 이상 그녀의 영역이 넓어지게 하고 싶진 않았겠지. 그가 이 결론을 내기 위해 머리를 굴렸을 게 생각나서 저절로 웃음이 나왔다. 하지만 그 웃음 뒤에 따라온 건 다시 어젯밤의 그 장면이어서, 나는 바로 정색했다.

"왕비 전하? 정말로 직접 준비하고 싶으셨던 건 아니지요……?"

너무 정색한 건지 로즈가 걱정스럽게 거듭 물었다.

"아닙니다."

나는 웃으면서 대답하고 포크를 들었다. 하지만 이미 떠오른 하인리의…… 모습은 머릿속에서 잘 사라지지 않았다. 하인리가 결혼식 이야기를 꺼냈으니, 직접 만나서 그에 관련된 얘기를 자세히 들어보아야 할 텐데. 벌써부터 한숨이 나왔다.

어색해서 제대로 대화가 될까?

일단 음식을 먹으며 그 모습을 떨쳐버리려 했지만, 접시에 놓인 음식을 보자 그 생각은 사라지기는커녕 더욱 강렬하게 떠올랐다. 나는 맑은 수프만 몇 숟가락 뜬 후 스푼을 내려놓고서 일어섰다.

"이것만 드시려구요?"

"생각할 게 있어서요."

"서왕국 음식이 입에 안 맞으시는 건 아니지요?"

"그럼요."

나는 일부러 로즈에게 웃어 보이고서, 오늘은 하인리에게 가겠으니 적당한 시간을 알려달라 부탁했다.

나는 두 시간 정도를 방 안에서 보내다가, 하인리의 회의 시간이 아닐 때를 맞춰 방을 나섰다. 여전히 하인리의 얼굴 보기가 민망했지만, 그래도 그를 피해 다닐 수는 없는 노릇이니까. 나는 속으로 1부터 100까지, 100부터 1까지를 차례로 셌다 거꾸로 세길 반복하며 걸어갔다. 하지만 막상 하인리의 집무실 앞에 도착하자 전혀 부끄러운 생각이 들지 않았다. 방문 앞에서 뜻하지 않은 사람과 마주친 탓이었다.

"나비에 님. 오랜만에 뵙습니다. 잘 지내셨나요?"

선대 왕비인 크리스타였다. 그녀는 나를, 그리고 내 뒤에 선 로즈를 힐긋 보더니 빙그레 웃었다. 그러나 별다른 말을 하지 않았다. 어쩌면 말을 하기 전에 방문이 열렸던 걸지도 모르고.

어쨌든 집무실 문이 열렸으므로, 우리는 더 대화를 하지 못하고 집무실 안으로 들어갔다. 하인리는 나와 크리스타가 같이 온 건가 싶은지, 책상에서 일어서며 눈을 휘둥그렇게 떴다.

"어쩐 일로 두 분이 같이……?"

"앞에서 마주쳤습니다."

짧게 설명하자, 하인리는 "아아." 하고 대번에 납득했다. 크리스타는 가만히 서 있다가, 하인리가 책상 뒤에서 나오자 바로 용건을 말했다.

"전하. 전하께서 결혼식을 직접 준비하실 거란 이야기를 들었습니다. 정말인가요?"

하인리는 책상 옆쪽에 멈춰 서서 진지한 얼굴로 그녀를 보았다.

"네. 형수님이 들으신 대로입니다."

나도 크리스타를 쳐다보았다.

'나와 같은 용건으로 찾아온 거구나.'

크리스타는 약간 긴장한 얼굴이었다. 그녀는 나와 하인리의 시선을 받자, 조금 더 긴장이 되는지 어색해 보이는 미소를 짓고는 조심스럽게 말을 꺼냈다.

"괜찮으시다면 전하. 결혼식 준비는 제게 맡겨주셨으면 합니다."

하인리의 눈썹이 치켜올라갔다.

"형수님께요?"

"직접 자기 결혼식을 준비하는 경우는 드무니까요. 저는 전하의 형수이기도 하고 선대 왕비이기도 하니, 두 사람을 대신해 결혼식을 준비하기 가장 좋은 위치입니다. 모양새로도 그게 제일 좋고요."

하인리는 난처하게 웃으며 입을 열었다. 안 된다고 말하려는 것 같았으나, 나는 하인리가 말하기 전에 먼저 말해버렸다.

"남들과 다르게 시작한 결혼이니, 준비도 다르게 하는 게 낫습니다. 처음에 결정한 대로 해요, 하인리."

가만히 두어도 하인리가 안 된다고 말은 했겠지만, 그에게 있어 크리스타는 일찍 죽은 형의 부인이었다. 대놓고 크리스타와 부딪 치는 건 불편할 터. 내가 나서주는 게 나을 거란 생각에 나선 것이 었다.

크리스타는 바로 옆에서 내가 반대할 줄은 몰랐던지, 눈썹을 치 켜올리고서 나를 쳐다보았다. 화를 내는 얼굴은 아니었지만 좀 놀 란 얼굴이었다. 하지만 그녀는 내게 따지는 대신 조용히 눈을 내리 깔고서 "그래요……" 하고 중얼거린 후 사과했다.

"형수로서, 선대 왕비로서 나서는 게 옳다 생각해서 온 것인데. 내가 괜히 분위기를 못 읽었나 봅니다. 미안해요."

눈을 내리깐 그녀는 힘없어 보였고, 낙담한 것처럼 보였다. 안 그래도 파리한 안색인데. 그녀가 조용히 사과하자, 기분이 이상해 졌다. 그녀는 가타부타 더 말을 하는 대신 조용히 밖으로 나갔다.

나는 우두커니 선 채로 닫힌 문을 쳐다보다 인상을 찡그렸다. 내 가 그녀를 괴롭힌 것 같은 기분이 들었다. 이를 내밀고는 있지만 힘없는 약한 동물을 내가 툭 밀쳐낸 그런 기분. 이상한 일이었다. 크리스타보다 더 가엾은 입장이던 라스타에게는 이런 기분이 잘 들지 않았으니까. 어째서인지 크리스타와 대치하고 나자 유독 찝 찝해서, 나는 미간을 찡그렸다.

왜 그런가 곰곰이 생각해보니, 예법 차이 같았다. 라스타는 내 상식선에서는 도저히 이해가 가지 않는 발언을 자주 했다. 오지 말 라는 곳에 와서 내 물건을 건드린다거나, 자기를 동생처럼 대해달라거나. 대놓고 나를 따라 해서 괜히 소름 돋기도 했다. 하지만 크리스타의 약한 모습은 내 상식선 안에 있었다. 그래서 이렇게 괜히 더 찝찝한 게 아닐까? 물론 사람 마음은 복합적이니, 딱 잘라 말하기 어렵지만······.

"퀸?"

너무 생각에 잠겨 있었나 보다. 하인리가 바로 옆으로 다가와 날 부르는 바람에, 나는 놀라서 얼른 그를 보았다. 하인리는 걱정스러운 얼굴로 날 바라보고 있었다.

"표정이 어두운데. 괜찮아요?"

"괜찮아요."

하인리는 내 말에 미간을 찡그렸다.

"전혀 괜찮아 보이지 않는데요."

"그대가 잘못 본 거예요."

"되도록 나서지 말라 했지만······ 내 생각에는 퀸. 형수님에게 집무실 근처로는 오는 걸 자제해달라 말하는 게 어떨까 하는데. 이 정도도 안 될까요?"

결국 하인리는 내게 조심스럽게 부탁했다.

"괜찮아요."

나는 고개를 저었다. 그가 어떤 식으로든 이 문제에 끼어드는 건 별로였다. 나는 크리스타 이야기를 하는 대신 원래의 내 용건을 꺼냈다.

"실은 나도 이 문제 때문에 찾아온 거였어요."

"퀸도 직접 결혼식을 준비하고 싶으십니까?"

"그런 건 아니에요. 하지만 도와줄 부분이 있다면 도와야 한다 생각해서 왔어요."

"음. 퀸을 위해 준비하는 거니까, 제가 직접 하고 싶습니다."

"그래요⋯⋯."

"물론 드레스를 맞출 때는 도움을 받아야겠지만요. 제 사이즈에 맞춰서 만들 수는 없으니까."

하인리는 장난스럽게 덧붙이고는 나를 향해 귀엽게 웃었다. 그러나 그가 사이즈란 말을 하는 순간. 크리스타를 보면서 잊었던 어젯밤 그의 몸이 다시 떠올라서 얼굴이 열이 올랐다. 나는 황급히 고개를 내렸으나, 각도가 더욱 좋지 않았다. 결국 다시 고개를 옆으로 돌리고 섰다.

"퀸, 화났습니까?"

좀 가만히 있으면 될 텐데. 하인리는 눈치 없이 내 옆으로 다가와 무릎을 굽혔다. 그러고는 굳이 시선을 피하는 내 눈을 맞추며 나를 유심히 살폈다. 보라색 눈동자를 마주하자, 더욱 얼굴에 열이 올랐다. 이 눈동자와 꼭 같은 퀸의 눈동자가 생각나서였다. 내가 입술을 깨물고서 몸을 다시 옆으로 돌리자, 하인리는 당황해서 다시 따라왔다.

"퀸? 정말 화가 난 것 같은데요?"

"⋯⋯."

"퀸?"

한 바퀴를 그런 식으로 돌고 나니, 이럴 게 아니란 생각이 든다.

그래. 언제까지 부끄러워만 할 일이 아니지. 하인리에게 솔직하게 말할 기회를 주기로 했잖아. 민망하지만, 그렇다고 해서 내내 그가 날 속이게 둘 수는 없다. 계속해서 날 속이는 건 하인리 본인에게도 신경 쓰이고 불편한 일일 터. 나는 결국 마음을 굳게 먹고서 입을 열었다.

"하인리. 혹시 내게……."

속이는 게 없는지 물어볼 생각이었다. 그러나 걱정에 가득한 그의 표정을 보는 순간. 내 입 밖으로 튀어나온 질문은 전혀 엉뚱했다.

"카프멘 대공을 초대해줘요."

하인리의 표정이 굳어졌다.

"예?"

뜬금없이 카프멘 대공의 이름이 튀어나와 당황한 듯했다. 나 역시도 당황했다. 카프멘 대공에 관한 건은 결혼식을 치른 후에야 말하려 했는데. 어째서 이 이야기가 나와버린 거지? 속으로 자책했지만, 이미 말을 꺼낸 후였다. 나는 태연한 척, 원래 이 질문을 하려던 척, 몇 주 후에 하려고 준비한 말을 지금 해버렸다.

"카프멘 대공을 기억하나요? 신년제에서 만난 적이 있을 텐데."

"기억을 못 할 리가요."

그와 싸울 뻔하기까지 해서인가. 하인리는 입가에 묘한 미소를 지으며 중얼거렸다. 내 앞이라 화는 못 내겠는데, 표정이 일그러지는 걸 막기 힘든 듯했다.

"그자를 초대하고 싶은 건가요, 퀸?"

"동대제국에 있을 때, 난 그와 함께 대륙 간의 교역을 준비했습니다."

"대륙 간의…… 교역?"

하지만 일그러졌던 표정은 교역 이야기가 나오자 대번에 진지해졌다. 아직도 눈썹이 구겨져 있긴 하지만. 손을 뻗어 그의 구겨진 눈썹을 슬쩍 누르자, 다행히 그 눈썹은 대번에 풀어졌다.

"제대로 듣고 있습니다."

나는 다시 말을 이었다.

"하지만 폐하와 그가 싸우게 되면서 일이 틀어졌어요."

"아. 이야기는 들었습니다. 혹시 그……."

하인리의 눈이 내 주먹을 보았다.

"맞나요?"

이어서 그는 손가락으로 자기 볼을 톡 두드렸다. 카프멘 대공이 소비에슈를 때린 일을 말하는 듯했다.

"맞아요."

"마음을 이해하지 못할 바는 아니지만, 너무 생각 없는 행동이긴 했지요."

당시의 카프멘 대공은 약에 취해 있었으니까. 그러고 보니 그는 무사히 약효에서 벗어났을까? 잠시 그를 생각하고 있자니, 하인리가 내 손을 잡았다.

"여기에 앉아요. 서 있지 말고."

그러고는 나를 자신의 책상 앞으로 데려가 의자에 앉게 하더니, 자기는 내가 의자에 앉자 책상에 엉덩이만 붙이고 걸터앉았다. 이걸 의도한 건 아니겠지만, 자연스럽게 내 눈높이는 하인리의 배…… 부근에 맞춰졌다.

"!"

나는 주먹을 쥐고서 창문으로 의자를 돌려 앉았다. 그가 어떤 마음으로 내게 의자에 앉으라 한 건진 알겠는데. 하필 이번에도 각도가 문제였다. 나는 커튼 사이로 보이는 창밖을 쳐다보는 척하며 그에게 부탁했다.

"그 교역을 계속해보고 싶어요. 그를 불러준다면, 립트와 서왕국의 교역을 성사시켜보고 싶습니다."

하인리는 약간 풀 죽은 목소리로 중얼거렸다.

"퀸이 준비하던 일이라면 물론 성공 가능성이 높을 테지만……."

"처음으로 국가가 주도하는 이대륙과의 교역입니다. 교역을 직접 추진할 동안은 그 자체만으로도 이득일 테고, 이후 이대륙과의 교역이 유행하게 되면 립트와 서왕국을 중간 유통지 역할, 무역 중개국 역할로 만들 거예요."

"……."

"쉽게 사업에 끼어들지 못하던 상인들도 국가 주도 사업이라면 좀 더 수월하게 참여할 테니, 투자를 받기도 한결 나을 겁니다."

사업성 부분은 여러 가지로 동대제국에서 검토했으니 안심해도 좋다고, 나는 창문을 향해 열심히 이야기했다. 그러고 있자니, 하인리가 풀 죽은 목소리로 중얼거렸다.

"그런데 퀸. 꼭 그렇게 그쪽을 보고 말씀하셔야 할까요?"

"!"

"이쪽을 보고 말해줘요."

"……."

"제게 화난 일이 있는 게 아니라면, 제발. 자꾸 눈을 피하니까 이상합니다."

"나는…… 그대의 눈을 피하는 게 아니에요."

"그럼요?"

"나는 그대의 양심을 피하는 겁니다."

"예?"

하인리는 내 말을 이해하지 못하는 듯했다. 사실 나도 내 말을 이해할 수 없었다.

'그렇다고 솔직하게, 당신의 아랫도리를 피하고 있단 말은 할 수 없잖아.'

결국 우리의 대화는 카프멘 대공 이야기만 주고받다가 어색하게 끝났다.

"그러면, 대공을 부르는 걸로 알아도 괜찮을까요?"

"물론입니다."

"고마워요."

하인리는 내게 묻고 싶은 말이 있는 듯했고, 나도 그에게 묻고 싶은 말이 있었다. 하지만 우리는 서로 속내를 털어놓지 않고 어색하게 헤어졌다.

"가요, 로즈 양."

"좀 더 오래 있으실 줄 알았는데요."

"그다지 할 말이 없어서요."

로즈는 내가 너무 빨리 나왔다 싶은지 놀란 눈을 했다. 아무래도 서왕국 사람들은 나와 하인리가 세기의 사랑을 한 것처럼 생각하고 있으니까. 일전에 기자 앞에서 한 말도 있고. 하지만 그녀는 내게 꼬치꼬치 캐묻는 대신, 웃으면서 말했다.

"말하지 않아도 통하는 사이, 그런 건가요?"

그러고는 자연스럽게 걸어갔고, 나는 안심하고서 그녀와 나란히 걸었다. 그런데 본궁을 나가 별궁으로 가고 있으려니, 길목에 크리스타가 서 있는 게 보였다. 크리스타의 뒤에는 에이프린에게 한 소리를 들었던 그 시녀가 서 있었다. 그 모습을 보자마자, 크리스타가 그녀에 대한 일 때문에 날 찾았다는 걸 알 수 있었다.

"혹시 날 기다리고 있었나요?"

나는 크리스타에게 다가가 물었다. 나보다 먼저 나갔던 크리스타가 별궁 근처에 서 있는 게, 단순히 우연 같지는 않았다.

"예. 드릴 말씀이 있어서 기다리고 있었습니다."

"무엇인가요?"

"나비에 님의 사람이 제 시녀를 모욕했다 들었습니다."

역시. 크리스타는 자기 시녀를 위해서 날 기다리고 있었다. 크리스타는 조용하지만 단호하게 말했다.

"앞으로는 그런 일이 없도록 해주시길 부탁드립니다."

부탁을 하면서도 그녀의 태도는 비굴하지 않았다. 부탁이 자신의 사람을 위해서라는 것도 그녀를 의젓해 보이게 만들었다. 문득 아쉬운 생각이 들었다. 나와 대립하는 입장이다 보니 모든 행동을 다 좋게 해석할 수는 없지만…… 좀 곤란한 부탁을 자꾸 한다 싶긴 하지만…… 자신의 사람을 아끼고 지켜주려 하는 그녀의 태도만큼은 참으로 보기 좋았다. 권력 하나를 두고 경쟁해야 하는 관계가 아니었더라면, 말이 잘 통했을 텐데. 하지만 그녀의 성품이 마음에 든다 해도, 내가 해야 할 답은 정해져 있었다.

"에이프린 경은 제 사람이 아니라 전하의 사람입니다. 그런 당부라면, 전하께 직접 해야 할 것 같군요."

크리스타를 만나고 온 후. 나는 지금까지와는 조금 다른 방향으로 생각하게 되었다. 크리스타는 자신의 사람을 아낄 줄 알고, 행동이 고상한 데다 의젓하다. 이런 사람의 곁에는 인재가 많았겠지. 나이도 비슷하니, 내가 시녀로 두고 싶은 타입의 귀부인들은 거의 다 크리스타가 데려갔을 터.

이런 상황에서, 서왕국 사교계를 시간을 두고 살피면서 시녀가 될 사람을 고르겠단 계획은 그리 효과가 없을 게 분명했다. 왕비의 시녀가 될 만한 이들은 이미 크리스타가 다 데려갔을 테니까. 설령 몇 명이 남아 있더라도, 그런 사람들은 아예 시녀를 할 마음이 없거나, 아니면 크리스타의 시녀들과 사이가 좋을 가능성이 컸다. 그러니까 난…….

"마스타스 양에게 시녀가 되어달란 편지를 전해주겠어요?"

약간의 모험심을 발휘하는 수밖에.

로즈는 크리스타를 만난 뒤 한 시간이 넘게 우두커니 있던 내가,
뜬금없이 마스타스의 이름을 꺼내자 당황해서 되물었다.

"마스타스 경을요?"

"네. 시녀로 데려올 생각이에요."

"하지만 왕비 전하. 보셨다시피 그 영애는…… 시녀 자리에 어울
리지 않습니다."

"그래서 데려올 생각입니다."

"?"

"크리스타 님의 손이 타지 않았을 것 같아서."

"!"

"그러고 보니 이상한 게 있는데. 하나 질문해도 되나요, 로즈 양?"

"아. 네. 무엇이든 물어보세요."

"로즈 양은 영민한 데다 예법도 완벽한데. 왜 크리스타 님의 시
녀가 아니었던 건가요?"

로즈는 뛰어난 시녀였다. 눈치도 좋고 영민하고 기품까지 있는
귀족이었고. 원래는 유님을 회유할 목적으로 시녀로 불러달라 했
지만, 지금은 그보다 로즈 자체가 좋아졌을 정도였다. 그렇기에 이
상했다. 왜 크리스타는 로즈를 데려가지 않았을까?

"갑자기 칭찬하시니까. 음. 좀 부끄럽네요."

로즈는 어색하게 웃으면서 콧등을 긁더니 민망하다는 듯 털어놓
았다.

"제 입으로 이런 말 하려니 정말로 제가 크리스타 님을 거절한
것처럼 보여서 민망한데요, 음, 애초에 시녀 제의를 받은 적이 없으

니까요. 음, 제 생각엔 유님이 하인리 전하의 사람이라 그런 것 같습니다."

"유님 경은 이전에는 근위기사가 아니었나요?"

"근위기사가 맞았지만, 어, 단장은 아니었거든요."

로즈는 말을 하고 나니 민망한 듯 입을 다물었다. 당시의 왕은 하인리의 형이었는데. 하인리의 형을 지켜야 하는 근위기사가, 하인리의 사람이었다 말하려니 난처한 듯했다. 더 캐묻는 대신 나는 웃으면서 그녀의 손을 잡았다.

"다행이에요. 난 로즈 양이 정말 마음에 들거든요."

로즈는 눈을 휘둥그렇게 뜨더니, 쑥스럽게 웃으면서 속삭였다.

"사실…… 저도 그래요."

다음 날 오전 11시경. 편지를 받았는지 마스타스가 활짝 웃으며 내 방에 찾아왔다.

"왕비 전하!"

그녀는 한 손을 번쩍 들고 흔들다가, 로즈가 날카롭게 눈을 부라리자 슬며시 손을 내렸다. 하지만 여전히 웃는 낯이었다.

'참으로 밝은 사람이야.'

그런데 손님은 그녀 한 명이 아니었다.

"아, 전하. 오다가 만났어요."

마스타스는 그렇게 말하면서 얼른 방 안에 들어와 물러섰는데,

그 뒤로 줄줄이 커다란 궤짝을 든 사람들이 보였다.

"나비에 왕비 전하, 처음 뵙겠습니다. 저는 서왕국 최고의 디자이너 맥리넌입니다."

누구인가 싶어 쳐다보자, 가장 앞에 선 사람은 엄청난 수식어로 자신을 소개하고는, 옆의 보따리를 뒤적거리더니 잡지를 꺼내 내밀었다. 마스타스가 잡지를 내게 가져다주었다. 펼쳐보니, 잡지 세 번째 페이지에 그녀의 얼굴 초상화와 이름, 가게 이름 등이 실려 있었다. 최고의……라는 수식어가 있긴 한데. 떨떠름해 있자니, 그녀는 초상화 속과 똑같은 표정으로 웃으며 물었다.

"하인리 전하께서 왕비님의 결혼식 드레스와 피로연 드레스, 기타 몇 벌 드레스를 지으라 명령하셨습니다. 괜찮으시다면 제가 들어가도 될는지요?"

"들어와요."

허락하자 디자이너 맥리넌이 들어왔고, 뒤를 이어 궤짝을 든 사람들도 줄줄이 들어왔다. 궤짝 외에 커다란 천으로 덮어둔 바퀴 옷걸이도 보였다. 디자이너 맥리넌은 두 손을 모으고 싹싹 비비며 나를 위아래로 살피더니, 씩 웃으며 말했다.

"좋군요. 아주 좋습니다."

"?"

"최대한 화려하고 반짝이는 드레스로 만들란 지시가 있어서요. 하지만 드레스가 너무 강렬하면 사람이 눌리기 쉬운지라 조금 걱정했는데. 왕비 전하께서는 충분히 소화하실 수 있을 것 같습니다."

입꼬리가 길어 보일 정도로 히죽 웃은 그녀는 궤짝을 열더니 두

꺼운 앨범 다섯 개를 꺼내며 자신만만하게 외쳤다.

"아주 화려하고 강렬한 드레스로 만들어드리겠습니다!"

나비에가 디자이너의 드레스 도안을 살피는 그 시각. 공교롭게도 라스타 역시 소비에슈가 보낸 디자이너와 대화 중이었다. 그러나 분위기는 조금 달랐다.

"최대한 수수하게 입어야 한다고요?"

라스타는 당황해서 디자이너에게 거듭 물었다.

"라스타의 결혼식인데?"

폐하께서 최대한 화려하게 결혼식을 치르겠다 하셨습니다, 라고 랑트 남작에게 언질을 들은 바가 있는데. 어떤 드레스를 입게 될지 온갖 상상을 다 했는데. 막상 디자이너가 찾아와서 최대한 수수하게 입어야 한다고 말하니 떨떠름했다.

"왜요?"

"폐하께서 최대한 라스타 님께 어울리는 드레스를 준비하라 하셨습니다."

"그럼, 라스타는 화려하고 아름다운 게 어울리지 않는단 뜻인가요?"

라스타가 울먹울먹하며 묻자, 디자이너는 당황해서 얼른 손을 내저었다.

"그런 뜻이 아닙니다."

"라스타에겐 그렇게 들려요."

"그게 아니라…… 그, 라스타 님은 평민들 사이에서 인기가 많으시니까요."

"평민이라 해서 수수한 것만 좋아하진 않아요."

"그렇지요. 하지만 결혼식이 몹시 화려한데, 드레스까지 엄청나게 화려하면 그…… 그 사람들이 기대하는 라스타 님의 이미지와는 다르게 되니까요. 예."

"결혼식이 화려한데 드레스가 소박하면 라스타가 묻히잖아요."

라스타는 디자이너의 말에 반박했다. 소비에슈 황제에게 이 결혼은 재혼이었다. 게다가 이혼한 지 얼마 되지도 않았다. 사람들은 자신을 보며 나비에 황후와 계속해서 비교할 터인데. 여기에 소박한 드레스를 입으라니……. 고의적으로 자신을 우습게 만들려는 것 같아 기분이 상했다.

"절대 그렇지 않습니다. 라스타 님은 무척이나 아름다우신걸요. 약간만 꾸미셔도 오히려 빛이 나는 분이니까……."

"폐비는 뭘 입었는데요?"

라스타의 질문에 디자이너는 예전에 나비에가 입었던 결혼식 드레스 도안을 내밀었다. 굉장히 화려했다.

"……."

라스타가 입술을 꾹 다물고 침묵으로 불만을 드러내자, 디자이너는 더욱 쩔쩔맸다. 라스타는 괜히 의심스러워져서 디자이너에게 물었다.

"혹시, 폐비 의상을 디자인한 분이세요?"

"예. 약혼식 때도 그렇고 결혼식 때도 그렇고 평소에도 그렇고, 제가 디자인했습니다."

라스타는 그럴 줄 알았다고 생각하며 울적하게 물었다.

"폐비를 좋아해서, 일부러 비교되게 하려고 라스타한텐 소박한 드레스를 입으라는 거죠?"

"절대로 아닙니다. 그냥 저는 분위기에 따라서……."

라스타는 손가락으로 나비에가 입었던 드레스 도안을 가리켰다.

"이것보다 더 화려하고 아름답게 해줘요."

디자이너가 쩔쩔매며 가버리자 라스타는 화가 나서 소파에 몸을 기대고 베개를 발로 찼다. 디자이너는 아니라고 했지만, 라스타가 보기엔 맞았다. 저 사람은 폐비를 돋보이게 하려고 일부러 자신에게만 소박한 드레스를 권한 것이다. 평민들은 소박한 드레스 입은 황후를 좋아할 거라고? 라스타는 턱도 없다고 생각했다.

그러고 있자니, 이번에는 또 다른 사람이 찾아왔다. 에르기 공작이었다. 하지만 혼자가 아니었고, 곁에 처음 보는 남자가 서 있었다.

"공작님. 저분은……?"

라스타가 묻자, 에르기 공작은 남자를 복도로 보내고는 알려주었다.

"아가씨. 전에 내가 말한 기자 이야기 기억나?"

라스타는 눈을 동그랗게 뜨고 고개를 끄덕였다.

"혹시 기자를 데려온 건가요?"

"평민 기자야. 아가씨, 폐하께 청혼을 받았어?"

"!"

"아가씨가 폐하와 결혼할 거란 이야기가 쭉 퍼지던데."

"그게……."

"맞구나?"

에르기 공작에게 사실대로 얘기해주지 못했던 라스타는 미안해져서 눈을 내리깔았다. 에르기 공작은 너털웃음을 지었다.

"뭘 미안해하고 그래? 그냥 저자가 그 얘기를 들었다고, 인터뷰하고 싶다기에 데려온 거야."

라스타는 당황해서 내리떴던 눈을 올려 에르기 공작을 보았다. 그에게 인터뷰와 기자에 대한 이야기를 듣긴 했지만, 당시에 거의 다 흘려들었다. 뭔가 복잡하고, 눈치를 많이 봐야 한단 것 외엔 기억나는 게 없었다. 라스타가 커다란 눈을 깜빡이고만 있자, 에르기 공작은 웃음을 터트리며 설명해주었다.

"인터뷰를 하게 되면, 아가씨의 결혼이 평민의 승리라고 말해."

"라스타는 이제 귀족인데……."

"그래도 그렇게 말해. 뒤늦게 귀족이란 걸 알게 되었지만, 아직도 '여러분'과 다름없이 생각하고 행동한다고."

"알았어요."

"그리고, 아가씨가 황후가 되면 평민들과 함께할 거라고 해."

라스타는 긴장했지만 에르기 공작이 시킨 대로 했다. 평민 기자가 돌아가자 이번에는 귀족 기자가 왔는데, 에르기 공작은 이번에도 인터뷰를 하기 전 조언을 해주었다.

"달콤한 로맨스, 소비에슈 폐하와의 극적인 사랑 같은 걸 강조해서 말해."

"귀족들과 함께할 거란 얘긴 안 해도 되나요?"

"그러면 말이 어긋나잖아."

"아."

"무조건 사랑을 강조해. 귀족들은 그런 걸 좋아하거든."

라스타는 이번에도 에르기 공작이 시킨 대로 했다. 덕택에 완전히 기진맥진해서, 인터뷰가 끝나자마자 쓰러지듯 침대에 누웠다. 침대에 누운 라스타는 괜히 기분이 이상해졌다. 황후가 될 건데. 나라에서 가장 높은 자리에 올라가는 건데. 뭘 이렇게 사람들의 눈치를 봐야 하나, 좀 귀찮았다. 앞으로도 이렇게 이야기를 할 때마다 신경을 써야 하나?

'그건 별로인데……'

그 상태로 누워 있자니 배 속에서 미약한 태동이 느껴졌다. 라스타는 힘없이 누워 있다가 두 손으로 자신의 배를 짚었다. 착각이었나? 지금은 아무렇지도 않았다. 하지만 힘들다 생각할 때 느껴진 태동은 도움이 되었다. 라스타는 배를 두 손으로 감싸고 멍하니 있다가, 작게 중얼거렸다.

"엄마 힘낼게 아가야."

앨범 다섯 개를 꽉 채운 드레스 도안을 보고 디자인을 고르자 몇 시간이 훌쩍 지나갔다. 하지만 아직도 해야 할 일이 많았다. 맥러너는 아예 내 치수까지 재 갈 생각인 듯했고, 나는 자리에서 일어나 팔을 양옆으로 뻗고 섰다. 그렇게 옷의 치수를 재고 있을 때였다. 노크하는 소리가 났다.

"들어와요."

치수를 잰다고는 하지만 어차피 얇은 옷을 입은 상태여서, 나는 편하게 대답했다. 들어온 사람은 하인리였다.

"잘 되어가는지 보러 왔는데⋯⋯."

하인리는 말을 하다 말고서는 문 앞에 선 채 나를 잠시 가만히 바라보았다. 그러고는 마음에 드는지 활짝 웃었다. 아직 옷을 입어 본 게 아니라 뭐가 마음에 드는지는 모르겠지만. 어쨌든 그는 슬금 슬금 안으로 들어왔고, 온갖 이야기를 하며 디자인에 대해 떠들던 사람들은 순식간에 조용해졌다.

하인리는 슬쩍 내 가까이로 와서 디자이너에게 물었다.

"어떤 디자인으로 골랐지?"

그러고는 내가 고른 디자인과 디자이너가 추천하는 디자인을 번 갈아 살피고, 꼼꼼하게 앨범의 다른 디자인까지 확인하기 시작했 다. 그러다가 내 골반과 하인리의 머리가 부딪치고 말았다.

애써 그를 신경 쓰지 않으려 하고 있었기 때문에, 나는 반사적으로 그를 확 밀어냈다. 하인리는 앨범을 쥔 채 굳었고, 나도 당황했 다. 너무 순식간에 민 거라서, 그를 떠민 것처럼 보였기 때문이다.

"음. 하긴. 드레스를 비밀로 하고 싶으실지도 모르니까요."

하인리는 어색하게 중얼거리며 앨범을 내려놓았다. 그러고는 초 조하게 시계를 쳐다보다가, 바쁜 일이 생각났다며 가버렸다. 하지 만 그가 나가자 분위기는 더욱 어색해졌다. 심지어 내내 떠들어대던 맥리넌 디자이너조차 조용해질 정도로.

나는 치수를 다 잰 후 안락의자에 앉아 머리를 감싸 쥐었다. 그를 기분 나쁘게 하려던 건 아닌데.

'어쩌지?'

"나한테 분명 화난 게 있으시다."

하인리가 초조하게 중얼거리며 끙끙거렸다. 맥켄나는 서류를 든 채 방으로 들어왔다가, 그의 고민을 듣고는 혀를 찼다.

"그러면 화날 짓을 하셨겠지요."

"……모르겠어. 생각나는 게 없는데."

"그래도 뭔가 있는 게 아닐까요? 왕비 전하께서 이유 없이 화내실 분은 아니지 않습니까."

하인리는 입술을 꾹 다물고 고민하다가 입을 열었다.

"실은, 어제 부인이 이상한 말을 하려다가 갑자기 바꾸었는데……."

"이상한 말이요?"

"모르겠다. 중간에 카프멘 대공 이야기가 나와버려서. 하지만 다른 말을 하려다 돌린 건 분명했어."

하인리는 초조하게 머리카락을 쓸어 넘겼다.

"혹시, 내가 퀸이라는 걸 알아차리신 건가. 그래서 화가 나셨나."

12

시작되는 균열

맥켄나는 눈썹을 치켜올렸다.

"들키셨습니까?"

"모르겠어."

하인리는 고개를 저었다. 하지만 짐작이 아주 안 가는 것도 아니었다. 맥켄나의 정체를 질문한 후 퀸의 정체를 물었을 때. 당시 나비에는 퀸이 하인리의 부하라 여기는 눈치였지만…… 하인리 본인이 너무 당황해서 제 발로 수상쩍은 반응을 보여버린 탓이다. 별말이 없으니 못 알아차렸구나, 생각했는데. 갑자기 차갑게 대하고 눈도 마주치려 들지 않는다. 시기상, 진실을 알고 화가 났을 확률이 높았다.

"그렇게 신경 쓰이실 정도면 그냥 지금 말씀하시지요?"

"넌 매사 그래? 신경 쓰이면 바로 해내?"

"전…… 전하께 상담하지요."

"그러면 난 뭐라 그러는데?"

"신경 쓰이면 하라고요."

"그래. 내 말을 실천해야겠다."

하인리는 한숨을 내쉬고서 일어섰다. 시기의 문제일 뿐, 어차피 고백해야 할 일이기는 했다.

"같이 드레스 고르고 싶었는데……."

"아. 드레스 고르러 갔다 쫓겨나셨습니까?"

하인리의 손이 천천히 의자에 놓인 베개를 쥐자, 맥켄나는 안고 있던 서류를 내려놓고 황급히 밖으로 나갔다.

하인리가 떠난 후, 나는 초조하게 방 안을 오가며 내 행동을 후회했다. 생각하고 말고 할 틈도 없이 해버린 행동이지만, 그건 어디까지나 내 입장이었다. 하인리 입장에서는 내가 생각 없이 밀쳤든 생각하고 밀쳤든 밀쳐진 거지. 많이 놀라고 민망했을 터였다. 더욱이 주위에는 다른 사람들도 몇 명 있었으니……. 나는 두 손으로 뺨을 꽉 누르고서 심호흡했다.

'사과하자.'

"로즈 양."

"예, 왕비 전하."

"……전하께 가봐야겠어요. 걸칠 옷을 가져다주겠어요?"

로즈는 내가 부탁하자 안도한 얼굴로 얼른 노란 망토를 가져왔다. 내가 하인리와 싸우기라도 할까 걱정했던 모양이었다. 그러나 내가 나가기 전, 하인리가 먼저 찾아왔다.

시녀 둘을 내보낸 후. 나는 더욱 미안해져서 정색했다. 한밤중인데도 그의 옷차림은 낮과 다를 바가 없었다. 지금까지 옷도 갈아입지 못하고서 민망해한 게 분명해.

우리는 잠시 서로의 눈치를 살폈다.

"고백할 게 있습니다."

그러나 내가 말을 하기 전, 이번에도 하인리가 먼저 입을 열었다.

"?"

무슨 말을 하려는 걸까. 한밤중에 찾아와서 하는 말이라면 심각한 말이겠지? 나는 괜히 긴장되어서 그를 쳐다보았다. 그가 어떤 반응을 보일지 통 짐작이 안 가니, 괜히 긴장되었다.

"제가 퀸입니다."

"……."

그러나 하인리가 한 말은 내 예상과는 조금 달랐다. 나는 좀 더 부정적인 감정을 표현할 줄 알았는데. 이 일로 결혼을 무르자든가 하진 않겠지만, 그래도 어느 정도는 섭섭하다고 말할 거라 여겼다. 그런데 정체를 밝히다니? 놀라서 쳐다보자, 하인리는 어색하게 웃으며 중얼거렸다.

"표정 변화가 없으신 걸 보니, 역시 이미 알고 있었군요."

"!"

"미안합니다, 퀸. 속이려던 게 아니었어요."

하인리는 거듭 사과하고서 나를 간절히 바라보았다. 지금 자기가 몹시 미안한 마음이라는 걸 알리려는 것처럼. 그리고 실제로도 그는 몹시 안쓰러워 보였다.

"퀸, 우리 일족은 정체에 대해 가족 외에는 알리지 못해요. 그래서 말하지 못했을 뿐, 계속 속일 생각은 아니었습니다. 정말이에요."

나는 고개를 젓고서, 괜찮다고 말하려 했다. 나도 아까 그를 밀어버린 일에 대해 사과해야 했다.

"하인리."

나는 그를 향해 손을 뻗었다. 그러나 하인리가 돌연 커다란 새의 모습으로 변하는 바람에, 나는 더 손을 뻗지 못하고 중간에 멈춰버렸다. 갑자기 왜 새로 변한 거지? 어리둥절해 보자니, 새가 된 하인리가 눈을 천천히 깜빡이며 나를 마주 보았다. 아주 귀엽고 사랑스러운 모습이었다. 귀여운 외모를 무기 삼아 화를 풀게 할 속셈인가. 하인리, 아니, 퀸은 커다란 눈을 그렁그렁하게 뜨고는 온갖 귀여운 표정을 지으며 나를 올려다보았다. 사랑스러운 걸 목표로 한 행동이라면 정답이었다.

'행동으로 보여주겠단 건가!'

잘생긴 퀸이 내게로 주저하며 걸어와서는 얼굴을 들이밀었을 때. 나는 습관적으로 퀸을 끌어안을 뻔했다. 애초에 내가 제일 걱정했던 건, 퀸이 하인리의 부하인 경우였다. 남편의 부하를 끌어안고 뽀뽀하고 궁둥이를 두드려준 게 되니까.

최악을 가정하고 있어서인가? 하인리가 퀸인 걸 알았을 때도 화가 많이 나지는 않았다. 기밀이라 말하지 못했단 것도 이해는 가고.

하지만…… 난 그를 끌어안을 뻔한 손을 거두며 돌아서서 말했다.

"화가 난 게 아니에요, 하인리. 정말입니다."

얼굴에 다시 열이 올라왔다. 지금의 퀸은 귀엽고 사랑스러운 새의 모습이지만. 이제 난, 저 모습이 눈 깜짝할 사이에 벌거벗은 하인리로 변한다는 걸 알고 있다. 이걸 알면서도 끌어안아줄 수는 없었다. 나야 새를 안는 거지만. 그는 벌거벗은 채 나한테…… 안기는 거잖아.

— 구…….

"정말이에요. 화가 난 게 아니라…… 그냥 좀."

힐긋 보니 퀸은 눈이 그렁그렁해져 있었다. 결국, 마지못해 손을 뻗어 머리를 쓰다듬자, 퀸은 눈을 감고서 내 손에 얼굴을 문질렀다. 너무 사랑스러웠다. 하인리가 이렇게 머리를 비벼도 사랑…….

맙소사!

나는 손을 도로 거두고서 그에게 간절하게 부탁했다.

"화가 난 게 아니니 괜찮아요. 정말입니다. 돌아가서…… 내가 안 보는 데서 다시 원래 몸으로 돌아오도록 해요."

— !

하인리가 떠난 후. 나는 거의 30분을 우두커니 앉아 있다 문을 열고 나갔다. 로즈는 마스타스에게 뭔가를 가르치고 있다가, 내가 혼자 나오자 놀라 물었다.

"왕비님? 전하는 어쩌시고 혼자 나오세요?"

마스타스도 내 등 뒤를 빠르게 살피고는 어리둥절한 표정이 되었다.

"창문으로 가셨습니다."

내가 대답하자 두 사람은 더 황당하단 표정이 되었다. 그 표정은 방 안에 들어간 후 비명으로 바뀌었다.

"앗, 왕비님! 전하의 옷이 여기에……."

"!"

"전하께서 정말 창문으로 가셨나요?"

멍하던 정신이 찬물이라도 맞은 마냥 확 돌아왔다.

'하인리가 충격 받아서 옷을 안 들고 갔구나!'

나는 벽을 짚고 서 있다가 허둥지둥 방 안으로 들어갔다. 하인리의 옷이 죄다 카펫에 흩어져 있었다. 겉옷은 물론 속옷까지 다. 로즈는 얼굴이 벌게져 돌아섰고, 마스타스는 내 눈치를 살피며 물었다.

"전하께서 벌거벗고 가셨나요?"

로즈야 그렇다 쳐도, 하인리의 기사인 마스타스조차 하인리가 새로 변할 수 있단 걸 모르는 듯했다.

나는 어색해서 괜히 머리카락을 꼬았다. 난처했다. 이 상황에 대답을 뭐라고 해야 하지? 아니, 그보다 로즈가 목까지 빨개진 걸 보니 망측한 상상을 하는 모양인데. 말려야 하지 않나? 하지만 말린다면 뭐라고? 그냥 옷만 벗겼지 아무 행동도 안 했다고? 옷을 벗긴 다음 내보냈을 뿐이라고? 그러면 내가 더 이상한 사람이 되는 것 같은데.

"괘, 괜찮아요."

"예?"

"우리는 부부니까요."

"예?"

"……."

"그…… 물론 왕비님과 전하는 부부지만……."

마스타스가 창문을 힐끗하더니 기어들어가는 목소리로 중얼거렸다.

"벌거벗은 전하를 마주치게 될 사람들은 부부가 아닌데요."

말을 할수록 나와 하인리가 이상한 사람이 될 것 같아. 나는 대답하는 대신 얼른 다가가 하인리의 옷을 끌어안았다. 그냥 옷이면 시녀들에게 가져다주라 부탁하면 될 텐데. 아무래도 속옷까지 있다 보니 치워달라 부탁할 수 없었다.

옷을 끌어안자 하인리가 자주 뿌리고 다니는 향수 냄새가 났다. 그 순간, 상처받은 퀸의 표정이 떠올랐다. 예전에 내 생일 즈음의 일도. 케이크를 끙끙거리면서 들고 왔는데, 내가 부담스럽다고 하자 울면서 날아갔지. 하인리가 운 거였어. 그래서 찾아갔을 때 눈가가 붉었던 거고. 하인리…… 마음이 여린 모양인데. 이번에도 울고 있는 건 아닐까? 한 번 그 생각을 하자 걷잡을 수 없이 미안해졌고 걱정되었다. 결국, 나는 머뭇거리다가 마스타스에게 물어보았다.

"마스타스 양. 전하께 오해받아본 적이 있나요?"

마스타스는 하인리의 기사라 했으니, 평소 모습을 잘 알고 있겠지.

내 질문에 마스타스는 눈을 깜빡이며 물었다.

"무슨 오해 말씀이십니까?"

"화가 난 게 아닌데 화난 거로……."

"전 화가 났는데, 전하께선 전혀 관심 없으신 적은 있습니다."

"!"

마스타스는 눈을 휘둥그렇게 뜨고서 물었다.

"아. 혹시? 전하께서 왕비님이 화나셨다 오해하고 충격을 받아 창문으로 나가신 건가요?"

"……비슷해요."

마스타스는 "어……" 하고 눈을 여기저기 굴리다가 말했다.

"도대체 무슨 일이 있었기에 벌거벗은 채 충격을 받으신 건지 짐작이 가지만, 아니, 짐작이 가지 않으니 안심하시고요……. 음, 제가 드리고 싶은 말씀은, 어, 전하는 잘 웃는데, 어, 잘 웃기만 하십니다."

"웃기만 한다고?"

"네. 무슨 생각을 하시는진 모르겠지만 웃음으로 생각을 다 감추시거든요. 그래서 전 전하께서 충격받은 모습은 본 적이 없어요."

마스타스는 내 눈치를 보며 덧붙였다.

"그런 전하께서, 왕비님이 화났을까 봐 놀라서 벌거벗고 뛰쳐나가실 정도면…… 솔직하게 말씀해주시는 게 낫지 않을까요? 화난 게 아니라고요."

하인리는 감성이 풍부하다 생각했는데. 감정을 잘 안 드러낸다고? 내 앞에서만 감정을 잘 드러내는 건가? 뜻밖에 알게 된 이야기에 당혹스럽다. 하지만 마스타스의 말은 분명 옳았다.

"솔직하게……."

나는 고개를 끄덕이고서 옷을 안고 밖으로 나갔다.

"왕비님!"

"전하께 갈 생각입니다. 솔직하게 말씀드리고 오해를 풀어야겠
어요."

"아니, 그게 아니라, 옷은 다른 천으로 싸서 가져가시는 게…….
다 보여서요. 그…… 전하 인장이랑 안에 입는 옷이요."

"!"

편한 옷으로 갈아입은 소비에슈는 라스타의 침대 가에서 태교에
도움이 되는 노래를 부르는 중이었다. 라스타는 폭신한 베개에 등
을 기대고 누워, 소비에슈가 부르는 노랫소리에 계속 웃음을 흘렸
다. 자신의 배에 대고 노래를 부르는 황제라니. 1년 전만 하더라도
상상조차 못 할 일이었다. 라스타는 소비에슈의 까만 머리카락을
쓸어보고 싶은 충동에 손을 꼼지락거렸다. 이렇게 사랑스러울 수
있을까. 알렌은 자작이란 지위를 위해 자기 아이조차 부정했는데.
그보다 더 높은 지위의 이 남자는 아기를 서출로 만들지 않으려 이
렇게 애를 쓴다. 태교를 위해 시시때때로 찾아와 배에 말을 걸고,
밤에는 노래를 불러준다. 라스타는 소비에슈가 태교에 힘쓰는 모
습을 볼 때마다 괜스레 눈물이 날 것 같았다.

"폐하는 노래도 잘 부르시네요."

"배워서."

“제왕학에 노래도 포함되나요?”

“제왕학이라기보다는. 사교계 수업.”

“아가가 아빠 목소리를 잘 기억할 거예요.”

소비에슈는 피식 웃고서 라스타의 배를 손으로 부드럽게 토닥였다.

그때였다. 누군가 문을 두드렸다.

“누구냐.”

짧은 순간 소비에슈는 새내기 아버지의 모습을 벗고 무뚝뚝하게 변했다. 라스타는 그 모습조차 황홀하게 바라보았다.

문을 두드린 사람은 하녀 델리스였다.

“폐하, 카를 후작님이 찾아오셨습니다.”

소비에슈는 힐긋 벽시계를 보았다.

“이 시간에?”

“네. 급히 보여드릴 게 있다고…….”

“그래. 내 방 응접실로.”

“네.”

델리스가 밖으로 나가자, 소비에슈도 일어섰다. 라스타는 눈을 동그랗게 뜨고 그를 올려다보았다.

“벌써 가실 건가요?”

“카를 후작은 웬만한 일로는 오지 않으니까.”

소비에슈는 잠시 다리께로 밀어놓았던 이불을, 라스타의 목 아래까지 덮어주고는 자신의 방으로 돌아갔다.

웬만한 일이 아닐 거란 짐작은 맞아떨어졌다. 카를 후작은 응접

실 소파에 앉지도 않은 채, 초조하게 신문을 접었다 펴길 반복하고
있었다.

"무슨 일이지?"

소비에슈가 다가가자, 카를 후작은 급히 손에 든 신문을 내밀
었다.

"이걸 보십시오, 폐하."

소비에슈는 미간을 찡그리고 신문을 받아 들었다. 서왕국 신문이
었다. 신문 내용은……. 소비에슈의 표정이 순식간에 얼어붙었다.

"나비에가, 내가 라스타에게 이혼을 약속하는 걸 들었다고?"

너무 늦은 시각이어서, 나는 다음 날까지 급한 마음을 누르고 기
다렸다. 그리고 아침이 되자마자, 서둘러 단정하게 옷을 입고 방을
나섰다. 그가 회의실에 들어가기 전에 먼저 말을 해주고 싶었다. 그
런데 하인리를 찾아간 곳에는 뜻밖에도 오빠가 와 있었다. 오빠는
하인리의 집무실에서 막 나오던 참이었다.

"오빠?"

놀라서 달려가자, 오빠 역시도 눈이 커다래지더니 황급히 내게
달려와 팔을 뻗었다. 얼른 안기자, 오빠는 나를 꽉 끌어안은 채 알
아듣기 힘든 소리를 중얼거렸다. 그러다가 어깨를 떨기에 올려다
보니…… 울고 있어?

오빠는 한참을 흐느끼다가, 맥켄나가 집무실에서 나오자 그제야

나를 놓아주고서 손수건을 꺼내 눈가를 닦으며 웃었다.

"둘만 있을 때 이래야 하는데."

"오빠?"

"네 이혼 이야기를 듣고 심장이 찢어지는 줄 알았다, 나비에."

"……."

"하인리 전하와 결혼을 한다 해서, 네가 이혼당할 때 받을 상처가 사라지는 건 아니니까."

"……."

오빠는 다시 한 번 나를 꼭 끌어안았다. 그 상태로 한참을 있자, 맥켄나가 어색한지 크흠흠 헛기침을 했다. 오빠는 그제야 나를 놓아주며 머쓱하게 웃었다.

"난 내가 여기에 오자마자 오빠를 만날 수 있을 줄 알았어."

뒤늦게 약간 섭섭해져서 따지자, 오빠는 손수건을 접어 품에 다시 넣으며 대답했다.

"너한테 폐가 될까 봐 피해 다녔어."

"그런 게 어디 있어?"

"동대제국에서도 그랬으니까. 네가 이혼할 거란 이야기를 들은 후로 내내 그 생각이었다. 혹시 나 때문에 네가 이혼한 건 아닐까, 내가 가만히 있었더라면 이혼은 안 하지 않았을까……."

맞는 말이었지만, 오빠가 아니었더라도 소비에슈는 나를 내보냈을 것이다. 그는 라스타를 사랑하니까. 라스타를 옆에 앉히기 위해서는 어떻게 해서든 날 쫓아내야 했으니까. 실제로도 오빠를 추방한 후, 소비에슈는 오빠의 이름을 이용해 나를 쫓아냈고. 나는 그 얘기를 계속하는 대신 일부러 웃으면서 농담조로 말했다.

"날 피해 다니더니. 하인리와는 잘 만나고 있었나 봐?"

"전하께서 결혼식 전에 '기사들의 순방'에 이름을 넣어주시겠다 하셔서."

"기사들의 순방?"

"서왕국 전통 중 하나인데. 왕의 기사들이 몇 군데 도시를 돌면서 사람들을 돕고 오는 건가 봐."

그러고 보니 비슷한 이야기를 들어본 적이 있다. 이때 가장 현명하게 대처한 기사의 명성이 확 올라간다지. 너무 작위적으로 영웅을 만드는 게 아니냐고, 내 부관이 중얼거렸는데.

"고마운 일이네."

하인리가 오빠에게 왜 저런 걸 시켰는지 알겠다. 서왕국 내에서 오빠의 평판을 올릴 셈인 모양이구나. 나는 하인리의 옷을 더욱 꽉 끌어안았다. 오빠도 어색하게 웃으면서 칭찬했다.

"가볍단 소문만 들었는데. 여러모로 많이 배려해주셔서……."

"응."

"네가 많이 좋으신가 보다."

"그건……."

그렇다기보다는…….

하지만 '좋다'는 게 꼭 연인 간의 이야기는 아니니까.

"응."

겸연쩍어서, 오빠에게 나중에 만나잔 인사를 한 후 나는 집무실 안에 조심스럽게 들어갔다. 하인리는 방 중앙에 멋쩍게 서 있다가,

나와 눈이 마주치자 열없이 웃었다.

"퀸."

나를 자기 이름으로 부른 그는, 평소처럼 내게 다가오지 못하고 주춤거렸다. 내가 피하는 바람에, 더 다가와도 괜찮은 건지 확신이 없어 보였다. 그를 보자 여전히 부끄러운 마음이 강했지만…… 이번에는 내가 용기를 가지고 그에게 다가갔다.

하인리는 두 손을 꼭 마주 쥐고서 나를 떨리는 눈으로 바라보았다.

"퀸, 저는……."

"정말로 화가 난 게 아니에요."

"하지만 나를 피했잖습니까. 퀸, 난…… 그대가 날 피하지 않았으면 좋겠습니다."

"화가 나서 피한 게 아니에요."

나는 거듭 말하고서, 자꾸만 돌아서서 나가고 싶은 마음을 꾹 참고 물었다.

"그대를 피한 이유를 솔직하게 털어놓아도 될까요?"

"네. 내게 화가 난 게 아니라면 솔직하게 말해줘요."

"그대가 놀랄지도 모릅니다."

"불안하고 신경이 쓰여서 잠도 잘 수 없습니다. 난, 퀸, 그대에게 미움받고 싶지 않습니다."

하인리의 눈동자가 잘게 떨렸다. 평소보다 동공이 유난히 까맣게 보였다. 나는 심호흡을 하고서 그의 옷을 부적처럼 끌어안았다. 진실을 털어놓는 건 힘든 일이다. 하지만 하인리는 내게 진실을 털어놓았다. 내가 화를 낼까 불안해하면서도. 그가 용기를 보인 만큼 나도 용기를 내야 했다. 나는 숨을 크게 들이쉰 다음, 최대한 무표 정하게 고백했다.

"그대가 벌거벗은 모습을 보았어요."

"!"

"그 모습이 자꾸 눈에 어른거려서 곤란합니다."

"!"

"그래서 눈을 맞출 수 없던 거예요. 자꾸 생각나서."

"!"

하인리는 입을 벌린 채 멍하니 나를 쳐다보았다. 지금 자기가 뭘 들었나 이해가 가지 않는단 얼굴이었다. 나는 최대한 태연해 보이 려 숨을 골랐다. 두 번 말하기에는 나 역시 힘들었다.

"그…… 그렇군요."

이윽고 그는 두 손으로 자기 얼굴을 반쯤 가리며 중얼거렸다.

"그걸 보셔서…… 아, 그래서 자꾸 눈을 피하신…….."

"놀랐나요?"

"너무 솔직하셔서……. 잠시만요."

그는 뒤돌아서더니 빠르게 부채질을 했다. 일부러 저러는 건 확 실히 아니었다. 목덜미는 물론 귀까지 빨개져 있었으니까. 하인리 는 한참을 그러고서야 돌아섰지만, 부채질한 효과는 없는 모양이다. 아직도 얼굴이 빨간 걸 보니. 하인리는 자기 목덜미를 연신 두드리다가 물었다.

"그런데 그건 어디에서 보신 겁니까?"

"폐궁의 분수대에서 보았습니다."

"아. 분수대. 그러면 제가⋯⋯."

"물에 젖어 있었어요."

하인리는 다시 두 손으로 자기 얼굴을 가렸다. 반면, 사실을 말하고 나자 나는 이전의 당혹스러울 정도로 부끄럽던 마음이 반 정도 가라앉았다. 진실의 힘은 위대했다. 여전히 부끄럽긴 했지만 그의 얼굴을 마주하고 대화할 수 있었다. 이번엔 하인리가 내 얼굴을 쳐다보지 못했지만.

잠시 방 안이 조용해졌다. 어색하진 않았지만 이상하게 입이 열리지 않았다. 입안이 마르고 분위기는 간지러웠다. 그에게 당장 말을 걸고 싶었지만, 아무 말도 하고 싶지 않기도 했다.

그냥⋯⋯ 이럴 때는 조용히 손을 잡으면 낫지 않을까? 생각을 하자마자 하인리가 슬쩍 손을 내밀더니 내 손끝을 건드렸다. 잡을까 말까 생각하는 것처럼. 나는 다른 곳을 쳐다보며 먼저 그의 손가락 끝을 잡았다. 손끝에서 느껴지는 감각. 그가 미약하게 떨고 있단 그 감각에 나도 같이 떨린다. 슬쩍 쳐다보니, 하인리가 내 쪽을 보며 웃고 있었다. 눈이 마주치자마자 그는 내 손을 완전히 꼭 잡더니 더욱 활짝 웃으며 물었다.

"식사는 하셨습니까?"

"아직⋯⋯."

"같이할까요?"

고개를 끄덕이자 그가 내 손을 잡고 책상으로 가더니, 책상 가에 달린 종을 눌렀다. 안으로 들어온 시종은 나와 하인리가 손을 잡은 걸 보자 눈동자가 빠르게 흔들렸다. 더 어색한 기분이 들어서, 나는 창밖으로 고개를 돌렸다.

처음엔 어색했지만 같이 식사를 하면서 대화를 하다 보니 다행히 그런 기운이 조금씩 사그라졌다. 덕분에 아까보다는 한결 편해진 마음으로 이야기를 나누는데, 하인리가 조심스럽게 물었다.

"퀸. 그런데 정말로 제가 눈앞에 어른거립니까?"

그 말을 듣자마자 샐러드의 양배추 끄트머리가 목구멍에 걸렸다. 콜록거리고 있자 그가 얼른 음료수가 담긴 잔을 내밀었다.

"이렇게 놀라시는 걸 보니 정말인가 보군요."

음료수를 마신 후 나는 딱 잘라 말했다.

"이제는 아닙니다."

물론 거짓말이었다. 하지만 전혀 티가 나지 않는 거짓말이었다. 그러나 안타깝게도 하인리는 예리했다.

"아닙니다. 그 짧은 사이에 마음이 바뀔 리가 없어요."

"괜한 오해 하지 말아요."

다시 한 번 더 거짓말해보았지만, 그는 내 말을 자연스럽게 흘리며 또다시 물었다.

"퀸, 지금도 내가 그대 눈앞에 어른거립니까?"

"아니라고 했어요."

"퀸."

"?"

"결혼하면 하루 종일 보여줄 수 있어요."

사레가 들린 걸 막기 위해 음료수를 마셨는데. 방금 그 말에 다시 사레가 들려버렸다. 콜록거리고 있자니 눈물이 다 찔끔 나왔다. 뭐라는 거야? 기가 막혀서 쳐다보자, 하인리는 쑥스럽단 듯이 눈을 내리깔고서 내게 손수건을 내밀었다. 흠칫하더니 도로 손수건을 가져갔지만. 그러나 이미 난 손수건을 알아본 후였다. 예전에 내가 퀸의 목에 매어주었던 손수건. 그 손수건이었다.

"그거 내 거 아닌가요?"

확신을 가지고 묻자, 하인리는 마지못해 가지고 있던 손수건을 내밀며 변명했다.

"돌려달란 말씀이 없으셔서……."

"새에게 준 거니까요."

"제가 그 새입니다. 그러니 퀸은 제게 준 겁니다."

무어라 따지려 했으나 문득 하인리의 목이 유난히 눈에 띄었다. 하인리는 퀸의 상태일 때 나체이지. 그 말은 나체 상태로 목에 손수건을 매고 있었단 걸까?

……생각하지 말자. 아주 민망스러운 그림이 그려져서, 나는 따지는 대신 그에게 손수건을 돌려주었다.

"퀸?"

"아무 생각도 하지 않았어요."

손수건을 접던 하인리가 입술을 꽉 깨물었다. 도둑이 제 발 저린다고, 내가 혼자 찔려서 쓸데없는 말을 했다 생각하는 눈치였다. 정곡이었으므로 나는 일부러 냉랭한 표정을 지었다. 하지만 하인리는 거기에 넘어가는 대신, 실실 웃으면서 속삭였다.

"퀸. 보고 싶은 게 있다면 말해도 됩니다."

"하인리."

"전 퀸의 상상을 현실로 만들어줄 수 있으니까요."

"!"

소비에슈는 밤새도록 신문을 접었다 들었다 펼쳤다 도로 접기를 반복했다. 그는 나비에가 한 인터뷰를 처음부터 끝까지 읽어보고, 이후에도 다시 한 번 읽었다. 몇 번을 그렇게 했는지 모른다. 인터뷰를 토씨 하나 틀리지 않게 외운 후에도, 소비에슈는 신문에서 눈을 떼지 못했다.

마음이 아팠다. 가슴이 꽉 막혀서 도무지 잠을 잘 수가 없었다. 라스타에게 이혼을 약속하는 걸 들었다고? 나비에가 직접 그 귀로 들었다고? 그 자존심 강한 성격에 얼마나 속상했을지, 짐작할 수 있어 힘들었다. 숨길이 막혀버린 것처럼 숨쉬기가 어려워졌다. 심장이 바짝 조여오면서 머리가 어지러웠다. 소비에슈는 자신의 심장을 주먹으로 몇 번 퍽퍽 두드렸다. 어째서인지 자꾸만 그 어릴 괴로웠다.

밤새 그러고 있자니, 나중에는 그 부근을 두드리기만 해도 뼈가 아렸다. 옷을 갈아입으며 보니 퍼렇게 멍이 들어 있었다. 놀라서 법석을 부리는 시종들에게 호들갑 떨지 말라 지시한 후. 소비에슈는 카를 후작을 불러오라 지시하고 침대에 앉아 눈을 감았다.

서서히 시간이 지나자 무언가…… 오해가 있었을 거란 생각이 들었다. 그는 라스타에게 이혼 이야기를 꺼내긴 했다. 하지만 분명 1년의 기한을 이야기했다. 그러나 1년의 기한 후, 누가 황후가 될 거란 말은 하지 않았다. 그래서 나비에가 오해한 게 아닐까? 이혼을 하고 나면 1년 후에는 또 다른 황후를 들일 거라 여긴 게 아닐까? 아니, 어쩌면 그 부분은 아예 듣지 못한 건지도 모른다. 그래. 그런 것 같다. 그렇다면 진실을 알려야 했다. 이미 재혼을 한 나비에가 바로 돌아오진 못하겠지만, 그래도 최소한 오해는 풀어야 했다.

하인리 왕은 소문난 바람둥이였다. 그런 작자는 나비에에게 상처를 줄 것이다. 나비에가 잠시의 충격으로 그자와 손을 잡았지만, 결국 그자에게 상처받을 게 분명했다. 자신이 나비에를 버릴 뜻이 아니었단 걸 알려야 했다. 그래야 그녀가 상처를 받았을 때 이곳으로 돌아올 터.

생각을 정리하자마자 소비에슈는 침대에서 일어나 책상으로 갔다. 편지지를 꺼내 재빨리 서신을 썼다. 오해를 풀어서 뭘 어찌하고 싶은지, 본인도 몰랐다. 하지만 우선은 오해를 푸는 게 가장 중요하게 여겨졌다. 그와 나비에 사이를 가로막는 게 전부 다 그 오해로만 여겨졌다. 그 오해를 치우면 어떻게든 일이 잘 풀릴 거라 생각했다. 일이 잘 풀린다는 게 뭘 의미하는진 모르겠지만, 어쨌든.

편지를 다 쓴 다음 밀랍으로 봉인을 하고 나니 카를 후작이 도착했다.

"폐하, 부르셨습니까."

소비에슈는 카를 후작에게 봉인한 편지 봉투를 내밀었다. 그 편지에는 보내는 사람의 이름도 받는 사람의 이름도 없었다.

"이건……?"

카를 후작은 어리둥절해서 받아 들었다.

"나비에에게 전하라."

"왕비님께 말입니까?"

왕비님 소리에 소비에슈의 눈꼬리가 올라가자, 카를 후작이 얼른 입을 다물었다. 소비에슈는 다시 한 번 신신당부했다.

"혹시 하인리 왕이 막을지도 모르니 은밀히 전해야 한다. 나비에에게 직접."

"……예."

소비에슈만큼 심란한 사람이 있었다.

'라스타가 결혼한다고…….'

로테슈 자작이었다. 그는 오만상을 찡그리고서 가십지를 노려보았다. 이게 다 오늘 가십지에 실린 소식 때문이다. 라스타가 소비에슈 황제와 결혼할 거란 소식.

가십지에 따르면, 결혼 준비를 위해 많은 상인들이 황궁에 오가고 있다 했다. 값비싼 보석과 양탄자, 비단, 립트 대륙산의 진귀한 물품들이 수레째 황궁 안으로 들어갔고, 이름난 화훼 업자들이 갑자기 바빠졌다고. 가십지는 황실에서 공식적으로 인정한 소식은 아니란 걸 인정하면서도, 결혼식은 분명 있을 거라 주장했다. 이런 상인들이 오가는 데 결혼식이 없는 게 더 이상하단 주장.

전문가. 어디의 전문가인지는 모르지만, 잡지에서 '전문가'라 칭한 이들 역시, 십중팔구의 확률로 곧 결혼식이 있을 거라 예측했다. 결혼 상대가 라스타가 아닌 다른 대귀족의 영애일 거라 주장하는 이도 없진 않았으나, 나비에 황후의 가문인 트로비 가문과 견줄 만한 명문가에는 소비에슈 또래의 미혼 영애들이 없었다. 그보다 덜한 가문에는 영애들이 많았으나, 정략결혼을 하려면 굳이 트로비 가문의 황후를 폐하고 그보다 덜한 가문 영애를 데려올 필요가 없는 터. 그러니 이 결혼은 정략결혼이 아니라 연애결혼일 것이고, 그 상대는 라스타일 거라는 게 대다수의 의견이었다.

'허 참. 그 애가 황후라니.'

라스타가 노예였다는 걸 아는 로테슈 자작은 고개를 절레절레 저었다. 놀라기도 했지만 기분이 아주 묘했다. 세상사 참으로 요지경이지 않은가. 그가 부리던 노예가 황후가 되다니. 반면, 로테슈 자작의 아들인 알렌은 라스타의 결혼 소식에 완전히 낙담해서 방에 틀어박혔고, 딸인 르베티는 분노하면서도 겁을 먹었다.

"그 애는 황후가 되자마자 우리에게 복수할 거예요, 아버지!"

"아니, 우리한테 왜?"

"우리가 자기 비밀을 알고 있으니까요."

"홍, 그러니 더욱 조심해야지."

"암살자 같은 걸 고용해서 우리를 죽이려 하면 어떡해요?"

로테슈 자작은 코웃음을 쳤지만 불안하긴 매한가지였다. 라스타의 첫째 아기를 자기들이 몰래 기르고 있고, 만약의 경우도 대비해 두었다. 하지만 불안한 마음은 쉬이 사라지지 않았다. 만약 라스타가 독하게 마음을 먹고서 아기까지 다 죽여버리라 하면?

그때, 누군가 문을 두드렸다.

"누구냐."

방문한 사람은 로테슈 자작이 주기적으로 뇌물을 건네는 중인 궁전 직원이었다. 로테슈 자작은 라스타를 협박하기 시작한 후, 궁전 직원들에게 주기적으로 뇌물을 주고 있었다. 기사나 귀족들은 충성심이니 어쩌니 하면서 입을 꾹 다물겠지만, 단순히 직업 개념으로 궁전에서 일하는 이들은 충성심이 상대적으로 덜할 거란 계산 때문이었다. 물론 그들에게는 라스타를 위해서 정보를 모으는 거라 거짓말을 했고, 평민들에게 인기가 좋은 라스타 덕에 이 핑계는 곧잘 먹혔다. 로테슈 자작을 찾아온 직원도 그런 이들 중 하나였다.

"왜 그러지? 뭐 중한 이야기라도 있느냐?"

로테슈 자작은 서둘러 직원을 들어오게 하며 물었다. 일이 이렇게 되고 보니 작은 정보 하나라도 아쉬웠다. 그러나 직원이 전해준 정보는 생각보다 더 가치 있었다.

"폐하께서 서왕국으로 누군가를 몰래 보내셨습니다."

"서왕국으로?"

"예. 공식적인 기록 없이 은밀히요."

"서왕국으로 은밀히……."

직원이 추가금을 받고 돌아간 후. 로테슈 자작은 목젖이 보이도록 껄껄 웃어댔다. 직원의 말을 듣자마자 바로 좋은 생각이 떠오른 탓이었다. 그는 곧장 채비를 하고서 라스타를 찾아갔다.

"무슨 일이야?"

라스타는 시큰둥하게 그를 맞이했다. 두 사람이 만나는 건 로테슈 자작이 라스타가 양부모와 함께 있는 걸 본 후로 처음이었다. 로테슈 자작은 욱하는 마음을 누르며 라스타의 맞은편 소파에 앉아 실실 웃었다.

"내가 어떤 소식을 들고 왔는지 아느냐?"

"또 협박이나 하려는 거겠지."

라스타는 차갑게 말하고서 그의 맞은편에 앉았다. 황궁물을 먹더니, 앉는 자세가 제법 달라져 있었다. 로테슈 자작은 씨익 웃으며 말했다.

"황제가 나비에 황후한테 편지를 보냈다더라."

"황후라니? 폐비야."

"뭐, 폐비라 하든가."

"……."

라스타는 눈썹을 치켜올렸으나, 더는 그 부분에 집착하지 않았다. 생각해보니 폐비니 황후니 부르는 게 중요한 게 아니었다. 편지라고?

"무슨 편지인데?"

"그야 나도 모르지."

"편지를 빼돌렸다거나, 그런 거 아니야?"

"폐하의 사자라면 보통 솜씨가 아닐 텐데. 내가 무슨 돈이 있어서 그런 자를 이기고 편지를 뺏어올 용병까지 고용하누."

뭐라는 거야 저 자식이. 돈이라면 이미 잔뜩 뜯어 갔잖아? 라스타는 목구멍까지 올라온 말을 삼켰다. 로테슈 자작이 하고자 하는 말을 알 수 있었기 때문이다. 그는 단순히 정보를 전달하러 온 게 아니었다. 그는 지금…….

"뭘 말하고 싶은 건데? 당신이 정보력이 좋다고? 그런 건 라스타도 알아낼 수 있어."

"하지만 모르고 있었지."

로테슈 자작은 히죽 눈꼬리를 휘며 웃고는, 다리에 팔을 걸치고서 허리를 숙이며 몸을 앞으로 내밀었다.

"내가 무어라 했니. 네겐 내가 필요하다 하지 않았느냐."

"!"

"우리는 서로의 바닥까지 알고 있다. 하지만 네 가짜 부모는 어떻지? 네 좋은 모습만 알고, 네 좋은 모습만 보려 하지 않느냐?"

라스타는 대답하지 못했다. 마샤와 길림트는 좋은 사람들이었지만, 애초에 모래성 같은 관계였다. 그들이 아무리 잘 대해준다 한들 라스타는 그들의 친딸이 아니었다. 그들은 자신들의 가짜 딸이 진짜 노예라는 것조차 아직 모른다. 당연히 속내까지 털어놓을 수 없었다.

"라스타, 라스타야. 손을 잡으려면 우리 같은 사람들이 잡아야 하는 거란다."

로테슈 자작이 혀에 꿀을 바르고 속삭거렸다. 라스타는 등을 소파 등받이에 기대고서 초조하게 입술을 움직였다. 어젯밤, 자신의 배에 대고 감미로운 자장가를 불러준 소비에슈가, 오늘은 사람을 시켜 몰래 나비에에게 편지를 보내고 있다. 나쁜 이야기를 하려는 거라면 공식적으로 보냈을 터. 남몰래 편지를 써서 보내는 걸 보니, 분명 사과 편지였다.

오늘 오전, 라스타는 나비에 황후의 인터뷰가 실린 서왕국 신문을 받아 보았다. 어쩌면 소비에슈는 그 일을 사과하는 건지도 몰랐다. 라스타는 초조하게 손가락을 꼼지락거리다가 물었다.

"우린 이전부터 손을 잡고 있었잖아?"

"물론 그건 그렇지."

로테슈 자작의 눈꼬리가 만족스레 휘어졌다.

"어쨌든 폐후에 관한 건이라면 안심해도 좋다, 라스타. 재혼까지 한 왕비가 돌아오겠느냐?"

"라스타는 폐비를 신경 쓰지 않아."

"그래, 그래."

"정말이야."

"그래. 그리고 혹시 폐하께서 다른 여자에게 눈길이 가진 않나, 이런 것도 아무 염려 말거라. 내가 다 알아서 떨어트려놓을 테니."

로테슈 자작의 말에 라스타는 입술을 다물고 고개를 끄덕였다.

"알았어."

"아, 오늘 가십지 보았다. 너, 결혼할지도 모른다면서?"

"입조심해."

"당연히 조심해야지요, 우리 황후 폐하."

낄낄 경박하게 웃은 로테슈 자작이 슬쩍 빈손을 내밀었다. 또 돈을 달란 것이다. 라스타는 화가 났지만, 화를 꾹 누르고서 보석을 로테슈 자작에게 쥐여주었다. 로테슈 자작은 히죽히죽 웃으면서 보석을 품 안에 넣고 일어섰다.

"그러면 다음에 또 보자."

좋은 소식이 있을 때. 작게 덧붙인 로테슈 자작이 나가려 할 때였다.

"잠시만."

라스타가 그를 붙잡았다. 무슨 일인가 싶어 멈춰 서자, 라스타가 로테슈 자작에게 다가가 부탁했다.

"누구 좀 찾아줬으면 하는 사람이 있는데."

"사람? 누구 말이냐?"

"나보다 좀 어린 여자애야."

"르베티 또래 말이냐?"

"그건 몰라. 어쨌든 찾아줘. 내 부모님 둘째 딸이야."

진심이냐는 듯 로테슈 자작이 라스타를 쳐다보았다. 라스타는 로테슈 자작의 그 표정에 더욱 기분이 상했다. 안 그래도 동생 찾을 생각에 화가 부글부글한데. 저렇게 대놓고 '왜?'라는 시선을 보내자 짜증이 났다. 누구는 찾고 싶어서 찾는 줄 아나.

"일단 찾아줘."

라스타가 거듭 부탁하자, 로테슈 자작은 "뭐. 원한다면." 하고 중얼거리며 어깨를 으쓱했다.

"일단 알아보마. 네 가짜 부모 이름이 정확히 뭐였지?"

로테슈 자작이 떠난 후에도 심란한 마음은 쉬이 가라앉지 않았다. 라스타는 방 안을 이리저리 맴돌다가 시계를 확인했다. 아직 소비에슈가 올 시간은 아니다. 이를 확인한 라스타는 이번에는 복도로 나가 맴돌다가, 사람들의 시선을 피해 슬며시 서궁으로 가보았다.

황후가 떠난 후, 서궁은 조용하고 고요한 채 남겨져 있었다. 서궁을 떠들썩하게 만들었던 시녀들은 다 자신의 저택으로 돌아갔고, 남은 하녀와 하인들도 숫자를 줄였다. 그 사람들조차 하루에 한 번만 복도를 청소하러 올 뿐인데, 라스타가 알기로 이 시간은 하녀들이 청소하러 올 시간이 아니었다.

라스타는 얼른 서궁 안으로 들어갔다. 이건 최근 들어 생긴 그녀의 새로운 취미였다. 황후의 방 안에 들어가서 미리 기분을 내보는 것. 소비에슈에게 이야기를 하자 황당해했지만, 그는 순순히 열쇠를 주었다. 어차피 빈방이니 마음대로 하라는 것이다.

새로운 황후가 정해지기 전까지 황후의 방 안은 청소도 하지 않기에, 라스타는 사람들의 이목을 피해 편하게 그 방을 오갔다. 오늘도 마찬가지였다. 라스타는 방 안에 들어오자 얼른 문을 잠갔다. 문을 잠그고 틀어박히자 기분이 좀 나아졌다. 라스타는 문에 기대어 서서 비어버린 화려한 방을 보았다. 가구는 남아 있지만, 사람이 사용하지 않아서인가. 이상하게 이곳은 텅 빈 느낌이 강했다.

'내가 사용하면 나아지겠지.'

라스타는 속으로 생각하며 방 안 여기저기를 바쁘게 오갔다. 바쁘게 움직였다 하더라도 그저 방 안을 맴돌 뿐이지만, 그것만으로도 기분은 괜찮아졌다. 자신이 황후가 된 기분을 한껏 내보던 라스타는, 예전에 보았던 나비에의 몸동작을 슬쩍 흉내 내보다가 히히 웃었다. 외우는 공부는 별로이지만, 말투라거나 행동거지는 이제 많이 고상해졌다. 나비에를 가르쳤다던 예법 스승이 보고서 "어쩜, 나비에 님과 아주 비슷하신데요?" 하고 깜짝 놀랄 정도로.

사실 공부는 단시간에는 해도 티가 잘 나지 않는다.

'중요한 건 말투나 행동, 예법이지.'

결혼식 날, 사람들은 전 황후와 자신을 비교해보고 놀랄 것이다. 이를 상상한 라스타는 한결 기분이 좋아졌다. 괜찮아진 게 아니라 확실하게 좋아졌다. 라스타는 이왕 온 김에 방 안의 가구까지 하나하나 다 열어보았다. 그러다가 문득 이상한 걸 발견했다.

'뭐지?'

전혀 특이할 것 없다 여겼던 의자의 윗부분이 약간 붕 떠 있는 것처럼 보였다. 의자 방석을 열어보자, 뜻밖에도 그 안쪽으로 보관함이 나왔다. 지금까지 의자라 여겼던 건 의자 형식의 보관함이었다. 그러나 정말로 놀라운 건 보관함이 의자 형태란 점이 아니었다. 서류. 보관함 안에 한 뭉텅이의 서류가 있었다.

'폐비의 서류인가?'

라스타는 호기심에 가득 차 서류를 들어 올렸다.

'국비 지원 신청서?'

서류 중 몇 장은 그런 이름이었다. 다른 데에는 고아원이 어쩌고 하는 내용이 있다. 라스타는 시계를 보고 아직 시간이 괜찮다는 걸 확인한 후, 자리에 앉아 서류를 꼼꼼히 살폈다. 서류는 쉬운 글자로 작성되어 있어서, 무엇에 관한 내용인지는 잘 읽어보자 알 수 있었다. 고아원, 양로원, 미혼부모 지원시설, 무료 병원, 급식소 등. 나비에 황후가 황실의 이름을 빌려 개인적으로 후원한 단체들에 대한 내용이었다. 게다가 서류 가장 밑에는 편지 한 장까지 있었다. 라스타는 한 손으로 서류를 잡은 채, 다른 한 손으로 편지를 들고 읽었다.

'라스타 양에게……'

편지는 덤덤한 문체로, 자신이 황실 이름으로 이곳들을 지원하는 바람에 이혼 후 이곳들을 더 후원할 수 없게 되었다는 것, 국비 지원이 1년 주기로 갱신되기 때문에 지원 기간이 아닌 지금은 국비 신청도 할 수가 없다는 등의 사정이 쓰여 있었다. 그러고는 라스타가 황후가 되었을 즈음 국비 지원 시기가 돌아올 거라며, 국비 지원 신청서는 미리 준비해두었으니, 그 시기가 오면 자신을 대신해 이 국비 신청서를 내달란 쓰여 있었다. 하지만 현재 국비 지원을 받는 단체가 꽉 차 있어서 예산 문제로 떨어질 수도 있으니, 그렇게 되면 이전처럼 황실의 이름으로 사비로 진행해달란 말도 있었다. 그 외의 다른 이야기는 없었다. 정말로 자기의 후임에게 인수

인계라도 하듯 단조로운 편지. 그나마 감정이 드러난 점이 있다면, 일이 꼬일지도 모르니 라스타의 이름으로 후원하지는 말라는 정도였다.

편지를 본 라스타는 기분이 몹시 이상하고 야릇해졌다. 그런 기분을 부채질하듯 팔랑이며 무언가 툭 떨어졌다. 엄청난 액수의 어음 두 장이었다. 편지의 내용이 사실이라면 2년간 이 기관들을 후원할 수 있는 금액이다.

'인터뷰가 사실이었구나. 정말로 자기가 이혼할 거란 걸 미리 알았나 봐.'

라스타는 인상을 찡그렸다. 속의 저 깊고 깊은 곳에서 황후에 대한 미안한 마음, 그녀가 좋은 황후였단 걸 인정하는 마음이 들자, 오히려 기분이 더욱 불쾌해졌다. 이걸 인정하고 나면 좋은 황후를 밀어낸 자신이 나빠지는 것인데. 라스타로서는 자신이 나쁘단 생각은 도저히 할 수 없었기 때문이다.

그렇지 않나? 그 사람은 운이 좋아서 황후로 태어났지만, 라스타 자신은 여기에 오기까지 무던히 고생했다. 이곳에 온 후로도 그녀는 그저 살기 위해 애를 썼을 뿐이었다. 황후에게 별 피해도 주지 않았는데, 가만히 있는 자신을 밀어내려 한 건 나비에 황후였다. 나비에 황후는 혼자서 라스타를 밀어내려 애쓰다가, 자폭하듯 쫓겨난 거 아닌가?

'맞아. 애초에 낙태약을 사용하거나 자기 오빠를 시켜서 날 폭행하지 않았다면 됐잖아?'

그러면 황후에서 밀려나지 않고 살았을 거다. 이건 그 폐비가 스스로 자초한 일이었다. 그런데 이제 와서 사람을 우습게 만드는 이런 편지를 남기다니. 위선적이었다.

"라스타를 아주 우습게 보잖아?"

완전히 납득한 라스타는 화를 내면서도 어음과 편지, 서류는 잘 챙겨 끌어안았다.

'라스타 이름으로 후원하지 말라고?'

라스타는 코웃음을 쳤다. 일이 꼬이기는 무슨. 그냥 다른 사람 명성이 높아지는 건 싫다고 말할 것이지. 국민들에게 신뢰를 얻어야 하니까, 이 단체들에 후원을 하긴 할 셈이었다.

'하지만 전부 다 라스타 이름으로 할 거야. 라스타가 하는 거잖아? 누구 좋으라고 황실 이름으로 한대?'

"코샤르 경은 왕비님과 쌍둥이는 아니시죠?"

오빠가 기사들의 순방을 떠난 지 며칠이 지난 날이었다. 마스타스가 창을 무릎에 올린 채 열심히 닦다 말고서 뜬금없이 물었다. 무슨 일인가 싶어 쳐다보자, 그녀가 고개를 기웃하고 있었다.

"쌍둥이는 아니에요."

웃으면서 대답해주자, 그녀는 "아⋯⋯" 하고 고개를 주억거렸다. 그 모습에 로즈가 히죽 웃으면서 마스타스의 옆구리를 팔꿈치로 찔렀다.

"관심 있어요?"

농담 섞인 질문이었으나, 마스타스는 태연히 인정했다.

"네."

당당한 대답에 되려 나와 로즈가 놀라 쳐다보자, 마스타스는 여전히 태평하게 대답했다.

"오빠가 그러던데 되게 강하다 하더라고요. 한번 붙어보고 싶습니다."

"붙는다는 게 싸움을 말하는 거죠?"

로즈가 미심쩍다는 듯 묻자, 마스타스는 "네." 하고 고개를 끄덕이다가 로즈를 변태 보듯 흘겨보며 말했다.

"왕비님! 이 선배님 은근히 뇌가 아주 진흙탕 같지 않습니까?"

며칠 동안 내내 붙어 있다 보니 둘 다 제법 사이가 좋아진 것 같았다. 로라와 주베르 백작 부인까지 오면 여기도 떠들썩해지겠지. 엘리자 백작 부인과 다른 시녀들이 그립겠지만, 그래도 이곳에서 만난 새로운 이들도 다 좋아서 다행이었다.

'아!'

그렇지. 두 사람을 보며 웃고 있자니, 문득 좋은 생각이 떠올랐다.

"로즈 양."

"네, 왕비 전하."

"서왕국 사교계에서 가장 인기 좋은 사람이 누구인가요?"

로즈는 내 말에 고개를 기웃하면서도 설명해주었다.

"리버티 공작과 멀레이니 양이에요."

"두 명인가요?"

"가장 인기 좋은 건 원래 하인리 전하셨거든요. 그다음으로 인기가 좋은 게 리버티 공작과 멀레이니 양인데, 이젠 상황이 변하겠지요. 즉위하신 전하를 사교계 유명 인사처럼 취급할 수는 없으니까요."

로즈는 잠시 생각하다가 덧붙였다.

"아, 리버티 공작과 멀레이니 양은 가까운 친척이랍니다. 리버티 공작이 멀레이니 양 어머니의 오빠거든요."

"두 사람을 만나볼 수 있을까요?"

로즈는 내가 질문하자마자 대번에 내 의도를 알아차린 듯 미묘하게 웃었다.

"두 사람을 회유하시려는 거군요?"

하지만 그에 대한 평가는 긍정적이지 않았다.

"좋은 생각입니다. 하지만 쉽지 않을 거예요."

"두 사람이 크리스타 님의 사람인가요?"

"리버티 공작은요."

"그럼 멀레이니 양은……."

"크리스타 님과 싸운 적이 있을 정도로 사이가 좋지 않아요."

그러면 괜찮을 것 같은데? 눈썹을 치켜올리자, 로즈가 고개를 저으며 말을 이었다.

"멀레이니 양은 원래 왕비 후보 중 한 명이었답니다."

"괜찮아요."

"그뿐만 아니라 그 영애는 대단한 야심가이고, 남을 호령하는 성격이에요. 누구의 사람으로 여겨지는 걸 싫어할지도 몰라서……."

"그래도 괜찮아요. 꼭 내 사람이 될 필요는 없으니까요."

투아니아 공작 부인 역시도 내 사람은 아니었다. 내 친구였지.

로즈는 내 말에 걱정스러운 듯 했지만 순순히 그러겠다고 대답
했다.

"약속을 잡아보겠습니다."

나는 고개를 끄덕이고 자리에서 일어났다. 투아니아 공작 부인
생각을 하니, 더 좋은 생각이 떠올라서였다.

'내가 왜 이 생각을 하지 못했을까?'

"왕비 전하?"

"맥켄나 경에게 다녀와야겠어요."

"하인리 전하가 아니라요?"

놀라는 로즈와 마스타스를 데리고서, 나는 그 길로 맥켄나를 찾
아갔다. 맥켄나도 내가 자신을 찾아온 걸 의외라 여기는 눈치였지
만, 웃으면서 맞아주었다. 나는 방 안 사람들을 다 물리고서 그에게
조심스럽게 질문했다.

"그대가 새로 변할 수 있단 걸 압니다. 이와 관련한 질문을 하나
해도 괜찮을까요?"

맥켄나는 자기 일족 이야기가 나오자 더욱 당혹스러운 듯했지만
순순히 "네." 하고 대답했다. 그러면서도 내 눈치를 살피는 걸 보
니, 내가 정체를 숨긴 걸 두고 화를 내러 온 건가 걱정되나 보다. 하
지만 내가 맥켄나를 찾아온 건 속니 마니 하는 문제가 아니었다.

"사람을 하나 찾고 싶은데. 새의 몸으로는 시간이 어느 정도 걸
릴까요?"

맥켄나는 내 질문을 듣자 조금 안심해서 되물었다.

"찾고 싶은 사람이 있으십니까?"

"네. 가능할까요?"

"위치를 아십니까?"

"아니요. 동대제국에 없단 건 확실하지만, 그 외에는 모릅니다."

"그러면 좀 힘듭니다."

하지만 기대와 달리 맥켄나는 사람을 찾는 게 어렵다고 했다. 새의 모습으로 찾더라도 결국 하나하나 얼굴을 확인해야 하는데. 대략적인 위치를 안다면 그게 가능하지만, '동대제국에 없다'는 것만으로 사람을 찾는 건 힘들다는 것이다.

"지명수배라면 해드릴 수 있습니다."

웃으면서 제안하는 그에게, 나는 깜짝 놀라 됐다 말하고 방으로 돌아왔다. 내가 찾으려는 사람은 투아니아 공작 부인이다. 차라리 못 찾으면 못 찾았지, 그녀를 지명수배 전단으로 찾을 수는 없었다. 나는 좀 더 고민해보다가 이번에는 로즈를 불러 부탁했다.

"전에 날 인터뷰해 간 기자, 기억하나요?"

"네. 그 기자가 왕비님과 대화한 걸 신문에 올려서 아주 화제가 되었지요."

"그 기자가 지금도 궁전 안에 있나요?"

"아마 그럴 거예요."

"그 기자를 불러주겠어요? 남색 머리의……."

"네."

로즈에게 기자를 불러달라 부탁하고 약 두 시간 정도가 지나자, 전에 보았던 그 기자를 만날 수 있었다.

"자날이라고 합니다, 왕비 전하."

기자는 내가 자신을 부른 연유를 모르겠는지 쉬지 않고 눈동자를 굴렸다. 그러면서도 힐긋힐긋 내 눈치를 살피는 모습이 제법 영리해 보였다.

"나와 인터뷰를 한 것처럼 기사에 실어줬으면 하는 이야기가 있어 불렀다."

"어떤 내용을 말씀하시는지……."

"내가 서왕국에서 잘 적응해서 지내고 있다는 내용."

"네?"

기자 자날은 군이 뭘 그런 걸 따로 불러서 적으라는 건지 이해가 가지 않는 얼굴이었다. 하지만 한결 덜 불안진 듯 고개를 끄덕이며 시원스레 대답했다.

"어려운 일은 아닙니다."

"서왕국에서 잘 적응해서 지내고 있다, 이곳에는 좋은 사람들이 많다, 하지만 가끔씩 옛 친구들이 그립기도 하다……. 이런 내용으로 부탁한다."

"그거면 되는 건지요……?"

"친구들 이름도 적었으면 하는데."

자날은 어리둥절해했지만 알겠다며 수첩을 꺼냈고, 나는 그에게 시녀들의 이름을 불러주면서 슬쩍 투아니아 공작 부인의 이름을 끼워 넣었다.

자날이 나간 후. 로즈와 마스타스가 저녁 식사를 가지러 간 사이, 나는 만족스러운 기분으로 창가에 섰다. 그를 부른 건 투아니아 공작 부인을 찾기 위해서였고, 그래서 일부러 시녀들 사이에 투아니아 공작 부인의 이름을 넣어두었다. 투아니아 공작 부인은 영민하고 눈치가 좋으니, 내 인터뷰를 보고 내가 자신을 찾고 있단 걸 대번에 눈치챌 것이다. 그녀는 언젠가 내게 꼭 도움이 되겠다 약속했지. 그 말이 사실이라면 투아니아 공작 부인은 이곳으로 올 거고…….

'투아니아 공작 부인이라면 이곳에서도 금세 사교계를 주름잡겠지.'

국민들의 사랑을 받으려면 시간을 들여서 행동을 보이는 수밖에 없다. 말로 아무리 치장한다 한들, 결국 국민들은 그들을 위해주는 왕비를 사랑하니까. 하지만 사교계는 다르다. 사교계의 저명한 인사들은 이미 막대한 재산과 명성을 가진 이들이었다. 단순히 왕비의 역할을 잘하는 것만으로 그들과 가까워지긴 힘들었다. 내가 직접 다가가야 하고, 그러려면 내겐 사교계의 명사가 필요했다. 내게 호의적인 사교계 명사.

'투아니아 공작 부인이라면 그 역할을 충분히 해줄 수 있지.'

문을 노크하는 소리가 나서, 나는 생각하길 멈추고 얼른 문을 열어주었다. 그런데 문 앞에 서 있는 사람은 두 시녀가 아니라 하인리였다.

"하인리?"

게다가 하인리는 표정이 먹먹했다.

"무슨 일 있어요?"

어리둥절해 묻자, 그는 무거운 얼굴로 날 바라보다가 슬며시 내 손을 잡더니 손등 위에 입을 맞추고 물었다.

"퀸. 외로우십니까?"

뜬금없이 이게 무슨 소리야?

"아니요?"

나중에야 어머니도 아버지도 그립고 하겠지. 하지만 지금 당장 외로움과 고독에 지쳐 울고 있기에는, 아직 여기에 온 지 그리 오래되지도 않았는걸. 그러나 하인리는 촉촉한 눈으로 나를 바라보았다. 안 외롭다는데도, 내 말을 믿지 않는 듯했다.

"하인리?"

누구에게 무슨 말이라도 들었나? 걱정이 되어 보고 있자니, 그가 속삭였다.

"퀸이 무척 외로워한단 기사…… 보았습니다."

"그 기자가, 그대에게 말하던가요? 바로?"

"오는 길에 만났습니다. 무슨 일이냐 물으니, 퀸께서 외롭단 기사를 내달라 하셨다고……."

그 기자가 일부러 둘러댄 건지, 아니면 정말로 내 말을 오해한 건지 모르겠다. 우습기도 하고 난감하기도 해서 나는 고개를 저으며 대답했다.

"그런 게 아니에요, 하인리."

"난 그대가 외롭지 않았으면 좋겠습니다, 퀸."

"정말 괜찮아요."

"원하신다면…… 제가 '퀸'의 모습으로 밤에 같이 있어드릴까요?"

"!"

"어떤 행동을 하셔도 가만히 있겠습니다. 마음껏 귀여워해주세요. 이전처럼요. 그러면 좀 나을까요?"

"……."

내 표정이 어땠는진 모르겠지만, 하인리는 얼른 농담이라고 말을 바꿨다. 좋은 선택이었다. 나는 그에게 차분하게 경고했다.

"퀸의 모습으로 오면 다음엔 그 위에다 옷을 입혀버릴 거예요."

날 배려하는 척 말했지만, 방금 하인리의 말은 아무리 들어도 놀리는 거였기 때문이다. 하지만 새의 모습으로 옷을 입어도 괜찮은지, 하인리는 태연히 웃으면서 되물었다.

"옷은 직접 입혀줄 겁니까? 커플로 똑같이 입을까요?"

그런데 거기에 대답을 하려다 보니, 하인리의 어깨너머로 두 시녀가 보였다. 저녁거리를 가져온 모양이었다. 나는 말하려던 걸 멈추고 우선 그들을 부르려 했다.

그런데…… 어째서지? 두 시녀는 턱이 빠질 것 같은 표정이었다. 무척 당혹스럽단 얼굴. 왜 저렇게 놀란 표정인가 싶어 생각해보니, 방금 하인리의 말이 아주 묘했다. '퀸의 모습으로 밤에 같이 있어준다'는 부분. 그들은 하인리가 새 '퀸'이라는 걸 모르니, 하인리가 내 드레스 차림으로 곁에 있어준다고 이해한…… 이런! 나는 그들을 향해 황급해 고개를 젓고서 얼른 하인리를 방 안으로 끌어당겼다.

"이리 와요."

그래도 이제는 하인리가 내 남편인데. 바람둥이 왕, 벌거숭이 왕에 이어 또 다른 가십거리가 생겨나게 할 수는 없었다. 그러나 생각보다 문 닫는 소리가 컸다. 코앞에서 난 쾅 소리에 저절로 인상이 찡그려졌다. 하인리는 괜찮나 싶어 보니, 그는 내 팔과 문 사이에 갇힌 채 눈을 휘둥그렇게 뜨고 있었다.

이렇게 고압적인 자세를 하려던 건 아닌데. 당황해서 손을 치우자, 하인리는 눈웃음을 지으며 속삭였다.

"저 방금 많이 설렜습니다, 퀸."

"이 와중에도 농담인가요?"

"이 와중이니 농담이지요."

"……하긴. 모르는 게 약이라 하였습니다."

"그게 무슨 소리십니까?"

하인리는 시녀들이 자기와 내 대화를 오해한 걸 모르지. 그 덕에 내 말이 어리둥절하기만 한 모양이다. 나는 괜히 문고리를 툭 두드리고서 티테이블 앞의 의자로 가 앉았다. 하인리는 가벼운 걸음걸이로 다가와 마주 앉더니 웃으며 물었다.

"제가 곁에 있으면 덜 외롭지 않나요?"

그 말을 듣자, 하인리가 계속 농담을 건넨 이유를 알 수 있었다. 여전히 내 인터뷰를 신경 쓰고 있구나. 알고 나니 이런 마음 씀씀이가 고마워서, 나는 손을 뻗어 그의 손을 잡았다.

"정말로 괜찮아요, 하인리. 옛 친구가 그리운 건 어쩔 수 없는 일이지만, 여기서도 외롭진 않으니까."

"정말입니까?"

"로즈 양도 있고, 마스타스 양도 있고, 오빠도 있고…… 그대도 있잖아요."

"!"

하인리는 내 말이 기쁜 듯 활짝 웃으며 "네." 하고 대답했다. 그 미소를 보고 있자니, 이상하게 좀이 쑤셨다. 한자리에 머무는 게 괜히 힘들게 여겨질 정도로. 어디로든 좀 걷고 싶을 정도로. 결국, 나는 견디지 못하고 일어나서 방 안을 천천히 걸어 다녔다. 하지만 효과가 크진 않아서, 그냥 다른 이야기로 화제를 넘겨버렸다.

"결혼식을 준비하는 장소에 가보았어요."

"대연회장을 말씀하시는 겁니까?"

"아마도."

"어땠나요?"

다행히 하인리는 내 말에 바로 넘어와주었다. 꽤 신경 쓰이는 주제였던지, 내 말에 눈을 반짝이며 묻기까지 했다.

"최대한 화려하고 아름답게 준비하라 했습니다. 괜찮습니까?"

나는 아직 발바닥이며 손바닥이 간지러웠지만, 애써 태연하게 대답했다.

"예뻤어요."

"다행입니다!"

"하지만 너무 화려한 것 같아 걱정이에요."

"괜찮습니다. 서왕국은 보석 최대 산출국이니까요."

저 보석 산출국 이야기는 도대체 몇 번을 하는지 모르겠다. 이쯤 되니 나도 궁금해진다. 보석이 얼마나 많이 나오기에 항상 저 얘기지? 의아해하고 있으려니, 하인리가 걱정스럽게 중얼거렸다.

"무조건 화려하게 해야 합니다. 아주 많이요."

내가 결혼식이 화려한 게 싫어서 인상을 쓴 거라 오해한 모양이었다. 나는 고개를 저었다.

"화려하게 하는 게 싫은 게 아니에요."

소박해야 할 때가 있고 화려해야 할 때가 있다. 지금 결혼식은 화려하게 하든 소박하게 하든 이유를 찾을 수 있는 결혼식이니, 화려하게 한다고 해서 반대할 필요는 없었다. 그저 그 정도가 지나쳤다가 괜한 말이 나올까 염려되었을 뿐.

그런데 왜 저러지? 하인리의 표정이 이상했다. 웃는 듯 마는 듯한 얼굴. 무언가를 자랑하고 싶어 하는 얼굴.

"하인리? 왜 그러나요?"

그 기묘한 표정이 이상해 이름을 부르자, 하인리는 쑥스러워하며 중얼거렸다.

"이렇게 되니 지금 말씀드릴 수밖에 없겠군요. ……되게 멋있게 말하고 싶었는데요."

"멋있게? 무엇을 말인가요?"

"고백이요."

"고백이라니……."

이 와중에 고백할 게 있…… 아!

"설마?"

내가 좋단 말을 하려는 건가? 당황해서 쳐다보자, 하인리는 자기가 더욱 놀라서 물었다.

"어? 짐작하고 계셨습니까?"

나는 놀라서 심장께를 누르고 그를 쳐다보았다. 진짜로 내가 좋단 이야기를 하려는 건가? 몹시 당혹스러운데.

"짐작한 건 아닙니다. 아니, 그냥 혹시나 아주 조금은…… 그럴지도 모른단 생각을 해보았을 뿐."

하인리는 정말로 놀란 얼굴로 감탄했다.

"과연 퀸이십니다. 몇 수 앞을 내다보고 있는 겁니까?"

"……."

나는 입을 다물고 어색하게 시선을 내렸다. 사실 이상하긴 했다. 내가 그와 결혼했을 때 그가 받을 이득? 물론 많지. 하지만 그만큼 손해도 많은데. 그걸 무릅쓰고 내 청혼을 받아들인 이유 말이다. 동정일지 계산일지 우정일지 복합적일지…… 여러 가지 가능성을 생각해보았고, 그중 하나가 애정이었다. 소비에슈와 라스타만큼의 끈끈한 애정은 아니겠지만, 미약하더라도 그가 내게 이성적인 호감을 가진 건 아닐까, 이런 식의 생각. 그렇지만 이건 그저 스치듯 생각한 일 중 하나였다. 가능성이 적다 여겼고, 호감이 있더라도 이성적인 애정보단 우정에 가깝다고 생각했지. 그렇기에 당혹스러웠다. 게다가 이 타이밍에 고백이라니……. 아니, 그보다 그가 내게 고백하면 날 뭘 어떻게 해야 하는 거지?

하인리는 사람을 놀라게 해놓고는 부드럽게 웃으며 손을 뻗어 내 손을 잡았다.

"깜짝 놀라게 해드리고 싶었는데. 이미 예상하고 있으셨다니 좀 아쉽긴 합니다."

"곤혹스럽군요."

"네. 여러 가지로 바빠지겠지요. 하지만 그럴 가치가 있는 일입니다. 사실, 시간문제였지요."

"……."

"우리의 결혼식 날, 그대는 서대제국 최초의 황후가 될 것입니다."

하인리는 활짝 웃고서 뿌듯하게 날 바라보았다. 찬란한 미래를 꿈꾸는 환한 얼굴을 하고서. 그러나 나는 잠시 그의 말을 이해하지 못했다. 황후? 고백이 아니었다. 갑자기 웬 황후?

"퀸?"

너무 당황해서 표정 관리를 못 했는지, 하인리는 덩달아 당황해서 물었다.

"퀸? 싫으십니까?"

하인리가 한 말이 얼마나 대단한 말이었는지, 나는 다음 날이 되어서야 실감했다. 최초의 황후. 서대제국. 그는 칭제할 생각이었던 것이다. 가슴이 벅차 와서 나는 일어나자마자 괜히 이불을 쥐었다 펴길 반복했다.

사실, 사람들은 늘 의아하게 여겼다. 서왕국이 왜 칭제하지 않는지에 대해서. 나 역시 그랬고, 아직도 그 이유는 모르겠다. 하지만 서왕국이 칭제할 만한 힘과 부를 가진 건 누구라도 아는 일. 가슴이 뛴다. 왕국이 제국이 되는 순간이라니. 이 일은 분명 역사에 기록될 텐데. 그 역사의 한복판에 내가 있으리란 게 벅찼다. 왕좌와 거리가 멀었던 하인리가 이렇게 앞으로 나아가는 모습 역시도 대견하고 신기했다.

'좋은 황후가 되어야지.'

칭제하지 않더라도 좋은 왕비가 되어야 하는 건 맞지만.

최초의 재혼 황후이자 서대제국 초대 황후가 되게 생겼으니, 더욱 행동을 조심하고 황후로서의 역할에 힘써야 한다.

'아니, 이럴 때가 아니야.'

나는 서둘러 침대에서 일어나, 이곳에 온 후 매일 읽고 있는 책을 집었다. 서왕국의 서기가 근 20년간 왕의 회의를 기록한 책이었다. 이후 시녀들이 찾아와 옷을 갈아입고 아침 식사를 했지만, 그 시간 외에는 내내 책을 붙들고 있었다. 그렇게 시간이 어떻게 흘러갔는지도 모른 채 책에 매달려 있을 때였다.

"왕비 전하."

곁에서 뜨개질을 하던 로즈가 나를 불렀다.

"블루 신문사의 기자 몬드레가 왕비 전하를 뵙길 청하고 있습니다."

"블루 신문사?"

"궁전 출입을 허가받은 세 신문사 중 한 곳입니다."

아아. 왜 찾아왔는지 알겠다. 궁전 출입을 허가받은 신문사 세 곳은 모두 경쟁 관계일 텐데, 나는 그중 한 곳과 두 번이나 인터뷰

했다. 그러니 다른 곳에서 애가 타 찾아온 거구나. 문제는…… 후발 주자로 날 취재하러 온 것이니, 최대한 자극적으로 기사를 쓰고 싶을 터. 인터뷰 때 곤란한 질문을 할 가능성이 높았다.

"어떻게 할까요?"

잠시 생각해보다가 나는 말했다.

"들어오라 해요."

어쨌든 내내 피할 수는 없는 일이지.

로즈가 걱정스러운 얼굴로 나가자, 곧 몬드레라는 기자가 들어왔다. 몬드레는 덩치 좋은 기사 같은 분위기의 사람이었다. 단호한 표정으로 들어오는 걸 보니 단단히 각오하고 온 느낌이고. 그래도 모른 척 웃으면서 맞이해주자, 몬드레는 인사를 올린 후 몇 마디 형식적인 아부를 했다. 그리고 슬슬 곤란한 질문을 할 거라 여기는 즈음에서, 예상대로 시동을 걸었다.

"왕비 전하의 명성은 이미 널리 알려져 있고, 능력에 대해서도 들은 바가 많습니다. 그러니 전하께서는 서왕국에 좋은 왕비님이 되어주시겠지요."

뒷말이 있겠지?

"하지만 좀 걱정이 되기도 합니다."

시작이군.

"왕비 전하께서 이름난 황후로 명성을 떨치셨단 건, 바꿔 말하자면 그만큼 동대제국에 애정이 크시단 거니까요."

"……."

하지만 그가 선택한 곤란한 질문은, 내 예상보다 조금 더 곤란한 질문이었다. 일부러 이런 질문을 고른 주제에. 몬드레는 몹시 걱정스럽단 얼굴로 물었다.

"동대제국과 서왕국이 반목하지 않을 땐 문제 될 게 없겠지만…… 만약 두 나라가 하나의 이득을 놓고 경쟁하게 된다면, 곤란하지 않으시겠습니까?"

소비에슈는 나비에에게 보낸 편지가 잘 도착했을까 초조했다. 편지를 들려 보낸 기사가 갑자기 길을 잃진 않았을까. 엄청나게 강한 도적을 만나 편지를 뺏기진 않았을까. 갑작스럽게 심장마비라도 와서 편지를 못 전하진 않을까. 편지를 잃어버리진 않으려나 온갖 걱정이 다 되었다. 강한 도적이 나타난다 한들 편지를 훔쳐 가진 않겠지만, 지금 소비에슈는 그런 점을 생각할 정신이 없었다. 그저 편지 소식이 들리기만 전전긍긍할 뿐. 그 편지가 나비에에게 도착하면, 모든 게 다 원래대로 돌아올 것만 같았다. 하지만 초조해하면서도 그는 시간이 되자 의무적으로 알현실에 들어갔다.

'미치겠군.'

그러나 안 그래도 심란해 죽겠는데, 오늘따라 유독 결혼을 축복해달라는 청이 많았다. 소비에슈는 괜히 그들이 다 꼴 보기 싫어졌고, 분위기는 자연스레 무거워졌다. 하지만 청을 올린 이들은 그 무거운 분위기를 황제의 위엄으로 받아들였다. 소비에슈가 표정 관리는 확실하게 한 덕에, 진심 없는 축복을 하면서도 내내 인자하게 웃은 덕이었다. 마지막 순서로 알현을 청한 국민은, 그나마 다행히 결혼 직전의 연인이 아니었다. 그들은 열서너 살쯤 된 아이를 데리곤 온 부부였다.

"이 아이는 오늘부터 저희의 딸이 됩니다. 이 아이를 축복해주시길 간청 드립니다, 폐하."

태어난 아기를 축복해달라 데려오듯, 입양한 아이를 축복해달라 찾아온 것이다. 소비에슈는 이번에는 진심으로 아이의 앞길을 축복해주었다. 그러고 나니 문득 나비에가 챙겼던 고아가 생각났다.

소비에슈는 알현이 끝나자 복도를 걸어가며 카를 후작에게 지시했다.

"나비에의 부관들을 집무실로 데려오라."

집무실에 가서 몇 가지 상소문을 보고 있자, 지시했던 나비에의 부관 둘이 찾아왔다.

"너희가 나비에의 부관들이냐."

부관 둘은 뜬금없는 소비에슈의 부름에 긴장하고 있다가, 전 황후의 이야기가 나오자 더욱 걱정스러운 표정이 되었다. 황제가 괜한 화풀이를 할까 염려된 탓이었다.

"예, 폐하."

"나비에가 따로 챙긴 고아가 있을 텐데. 누구 담당이었지?"

그러나 소비에슈가 나비에가 챙기던 고아 이야기를 하자, 부관하나가 당황해서 앞으로 나섰다.

"소신입니다, 폐하."

황제가 무슨 까닭으로 저런 질문을 하는가. 이해가 되지 않다 보니 바짝 언 표정이었다. 소비에슈는 그러거나 말거나 자기 할 말을 계속했다.

"그 아이, 마법 능력을 잃었다 들었는데."

"예, 폐하."

"지금은 어찌 되었지? 후원은?"

"아직 마법 아카데미에 있고, 후원금은 공작가에서 보내는 걸로 알고 있습니다."

"지금은 자네가 그 일을 하진 않나?"

"예. 지금은 다른 부서에 있습니다."

부관의 대답을 들어보니, 나비에가 황후 자리에서 물러난 뒤 그도 자연스럽게 부서가 바뀐 모양이었다. 소비에슈는 고개를 끄덕이고서 지시했다.

"공작가에서 후원을 그만두게 해라."

부관은 소비에슈의 말에 놀라서 얼결에 되물었다.

"예?"

"그 아이. 얼굴은 아나?"

"예. 주기적으로 찾아가 면담을 하곤 했습니다."

"만나보고 싶으니 이쪽으로 한번 데려오고."

부관은 더욱 어리둥절한 얼굴이 되었다. 갑자기 왜……?

소비에슈가 아이를 데려오라 한 건, 그 아이는 나비에가 애정을 품고 있던 것 같으니 직접 후원할 생각에서였다. 하지만 소비에슈는 마법이 사라진 아이를 마법 아카데미에 두는 건 역시 좋지 않다 여겼다. 그런 곳에 있어 봐야 아이는 계속 잃어버린 마력을 아쉬워하며 자신을 쓸모없게 여길 터. 장기적으로 보면 더 가능성 없는 일은 그만두게 하고, 데려와서 다른 미래를 찾게 도와주어야 했다. 대신 소비에슈는 아이가 괜찮다고 하면 수도에서 지내게 해줄 셈이었다. 그러면 언젠가 나비에가 돌아왔을 때 안심하고 기뻐하지 않을까.

그러나 부관들은, 황후를 직접 내친 소비에슈가, 황후가 예뻐하던 아이를 챙길 거란 생각은 할 수 없다 보니 괜히 불안해졌다.

소비에슈의 의도를 곡해한 건 부관들만이 아니었다.

"여자애를 데려오라 했다고?"

라스타는 로테슈 자작을 통해 소비에슈가 웬 여자를 데려오라 했단 이야기를 전해 듣고 기가 막혀 되물었다.

"정확히 말해. 여자야, 애야?"

"나도 모르지. 하지만 마법 아카데미 학생이라니 르베티 또래겠지."

"마법 아카데미……."

라스타는 끙 소리를 냈다. 소비에슈가 부른 사람이 마법 재능까지 가지고 있다는 데 자존심이 상했다. 대귀족인 나비에가 사라지자 이번에는 마법사가 오는 건가. 머리가 다 어지러웠다. 소비에슈는 절대로 바람을 피우고 그럴 사람이 아니라 생각했는데. 착각이었던 건가? 남들은 소비에슈가 라스타와 바람을 피운 거라 생각하지만, 라스타는 소비에슈가 자신을 사랑한 건 바람이라 생각하지 않았다. 소비에슈와 나비에는 정략결혼이고, 소비에슈와 나비에 둘 다 서로를 사랑하지 않았으니까.

라스타는 두 손을 꼼지락거리며 인상을 썼다. 결혼도 전에 다른 여자를 불렀다가, 소비에슈가 마음을 바꾸어 그 여자를 황후로 올리면 어떻게 하지? 불안했다. 성인이 아니라고 해도 르베티 또래면 1, 2년 후면 성인이 될 터. 그때가 되면 소비에슈와 나이 차이도 크지 않으니, 얼마든지 그의 연인이 될 수도 있었다.

로테슈 자작은 비교적 낙관적으로 말했다.

"뭐 때문에 데려오라 한 건지는 아직 모른다니 뭐. 두고 보아라."

"……"

"그러게 내가 뭐랬느냐. 미리미리 경계하고 있어야 한다지 않니."

라스타는 손으로 배를 감쌌다.

로테슈 자작은 거기에 대고 부채질을 계속했다.

"지금은 오해일 수도 있겠지. 하지만 언젠간 진실일 수도 있을 거다."

"라스타를 약 올릴 생각 하지 말고, 그때를 대비할 생각이나 해."

"흐흠."

로테슈 자작은 라스타의 호통에 괜히 콧노래를 불렀다. 애초에 그가 찾아온 건 라스타를 불안하게 만들어 자기의 필요성을 실감하게 해주기 위해서였다. 라스타가 불안해하면 할수록 그는 더욱 좋으니까.

로테슈 자작이 떠난 후, 라스타는 결국 소파에 늘어져서 머리를 짚고 눈을 감았다. 스트레스를 받자 실제로도 열이 올랐다. 마음 같아서는 당장 소비에슈에게 달려가 누굴 데려오는 건지 물어보고 싶었다. 일 때문에 데려오는 거라면 안심할 수 있을 테니까. 하지만 소비에슈가 자신의 추궁을 귀찮은 질투라 생각할까 봐 걱정스러웠다. 적당한 질투는 연인의 사이를 가깝게 만들어주지만, 어떤 질투는 연인을 피로하게 만들기도 하지 않던가.

"저…… 라스타 님."

그런 라스타에게, 로테슈 자작이 떠난 자리를 정리하던 델리스가 조심스럽게 말을 붙였다.

"황제 폐하는 그럴 분이 아니시잖아요. 너무 염려하지 마세요."

곁에서 시중을 들면서 라스타와 로테슈 자작의 대화를 다 듣고서 하는 말이었다. 그러나 라스타는 델리스의 위로에 괜히 더 울컥했다. 델리스가 소비에슈를 좋아하는 걸 뻔히 아는데, 그런 사람이 소비에슈를 편들고 있으니 짜증이 확 솟았다.

"네가 폐하에 대해 뭘 안다고 그러는지 모르겠어. 폐하의 아내인 라스타보다 폐하를 더 잘 안다고 말하는 거야?"

라스타가 정색하고 중얼거리자, 델리스는 그녀가 기분이 상한 걸 알아차리고 얼른 입을 다물었다.

델리스는 라스타의 방에서 빈 접시와 그릇을 챙겨 걸어가다가 라스타의 또 다른 하녀인 아리언과 마주쳤다. 처음 하녀 일을 하는 델리스와 달리 아리언은 베테랑이었고, 부족한 점이 많고 실수가 잦은 델리스를 늘 기꺼이 도와주고 있었다.

"저…… 선배."

이런 사이이기에 델리스는 아리언에게 사실을 밝히고 조언을 구했다.

"제가 말을 잘못해서 라스타 님이 화나신 것 같은데요."

"그래?"

"네. 그래서 말인데, 저 오후부터 휴가거든요. 그냥 가지 말까요? 이 와중에 제가 휴가 가면 더 화내시겠지요?"

아리언은 걱정 가득한 델리스의 표정에 희미하게 웃었다.

"결혼 준비를 본격적으로 시작하면 앞으로 더 바빠. 결혼 준비 때문에 바쁘고 결혼식 때문에 바쁘고, 결혼 후엔 더 바빠져. 몇 달 고생할 텐데, 그냥 휴가 빨리 써버리고 와."

다정한 조언에 델리스는 약간 안심해서 "네." 하고 대답했다. 그리고 저녁 무렵. 여전히 불안했지만, 아리언을 믿고서 원래의 계획 대로 집에 돌아왔다. 어차피 수도 내에서 살고 있기에 그리 먼 거리도 아니었다.

델리스의 오빠인 조앤슨은, 간만에 동생이 돌아오자 신이 나서 놀려댔다.

"황궁에서 일하는데 어째 표정이 더 어두워졌냐? 황궁 사람들은 다 얼굴이 번쩍거리던데, 내 동생은 어째 더 시들시들해?"

그러나 진짜로 델리스의 얼굴이 어둡자, 놀라서 물었다.

"왜 그래? 일하는 게 힘들어서 그래?"

"아니 그게……."

델리스는 머뭇거리다가 오늘 일을 대충 뭉뚱그려서 털어놓았다.

"라스타 님이 나한테 화나신 것 같아서."

"라스타 님이 왜?"

"난 위로한다고 한 말인데, 그 말을 듣고 기분이 안 좋아지신 것 같아."

"네가 말실수한 거 아냐?"

"그런 것 같기도 하고……."

"시기가 시기니 예민해지셨겠지. 어쩔 수 없잖아. 네가 그냥 그러려니 하고 넘어가."

"치. 알아. 넘어가지 않으면 뭐. 달리 방법이라도 있나?"

"그건 그렇지."

델리스는 오빠가 자신을 편들지 않자 괜히 화가 나서 치, 치 계속 소리를 내다가, 뚱하게 물었다.

"오빠 전에 만났을 때, 라스타 님이 마음에 들었나 봐?"

조앤슨은 에르기 공작이 라스타와 만나게 해주었던 평민 기자였다. 델리스도 자기 오빠와 라스타가 만났던 걸 알기에 물어보는 거였다. 조앤슨은 당연하단 투로 인정했다.

"어. 전혀 두려움 없이 평민의 편이라고 해주셨어. 귀족들이 보건 말건 상관없단 것처럼 아주 당당하게."

"정말이야?"

"응. 대단하신 분이야."

"……"

"귀족들은 그분을 무시할지도 몰라. 지금은 귀족이 되었다지만 내내 평민으로 성장하셨잖아. 하지만 그분은 평민들의 희망이 되어주실 거야. 그렇게 선언하셨고."

"응……"

"그러니 우리 남매가 안팎으로 힘이 되어드려야 해. 알았어, 델리스?"

조앤슨은 라스타가 퍽 마음에 드는지 눈까지 반짝이며 말했다. 델리스는 라스타의 빈정거림이 마음에 걸렸지만, 결국 수긍했다.

"알았어."

동대제국과 서왕국이 하나의 이득을 놓고 경쟁하게 된다면 어떻게 할 것이냐.

어제 낮. 기자 몬드레는 내게 이런 도발적인 질문을 던졌다. 나는 '그런 일은 몹시 드물 것이고, 설령 그런 일이 있다 해도 내가 선택할 수 있는 일은 아닐 것'이라고 대답했다. 회피성 같지만 사실이었다. 황후나 왕비가 맡는 일은 주로 내치였으니까.

카프멘 대공을 불러 국제무역을 이끌 계획이 있지만, 이건 기자가 물어본 것처럼 '어느 쪽을 편들 것이냐'의 문제는 아니라고 본다. 나중에 동대제국 쪽에서 아쉽긴 하겠지만, 애초에 카프멘 대공을 물린 건 소비에슈이고.

하지만 그의 질문은 내 안에서 작은 파동을 일으켰다.

그런데 한참을 멍하니 그 생각을 하고 있자니, 좋은 소식이 전해졌다. 동대제국에서 내 시녀였던 로라와 주베르 백작 부인에 관한 소식이었다.

"근처에 있다고?"

"네, 전하. 정리가 끝나는 대로 찾아뵙고 인사 올리겠다 하였습니다."

로즈가 전해준 이야기에 나는 괜히 마음이 붕 떴다. 요 며칠 손에서 떼지 않았던 책조차 눈에 들어오지 않을 정도였다. 로즈와 마스타스도 좋지만, 로라와 주베르 백작 부인과는 함께 지내온 세월의 정이 있었다. 내가 한창 마음고생을 할 시기에 같이 있어주기도 했고. 그러다 보니 빨리 두 사람을 보고 싶었다. 그러다 몇 시간 후 두 사람이 찾아왔을 때. 나는 두 사람을 꼭 끌어안고 간만에 만난 기쁨을 감추지 않았다.

"부모님이 허락해주지 않으셔서 늦었어요."

"전 이것저것 정리해야 할 게 많아서 좀 늦었답니다, 황후 폐하."

나를 황후 폐하라 부른 주베르 백작 부인은 눈썹을 치켜뜨더니 "이런." 하고 중얼거리며 말을 바꿨다.

"왕비 전하라 불러야 하는군요? 영 입에 익지 않네요."

얼마 후면 다시 '황후 폐하'라 부를 수 있단 말이 입 밖까지 올라왔지만, 이 말은 꺼내지 말자. 하인리가 이건 둘만의 비밀이라 당부하고 갔으니. 몇 사람만 알고 있다가 결혼식에 밝힐 거라 했잖아.

"잘 왔어요, 로라 양. 주베르 백작 부인."

두 사람은 몇 번이고 나와 껴안고 반가워하다가, 뒤늦게야 로즈, 마스타스와도 인사했다. 네 사람이 어색하게 인사를 주고받는 모습은 약간 우스웠다. 특히 마스타스는 귀부인들과 지내는 게 익숙하지 않아서인가. 가엾을 정도로 얼어 있었다. 하지만 로라가 아주 밝고 쾌활하단 걸 알게 된 후에는 어려워하지 않고 이야기를 나누었다. 로즈도 호탕한 성품인 주베르 백작 부인과 잘 맞는 듯했다.

동대제국에 있을 때, 안 좋은 일이 연달아 오는 걸 탄식한 적이 있다. 사람 일은 참 재밌지. 좋은 일 역시도 연달아 찾아왔다. 저녁 무렵. 또 한 사람의 반가운 손님이 찾아온 것이다.

"투아니아 공작 부인!"

내가 인터뷰를 해서라도 데려오고 싶었던 투아니아 공작 부인이었다. 두 팔을 뻗어 포옹하자, 투아니아 공작 부인도 눈시울이 붉어져서 나를 같이 안아주었다. 그러고는 날 세게 끌어안은 다음 손을 놓으며 웃었다.

"이젠 투아니아 공작 부인은 아니랍니다."

이런. 그렇겠구나. 뭐라 불러야 하지? 랑드레 자작 부인? 랑드레 자작과 결혼을 했을까? 주저하고 있자니, 그녀는 매력적으로 웃으며 속삭였다.

"니안이라 불러요."

니안은 그녀의 이름이었다. 이름으로 부르란 말은, 즉……

"결혼엔 질려버려서요."

투아니아 공작 부인, 아니, 니안은 어깨를 으쓱하며 말했다.

"그럼 랑드레 자작은……"

난 니안이 자작과 결혼할 줄 알았는데. 떠나기 전에, 랑드레 자작을 받아들이기로 한 것처럼 말했으니 말이다.

니안은 장난스레 웃었다.

"계속 연인으로 있어요. 혹시라도 임신하게 되면 그때 결혼할 생각이에요. 아이를 서출로 만들 수는 없으니까. 하지만 그런 게 아니라면 그냥 이대로 지내고 싶어요."

투아니아 공작이 자신을 믿지 않고 대번에 이혼을 요청한 데 배신감이 큰 모양이구나. 무슨 기분인지 알 것 같기도 해서, 나는 말없이 그녀를 다시 한 번 끌어안았다. 이후에는 커피와 과자를 가져다 먹으며 앉아서 대화를 나누었고, 니안은 그동안 자신의 일을 이야기해주었다.

"여기저기 여행을 다녔어요. 온 나라를 돌아다녔죠."

"힘들지 않았나요?"

"몇 년을 그랬다면 힘들었겠지만 아직 몇 달밖에 안 됐는걸요. 재밌게 보냈어요."

"다행이에요."

"동대제국을 떠나고 나서, 제가 언제 가장 놀랐는지 아세요?"

"언제지요?"

"왕비님의 결혼 소식을 들었을 때요."

그리고 슬슬 그간의 이야기를 다 주고받았을 즈음. 니안은 내게 눈을 빛내며 물었다.

"신문까지 동원해서 절 부를 정도면 꼭 부탁하고 싶은 게 있단 거겠지요? 무엇인가요?"

예상대로 그녀가 찾아온 건 내 인터뷰를 보고서였다. 나는 니안에게 솔직하게 부탁했다.

"하인리의 형이 젊은 나이에 승하해서, 선대 왕비인 크리스타 님역시 아주 젊어요. 게다가 왕비로서의 업무도 잘해나갔던 모양이에요."

"이런. 서왕국에는 태후라든가, 그런 자리가 없지 않나요?"

"맞아요. 게다가 하인리가 미혼이라, 내가 오기 전까지는 크리스타 님이 왕비 역할을 계속했다더군요."

니안은 대번에 내가 뭘 말하는 건지 이해하고 혀를 찼다.

"그분을 따르는 사람들이 많겠군요."

"그래요. 그래서 레이디 니안, 그대를 부른 겁니다."

나는 그녀의 손을 가져다 꼭 잡고서 부탁했다.

"그대의 능력이 필요해요. 그대가 이곳 사교계를 휘어잡아줘요."

니안은 폭포수처럼 시원스레 웃었다. 그러고는 그깟 일은 아무것도 아니란 듯 자신만만하게 대답했다.

"쉬운 일이네요."

그 태도 덕에 부탁하면서 무거웠던 마음이 조금 가벼워졌다.

"고마워요."

인사하자, 니안은 빙그레 웃으며 말했다.

"꼭 은혜를 갚겠다고 했잖아요."

"……정말 고마워요."

"아, 그리고 왕비님."

"?"

"랑드레 자작 역시 왕비님께 고마워하고 있답니다. 그이도 왕비
님에게 힘이 되어드릴 거예요."

기뻐하는 나비에와 달리 하인리는 시무룩해 있었다. 나비에가
점심때에는 로라와 주베르 백작 부인 때문에. 저녁때에는 투아니
아 공작 부인 때문에 바쁘다며 만나주지조차 않은 까닭이었다. 간
만에 친구들을 만나 회포를 풀고 싶은 마음은 이해한다. 하지만 이
해가 가는 것과 별개로 그 역시 나비에와 함께 있고 싶었다.

맥켄나는 그 꼴을 보며 혀를 찼다.

"앞으로 평생 보실 텐데. 하루 못 보신다고 그렇게 초조해하십니
까?"

"신혼이잖아."

그런 당연한 걸 모르냐는 하인리의 질문에 맥켄나가 서운하다는
듯 투덜거렸다.

"이왕 이렇게 된 김에 오늘은 저랑도 좀 놀아주십시오, 폐하."

그런데 두 사람이 투닥거리는 도중이었다. 하인리의 부관이 밖
에서 하인리를 급히 뵙고자 청했다. 지금은 저녁 시간이었고, 그의
부관도 당직이 아니라면 퇴근하거나 퇴근 준비를 해야 할 시간이
었다. 그런데 갑자기 보고라니?

"들어오라."

의아해하면서도 하인리는 들어오는 걸 허락했다. 부관은 들어오

자마자 창백한 얼굴로 보고했다.

"전하. 정체 모를 기사단이 수도 부근에 진을 치고 대기 중입니다."

"정체 모를 기사단?"

하인리는 미간을 찡그렸다. 동대제국이 마법사 군대로 유명하다면, 서왕국은 철저하게 보병과 기병을 훈련했다. 마법사 수를 늘리는 데는 한계가 있으니 순수한 군사력을 높인 것이다. 정체 모를 기사단이라고는 해도 뜬금없이 몇천 명이 모일 리는 없을 터. 고작 기사단 하나 가지고 저렇게 창백해진 게 이해가 가지 않았다.

"누구인지 물어보고 위험하다 싶으면 흩어지게 하면 되지 않나."

하인리의 가벼운 대답에 부관이 무겁게 말했다.

"그럴 수 없는 게…… 초국적 기사단으로 보입니다."

초국적 기사단이란 말에 하인리와 맥켄나의 분위기가 동시에 험악해졌다.

"알았으니 나가보라."

맥켄나는 둘만 남게 되자 황급히 하인리에게 물었다.

"전하. 그들이 무슨 냄새라도 맡고 온 게 아닐까요?"

"……."

"마법사 감소 현상에 우리가 손을 썼단 걸 알아차렸다면……."

맥켄나는 초조하게 말끝을 흐렸다.

월대륙에는 월대륙의 대다수 국가가 가입한 월대륙 연합이 있었다. 동대제국은 물론 서왕국도 가입한 연합이었는데, 초국적 기사단은 이 월대륙 연합에서 운영하는 기사단이었다. 정확한 명칭은 그림자 기사단이며, 공식적으로는 평화를 지키기 위해 활동하고 있었다. 하지만 평화를 지킨답시고 '평화에 위협이 될' 싹부터 자르는 행동을 많이 해서 악명이 높았다.

마법사 감소 현상 자체는 자연스럽게 나타나고 있으나, 이 현상을 빠르게 만든 건 하인리였다. 초국적 기사단에서 알아차린다면 곤란해질 게 분명할 터. 그런 이들이 수도 밖에 와 있다니 긴장할 수밖에 없었다.

"맥켄나."

"예, 전하."

"네가 직접 나가서 무슨 일인지 알아봐."

"예."

맥켄나는 굳은 얼굴로 대답하고서 서둘러 밖으로 나갔다.

하인리는 초조하게 책상 앞에 앉아 맥켄나가 돌아오길 기다렸다. 서왕국이 칭제를 앞둘 정도로 강대한 국가라지만, 그렇다고 해서 전 세계를 상대로 전쟁을 벌일 만큼은 아니었다. 이건 동대제국 역시 마찬가지였다. 연합이 갈기갈기 찢어지거나 유명무실해지지 않는 한, 연합국들은 서로서로 적당히 눈치를 봐야 했다.

'곤란한데.'

두 시간 반 정도가 지나자 맥켄나가 돌아왔다.

"무슨 일이야? 정말 초국적 기사단이었나?"

다행히 맥켄나는 아주 어두운 얼굴은 아니었으나, 하인리는 황급히 물었다.

"그게…… 좀 이상했습니다."

"이상하다니?"

"초국적 기사단은 맞습니다. 하지만 우리 일로 온 건 아닌 듯했습니다."

"우리 일이 아니라고?"

하인리는 더욱 어리둥절해졌다. 그렇다면 정말로 수도 안에 위험 분자가 들어와 있기라도 하단 말인가? 그들의 일 대다수는 비밀리에 행해졌다. 아무리 하인리라 하더라도 그들이 무슨 일로 여기 왔는지 알 수는 없었다.

"더 이상한 게 있습니다."

"여기서 더?"

"초국적 기사단을 이끌고 온 사람이 랑드레 자작입니다, 전하."

"뭐?"

하인리의 눈썹이 치켜올라갔다. 랑드레 자작. 신년회 파티 때 얼굴을 보아서 알고 있다. 투아니아 공작 부인을 졸졸 따라다니던 그 젊은 청년 아닌가. 거의 그림자 수준으로 붙어 다니더니.

"진짜 그림자였다고?"

"예?"

"라스타를 찔렀다가 추방됐다고 하지 않나?"

"예."

하인리는 허허 기막혀 웃었다. 그가 기억하기로 그 남자는 퍽 순진한 얼굴이었다. 게다가 실제로도 상사병에 걸려 죽기 직전의 표정을 하고 있었고. 그런 얼굴로 초국적 기사단이라니…….

다음 날. 하인리가 귀족들, 관리들과 함께 회의에 들어가 있을 때였다. 랑드레 자작이 초국적 기사단의 이름으로 공식적으로 알현 요청을 했다. 그가 수도 밖에서 대기하고 있단 소리를 들을 때부터 이런 일을 짐작했기에, 하인리는 랑드레 자작을 들여보내주었다. 무슨 일로 여기까지 온 건지 궁금하기도 했다.

"초국적 기사단이라고요?"

"저렇게 젊은 청년이 말입니까?"

회의실에 모여 있던 관리들은 순해 빠진 얼굴로 걸어오는 랑드레 자작을 힐긋거리며 수군거렸다. 초국적 기사단은 악명은 높았으나 대외적으로 모습을 잘 드러내지 않았다. 그렇다 보니 이곳에 모인 이들도 환한 낮에 회의실에서 초국적 기사단원을 만나는 게 신기했다.

하인리는 빙그레 웃고서 랑드레 자작을 내려다보며 말했다.

"오랜만이로군."

"그림자 기사단의 5기사단 단장 랑드레입니다."

랑드레 자작은 공손하게 예의를 갖추어 인사했으나 웃지 않았다. 하인리는 그래도 부드러운 미소를 띠고서 물었다.

"초국적 기사단이 수도 밖에 몰려 있다 들었는데. 무슨 일이지? 그대들 때문에 내 국민이 불안감을 느끼고 있어. 대답하기에 따라서 해산도 각오하고 있어야 할 거네."

하인리의 강경한 말에 관리들은 놀라서 왕을 쳐다보았다.

"이곳 나비에 왕비님께서 예전에 제 목숨을 구해주신 일이 있습니다."

관리들은 이번에도 놀라 웅성거렸다. 이건 하인리도 모르는 이야기였기에 눈썹을 치켜올렸다.

"내 부인께서?"

"예. 그 은혜를 이제 갚고자 합니다. 왕비님의 정식 호위가 정해질 때까지 저와 제 기사들이 왕비님의 개인 기사단 역할을 할 수 있게 허락해주시길 청합니다."

연합 수장은 초국적 기사단에 비상 호출 권한을 가지고 있고, 이 중 세 개 기사단은 연합 수장의 명령만을 수행한다. 하지만 나머지 일곱 개 기사단들은 초국적 기사단의 이름을 가지고 있으면서도 독자적으로 행동했다. 이 기사단이 한 사람만의 개인 기사단이 되겠다고 나선 건 처음 있는 일이었다.

웅성거리는 소리가 더욱 커졌다. 하인리 왕은 이 일에 대해 미리 알고 있었나? 사람들의 시선이 하인리에게로 쏠렸다. 하인리는 전혀 모르던 일이었으나, 태연하게 웃으며 튕겼다.

"직접 청하게."

"그래요······. 잘된 일이군요."

초국적 기사단의 단장이 나비에가 은인이라며 찾아왔단 이야기에, 크리스타는 쓸쓸하게 웃으며 중얼거렸다. 서왕국의 왕비였기에, 그녀도 이 일이 나라를 위해서는 잘되었단 생각은 들었다. 하지만 이 일을 해낸 게 자신이 아니라는 건 분명 씁쓸한 일이었다. 크리스타는 잠시 생각하다가 직접 가꾸는 정원으로 간 후 지시했다.

"저 꽃들로 꽃바구니를 만들어 나비에 님께 전해줘요."

"세상에. 먼저 선물을 보내시려고요?"

시녀들은 화가 나서 되물었다. 크리스타의 잠재적 적이기에, 원래도 이들은 나비에를 좋아하지 않았다. 그런 데다 나비에의 측근이 대놓고 크리스타의 시녀들을 모욕하자, 이들은 더욱 똘똘 뭉쳐서 나비에와 그 시녀들을 싫어하고 있었다. 그런데 선물을 보낸다니?

"왕비님께서 뭐하려요."

"내가 그 사람을 좋아하든 싫어하든, 그건 중요하지 않아요."

"전하……."

"나비에 님이 별다른 잘못을 저지르지 않는 한, 나는 전 왕비로서 지금의 왕비에게 우호적인 모습을 보여주어야 해요."

크리스타는 한숨을 내쉬며 덧붙였다.

"게다가 지금은 초국적 기사단의 단장까지 찾아왔잖아요. 뭐하러 싸우겠어요."

결국 시녀 하나가 마지못해 크리스타가 아끼는 꽃들을 꺾어 바구니에 담기 시작했다. 그사이, 다른 시녀들은 크리스타에게 다시 나비에 이야기를 계속했다.

"왕비님께서 잘 지내려고 하셔도 소용없어요."

"맞아요, 그 사람은 벌써 왕비님을 적처럼 여기는걸요."

"그 사람이 멀레이니 양을 불렀단 이야기, 들으셨나요?"

크리스타는 힘없이 꽃바구니에 달 리본을 만지작거리다가 인상을 찡그렸다.

"멀레이니 양이요?"

하인리의 열두 번째 왕비 후보. 크리스타에게 대놓고 당신은 왕비가 아니니 나가라던 영애였다. 면전에서 모욕을 받았으니, 크리스타로서는 싫어할 수밖에 없는 사람이었다. 그런데 나비에가 그 사람을 불렀다고?

"나비에 님이 멀레이니 양을 품으려는 거군요."

굳은 얼굴로 중얼거린 크리스타는 다시 한숨을 내쉬었다.

"나비에 님은 완전히 날 적처럼 여기나 봅니다……."

"그러게요. 그냥 얌전히 있다가 결혼식이나 올리고, 그 잘 굴린다는 머리는 나라를 위해서나 굴리면 될 일인데."

"멀레이니 양을 불렀다는 건 크리스타 님을 내쫓고 싶다는 거예요."

"무슨 일이든 하셔야 합니다, 왕비님."

시녀들은 초조하게 크리스타를 재촉했다. 나비에의 등장으로 권력이 사라지게 된 건 크리스타뿐만이 아니었다. 왕비의 최측근 시녀로 지낸 이들 역시 마찬가지였다.

만약 하인리가 결혼한 게 권력 있는 영애였더라면 지금보단 나았을 것이다. 어떤 권력 있는 영애라도 사교계에서 그들의 영향력을 넘지 못할 테니까. 게다가 하인리 왕은 바람둥이였다. 앞으로 정부를 수십 명이나 둘지도 모르는 바람둥이. 정략결혼한 왕비는 쓸쓸히 소외될 테고, 왕비는 왕의 마음도 사교계의 힘도 얻지 못하고 이름뿐인 왕비가 되어버릴 터였다. 그런데 설마 다른 나라의 황후를 데려올 줄이야. 시녀들은 기가 막혀서 코웃음을 쳤다.

"어떻게든 해야 합니다, 크리스타 님."

"쫓아내진 못하더라도 꺾어버리셔야 해요."

"사교계까지 그 여자에게 빼앗겨서는 안 됩니다."

크리스타는 창백해진 얼굴로 슬프게 웃었다.

"내가 뭘 어떻게 하겠어요. 대놓고 사이가 나쁘면 다른 나라와 국민이 우릴 비웃을 겁니다. 은밀히 적대하면 전하께서 날 싫어하시겠지요. 게다가 내겐 권력조차 남아 있지 않은데요."

니안, 시녀들과 얘기를 나누고 있을 때였다. 뜻밖에도 랑드레 자작이 찾아왔다.

"나비에 님."

나를 본 랑드레 자작은 눈동자가 흔들리더니, 어색하게 한쪽 무릎을 꿇고서 인사를 올렸다.

"이런 곳에서 보게 될 줄은 몰랐습니다."

그는 무어라 말을 해야 할지 모르겠다는 듯 망설였다. 나는 일어나서 그를 일으켜 세우려 했으나, 랑드레 자작은 고개를 젓고서 말했다.

"보은하러 왔습니다."

은혜를 갚길 바라며 한 일은 아니었으나, 나는 거절하는 대신 고맙다고 말했다.

"고마워요."

랑드레 자작이 날 도울 일이 무엇인지 아직은 잘 모르겠지만, 이런 외지에서는 내게 호감을 가진 사람이 가까이 있다는 것만으로도 고마운 일이었다.

"그대와 레이디 니안이 와주어서 아주 기쁩니다. 그것만으로도 도움이 돼요."

하지만 랑드레 자작의 보은은 내 예상을 훨씬 뛰어넘었다.

"제 기사단을 이끌고 왔습니다. 저희가 나비에 님의 개인 기사단이 되는 걸 허락해주십시오."

랑드레 자작이 기사단을 데려왔다고? 랑드레 자작은 영지를 가지고 있지 않은 귀족이었다. 수도에 저택이 있었지만, 영지가 없는 귀족이 저택만으로 사병을 키울 수는 없다. 그런데 랑드레 자작의 기사단이라니……?

어떻게 된 일인지는, 랑드레 자작과 니안이 돌아간 후 하인리가 보낸 시종을 통해 알 수 있었다. 그가 이끄는 기사단은 평범한 개인 기사단이 아니라, 초국적 기사단이라는 것이다.

"초국적 기사단이라니!"

마스타스는 그 이야기를 듣자마자 기뻐서 펄쩍 뛰었다.

"한번 붙어보고 싶었는데! 정말 잘되었습니다!"

"마스타스 양. 왕비님께 실례잖아요."

"실례가 아닐 겁니다. 몰래 비공식 결투를 신청하면 되잖습니까."

마스타스는 히죽히죽 웃으면서 이틀에 한 명씩 깨버리면 며칠이 걸릴지 고민하기 시작했고, 다른 시녀들은 그녀를 진정시켰다.

나는 소파에 앉아 벅찬 감정을 누르며 중얼거렸다.

"하나를 베풀었는데 다섯 개로 돌아오는군요."

로즈 역시도 흥분된 얼굴로 물었다.

"그런데 왕비 전하, 레이디 니안은 왕비님의 시녀로 들어오지 않는 건가요? 주베르 백작 부인과 로라처럼요."

나는 웃으면서 대답했다.

"니안은 시녀 일을 못 할 거예요."

니안은 사람들을 좋아했다. 사교계에서 주목을 받으며 생기를 얻는 타입이고. 하지만 시녀가 되면 아무래도 만나는 사람이 한정적이게 되지. 아무리 영광스러운 자리라 한들, 니안에게 맞을 리 없었다. 같은 생각인지, 니안에 대해 잘 아는 로라와 주베르 백작 부인도 웃음을 터트렸다.

그런데 웃고 떠들고 있자니 방문자가 한 명 더 나타났다. 연달아 동대제국 때의 친구들을 만난 터라, 나는 이번 사람도 동대제국에서 온 사람일까 괜히 기대가 들어서 얼른 말했다.

"들어오라고 해요."

이번 방문자도 동대제국 사람이 맞긴 했다. 하지만 내 친구는 아니었다. 얼굴은 알지만.

"나비에 님, 황제 폐하의 명령으로 안부를 여쭙고자 찾아왔습니다."

이번 방문자가 인사를 올리자, 로라와 주베르 백작 부인의 얼굴이 대번에 싸늘해졌다. 그는 이런 분위기를 예상한 듯 씁쓸하게 웃었다. 그러고는 내게 하고 싶은 말이 있는지 입을 우물거렸다.

그 모습을 보다가, 나는 시녀들을 모두 물리고서 물었다.

"정말로 폐하께서 내 안부만 여쭤라 한 게 맞느냐."

단순히 안부만 물으러 왔다면 시녀들 앞에서 우물거렸을 리가 없지.

"실은 아닙니다."

달리 하고 싶은 말이 있을 거란 예상은 꼭 들어맞았다. 방문자는 얼른 주머니에서 무언가를 꺼내 내밀었다. 편지였다. 너무나 익숙한 소비에슈의 필체로 적힌 편지.

"……."

편지를 다 읽은 후, 나는 도로 접어 봉투에 넣고 그에게 나가보라 지시했다.

"저는 밖에서 기다리고 있을 테니, 언제든 부르십시오."

방문자는 그렇게 말하고는 순순히 나갔다. 기다린다는 걸 보니 내가 답장을 해줄 거라 생각하는 눈치였다. 나는 눈을 감고서 이마에 손등을 대었다. 답장이라…….

소비에슈의 편지는 예상하지 못한 내용이 쓰여 있었다. 나와 정말로 이혼할 마음이 없었다는 것, 라스타에게 약속을 하긴 했지만 기한이 1년이라는 것. 아기를 낳고 그 아기가 서출이 아니게 되면 다시 날 황후로 올릴 거라는 것.

스스로도 알기 힘든 온갖 괴상한 감정들이 들쑥날쑥 꿈틀거렸다. 무언가…… 내 감정을 두터운 천으로 감싼 것처럼, 정확히 어떤 형태인지 구분이 가지 않는 그런 감정이.

하지만 확실한 건 난 소비에슈와 끝났다는 거지. 아직도 그를 생각하면 마음이 답답하고 불편해진다. 그러나 이게 미련이든 애증이든, 나와 소비에슈가 다시 결혼할 일은 없을 것이다. 난 이미 하인리와 결혼했으니까. 내가 힘들 때 내 손을 잡아준 하인리를, 필요 없단 이유로 버리라고? 그럴 수는 없지.

게다가 라스타가 아기를 낳고, 내가 다시 황후가 되면? 그러면 내가 그 아기의 양어머니가 되는 건데, 나는 그 아기를 내 아기로 받아들이고 싶지 않았다. 라스타와 소비에슈 사이에서 태어난 게 그 아이의 죄는 아니지. 그 아이가 괴로워지길 바라는 건 아니다. 하지만 별개로 나는 그 아이를 사랑해줄 수 없다. 가까이하고 싶지도 않고.

반대로 라스타의 아기도 마찬가지겠지. 내가 원래 황후였건 아니건, 그 아이는 내가 자기 어머니의 황후 자리를 빼앗았다고 여길 거다. 자기는 적출인데 내가 황후인 이유와 원망을, 그 아이는 내게서 찾을 거다. 소비에슈의 말처럼 라스타가 1년뿐인 황후 역할을 한다 해도, 결국 그 뒤에 찾아올 건 이런 삐걱거리는 불화였다.

'답장을 하지 말자.'

결국 나는 밖으로 직접 나가서, 소비에슈의 심부름꾼에게 답장이 없으니 빈손으로 돌아가라 전했다.

그러나 소비에슈의 심부름꾼이 돌아간 후에도 기분은 착잡했다.

책을 읽으려 해도 글자가 한 자도 눈에 들어오지 않았다. 결국 책을 덮고서 안락의자에 앉아 멍하니 창밖만 바라보았다. 이러고 있으니 지금 내가 서왕국에 있는 것 같기도 하고, 동대제국에 있는 것 같기도 했다. 창밖을 날아다니는 나비는 동대제국 서궁에서 보던 나비와 같아 보였다.

그렇게 얼마간 있었을까. 창문에 하인리의 모습이 나타났다. 헛것인가 싶었으나 진짜였다.

"또 창문으로 들어오려는 건가요?"

다가가 창문을 열고 한숨을 쉬며 묻자, 하인리는 무어라 말을 하려다가 반보 뒤로 가더니 "아니요." 하고 대답했다.

"여기서 대화만 하려고 온 겁니다, 퀸."

"들어오려고 했잖아요."

"정말로 대화만 하러 온 겁니다."

"그대는 이제 왕자가 아니에요. 행동에 주의를 기울여줘요."

"날 걱정해주시는 겁니까?"

"이상한 데에서 감동받지 말고."

"혼내주는 건가요? 난 퀸, 그대가 혼내준다면 그것도 좋습니다."

이렇게 긍정적이어서야, 잘못을 지적해봐야 별로 효과도 없겠네. 나는 더 잔소리를 하는 대신 물었다.

"이 시간에 무슨 일로 왔나요?"

내가 알기로 분명 지금은 업무 중일 텐데?

잔소리를 할 때에는 태연자약하던 그는, 오히려 내가 질문을 하자 안색이 어두워졌다. 그러고는 괜히 잔디밭 여기저기를 쳐다보왔다.

"혹시 폐하의 심부름꾼이 다녀간 이야기를 들어서 그래요?"

짐작 가는 바가 있어 묻자, 하인리는 그제야 "네." 하고 대답하며 내 눈치를 살폈다.

"그…… 혹시라도 마음이 약해지셨을까 봐…….'

"편지를 받았어요."

"편지!"

편지를 받은 건 몰랐나 보다. 하긴. 사람들을 다 물리고 받았으니 알 리가 없지만.

"하지만 답장은 쓰지 않았습니다."

"아……."

안심이 되는지 하인리는 표정이 한결 밝아졌다. 나는 손을 뻗어 그의 양 어깨를 잡고 확실하게 말해주었다.

"지금 난 그대의 아내예요. 쓸데없는 걱정은 하지 말아요, 하인리."

그러자 하인리는 눈을 약간 커다랗게 뜨더니, 돌연 눈꼬리가 휘어지도록 눈웃음을 지으며 속삭였다.

"퀸…… 심장이 두근거립니다."

빈말이 아닌지 얼굴이 약간 불그스름해져 있었다. 많이 걱정했는데, 내가 안심을 시켜주자 기쁜 모양이었다. 그 모습을 보고 있자니, 어쩐지 그의 볼을 깨물어보고 싶어졌다. 볼을 깨물면 안에서 딸기잼이 흘러나올 것 같았다. 말도 안 되는 생각에, 순간 너무나 민망해진다. 소비에슈를 향한 마음은 도무지 정체를 알 수 없고 혼란스럽기만 한데. 하인리를 보고 있으면 그저 귀엽고 사랑스럽다니, 도대체 왜 이럴까.

순간 목까지 무언가…… 무언가 말이 치솟아 나오려 했다. 하지만 무슨 말을? 모르겠다. 잠시 고민하다가, 나는 거듭 말해주었다.

"안심해요."

그 시각. 카프멘은 아직 교류국을 찾기는커녕 자신의 몸을 해독할 방도를 찾고 있었다. 여기저기 다닌 끝에 그가 들른 곳은 아카데미에 있는 스승이었다. 카프멘의 스승은, 처음에는 자기 제자들이 사랑의 묘약 같은 걸 만들어서 암시장에 팔았단 이야기에 목 뒤를 잡고 넘어갔다.

"이 미친 분들아 미친 분들아, 뒤에서 뭔 짓들을 하신 겁니까, 이 사고뭉치님들아!"

"……면목이 없습니다, 스승님."

"다른 학생들이 제멋대로 굴어도 대공께선 그러면 안 되지요!"

"……."

"법 없이도 살 그런 근엄한 얼굴로 암거래를 했다니……. 아이구 머리야, 아이구 머리야."

한참을 끙끙거린 카프멘의 스승은, 그래도 카프멘이 자신의 몸에 이상이 생겼다고 말하자 제자를 꼼꼼히 살펴주었다.

"약을 마신 지 오래되었습니까?"

"신년제가 끝난 지 얼마 되지 않아 마셨습니다."

"오래된 건 아니군요."

스승은 카프멘의 몸을 이리저리 살피고 누른 후에 다시 물었다.

"보통 묘약은 어느 정도면 해약이 되었지요?"

"해독제를 마시면 바로 괜찮아졌고, 해독제를 마시지 않더라도 최대 일주일 내로 괜찮아졌습니다."

카프멘 대공은 어느 가게에서 산 나비에 초상화 펜던트를 꼭 쥐며 대답했다.

"사랑의 묘약이라고 해도 진짜로 사랑을 만드는 건 아니었으니까요. 처음부터 좀…… 효과가 유달리 강하단 생각을 하긴 했지만……."

스승은 카프멘의 펜던트를 얼핏 보았지만, 전 황후의 초상화란 걸 알아보지 못했다.

"개양귀비와 검은 백합을 섞어 만든 해독제를 먹어보았나요?"

"네 통은 먹었습니다."

"구골나무에 마리골드를 섞은 약은?"

"먹었습니다."

"붉은 카네이션 뿌리에 반안나무 열매를 섞어보았나요?"

"네."

스승은 끙 소리를 내며 이것저것 계속 질문을 퍼부었다. 하지만 카프멘은 마법 아카데미 수석 졸업생답게 이미 해볼 수 있는 모든 처치는 다 해본 후였다. 스승의 표정이 어두워지자 카프멘의 표정도 어두워졌다. 그는 펜던트를 꼭 쥐며 물었다.

"방법이 없겠습니까, 스승님?"

이루어질 수 없는 사랑은 너무나 괴로웠다. 카프멘 대공은 나비에가 곁에 없으면 증세가 좀 나으리라 여겼기에, 기회가 닿자마자 도망치듯 궁전을 떠났다. 하지만 이틀 후, 그는 자신이 커다란 착각을 했단 걸 깨달았다. 언제든 만날 수 있을 때가 그래도 나은 편이었단 걸. 이제 더는 볼 수 없다고 생각하자마자 심장이 너무나 고통스러웠다. 정신을 차리고 보면 어느새 수도를 통과하고 있었고, 몇 번이나 밤중에 혼자 돌아다니고 있었는지 모른다. 그의 소지품에는 나비에의 초상화만 벌써 몇십 개였다. 그래도 타는 듯한 갈증은 사그라들지 않아서, 이젠 스스로도 두려울 지경이었다. 이러다아차 하는 순간 나비에를 찾아가 정부로 삼아달라 애원하고 있을까 봐.

"흐으으음……."

스승은 한참을 생각하다가 간신히 입을 열었다.

"해결 방법은 모르겠고. 원인이라면 세 가지 정도 짐작이 갑니다."

"세 가지라니요?"

"셋 다 아닐 수도 있어요. 그저 추론을 해보는 겁니다. 원인을 알아야 해결 방법을 찾기 쉬우니까요."

"그게 무엇입니까, 스승님?"

"직접 만든 약이다 보니, 대공에게 유독 효과가 좋게 만들어졌을 경우죠. 그러니까, 대공에 한해서 그 사랑의 묘약이 성공한 겁니다."

"다른 이유는 무엇입니까?"

"요즘 마법사들의 마력이 사라지는 건 물론, 마법사로 발현하는 사람들의 숫자도 확 줄고 있지요. 마력이 그만큼 불안정하단 건데, 혹시 여기에 영향을 받은 걸지도 모릅니다."

"……."

"마지막 원인은……."

스승은 카프멘 대공을 의심스럽다는 듯 보며 말했다.

"대공이 약을 먹기 전부터, 그 약을 먹고 사랑에 빠졌단 상대를 사랑하고 있진 않았을까. 뭐 이런 생각도 드는군요."

"!"

"복합적일 수도 있지요."

그때였다. 스승의 조수가 문을 두드리며 복도에서 외쳤다.

"스승님! 카프멘 대공님을 찾으러 서왕국에서 사람이 왔는데요?"

심부름꾼이 궁전에 돌아온 건, 소비에슈가 집무실에서 내부 고발자의 보고서를 읽던 도중이었다. 로테슈 자작이 매수한 관리는 심부름꾼이 돌아온 걸 보고는, 얼른 자작의 저택으로 달려갔다. 소비에슈는 심부름꾼을 보자, 그가 책상 근처에 오기도 전에 물었다.

"답장은?"

그의 눈에는 기대가 가득했다. 당연히 답장이 왔으리라 확신하는 황제의 모습에, 심부름꾼은 난처해졌다. 그러나 거짓을 고할 수 없으니 솔직하게 말해야 했다.

"나비에 님께서는 아무 답장도 주지 않으셨습니다, 폐하."

소비에슈는 건조하게 눈을 깜빡였다. 자기가 뭘 잘못 들었다고 생각하는 얼굴로. 이윽고 입가에 가벼운 웃음이 떠올랐다.

"그럼 전하란 말이 있었겠지."

심부름꾼은 곤란해하며 대답했다.

"송구합니다, 폐하."

소비에슈의 얼굴이 점차 차가워졌다. 눈꺼풀이 파르르 떨렸다. 그는 지금 심부름꾼의 보고를 전혀 이해할 수 없었다. 답장이 없다니? 답장이 없을 리가 있나. 오해를 풀게 되었을 텐데 답장이 없다고?

"그리고 저 폐하……."

"무엇이냐."

"랑드레 자작을 기억하십니까?"

"그자는 또 왜?"

"랑드레 자작과 투아니아 공작 부인이 서왕국에 가 있습니다."

"뭐라고? 그들이 왜?"

"랑드레 자작이……."

"?"

"초국적 기사단의 5기사단 단장이었다 합니다."

심부름꾼의 말이 끝나자마자 소비에슈는 벌떡 일어났다. 꽉 쥔 주먹이 파르르 떨렸다.

"정말이냐."

"예."

심부름꾼이 나가고서도 소비에슈는 쉽게 진정하지 못했다. 월대류 연합이라 해도 마법사 부대가 있는 한 동대제국의 상대가 되진 않는다. 그렇다고 해서 그들과의 트러블을 무시할 수 있느냐, 하면 그건 아니었다. 초국적 기사단은 무척 번거롭고 귀찮은 이들이었다. 그들의 뒤에 있는 월대류 연합은 더더욱 그랬고.

소비에슈는 입안으로 욕을 삼켰다. 나비에에게도 서운하고 화가 났다. 어떻게 편지 한 통 주지 않지? 오해를 풀었는데 왜 아무 말이 없지? 한편으로는 '혹시……' 하는 마음이 들기도 했다. 나비에가 편지가 거짓이라 생각하는 건가? 그냥 마음을 풀어주려 둘러대는 거라 여기나? 그럴지도 몰랐다. 마음이 상해 있으니 쉽게 믿기 어려울 게 아닌가. 그래, 그런 거다. 그런 게 분명해.

소비에슈는 초조하게 방 안을 오갔다. 그러다 저녁 무렵. 이혼한 아내가 랑드레 자작과 서왕국에 갔단 이야기를 들은 투아니아 공작이, 소비에슈를 찾아와 아내를 돌려달라며 하소연하자 그의 짜증은 더욱 치솟았다. 괜히 그의 일과 자신의 일이 겹쳐 보인 탓이다.

"네 아내를 오해하고 쫓아낸 건 네가 아니냐!"

결국 소비에슈는 참지 못하고 투아니아 공작에게 버럭 소리쳤다. 이건 그가 인정하고 싶지 않은, 스스로에게 하고 싶던 말이기도 했다.

"하지만 폐하! 라스타 양이, 제 부인이 다른 남자와 밀애 중이라 말했습니다!"

소비에슈는 흠칫했다. 여기서 왜 라스타의 이름이……? 그러다가 가면무도회 날이 떠올랐다. 라스타가 투아니아 공작에게 말을 걸던 모습이. 이어서 그가 웃으면서 대화하던 것도.

"거짓말하지 말아라."

소비에슈는 싸늘하게 말했다.

"네가 엉뚱한 오해를 한 걸 왜 다른 사람의 탓을 하지? 그날, 너도 신이 나서 라스타와 대화 중이던데?"

투아니아 공작은 황제가 무언가를 아는 것처럼 타박하자, 억울해서 세세하게 사정을 고했다.

"처음엔 궁전의 어디 어디가 혹시 밀애 장소냐고 묻더니, 거기에서 귀족 여자와 남자가 서로를 만지는 걸 보았다고 몹시 부끄러워했으니까요! 참 순진하다 생각해서 웃었던 겁니다!"

"그럼 라스타는 네 부인 이야기를 하지 않은 거지."

"대, 대놓고 말을 한 건 아닙니다. 하지만 누가 그러고 있었냐고 묻자 생김새를 묘사해주었는데, 그 생김새가 꼭 제 부인이었습니다! 게다가 드러나지 않는 몸의 특징까지 알고 있어서……."

소비에슈는 마음이 무거워졌지만 단호하게 말했다.

"결국 네가 혼자 오해를 했단 거로군."

투아니아 공작이 돌아간 후, 소비에슈는 머리가 아파서 책상에 기대어 선 채 이마를 짚었다. 나비에 일만으로도 괴로운데. 투아니아 공작이 하고 간 말 때문에 더욱 마음이 무거웠다. 라스타가 순진한 면과 계산적인 면을 동시에 가지고 있다는 건 이미 알고 있었다. 사교계에서 살아남기 위해서는 마냥 순진해서만은 안 된단 것도 인정은 했다. 하지만 대놓고 이런 이야기를 듣고 싶진 않았다.

그러나 나쁜 소식은 여기서 끝이 아니었다. 다음 날 아침. 옷을 갈아입으며 밤사이 들어온 보고서를 읽던 소비에슈에게, 카를 후작이 네 번째 나쁜 소식을 전했다.

"폐하. 카프멘 대공이 서왕국으로 향한다 합니다."

소비에슈는 들고 있던 보고서를 와그작 쥐어 구겨버렸다. 인내심이 뚝 끊어졌다.

"뭐라? 누가 어딜 가?"

완전히 분노한 소비에슈는 급하지 않은 회의를 다 취소하고서 방에 틀어박혔다. 방 안을 혼자 서성거리며 그는 하얘진 머리를 가까스로 가라앉혔다. 거의 두어 시간을 그런 후에야 소비에슈는 진정하고서 밖으로 나왔다. 하지만 그 속마음은 이미 분노와 굳은 결심으로 가득 차 있었다. 소비에슈는 나비에가 자신을 버린 걸 후회하게 해줄 셈이었다. 그의 진심을 믿지 않은 걸 후회하다가 다시 돌아오게 할 셈이었다. 그러기 위해서는…….

"카를 후작."

"예, 폐하."

"나비에의 결혼식이 언제지?"

"그쪽도 결혼식을 서두르려 할 테니, 폐하의 결혼식과 비슷할 겁니다."

"날짜를 앞당겨서 먼저 해야 한다. 꼭."

"예."

"서왕국 왕에게 공식적인 초대장을 보내. 결혼식에 꼭 와달라고."

카를 후작이 걱정스럽게 물었다.

"오려 하실까요?"

그의 생각엔 올 것 같지 않았다. 하지만 소비에슈는 차갑게 웃으며 말했다.

"트로비 공작 부부를 만나기 위해서라도 올 거다."

"예."

카를 후작에게 결혼식에 관해 지시한 소비에슈는, 준비가 어느 정도로 되었는지를 물어보며 어느 비단을 쓸지, 어느 사람을 부를지 등을 의논한 다음 라스타의 방으로 갔다. 때마침 라스타는 드레스를 피팅하는 중이었다.

"폐하!"

라스타는 소비에슈를 보자마자 활짝 웃으면서 귀엽게 외쳤다. 새로 맞춘 드레스가 거의 완성되어서 막 입어본 참이라, 기분이 아주 좋아 보였다.

"폐하, 라스타 어때요?"

라스타는 작은 상자 위에서 내려와 소비에슈 앞에서 한 바퀴를 우아하게 돌았다. 긴 드레스가 차르르 소리를 내면서 라스타보다 늦은 박자로 따라 돌았다. 그 모습은 동화책 속에 나오는 요정처럼 아름다웠고, 덕분에 디자이너는 흐뭇한 표정이 되었다. 하도 졸라 대기에 화려한 드레스로 만들긴 했는데. 예상외로 라스타가 화려한 옷도 잘 어울리자 뿌듯해졌다.

그러나 소비에슈는 라스타의 드레스를 보자마자 단호하게 말했다.

"너무 화려한데."

라스타는 눈을 동그랗게 떴다.

"예쁘지 않나요, 폐하?"

"예쁘다. 하지만 수수한 걸로 했으면 좋겠군."

소비에슈는 라스타에게 대답하듯 말했으나, 사실 디자이너에게 하는 말이었다. 디자이너는 고개를 푹 숙이고서 "예." 하고 대답했다. 라스타는 놀란 눈으로 소비에슈와 디자이너를 번갈아 보았다. 그러다 울음을 터트리자, 소비에슈와 디자이너가 더 놀라서 라스타를 쳐다보았다. 라스타는 훌쩍이며 소비에슈를 원망했다.

"이걸 입고 싶어요, 폐하. 이걸 입은 라스타는 폐하의 옆에서 참 잘 어울릴 건데요!"

"화려한 드레스는 나중에 입고, 이번엔 무난하게 입거라. 파티는 내내 있지 않느냐."

"가장 특별한 날 이 옷을 입는 게 중요하잖아요."

라스타는 슬픈 표정으로 덧붙였다.

"라스타는 폐하의 옆에 어울리는 사람이고 싶어요."

안 된다고 말하고 싶었지만, 소비에슈는 산모에게 스트레스를 주는 게 태교에 좋지 않단 걸 들은 바 있었다. 그리고 라스타는, 저 드레스를 못 입게 하면 혼자서 끙끙 앓을 만큼 흥분해 있었다. 라스타가 목까지 빨개져서 바라보자, 결국 소비에슈는 한숨을 내쉬고서 허락했다.

"그래. 입도록 해라."

20년간 서기의 기록은 다 읽었다. 이제는 역대 왕비들의 행정 기록에 대해 읽을 차례였다.

"왕비 전하께서는 항상 책만 읽으세요."

그게 마음에 들지 않았나. 활동성 좋은 마스타스가 시무룩해서 투덜거렸다. 그러자 로라가 픽 웃더니, 뭐 이 정도로 그러냐는 듯 말을 보탰다.

"동대제국에 계실 때는 더 저러셨어요."

"정말인가요, 로라 양?"

"그럼요. 맨날 책 책 책."

"으으."

"아, 아니다. 무슨 서류를 이이이이따만큼 가져와서 처리할 때도 있었어요."

마스타스와 로라가 손발이 맞아서 내 이야기를 하고, 주베르 백작 부인은 아닌 척 은근슬쩍 그 대화에 동조를 한다. 처음에는 황당했으나, 동대제국에 있을 때를 떠올리게 하는 풍경인지라 나도 덩달아 웃음이 나왔다.

그때였다.

"전하."

커피를 가지러 갔던 로즈가 들어와 희한한 표정으로 말해주었다.

"크리스타 님의 시녀가 왔습니다."

"크리스타 님의?"

"네. 꽃바구니를 들고 왔던데요."

꽃바구니? 영 뜬금없는데. 그래도 일단 출입을 허락해주자, 로즈의 말처럼 꽃바구니를 든 처음 보는 시녀가 들어왔다.

"이마뤼입니다, 왕비 전하."

공손히 인사를 올린 그녀는, 두 손으로 들고 있던 꽃바구니를 약간 앞으로 내밀며 말했다.

"크리스타 님께서, 왕비 전하께 개인 기사단이 생겼단 이야기를 듣고 축하하며 이걸 보내라 하셨습니다."

로즈가 나서서 꽃바구니를 받아 들자, 크리스타의 시녀는 그러고서도 더 덧붙였다.

"크리스타 님께서 직접 기르는 꽃이랍니다."

"고맙다고 전해줘요."

꽃은 생생하고 아름다웠고, 꽃바구니 역시도 예쁘게 장식되어 있었다. 그러나 크리스타의 시녀가 나가자 로즈는 코웃음을 치며 말했다.

"랑드레 경의 기사단 때문에 불안한가 보군요. 왕비 전하를 내내 무시하다가 이제 와서 선물을 보내다니요."

주베르 백작 부인도 싸늘하게 물었다.

"버릴까요?"

로즈가 놀라서 쳐다보자, 그녀는 "농담이에요." 하고 웃으며 덧붙이고는 장식 없는 탁자를 가리켰다.

"저쪽에 두겠습니다, 전하."

"그래요."

잠시 생각해보다가 나는 로즈에게 부탁했다.

"로즈 양, 크리스타 님에게 답례로 아카시아 꽃다발을 보내줘요."

나도 내 정원에서 꽃을 보내고 싶지만, 아직 내가 키운 꽃이 없으니까.

"저쪽이 잘 보이려 보낸 선물인데. 굳이 답례를 해야 합니까? 어차피 진심으로 기뻐서 보낸 선물도 아닐 텐데요."

마스타스는 못마땅해서 물었지만…….

"진심이든 아니든 상관없어요."

"네?"

"가식적인 친교가 불화보단 훨씬 나으니까요."

며칠이 지났지만, 그날 이후 크리스타는 다시 아무 행동도 보이지 않았다. 원래 그랬던 것처럼. 하지만 달라진 점들도 있었다. 이제 내 시녀들이 서로 사이가 부쩍 좋아진 점. 문 앞에 기사들이 있는 것도 익숙해진 점.

니안은 이틀이나 사흘에 한 번 꼴로 랑드레 자작과 같이 놀러 왔는데, 두 사람의 모습을 보는 것도 무척 재미있었다. 랑드레 자작이 짝사랑에 빠진 순진한 청년이 아니라, 무서운 초국적 기사단의 단장이란 걸 알게 되어서인가. 그가 니안의 말과 행동에 집중하고 반응하는 모습을 보면 자꾸 웃음이 나왔다. 실례일까 봐 웃지 않으려 애쓰고는 있지만.

하지만 그렇게 평온한 나날을 보내면서도 가끔은 책상 서랍을 볼 때마다 불편해졌다. 저 서랍 안쪽에 있는 소비에슈의 편지 때문에.

"넌 도대체 무슨 생각을 하는 걸까."

어린 시절의 소비에슈를 불러올 수 있다면 눈앞에 앉혀놓고 물어보고 싶다. 지금보다 더 감정 표현이 솔직하던 소비에슈에게. 그런데 소비에슈의 편지를 펼쳐 보고 있는 도중이었다. 누군가 창문을 두드렸다. 돌아보자 하인리가 창문 뒤에 서 있었다. 또! 나는 편지를 내려놓고 창문가로 다가가 커튼을 쳐버렸다.

"퀸?"

당황한 목소리가 커튼 뒤에서 울렸지만…… 안 열어줘. 한번 놀라보라지. 자꾸 창문을 열어주니까 여기가 아주 전용 문인 줄 알잖아.

"퀸? 미안해요, 퀸?"

정말로 놀랐는지 하인리가 거듭 나를 부른다. 나는 일부러 30초를 센 다음 커튼을 거뒀다. 그새 하인리는 풀이 죽어서, 내 창가 앞에 쪼그리고 앉아 창틀에 팔을 괴고 있었다. 창문까지 열어주자 그는 내 눈치를 살피면서 사과했다.

"미안합니다. 그냥 여기에서 만나면 익숙하기도 하고……."

"창문으로 들어오는 건 퀸까지만 허락해줄 거예요."

"퀸으로는 와도 됩니까?"

"옷을 입을 자신이 있다면."

"직접 입혀줄 겁니까?"

뭘 기대하는 거야, 이 엉큼한 독수리가?

"오늘은 무슨 일이기에 이 시간에 온 건가요?"

분명 지금도 업무를 볼 시간인데.

"좋은 소식과 불편한 소식이 있습니다. 전해드리고 싶어서요."

"무엇인가요?"

"좋은 소식은…… 드디어 우리 결혼 날짜가 나왔습니다, 퀸."

"!"

"얼마 안 있으면 우리는 이제 빼도 박도 못 하는 부부가 되는 거지요."

"지금도 부부예요. 빼도 박도 못 하는 부부."

"이전에 한 건 신에게 서약한 거고. 지금은 사람들 앞에서 공표하는 거잖습니까. 난 그대의 남자이고, 그대는 나의 여자라고."

만족스럽게 말하는 하인리를 보고 있자니 볼을 꼬집어주고 싶다. 자꾸 저런 식으로 말하니까 내가 헷갈리지. 그가 칭제 소식을 말하려 할 때, 고백이라 착각한 게 또 생각나 울컥하네. 하지만 내색하지 않고서, 나는 의연한 척 물었다.

"나쁜 소식은 뭔가요?"

"음."

생각보다 많이 나쁜 소식인가? 왜 저렇게 뜸을 들이지?

"동대제국 황제가 결혼식 초대장을 보냈습니다."

나쁜 소식은 아니구나. 곤란한 소식이지.

"우리가 와주었으면 좋겠다고, 제가 안 된다면 퀸이라도 와주길 바란다던데요."

하인리는 말을 마치고서는 내 눈치를 살폈다.

"갈 겁니까?"

하인리는 내가 거기에 참석하지 않길 원하나? 표정이 꼭 그랬다. 하지만 나는 고민하지 않고서 바로 대답했다.

"갈 겁니다."

"그래요……."

"부모님도 뵙고 싶고 친구들도 보고 싶어요."

"……."

"그 사람 눈치를 보느라 내가 보고 싶은 사람들을 못 보는 건 싫으니까."

내 말이 끝나자마자 하인리는 얼른 말을 받았다.

"저도 함께 가겠습니다."

나는 바로 거절했다.

"그러지 않아도 돼요."

그가 같이 가는 게 불편해서가 아니었다. 소비에슈 때문에 잠시지만 트로비 공작가에 같이 갇히지 않았던가. 하인리에게는 그날이 불쾌한 기억으로 남아 있을 텐데. 또 거기에 가게 하고 싶지 않아서였다.

하지만 하인리는 웃으면서 대답했다.

"같이 가고 싶습니다. 저도 거기 부모님이 있고 친구도 있으니까요."

하인리 부모님이 동대제국에?

"아."

내 부모님 이야기를 하는 거구나. 놀라기도 하고 고맙기도 해서 입을 벌리자, 하인리는 장난스럽게 투덜거렸다.

"절 많이 어색해하시더라고요. 저 진짜, 그런 분들 처음 봤습니다. 이번엔 꼭 사랑받는 사위라 확정받고 올 생각입니다."

"지금도 그대를 좋아할 거예요."

하인리 덕에 내가 지나치게 체면이 상하지 않게 되었으니까.

하인리는 말없이 웃더니 창문 안으로 머리를 들이밀었다. 그러고는 내 볼에 가볍게 입을 맞추었다.

"!"

놀라서 눈에 힘이 들어갔다. 그사이 고개를 약간 뒤로 물린 그는 내 눈치를 살피더니, 내가 가만히 있자 한 번 더 고개를 내밀어 볼에 입술을 눌렀다. 이번에는 아까보다 좀 더 오래. 그러다가 슬쩍 뒤로 물러나며 쑥스럽다는 듯 웃었다.

"사랑받는 남편으로는 언제 확정받을 수 있습니까?"

하인리의 질문에 머릿속이 그야말로 백치가 되었다. 사랑받는 남편은 언제 되냐고? 그는 이미 사랑스러운데? 하지만 이런 의미가 아니겠지. 나더러 사랑을 달란 건가? 혼란스럽다. 소비에슈 때는 어떻게 했더라. ……그와는 이런 이야기를 주고받은 적이 없어서 모르겠어. 전혀 도움이 되지 않는 경험들뿐.

머뭇거리고 있자니, 하인리는 작게 한숨을 내쉬며 중얼거렸다.

"놀란 토끼 눈을 하고 계시네요."

"내가……?"

"나중에 대답해줘요, 퀸."

하인리가 돌아간 후. 나는 창가에 선 채 창틀에 머리를 기댔다. 이마가 창틀에 닿자 시원해졌다. 몰랐는데, 얼굴이 열이 올라온 모양이다. 손바닥을 대보니 정말로 볼이 뜨끈거렸다. 하인리는…… 나보다 어려서 그런 건가. 아니면 바람둥이어서 그런 건가. 달콤한 말을 너무 아무렇지 않게 한다. 그게 싫은 기분은 아니지만.

그러고 있자니 문을 두드리는 소리가 났다. 혹시 하인리인가 싶어서 문을 열었는데, 하인리는 아니었다. 들어온 이는 로즈와 주베르 백작 부인이었다. 어디를 다녀온 건지 바구니를 들고 있는데 바구니에 다들 과일이 한가득했다.

"뭔가요?"

"궁전에 과수원이 있다고 해서 다녀왔습니다, 전하."

"깎아드릴게요."

두 사람이 소파에 앉아 과일을 깎고 과자를 접시에 담는 사이, 나는 다시 멍하게 창밖만 쳐다보았다. 그러다가 뒤늦게 하인리가 전해준 이야기가 떠올랐다. 동대제국에 가는 이야기. 내가 가면 시녀들도 따라가게 되니 당연히 전해야지.

"방금 전하께서 다녀가셨습니다."

"전하께서요?"

"못 본 것 같은데…….."

"창문으로 다녀갔거든요. 두 가지 소식을 전해주고 갔어요."

과일을 다 깎은 로즈가 과도에서 손을 떼고 나를 쳐다보았다. 주베르 백작 부인도 접시를 티테이블에 내려놓고서 내 대답을 기다렸다.

"결혼식 날짜가 나왔습니다."

그들의 표정은 내 얘기를 듣자마자 환해졌다.

"드디어……!"

"맥리넌 디자이너가 더욱 바빠지겠습니다, 전하."

하지만 두 사람의 표정은 뒤이은 소식에 대번에 어두워졌다.

"그리고 동대제국에서 소비에슈 황제의 결혼식에 나와 하인리를 초대했습니다."

그들의 표정은 소금물을 들이켠 것처럼 보였다.

"가기로 했어요."

내 대답을 듣자 한 바가지를 더 먹은 표정이 되었다. 두 사람은 서로 말없이 눈짓을 주고받았다. 표정에서부터 불만이 드러나고 있었다.

"……가는 게 낫겠지요."

하지만 결국 한숨을 내쉬고서 이해해주었다. 그러고서 더 그 이야기를 하려 할 때였다. 문을 두드리는 소리가 났다. 로즈가 나갔고, 나는 소파에 앉아 문 쪽을 쳐다보았다. 찾아온 사람은 회색 수염이 풍성하고 옷차림이 단정한 남자였다.

'누구지?'

모르는 얼굴이기에 보고 있으려니, 그자가 내 쪽을 향해 허리 숙여 인사했다. 내가 다가와도 좋다고 고개를 끄덕이자, 그자는 방 안으로 들어와서 조심스럽게 입을 열었다.

"아마레스 가문의 수석집사입니다, 왕비 전하."

아마레스 가문? 어디서 들어본 이름인데……. 아아. 기억났다. 몇 번 회의 기록에 등장했지. 내가 알기로는 후작가던가, 그랬다. 그 가문에서 내게 왜 수석집사를 보냈지? 의아해서 쳐다보자, 집사는 공손하게 말했다.

"왕비 전하. 저는 멀레이니 아가씨의 심부름을 왔습니다."

멀레이니! 멀레이니의 사람이구나. 서왕국 사교계에서 영향력이 크다기에, 내 사람으로 두고 싶어서 만나보고 싶다 했지. 아무래도 그 답례가 온 모양이다. 내가 고개를 끄덕이자 그가 다시 말을 이었다.

"아가씨께서는 왕비 전하의 초대에 몹시 감사드린다며, 시간과 날짜를 알려주시면 언제든 찾아뵙겠다 했습니다."

일부러 먼 날을 잡을 필요는 없었다.

"내일 오후 1시에 이쪽으로 오라 전하라."

멀레이니는 약속 시간 30분 전에 도착했다. 이 정도쯤 올 거란 생각을 하고 있었기에, 나 역시 다과를 미리 준비해둔 터였다.

"멀레이니입니다, 왕비 전하."

나는 인사를 올리는 멀레이니를 유심히 관찰했다. 옅은 갈색 머리카락에 회색 눈동자를 가진, 자세가 곧고 다부진 인상의 영애였다. 표정은 당당했고 입매는 우아했다.

"절 불러주셔서 기쁩니다, 왕비 전하."

"멀레이니 양의 이야기를 들었을 때부터 만나보고 싶었습니다."

"저도, 왕비 전하께서 오셨단 이야기를 들은 후부터 기다렸습니다. 언제 불러주실지요."

당당한 건 표정만이 아니었다. 대범하고 솔직한 말에 저절로 웃음이 나왔다. 분위기가 다르긴 하지만, 어린 니안을 보는 기분이었다.

"그렇군요. 내가 불러주길 기다렸다는 건, 내게 원하는 게 있단 거겠지요?"

돌려 말하는 대신 바로 묻자, 멀레이니 양은 가볍게 웃더니 두 손을 무릎 위에 올리고 물었다.

"전하께서 절 부르신 건, 전하께서 사교계에 적응하는 데 제가 도움이 될 수 있기 때문이겠지요?"

똑똑하구나. 더욱 좋다. 흔쾌히 수긍하자, 그녀는 이번에는 아까보다는 좀 더 조심스럽게 물었다.

"전 왕비님께 힘이 되어드릴 수 있습니다. 힘이 되어드려도 되고요. 하지만 제가 왕비님을 돕는다면, 제게는 무슨 이득이 있을까요?"

당돌하면서도 영리한 질문에, 문가에 서 있던 로라가 고개를 위험스레 까딱했다. 저거 뭐지? 하고 생각하는 얼굴이었다. 웃음이 나오려는 걸 참고서 이번에는 내가 물었다.

"무슨 이득을 원하나요?"

빙빙 돌리지 않고 저런 질문을 한다는 건 원하는 게 있단 거지.

"크리스타 님을 쫓아내주세요."

그러나 멀레이니의 요구는 전혀 예상외였다. 내가 눈썹을 들어 올리며 '설마?' 하는 표정을 만들어 보이자, 그녀는 다시 한 번 말했다.

"들으셨을지도 모르지만, 저는 크리스타 님과 크게 싸운 적이 있습니다. 그 일로 하인리 전하께 쓴소리를 듣기도 했고요."

생각만으로도 화가 난다는 듯 얼굴이 굳어진 멀레이니는 숨을 크게 들이쉬고서 말을 이었다.

"그 일 이후 크리스타 님을 따르는 귀족들이 노골적으로 패를 지어, 저와 제 친구들을 괴롭히고 있습니다."

"……."

"크리스타 님이 지시한 건지 아니면 그들이 그저 자기들끼리 화가 나서 그런 건지는 모릅니다. 하지만 구심점은 크리스타 님이니, 그분이 궁전에서 나가시면 패거리는 흩어지겠지요."

다부진 눈동자가 나를 향했다.

"어차피 크리스타 님은 선왕 전하께서 돌아가셨을 때 컴프셔의 대저택에 가셔야 했던 몸입니다. 아니, 거기가 아니더라도 궁전을 비워주셨어야 했어요. 그분을 내보내는 건 당연한 일입니다, 전하."

"……생각해보지요."

멀레이니를 돌려보낸 후. 나는 로즈와 마스타스를 불러 이 일을 말한 후, 멀레이니와 크리스타의 사이가 그 정도로 나쁜지 질문했다. 마스타스는 잘 모르는 눈치였으나, 로즈는 곰곰이 생각해보다가 대답했다.

"그 정도로 크게 싸우진 않았지만, 말다툼을 했단 소문이 들린 후 사교계 내에서 패거리가 나누어진 건 사실입니다, 전하."

"그래요?"

"하지만 멀레이니 양이 이 정도로 강경하게 나오는 게, 단순히 사교계 일 때문은 아닌 듯합니다."

'아니라고?'

로즈는 기억을 짜내듯 인상을 찡그리고서 말했다.

"멀레이니 양은 아마레스 후작가의 외동딸인데, 아마레스 후작은 후계자로 삼기 위해 자기 외조카를 입양했다고 알고 있습니다. 멀레이니 양은, 소문으로는 직접 후작위를 잇고 싶어 했다더군요."

"아."

"그 외조카가 크리스타 님의 최측근인 리버티 공작의 셋째 아들입니다."

"이런."

"멀레이니 양이, 크리스타 님을 내쫓으면서 의붓남매를 내쫓고 싫어 하는 걸까요?"

"글쎄요……."

그럴지도 모르지. 자존심이 강한 것 같으니, 후계자가 되게 도와달라 하는 대신 크리스타를 치워달라 부탁한 걸지도 모른다.

로라가 걱정스럽게 물었다.

"전하, 어떻게 하실 거예요?"

나는 대답 대신 소파에 등을 기댔다. 멀레이니와 손을 잡으면 확실히, 사교계 세력의 반은 자연스럽게 가까워질 수 있다. 하지만 크리스타와는 완전히 적대적으로 변하게 된다. 이전에 시녀들에게도 말했지만, 나는 가식적인 친교가 불화보다는 낫다고 생각한다. 나는 군이 나서서 크리스타와 먼저 척을 져야 할까?

며칠 동안 내내 이 생각을 했지만, 답은 쉽게 나오지 않았다. 그사이에 소비에슈의 결혼식에 갈 사절단은 차근차근 꾸려졌고, 하루하루를 보내다 보니 어느새 출발 날짜가 다 되어 있었다.

모국에 다른 나라의 왕비가 되어 가는 기분은 묘했다. 출발하기 전, 나는 편한 여행복 차림을 거울에 비춰 보면서 무표정한 표정, 웃는 표정, 거만한 표정 등을 거듭해 연습했다. 몇 번 그러고서 밖으로 나가자, 이미 마차가 준비되어 있었다. 마차 주위에는 서왕국 기사들이 아닌 초국적 기사단 기사들이 둘러서 있었고, 그들의 인사를 받고서 나는 마차 안에 올라탔다. 이 마차는 나중에 궁전 정문 쪽에서 다른 마차, 기마병들과 합류할 것이다.

'……왜 안 오지?'

그런데 마차 안에 타고서 보니, 마스타스가 보이지 않았다. 다른 시녀들은 하인들에게 커다란 가방을 이리 운반해라 저리 운반해라 지시 중인데.

"로라 양. 마스타스 양을 봤나요?"

걱정이 되어 묻자, 로라도 고개를 저었다. 로즈도 주베르 백작 부인도 모르긴 마찬가지. 결국 안 되겠다 싶어 마차에서 내릴 때였다.

"왕비 전하! 왕비 전하!"

커다란 창을 매고 망토를 두른 마스타스가 저만치서 뛰어오는 게 보였다.

"마스타스 양!"

얼른 내려가자, 그녀는 눈 깜짝할 사이 코앞까지 와서는 방방 뛰며 말했다.

"전하, 그거 들으셨습니까? 못 들으셨지요? 못 들었다 해주세요!"

"못 들었어요. 무슨 일인가요?"

"오빠한테서 연락이 왔거든요!"

오빠라면…… 아아. 그 흉악한 인상의 기사. 에이프린 경이었나. 고개를 끄덕이자, 그녀는 히죽히죽 웃으며 말했다.

"오빠도 기사들의 순방에 갔는데, 왕비 전하의 오빠와 같은 조로 간 모양이었습니다!"

"그래요?"

"네. 코샤르 경 맞죠?"

"맞아요."

"코샤르 경이……."

옆에서 로즈가 "마스타스 양. 짐이 하나도 안 실려 있는데요?" 하고 차갑게 말하자, 마스타스는 말을 끊고 자기 짐을 챙기러 갔다. 덕택에 나는 마차 안에서 그녀가 돌아오길 기다리는 동안, 궁금해서 내내 손가락을 꼼지락거려야 했다. 거의 30분이 지나서야 마스타스는 돌아와서 마저 이야기해주었다.

"코샤르 경이 '기사들의 순방'을 잘해내고 있다 합니다."

"정말인가요?"

놀라기도 하고 기쁘기도 해서 묻자, 마스타스는 "네!" 하고 활짝 웃으면서 외쳤다.

"그런데, 어떻게 인기를 얻는지 아세요?"

"?"

불안한데.

'어떻게 인기를 얻는지 아세요?'라는 질문은…… 다른 사람들과는 다른 방식으로 인기를 얻었단 것처럼 들렸다. 떨떠름하게 쳐다보았으나, 그녀는 더욱 신이 나서 설명했다.

"보통은 억울한 사정을 들으면 조사 후에 법적인 처분을 하거든요. 그런데 왕비님의 오빠는 조사 후에 주먹이 날아간답니다!"

"!"

"법적인 처벌도 좋지만, 아무래도 억울한 사람들 입장에선 왜 그렇잖아요. 눈앞의 주먹이 더 마음에 드는 거요."

나는 놀라서 이마를 짚었지만, 마스타스는 신이 나서 허공을 향해 주먹 휘두르는 시늉까지 했다.

"처음 있는 일이라서 다들 환호하고 있답니다!"

"……."

내가 멍하니 있자, 마스타스는 눈을 빛내며 물었다.

"왕비님의 오빠는 어떤 분이신가요? 참으로 대찬 분이신 것 같습니다."

처음엔 오빠의 이야기를 듣고 걱정되었지만, 그래도 마스타스가 자꾸 좋게 말해주어서 점차 안심이 되었다. 좀…… 남들과 다른 방식인 게 걸리긴 한데. 중요한 건 사람들의 기사로서 호감을 받는 거니까. 서왕국 국민들이 오빠를 좋아한다면 그걸로 됐다.

나는 마차 창틀에 팔을 괸 채 밖을 바라보았다. 오빠 생각이 줄어들자, 이번에는 동대제국 생각이 났다. 착잡하기도 하고 묘한 감정이 들었다. 부모님에게 잘 사는 모습을 보여주고 싶기도 하고, 하인리가 고맙기도 하고, 라스타를 챙기는 소비에슈를 볼 때 내가 더는 아파하지 않을까 궁금하기도 하고. 남들에겐 말하지 못하겠지만, 솔직한 기분으로는…… 날 보고 놀랄 소비에슈가 기대되기도 했다. 그에게 보여주고 싶었다. 나는 네가 없어도 이렇게 잘 살고 있다고. 이건 너무 치졸한 생각일까?

그런데 곰곰이 생각하고 있자니, 마차가 멈추었다.

'벌써 도착했나?'

하지만 창밖으로 보이는 건 숲길뿐이었다. 어리둥절해서 문가를 보자, 문 밖에서 "퀸." 하고 부르는 소리가 났다. 문을 열어주자 하인리가 서 있었다. 그는 날 향해 웃더니, 시녀들을 둘러보며 물었다.

"퀸, 내가 그대와 둘이서 마차를 타고 가도 됩니까?"

내가 대답을 하기도 전에, 시녀들은 서로 눈치를 살피더니 얼른 밖으로 내렸다. 내 앞으로 준비된 마차는 두 대였는데, 다른 한 대로 옮겨 타려는 것이다. 나는 그들을 붙잡는 대신 어색하게 창문을 닫았다.

"응? 창문을 왜 닫으시는 겁니까?"

하인리는 마차 안으로 들어와서는 얼른 맞은편에 앉았다. 그가 자리를 잡고서 마차 뒤를 노크하자, 멈췄던 마차가 다시 이동하기 시작했다.

"같이 있고 싶어서 왔습니다."

왜 왔냐고 묻기도 전에, 하인리는 먼저 대답했다.

"그래요."

나는 태연하게 대답하고서 다시 창밖으로 시선을 돌렸다. 하지만 창문은 내가 아까 닫아버린 후여서, 창밖은 전혀 보이지 않았다. 내가 이걸 왜 닫았지? 뒤늦게 자책하며 힐긋 눈치를 보니, 하인리는 내 쪽을 보고 있지 않았다. 나는 도로 창문을 열고서 창밖을 유심히 보는 척했다.

"큽."

"!"

뒤에서 낮게 웃음을 참는 들려왔지만, 일부러 모른 척했다. 다행히 웃음소리는 곧 사그라졌다.

얼마간 그러고 있었을까. 문득 퀸이 보고 싶어졌다. 새 퀸. 나의 사랑스러운 독수리. 전에 퀸의 모습일 때 하인리가 벗고 있던 걸 알았을 때는 너무 충격이어서, 퀸을 보기만 해도 부끄러웠다. 하지만 시간이 지나자 점차 충격이 옅어진 걸까. 다시 퀸이 보고 싶었다. 퀸의 모습일 때 하인리가 알몸인 건 맞지만…… 깃털이 있잖아. 생각해보니 새의 깃털은 사람의 옷이 아닐까? 그 생각을 하자 더욱 퀸이 보고 싶어졌다.

이럴 때 그 작은 몸을 꼭 끌어안고 있으면, 혼란스러운 마음도 진정이 될 것 같았다. 힐긋 돌아보니, 하인리는 내 쪽을 쳐다보며 웃고 있었다. 나는 머뭇거리다가 그에게 부탁했다.

"퀸으로 변해줄 수 있나요?"

"지금이요?"

"안고 있고 싶어요."

말을 마치자마자 눈 깜짝할 사이에 그가 금색 깃털을 가진 새가 되어 내 옆으로 날아왔다. 내가 퀸으로 변해달라 요구를 했으면서. 막상 정말로 퀸이 되어 곁에 오자, 심장이 괜히 쿵쿵 뛰었다. 어쩌면 눈앞에 나동그라져 있는 그의 옷 때문인지도 모르겠다. 하지만 유심히 살펴보니, 퀸은 퀸일 뿐. 그 어디에서도 흉한 알몸은 느낄 수 없었다. 물론 하인리의 알몸이 흉해서 보기 싫다는 건 아니지만……. 그제야 안심해서 나는 가만히 손을 뻗어보았다. 툭, 깃털을 건드리자 하인리는 눈을 깜빡이더니 눈웃음을 치듯 웃었다. 새의 표정으로도 웃을 수 있다니. 하지만 저게 바로 내 퀸이지. 좀 더 용기를 가지고서 손을 뻗어 퀸을 들어 올렸다. 내 무릎 위에 가만히 퀸을 올려두자, 반갑고 그리운 마음이 들었다. 나는 천천히 퀸을 끌어안았다. 이 냄새. 이 냄새가 그리웠다.

13

소비에슈의 결혼식

퀸은 보라색 눈을 깜빡였다. 그의 몸을 두 손으로 끌어안은 채, 나비에는 미동도 없었다. 퀸은 인형처럼 미동도 않고 있다가 슬쩍 눈을 들어 올렸다. 나비에의 턱이 보였다. 위로 코가 보이고, 이어서 풍성한 속눈썹이 보였다. 눈꺼풀이 감겨 있었다. 그러다 마차가 흔들리자 나비에의 몸이 같이 휘청였다.

'잠들었구나.'

퀸은 눈을 가늘게 뜨고서, 나비에의 눈치를 슬쩍 보다가, 한쪽 날개를 가만히 빼냈다. 그러고서 한 번 더. 다시 나비에의 눈치를 살폈다. 나비에는 아직 잠들어 있었다. 그는 다른 한쪽 날개도 열심히 빼냈다. 두 날개가 자유로워진 채 다시 한 번 주도면밀하게 나비에를 살핀 퀸은, 아내가 완전히 잠들었단 확신이 들자 두 부리를 크게 벌리며 기쁘게 울었다. 물론 이때에도 주도면밀하게 아무 소리를 내지 않았다. 속으로만 구! 구! 힘차게 운 퀸은 보드라운 자신의 날개로 나비에의 팔과 손을 감쌌다. 이 날개로 나비에의 손을 덮으면, 사실 감촉이 거의 느껴지지 않는다. 하지만 나비에는 자신의 깃털 때문에 아주 포근할 것이다.

퀸은 나비에의 품에 안긴 채, 나비에의 팔을 덮고서 자신도 눈을 감았다. 이대로 같이 잠들어 있고 싶었다. 행복이 있다면 이렇게 둘이 함께하는…….

쿵!

그러나 갑작스러운 충격에 나비에의 몸이 옆으로 튕겨 나갔다. 덩달아 그 역시도. 퀸은 날개를 뻗었지만 나비에의 상체보다 날개가 더 짧았다.

옆통수에 엄청난 통증이 느껴졌다. 놀라서 눈을 떠보니 나는 마차 바닥에 비스듬하게 엎어져 있고, 퀸은 내 품에 갇힌 채 거꾸로 매달려 있었다.

"퀸!"

날개라도 부러진 건가. 당황해서 얼른 일어나 살폈다. 다행히 멀쩡해 보였다. 아니, 퀸은 두 날개를 뻗어 오히려 내 머리를 눌러주기까지 했다.

"난 괜찮아."

사실은 옆통수가 많이 아팠지만, 나는 민망한 기분을 감추려 거짓말을 했다. 그러고서 괜히 주위를 두리번거렸다.

"무슨 일이야?"

당연하지만 퀸의 상태인 하인리는 아무 말도 하지 못했다. 잘 살피니 마차가 기울어져 있었다.

'무슨 일이 있나 보다.'

창문을 열려 하는데, 문밖에서 유님의 소리가 들려왔다.

"하인리 전하, 괜찮으십니까?"

교묘하게 나는 빼고 부르는구나. 하지만 대답해줄 하인리는 새가 된 상태였다.

"전하께서는 괜찮으십니다."

결국 내가 대신 대답하자, 유님은 잠시 침묵하다가 다시 말했다.

"전하, 지금 나와보셔야 될 것 같습니다."

이번에도 나는 빼고 부르네. 하여튼 그건 그거고. 가만히 귀를 기울이자니, 마차 바퀴가 어쩌고 하는 소리가 들렸다. 바퀴에 문제가 생겼나 봐.

퀸이 내 쪽을 보았다.

"사람으로 변해요."

나는 얼른 속삭이고서, 그의 옷을 옆에 놓아준 다음 눈을 감았다. 그러고 있자니 곧 "너무 걱정 말아요." 하는 부드러운 목소리가 들렸다. 나는 말없이 미소하며 고개를 끄덕였다. 이런 것도 꽤⋯⋯ 괜찮단 생각이 들었다. 내 남편이 새라니. 귀엽지 않은가. 하인리가 바스락거리는 소리를 내는 동안, 나는 내내 웃고 있었다.

그 순간. 갑자기 마차가 한 번 더 덜컹했다. 나는 놀라서 반사적으로 눈을 뜨면서 옆을 잡았다. 거의 동시에, 커다란 게 나를 눌렀다. 한 번 더 놀라서 손을 휘젓고 보니, 하인리가 옷을 입다가 균형을 잃고 내게 미끄러진 거였다. 날 누르고 있는 건 하인리의 몸이었고. 너무 놀라 눈에 힘이 들어갔다. 하인리의 얼굴이 바로 코앞에 있었다. 하인리 역시도 당황하고 놀란 얼굴이었다.

"미, 미안합니다."

하인리는 더듬거리고는 얼굴이 붉어져서 손으로 마차 벽을 짚었다. 그러나 마차 벽은 이미 내가 짚고 있었으므로, 우리는 오히려 손이 겹치는 꼴이 되었다.

"미안해요. 일부러 이런 게 아닙니다, 퀸."

"괜찮으니까…… 내려와요."

나는 고개를 옆으로 돌리면서 작게 말했다. 그의 벗은 몸이 내 위에 있다 보니 몹시 민망했다. 다행히 얼굴이 너무 가까워서 다른 부분이 보이진 않지만. 그렇다고 해서 그가 벗은 상태라는 걸 모르진 않으니까.

"네. 얼른, 얼른."

하인리는 중얼거리면서 내 손을 피해 옆의 벽을 짚고는 서둘러 일어났다. 하지만 이번에는 내 드레스 자락에 걸려 넘어지고 말았다. 코가 거의 박을 듯이 가까워졌다. 자칫하면 둘 다 코가 깨질 뻔했지만, 하인리가 손을 뻗어 바닥을 짚은 덕에 부딪치지 않을 수 있었다.

문 밖에서 유님이 "전하? 괜찮으십니까?" 하고 다시 외쳤다.

"괜찮다!"

"제가 들어갈까요?"

"아니!"

하인리는 유님에게 버럭 외치고는 다시 일어나려 했으나, 이번에도 미끄러졌다. 몸은 더욱 많이 엉켜버렸다. 나는 당황해서 그를 밀어냈지만 손에 닿는 건 그의 나체였다. 따뜻하고 단단한…… 아니, 이게 문제가 아니야. 더욱 민망해져서 나는 그에게서 손을 떼고, 내가 옆으로 몸을 빼내려 했다. 마차가 기울어진 데다가 내 드레스가 넓게 펼쳐져서, 하인리가 일어서려 했다가는 또 미끄러질 테니까. 그러나 내가 바스락거리며 움직이자 하인리가 윽 소리를 내더니 울상을 지었다.

"괜찮아요?"

혹시 내가 그를 밟았나? 내 장신구에 몸이 찔렸나? 놀라서 묻자, 하인리는 벌게진 얼굴로 몸을 약간 들어 올리며 중얼거렸다.

"움직이지 말아줘요. 좀…… 자극이 가서."

움직이지 말라니? 놀라서 그를 쳐다보다가 얼결에 고개를 숙였다. 하인리가 차라리 딱 붙어 있으면 나을 뻔했다. 그러나 하인리가 몸을 약간 들어 올린 터라, 나는 그가 왜 움직이지 말라 했는지 곧바로 확인할 수 있었다.

"아!"

놀라서 탄성을 뱉자, 하인리가 다시 움찔했다. 나는 황급히 도로 고개를 들었으나, 이번에도 역시 하인리와 얼굴이 닿을 뿐이었다. 난감한 기분에 주위를 둘러보았으나, 이대로는 밖에 도움을 청할 수도 없었다.

어쩔 수 없지. 지금 생각나는 방법은 하나뿐이다.

"조금만 참아봐요."

"예?"

나는 하인리에게 당부한 후, 손을 아래로 내려서 마차 바닥에 퍼진 내 드레스 자락을 끌어모았다.

아주 낮게 하인리가 "신이여, 신이여." 하고 중얼거리는 소리가 났지만…….

"이제 됐습니다."

얼른 작업을 끝내고서 말하자, 하인리는 내 드레스를 피해 마차 바닥을 잡고 다른 손으로는 벽을 짚고서 몸을 일으켰다. 나는 벽을 향해 고개를 돌렸다. 얼굴에 열이 올라오고 귓가가 웅웅거렸다. 쥐구멍이 있다면 하인리를 집어넣고 싶었다. 하인리가 주섬주섬 옷을 입는 소리가 났지만, 눈을 뜨지 않았다. 이윽고 아무 소리가 들리지 않게 되더니, 문 여는 소리가 났다. 나는 그제야 실눈을 뜨고서 문을 보았다. 난리 통에 하인리의 옷이 잔뜩 구겨져 있었다. 목이며 얼굴은 붉어져 있고.

맙소사. 아까는 당황해서 못 봤는데, 목덜미에 립스틱 자국이 뭉개져 있잖아! 그 모습을 입을 벌리고 쳐다보던 로즈가 힐긋 내 쪽으로 고개를 돌렸다. 나는 황급히 문을 닫았다.

곤혹스럽긴 했지만, 예비 바퀴도 있었기에 바로 마차 바퀴를 갈고 출발할 수 있었다. 이후로는 며칠 동안 아무 일도 일어나지 않아서, 우리는 무사히 동대제국에 도착했다. 그때에는 놀란 마음도 많이 회복되어 있었다. 하인리와 둘만 있으면 자꾸 그날 일이 생각나 어색해졌지만…… 그래도 서로 최선을 다해 태연히 굴려 노력했다. 적어도 나는 그랬다.

하지만 동대제국 수도를 통과할 즈음이 되니, 너무 긴장이 되어서 마차 사건은 아예 생각도 나지 않을 정도가 되었다. 수도의 성벽을 통과하면서, 나는 창문을 반쯤만 열어두었다. 커튼 역시도 반만 쳤다. 그 상태로 창문 밖을 조용히 쳐다보았다. 사람들이 서왕국 마차를 힐긋거리는 게 보였다. 그들도 나와 하인리가 온단 소문을 들었겠지. 이 마차 중 한 군데에 내가 타고 있을 거란 생각을 하고 보는 걸까? 어쩌면 자기들을 놔두고 재혼해버린 황후가, 참 뻔뻔하게 돌아온다 생각하는지도 모르겠다.

당연한 일이겠지만, 그래도 괜히 씁쓸한 기분이 든다. 마차 벽에 머리를 대고서 창문을 아예 닫아버리자, 맞은편에 앉은 주베르 백작 부인이 단호하게 말했다.

"저 사람들은 전하가 아닙니다. 그리 신경 쓸 필요 없어요."

"맞아요. 전하께서 이혼을 받아들이고 평생 틀어박혀 사신다 한들, 저 사람들이 전하를 위해 뭘 해주진 않았을 거잖아? 신경 쓰지 마세요."

로라도 얼른 맞장구를 쳐주었다. 기분이 가라앉은 티가 났을까. 나는 손으로 얼굴을 더듬거린 다음, 미소를 짓고서 태연한 척 대답했다.

"걱정 말아요. 신경 쓰지 않습니다."

동대제국 궁전에 들어가기 전. 우리는 먼저 트로비 공작가에 들렀다. 오늘 하루는 여기에서 지내고, 궁전에는 내일 들어갈 생각이었다. 미리 소식을 듣고 나와 있던 부모님과 가솔들은, 내가 마차에서 내리자마자 달려와 주위를 둘러쌌다. 아버지는 참지 못하고 다시 눈물을 터트렸고, 나는 덩달아 울음이 나올 뻔한 걸 가까스로 참았다. 어머니와도 끌어안고서 재회의 기쁨을 나누고 보니, 하인리는 그새 아버지 앞에 가서 "아버님, 아버님." 하고 웃으며 말을 걸고 있었다. 덕택에 아버지는 당황스러워서 눈물을 그쳤고. 잠시 그 자리에 서서 그간의 일을 말하다가, 우리는 다시 식당으로 가서 못다 한 이야기를 마저 했다. 하고 싶은 말들이 너무 많다 보니 계속해서 입이 열렸고, 하인리는 그런 내 모습을 옆에서 신기하다는 듯이 가만히 지켜봐주었다.

"왜 그렇게 쳐다보던 거였어요?"

식사 후. 방으로 그를 안내해주면서 물어보니, 이렇게 말을 많이 하는 걸 처음 봐서 신기했다고. 이후 방에 들러 씻은 다음, 하인리는 다시 아버지와 어머니를 찾아다니면서 본인의 목표를 이루려 노력했다.

나는 간만에 저택 여기저기를 돌아다니면서 그리운 얼굴들과 인사를 나누었는데, 이따금 마주치는 하인리는 어머니나 아버지와 함께 있었다. 안타깝게도 어머니나 아버지는 여전히 하인리가 부담스러우신 듯했지만.

'그럴 수밖에 없지.'

어머니와 아버지에게도 오랫동안 소비에슈가 사위였으니까. 정반대의 사위가 어색하실 거다. 그래도 잘 지내는 것 같아서, 나는 안심하고 다시 여기저기 돌아다닌 후 간만에 내 방에 누워 편안하게 휴식을 취했다.

다음 날에는 아쉽지만 집을 떠나야 했다.

"우리도 파티에 참석할 거잖니."

"내일모레면 다시 볼 수 있어."

부모님 역시 아쉬워하는 기색이었지만, 최대한 내색하지 않으며 보내주었다. 나와 하인리는 마차 위에 올랐고, 마차는 궁전을 향해 출발했다. 그러나 마차가 궁전의 정문을 통과하자, 아쉬운 마음을 누르며 묘한 기분이 들었다. 동대제국 수도에 들어올 때에는 무척 긴장했는데. 지금은 긴장감은 거의 없었다. 대신, 뚜렷하게 정의 내리기 힘든 미묘하고 복잡한 기분이 들었다. 마치 소비에슈가 보낸 편지를 받았을 때 같은.

마차는 밖에서보다 느린 속도로 궁전을 지나갔다. 이번에는 창문을 활짝 열고서 밖을 바라보았다. 달가닥거리는 말발굽 소리와 마차 굴러가는 소리를 듣고 있으려니, 내 머리 안이 덩달아 돌아가는 듯하다. 밖으로 보이는 풍경이 너무나 익숙해서 심란했다. 여기도 저기도 다들 내 손길이 닿은 곳인데. 손길이 닿지 않아도 발길은 닿았을 곳인데. 그런 곳을 이제는 반가운 척하지 못하고 지나가야 한다니.

마차가 멈추었을 때. 덩달아 심장도 뚝 흔들리는 느낌이 났다. 나는 최대한 표정을 관리하고서 마차 밖으로 나갔다. 날 맞이하기 위해 나와 있는 건 소비에슈의 비서인 피르누 백작이었다. 심란해하는 건 나뿐만이 아니었다. 마차에서 내려 마주 섰을 때. 피르누 백작의 눈동자도 잘게 흔들렸다.

"어서 오십시오, 서왕국의 왕비 전하, 하인리 전하."

하지만 그는 꿋꿋하게 인사를 했고, 나도 최대한 태연하게 고개를 끄덕였다. 피르누 백작은 잠시 머뭇거리다가 어딘가를 손으로 가리켰다.

"이쪽으로 모시겠습니다."

그가 어디로 갈지는 안타깝게도 뻔했다. 흰장미의 방이겠지. 흰장미의 방은 외국 귀빈들을 맞이하는 방이니까. 하인리 역시도 여기에서 처음 만났었다. 흰장미의 방 앞에는 소비에슈의 근위기사들이 서 있었다. 나를 보자 그들도 표정이 얼어붙었다. 나는 별일 아닌 척 웃고서, 피르누 백작이 우리를 방 안으로 들여보내주길 기다렸다. 마침내 흰장미의 방 문이 열렸다. 그 안에는 소비에슈는 물론 그의 비서들, 그리고 기타 귀족 몇 명이 서 있었다. 내가 올 거란 얘기를 들었나. 소비에슈는 전혀 흔들림 없는 얼굴이었다.

나는 그의 옆자리를 보았다. 귀빈을 맞이할 때 내가 서 있던 자리. 소비에슈와 나란히 서 있던 자리다. 다시 소비에슈를 보았다. 그는 나를 바라보고 있었다. 단호한 표정으로. 그러나 표정과 달리 눈동자는 슬퍼 보였다. 우리는 잠시 서로를 그 상태로 바라보았다. 예상과 달리 아무 생각도 들지 않았다. 그는 어떨까?

얼마나 그러고 있었을까.

"폐하."

피르누 백작이 작게 그를 불렀다. 그제야 소비에슈는 마법에서라도 깬 것처럼 입을 열었다.

"먼 길을 오느라 수고했소. ……서왕국이 보여준 친애의 표시에 감사드리오."

그의 표정은 무덤덤했고 그의 말투는 태연했다. 아까 멍하니 서 있던 사람으로는 보이지 않을 지경이었다. 그가 다시 나를 힐긋 보았으나, 따로 더 말을 하진 않았다.

"누가 왔다고?"

속내를 감추고 무표정을 유지하는 데 성공한 소비에슈와 달리, 라스타는 그러지 못했다. 라스타는 완성된 드레스를 마지막으로 점검하다가, 결혼식에 참석한 사람의 이름을 전해 듣고는 어이가 없어서 입을 열었다.

"어떻게 이럴 수가 있지?"

이야기를 전해준 랑트 남작이 어색하게 웃었다.

"나랏일을 먼저 생각하시는 분이니까요. 초대를 받았으니 응하는 게 맞다 생각하셨겠지요."

랑트 남작이 나간 후. 라스타는 초조해져서 손톱을 물어뜯었다. 한참을 그러다가, 그녀는 디자이너에게 요구했다.

"머리 장신구며 보석까지, 전부 다 화려하게 해줘요."

디자이너는 옷에 핀을 꽂고 있다가 깜짝 놀라 되물었다.

"예? 정말이십니까?"

"그래요."

라스타는 단호하게 말했다.

"사람들이 다 라스타와 폐비를 비교할 거예요."

"그건 그렇지만……."

"폐비는 자기가 떠난 나라에 왔으니, 자존심이 상하지 않기 위해서라도 얼마나 많이 준비해 왔겠어요."

라스타의 말은 그럴듯했다. 하지만 라스타의 요구는 디자이너의 안목과 맞지 않았다.

"드레스도 아주 많이 화려한데, 장신구까지 화려하게 하면 옷을 입은 게 아니라 옷에 눌린 것처럼 될지도 모릅니다."

디자이너가 다시 한 번 권유했지만, 라스타는 자신의 의견을 고집했다.

"라스타의 결혼식이잖아요. 결혼식 날, 다른 사람에게 눌리고 싶지 않아요."

디자이너는 어쩔 수 없이 여기저기 장신구까지 화려하게 정해주고 돌아갔다. 옷걸이에 걸린 그 드레스를 바라보며, 라스타는 그제야 조금 안심했다. 저걸 입고 있으면 나비에 황후에게 밀리진 않을 것이다. 하지만 그래도 초조한 마음은 가시지 않았다. 한참을 생각하며 서성거리다가, 라스타는 좋은 생각을 떠올렸다.

'내가 귀빈들을 위해 준비했던 남궁을 직접 사용할 날이 올 줄이야.'

서왕국의 왕비를 위해 준비된 방 안을 둘러보고 있자니 웃음이 나온다. 사람 일은 정말 어디로 흘러갈지 모르는 거구나. 1년, 아니 몇 개월 전만 해도 상상할 수 없는 일 아닌가. 편한 차림으로 옷을 갈아입고, 하녀를 불러 짐을 정리하고, 시녀들을 불러 대화를 나누어도 싱숭생숭한 마음은 쉬이 사라지지 않았다. 어쩌면 늘 함께 있던 시녀 넷이 반으로 뚝 줄어서 그런지도 모르고.

"넷이서 있다가 둘만 있으니 이상한 기분이네요."

마스타스도 로라와 주베르 백작 부인이 함께 있지 않으니 영 어색한지, 내내 방 안으로 두리번거리며 중얼거렸다. 로즈는 마스타스의 말에 동의했지만 엄격하게 덧붙였다.

"그건 그래요. 하지만 두 사람은 오래간만에 고향 집에 온 거니까, 가족을 만나러 가야지요."

"저도 압니다, 선배님. 그냥 허전하다는 거죠."

그래도 다행히 사람 수가 적어져 쓸쓸한 시간은 아주 짧았다. 얼마 지나지 않아 동대제국에서 내 시녀로 있어준 친구들이 모두 찾아온 덕이었다.

"엘리자 백작 부인!"

그중엔 내 시녀장이었던 엘리자 백작 부인도 포함되어 있었다.

"황후 폐하!"

엘리자 백작부인은 얼결에 날 예전처럼 부르다가, 자신이 더 당황해서는 얼떨떨하게 눈을 깜빡거렸다. 그러다가 다른 시녀가 웃음을 터트리자 머쓱하게 따라 웃었다.

그렇게 인사를 다 나눈 후. 우리는 다른 방의 테이블 두 개까지 더 가져다가, 거기에 둘러 앉아 과자를 먹고 커피를 마셨다. 오랜만에 만나서 할 이야기가 많다 보니, 이야기 소리는 끊이질 않았다.

"나는 잘 적응하고 있어요. 여기 로즈 양와 마스타스 양이 힘이 되어주고, 그곳에서 오빠도 다시 만났거든요."

"하인리 전하께서는요? 어떠신가요?"

딱 한 번 끊어진 건, 엘리자 백작 부인의 질문에 내가 대답 대신 어색하게 웃었을 때뿐. 내가 대답을 피하자 동대제국 시절 시녀들은 좋지 않은 상상을 한 건지 얼굴이 바로 매서워졌다.

"얼마나 사이가 좋으신지 몰라요. 보고 있으면 참…… 흐뭇해질 정도예요."

하지만 로즈가 얼굴을 붉히면서 대신 대답하자, 시녀들은 금세 표정을 풀고는 뭐가 그리 흐뭇하냐고 더 캐물으려 들었다.

"왜요? 어떤데요?"

"전하께서 우리 나비에 님한테 많이 잘해주시나요?"

로즈는 더 이상 직접 이야기하긴 곤란한지 어색하게 웃었다. 하지만 로즈가 그 답을 직접 할 필요는 없었다. 하인리가 직접 내 방으로 찾아왔기 때문이다.

"서왕국의 전하께 인사드립니다."

시녀들이 깜짝 놀라 인사를 올리자, 하인리는 버들강아지처럼 웃으며 앉으라 손짓하고는 내게 다가오며 투덜거렸다.

"남편을 너무 방치하는 거 아닌가요? 질투가 나서 들렀습니다, 퀸."

그 말에 시녀들이 장난스럽게 서로를 쳐다보며 웃어댔다. 내가 짓궂게 굴지 말라고 하인리를 쏘아보자, 그는 억울하단 표정을 짓더니 손을 내밀어 슬쩍 내 손을 잡았다.

"보고 싶었어요."

그러고는 사랑을 갈구하는 커다란 강아지처럼 속삭이자, 시녀들은 이번에는 숨을 동시에 들이마셨다. 하지만 나는 반사적으로 인상이 찡그려졌다. 귀엽긴 한데. 그래도 이제는 일국의 왕이 아닌가. 둘만 있을 때야 어떻게 행동해도 괜찮지만, 사람들 앞에서는 좀 더 위엄을 차려야 하지 않을까? 그렇지만 이 자리에서 그걸 지적하는 것도 그의 체면을 상하게 할 일이겠지. 결국 억지로 표정을 펴고 웃었다.

첫날 싱숭생숭한 기분을 버리자, 오히려 다음 날부터는 지내기가 한결 수월해졌다. 나는 이틀 내내 시녀들과 어울리며 아무 일도 하지 않고 푹 쉬면서 보냈다. 참 아이러니하지. 황후일 적에는 이런저런 일을 하느라 이렇게 논 적이 손에 꼽힐 정도로 드물었는데. 막상 황후가 아니게 되자 내 옛 일터에서 이렇게 놀기만 하다니.

어쨌든 잘 노는 사이 시간도 잘 흘러갔고, 마침내 결혼식 전날이 되었다. 그러나 전날이 되자, 어제까지의 마냥 즐겁던 기분이 사라지고 조금씩 혓바닥이 간지러워졌다. 이제는 누군가와 웃으면서 대화하고 싶지도 않았다. 결국 방 안에서 홀로 서성이다가 산책이나 하자 싶어 아예 밖으로 나와버렸다. 마음이 통했나. 뜻밖에도 하인리 역시 근처에 있어서, 우리는 자연스럽게 나란히 걸어갔다. 그렇게 정처 없이 걸어가다 보니, 예전 그 장소에 도착했다. 이전에도 하인리와 함께 산책했던 그 장소에.

"기억납니까?"

같은 생각을 한 건지, 내내 조용하던 하인리도 웃으면서 물었다.

"우리 여기서 퀸의 생일 이야기를 하면서 걸어갔습니다."

"기억나요."

"퀸이 제게 벌레를 먹이려 하셨지요."

"!"

그러고 보니 그런 일이 있었지. 당시엔 하인리가 퀸이란 걸 몰랐으니까. 생각하니 저절로 웃음이 터져 나왔다.

"많이 놀랐나요?"

"지금도 벌레만 보면 흠칫합니다."

"그때 하인리, 그대가 뭐라 했더라? 서왕국 새는 음식을 익혀 먹는다고 했던가?"

"……."

"의외로 겁이 많군요."

늘 자신만만하던 하인리가 약한 모습을 보이는 게 재밌어서 놀리자, 하인리는 머쓱하게 웃었다.

"퀸은 벌레가 안 무섭습니까?"

"전혀요."

살짝 허풍을 섞자 하인리가 손뼉까지 치며 감탄했다.

"대단하군요!"

"그럼요."

"그럼 밤에 데이트하다가 벌레가 나타나면, 퀸이 잡으면 되겠습니다."

"!"

"벌레 외엔 다 제가 잡겠습니다."

"그건……."

좀 곤란하단 생각에 힐긋 보자, 하인리가 묘하게 웃고 있다. 내 말이 허풍이란 걸 알면서 저런 게 분명했다. 민망해서 째려보자, 역시나. 입술을 깨물면서 웃잖아.

그런데 한참 이야기하다 보니 강렬한 시선이 느껴졌다. 나는 하인리에게 '그럼 새일 땐 뭘 먹냐'고 물으려다가 고개를 돌렸다. 시선이 느껴진 곳에는 소비에슈가 서 있었다. 그를 보자 다시 한 번 과거의 일이 떠올랐다. 그때도 하인리와 퀸 이야기를 하며 걸어가고 있었는데, 꼭 이렇게 소비에슈가 나타났지. 어쩌면 이 부분까지 이전과 똑같을까. 생각하니 좀 우습기도 해서, 나는 가볍게 미소를 띤 채 소비에슈에게 인사했다.

"동대제국의 황제 폐하를 뵙습니다."

소비에슈는 입술을 꾹 다문 채 우두커니 서서 날 보기만 할 뿐, 인사를 받아주지 않았다. 그저 노여운 눈길로 나와 하인리를 번갈아 볼 뿐. 말도 섞고 싶지 않은가 보네. 나는 하인리의 팔을 슬쩍 당겼다. 가자.

그러나 하인리가 반응하기 전, 소비에슈가 먼저 요구했다.

"하인리 왕. 잠시 자리를 비켜주었으면 좋겠는데."

뭐라는 거야? 하인리에게 자리를 비켜달라고? 그 말은, 나와 단둘이서 대화라도 하고 싶단 건가? 황당해서 저절로 인상이 찡그려진다. 하인리도 소비에슈의 요구에 따르는 대신, 바로 단호하게 거절했다.

"죄송합니다. 좀 화가 난 눈치신데……. 아무리 폐하의 부탁이어도 제 부인을 화가 난 다른 남자 옆에 두고 갈 수는 없습니다."

그 거절에 소비에슈의 표정이 딱딱해졌다.

"다른 남자?"

반대로 하인리의 입술 끄트머리가 올라갔다.

"나비에 님은 제 부인이니까요."

착각일까.

— 황후는 왕자의 안내자가 아니라 내 아내이다.

하인리의 목소리가 몇 달 전 소비에슈의 목소리와 겹쳐 들리는 건? 소비에슈도 같은 생각을 한 건지 얼굴 근육이 움찔했다. 하지만 의도야 어쨌든, 하인리의 말은 진실이었다. 그때는 하인리와 내가 남이었지만, 지금은 소비에슈와 내가 남이 아니던가. 소비에슈는 주먹을 꽉 쥐었지만, 하인리가 틀린 말을 한 것도 아니기에 이번에는 내게 요청했다.

"나비에. 그대와 하고 싶은 얘기가 있소."

"하시지요."

"둘이서만."

사실 소비에슈가 이제 와서 무슨 말을 하려는 건지, 들어보고 싶긴 하다. 헛소리를 할지 멍청한 소리를 할지. 게다가 무작정 감정대로 굴기에는, 소비에슈가 전남편인 동시에 강대국의 황제이기에 대놓고 무시하기도 어렵고.

그러나 하인리에게 이 말을 하려고 고개를 돌리는 순간. 내 눈앞에 보이는 건 소비에슈에게 오만한 목소리로 제 할 말을 다 하는 하인리가 아니라, 끙끙거리는 골든레트리버였다. 내가 자리를 비켜달라 말하면 꼬리를 말고서 캥캥 울 것 같은 커다랗고 순한 대형 강아지. 저런 표정을 보고서 어떻게 자리를 비켜달라 할 수 있을까. 결국 마음을 바꿔서, 소비에슈에게 양해를 구했다.

"죄송하지만, 폐하. 급한 말씀이 아니라면 지금은 남편과 있어야겠군요."

그러니 할 말이 있으면 나중에, 하고 말하려는데. 소비에슈가 이상한 표정으로 외쳤다.

"나비에!"

마치 내가 그를 앞에 두고 바람이라도 핀 것처럼.

왜 저러지? 그 반응이 더 이상해서 가만히 바라보자, 소비에슈는 망연자실한 얼굴로 나를 바라보다가, 휙 고개를 돌려 하인리를 무섭게 노려보더니 아예 뒤돌아 다른 곳으로 가버렸다.

이 일이 외교에 지장을 주지는 않았으면 좋겠는데. 그러긴 힘들겠지? 벌써부터 치솟는 걱정에 한숨을 내쉬고 있자니, 하인리가 두 손으로 내 팔을 꼭 잡아왔다.

"괜찮아요?"

걱정스레 묻자, 하인리는 느리게 고개를 끄덕였다. 그러고는 무릎을 굽혀 내 어깨에 자기 머리를 가져다 대었다.

결혼식 날이 되자 아침부터 모두 바쁘고 부산해졌다. 남궁이 이 정도면 본궁 쪽은 더 바쁘겠지. 하긴. 낮에 해야 하는 결혼식과 행진, 저녁에 있을 피로연까지. 하루 종일 바쁜 일정이긴 했다. 각국에서 귀빈들이 몰려올 테니, 그에 맞는 준비도 해야겠고.

하지만 지금은 남들 바쁜 걸 신경 쓸 때가 아니었다. 나 역시 아침 일찍부터 준비를 시작했는데도 아직 바빴으니까. 그나마 나는 나았다. 로즈와 마스타스는 자기들 준비를 하면서 내 준비까지 돕느라 더욱 분주했다. 특히 로즈는 마스타스가 연회장에 창을 내려놓고 들어가게 하느라 유독 바빴고.

"창은 놓고 가요, 제발!"

"창은 레이디의 기본입니다!"

"아니에요! 레이디의 기본도 신사의 기본도 아니에요! 기사들도 창을 매고 파티에 참석하진 않는다고!"

그런데 한창 준비하느라 바쁜 와중이었다. 엘리자 백작 부인이 사람을 보내 슬쩍 일러주었다.

"나비에 님. 부인께서, 라스타 님의 결혼식 드레스가 아주 화려하단 소식을 전하라 하셨습니다."

그 말을 듣고서 나는 내가 준비한 드레스를 보았다. 적당히 화려한 편이었다. 다른 나라의 왕과 재혼한 내가 수수한 드레스를 입고 들어가면, 괜히 사람들 눈치를 보는 것처럼 여겨질 거란 생각에 고른 드레스였다. 하지만 엘리자 백작 부인의 말을 듣자마자 마음이 바뀌었다.

"부인께 고맙다고 전하거라."

나는 심부름꾼에게 금화를 준 다음, 엘리자 백작 부인의 배려에 감사했다.

결혼식 드레스는 대체적으로 다 화려하다. 그런데도 엘리자 백작 부인이 군이 사람까지 보내 드레스 모양을 알렸다는 건, 라스타가 준비한 드레스가 어마어마하게 화려하단 거겠지. 이럴 때 덩달아 화려한 드레스를 입고 가면 두 마리 공작새처럼 보일 게 틀림없었다. 전 황후와 지금 황후가 화려함을 서로 뽐내는 모습은 얼마나 우스울까.

"로즈 양, 마스타스 양. 정말 미안한데. 드레스를 바꿔야겠어요."

"어? 이 다른 드레스로 고르지 않았던가요?"

하인리는 나를 에스코트하기 위해 기다리다가, 내가 준비를 끝내고 나가자 눈썰미 좋게 물었다.

"바꿨어요."

내가 이유를 설명하지 않자 하인리도 굳이 더 캐묻진 않았다. 대신 그는 날 향해 한 손을 우아하게 내밀었고, 우리는 결혼식이 있을 예식장으로 함께 걸어갔다.

"예식장 내부가 어떤지 눈에 불을 켜고 볼 겁니다."

하인리는 걸어가면서 내게 자신만만한 목소리로 속삭였다. 어떤 흠이 있든 다 찾아내서 조목조목 짚어버릴 태세였다. 그러나 막상 예식장에 도착하자, 하인리는 자기도 모르게 "와." 하고 탄사를 뱉었다. 그러고서는 화들짝 놀라 내 눈치를 살폈지만.

하지만 하인리가 감탄할 만도 했다. 예식장은 화려하게 꾸며져 있었는데, 그냥 화려한 정도가 아니었으니까. 서왕국처럼 보석을 죄다 박아둔 건 아니지만, 대신 세공이 정교했고, 마법을 새겨 넣은 기둥에서는 저절로 반짝거리는 빛이 나왔다. 어마어마했다. 여기에 쏟아부었을 돈도, 인력도, 소비에슈의 진심까지도. 소비에슈······ 웃기지. 라스타를 위해 이렇게 준비할 정도이면서. 1년만 황후로 삼을 거라고? 참으로 말도 안 되는 거짓말을. 라스타에게 푹 빠진 소비에슈가 이 결혼식을 준비하느라 부하들을 닦달했을 생각을 하자, 저절로 한쪽 입꼬리가 뒤틀려 올라간다.

'역시 그 편지는 답장하지 않기를 잘했어.'

어쨌든 소비에슈에 대한 짜증 덕에, 사람들이 날 힐긋거리는 건 비교적 쉽게 흘려버릴 수 있었다. 사람들은 앞으로 며칠 동안 내내 웅성거리겠지만, 어차피 코앞까지 와서 내 이야기를 할 사람은 없지. 나는 하인리와 딱 붙어서 귀빈석에 마련된 우리 두 사람의 자리로 걸어갔다.

결혼식은 그로부터도 30분가량이 지나서야 시작했다. 가장 처음에는 예식 홀의 가장 앞쪽에 달아둔 커다란 은색 종이 댕그랑 댕그랑 울렸다. 그러자 단상 옆의 작은 문에서 대신관이 나왔는데, 거듭된 동대제국 방문 때문에 신경질이 나서인가. 이혼 날보다 더욱 피곤해 보였다. 그 표정은 귀빈석에 자리 잡은 날 보자 더욱 묘해졌고. 살짝 웃으며 묵례하자, 대신관은 헛웃음을 지으면서 고개를 저었다. 그래도 일단 대신관이 나오고 나니 다들 조용해졌다. 대신관은 몇 번 헛기침을 해 목을 가다듬더니, 들고 있는 두루마기를 펼치며 "신랑과 신부." 하고 읊었다.

그러자 커다란 종 옆의 작은 종이 다시 댕그랑 댕그랑 울렸고, 이어서 예식 홀로 들어오는 '신랑의 문'과 '신부의 문'이 동시에 열렸다. 그 두 문은 각기 반대 방향에 나 있는데, 단상으로 향하는 길이 문과 연결되어 있어서 그냥 그 길을 쭉 따라가면 되었다. 그러면 반 정도는 따로 걷다가, 중간에서 신랑과 신부가 합쳐지면서 하나의 커다란 길을 걸어가는 그림이 나온다. 지금까지는 각기 다른 길을 걸어온 신랑과 신부가, 결혼을 통해 하나의 길을 걷게 되리란 걸 상징하는 결혼식 절차였다.

신랑의 문에서 나온 소비에슈는 늘 그렇듯 오늘 역시 잘난 모습이었다. 아름답고 당당하고 위엄 넘치는 모습. 우스꽝스러운 상황에서도 그는 항상 그랬던 것처럼 고상해 보인다. 어제 대화를 하고 싶다면서 매달리던 모습은 그사이에 온데간데없었다. 게다가 그는 라스타만을 바라보고 있었다. 조금의 시선도 떼지 않은 채, 정말로 라스타만을 바라본다.

'잘 살겠구나.'

좀 먹먹한 기분이 들어 잠시 그를 바라보다가, 나는 얼른 고개를 돌렸다. 소비에슈를 쳐다보는 내 모습을 남들이 오해하는 게 싫었다. 하지만 완전히 다른 방향을 보자니 이것도 사람들이 오해를 할 것 같아서, 이번에는 라스타 쪽을 보았다. 라스타 역시도 아름답고 우아해 보였다. 처음 보았을 때도 감탄을 자아냈던 외모는, 소비에슈의 사랑 덕인지 황궁의 맛있는 음식 덕인지, 이젠 완전히 하얀 달처럼 보였다. 그러나 라스타가 앞부분의 길을 지나 소비에슈와 나란히 선 순간. 의자와 하객들에 가려졌던 그녀의 드레스가 완전히 드러났고, 나는 기겁해서 눈에 힘을 줬다.

'저게 뭐지?'

라스타의 드레스는…… 화려한 정도가 아니었다. 아니, 드레스야 그렇다 쳐도. 도대체 팔과 머리에 덕지덕지 달아놓은 저 장식들은 뭐란 말인가. 드레스를 입은 게 아니라, 사람이 옷걸이가 된 것처럼 보일 지경이었다.

황당해서 보고 있자니, 소비에슈의 시선이 아까와 다르게 보인다. 시선이 라스타에게 고정되어 있긴 한데. 저건 신부를 맞이하는

기쁜 표정이 아니었다. 턱에 힘을 꽉 준, 약간 화를 참아내는 듯한
표정이지. 소비에슈는 라스타를 보고 감격해서 쳐다본 게 아니라,
놀라서 뚫어져라 쳐다본 것이었다. 어쩌면 라스타에게 저 옷을 입
힌 디자이너를 혼낼 생각인지도 모르겠고.

'엘리자 백작 부인이 이래서 알려주었구나.'

충격이 가라앉자 여기저기서 작게 웃음소리가 들려왔다. 콧대
높은 귀족들이 라스타의 드레스를 보고 비웃는 듯했다. 로즈 역시
도 작게 중얼거렸다.

"저 얼굴로 저런 우스꽝스러운 걸 입다니요. 저 영애는 원래도
저런 취향이었습니까, 왕비 전하?"

라스타. 내가 여기 머물 무렵의 라스타는 주로 흰색 위주의 옷을
입었고, 화려한 무늬를 피했지. 남자 여자 할 것 없이 무조건 화려
하게 입는 귀족들 사이에서는 아주 파격적인 옷차림이었다. 덕택
에 라스타는 각양각색의 화려한 꽃들 사이에서, 홀로 피어난 귀여
운 들꽃처럼 보였다. 이런 모습은 귀족들에게 신선하게 다가왔고,
라스타가 사교계에서 자리를 잡는 데에도 큰 매력으로 작용했다.
그런데 가장 중요한 날 뜬금없이 저런 우스운 드레스라니⋯⋯.

어쨌든 라스타 본인은 만족하는 얼굴이었다. 내 앞을 스쳐 지나
갈 때, 그녀가 자신만만한 승자의 미소를 지었으니. 황당해하는 사
이, 라스타와 소비에슈의 부부의 길이 끝났고, 대신관이 선 단상이
나타났다. 두 사람이 단상 앞에서 멈춰 서자, 대신관은 신성한 책을
펼치며 물었다.

"동대제국의 황제, 소비에슈 트로비 빅트는 라스타 이스쿠아와

의 결혼을 받아들입니까?"

"받아들입니다."

"라스타 이스쿠아는, 소비에슈 트로비 빅트 황제와의 결혼을 받아들입니까?"

"받아들입니다."

"여기에 사인을 하세요."

라스타와 소비에슈아 결혼 서약서에 사인을 하자, 대신관은 종이를 신성한 책 안에 끼워 넣고서, 동대제국 새로운 황제 부부의 탄생을 선언했다. 사람들은 박수를 쳤고, 소비에슈는 돌아서서 사람들을 향해 가볍게 웃어 보였다. 라스타는 비록 옷은 웃겼지만 그 어느 때보다 활짝 웃었다. 두 사람은 몹시도 행복해 보였다. 해피엔딩을 맞은 동화처럼. 하지만 아름다운 이 부부를 보며 나는 속으로 생각했다.

잘 살지 마.

난 천성적으로 착한 사람은 분명 아닌가 보다. 헤어진 연인의 행복을 빌어주는 사람도 많다던데, 내 머릿속에 드는 생각은 그저 '잘 살지 마'뿐인 걸 보니. 하지만 어쩔 수 없다. 두 사람이 날 내쫓고 오래오래 잘 살면 굉장히 억울할 것 같은걸. '망해버려라!'까지는 아니지만, 그래도…… 역시 잘 살지는 않았으면.

이런 내 생각을 눈치챘을까?

"우리도 불러요."

하인리가 옆에서 작게 속삭였다.

"우리도 저 두 사람을 부르자고요."

부른다고 해서 저 둘이 올까? 둘 다 안 올 것 같은데. 하지만 그가 속삭이면서 잡아주는 손길이 좋았다. 따뜻한 손이 내 손에 닿자 잠시 일그러졌던 마음이 다시 반듯해지는 듯했다.

"그래요."

나는 같이 작게 속삭이고서 그의 손을 마주 잡았다. 그러고서 둘이 손을 깍지 끼자 가슴 한구석이 빠듯해졌다. 심장 어딘가 하얀 쌀을 우르르 쏟아 넣은 것처럼. 그러다 문득 시선이 느껴져 보니, 소비에슈가 이쪽을 쳐다보고 있었다. 덩달아 다른 사람들도. 하지만 상관없지. 나와 하인리는 이제 부부인걸. 나는 일부러 하인리의 손을 더 힘주어 잡았다.

전 부인이 자기 결혼식을 망친단 생각이라도 드는가? 소비에슈의 표정이 일그러졌지만, 전혀 개의치 않았다. 오히려 라스타가 소비에슈의 시선을 눈치채고서, 웃던 걸 멈추고 인상을 찡그렸다.

결혼식 다음 절차는 행진이었다. 황제와 황후가 같은 마차를 타고서 수도를 한 바퀴 도는 결혼 행진. 일반 마차로는 얼마 걸리지 않을 시간이지만, 행진용 마차는 느리게 나아가기에 거의 서너 시간은 걸릴 것이다. 여기서 잠시 문제가 발생했다. 식을 올린 부부는 이후 바로 행진용 마차에 타야 하는데. 소비에슈가 베르디 자작 부인의 도움을 얻어 마차까지 걸어온 라스타에게 딱 잘라 말한 것이다.

"옷을 갈아입어라."

원래 신랑 신부는 결혼식 예복 그대로 행진에 나선다. 결혼 서약을 올릴 때 모습 그대로 국민들에게 보여주기 위해서. 게다가 주위에는 다른 귀족들도 구경을 위해 모인 상태였다. 그런데 다짜고짜 소비에슈가 옷부터 갈아입으라 하니, 라스타는 물론 구경하던 이들조차 놀란 표정이 되었다. 하지만 귀족들은 곧 소비에슈의 말에 수긍했다. 저런 옷차림으로 행진에 나섰다간 뭔 소리를 들을지 몰랐다. 그러나 라스타는 그 과한 옷차림이 퍽 마음에 드는지 울상을 지었다.

"하지만 라스타는, 이대로 행진하는 거라 배웠는데요."

소비에슈는 더 강하게 나가려는 듯 입술을 달싹였으나 곧 한숨을 내쉬고서 지시했다.

"그러면 그 장신구들만이라도 떼거라. 우스우니까."

"우습다고요?"

"옷걸이 같지 않느냐."

소비에슈의 강경한 말에 라스타는 어쩔 수 없이 근처의 빈방에 베르디 자작 부인과 함께 들어갔다. 잠시 후, 장신구를 다 떼고 나온 라스타는 정말 천사처럼 아름다웠다. 드레스는 여전히 엄청나게 화려했지만, 라스타는 그런 화려한 드레스까지 소화하고 있었다.

하지만 본인은 이전이 더 마음에 드는 듯 라스타는 내내 울상이었다. 그 모습으로 라스타가 마차에 오르자, 소비에슈는 그제야 자신도 마차에 올라탔다. 그러고는 이쪽을 보려는 듯 고개를 아주 약간 움직였다. 그러나 잠시 그랬을 뿐. 결국 소비에슈는 내 쪽을 보지 않고 곧장 지시했다.

"출발해라."

멀어지는 하얀 마차 뒤에서 금색 테두리를 넣은 하얀 비단 리본이 아름답게 팔락거렸다. 그 모습을 보다가 나도 뒤이어 다음 마차에 하인리와 함께 올랐다. 외국에서 온 왕족이나 귀빈들 역시 퍼레이드에 합류해야 했기 때문이다. 황제와 황후의 마차 뒤에서, 그 나라 특색을 나타내는 마차를 타고서 뒤를 따라 행진하는 것. 이건 동대제국이 제국의 위엄을 홍보하기 위해 만든 절차였다. 이런 식으로 동대제국이 가장 앞서 나가는 강대국이란 걸 상징하는 것이다.

나는 조금 떨리는 기분으로 한 손으로는 하인리의 손을, 다른 한 손으로는 마차 옆 부분을 잡았다. 행진용 마차는 뚜껑이 없어서 내내 서서 가야 한다. 즉, 이대로 나는 내가 두고 떠난 동대제국의 국민들과 마주하게 된다. 떨릴 수밖에 없었다.

'라스타의 드레스에 신경 쓸 때가 아니었는데.'

하필 서왕국도 또 다른 강대국이라, 내가 탄 마차는 소비에슈와 라스타의 마차 바로 뒤에서 따라간다. 국민들이 라스타와 나를 번갈아 볼 수 있기 딱 좋은 위치였다. 최대한 태연해 보이기 위해서 나는 몇 번이나 심호흡을 하고서, 흔들리기 시작한 마차 손잡이를 꽉 잡았다.

거리로 나가자 엄청난 환호성이 들려왔다. 사람들이 라스타를 향해 보내는 환호성이었다.

"세상에! 천사 같아!"

"라스타 님!"

"이쪽이요!"

평민들 사이에서 라스타의 인기가 어마어마하다더니. 행진용 마
차를 타고 나오자 그 분위기는 그대로 전해졌다. 사람들이 라스타
에게 환호하는 목소리는, 예전에 나와 소비에슈를 향할 때보다 더
욱 컸다. 귀족들 사이의 분위기와 평민들 사이의 분위기는 정반대
였다. 그 열렬한 환호에 기분이 풀렸는지, 라스타도 활짝 웃으며 여
기저기 손을 흔들어댔다. 밝고 사랑스러운 모습에 사람들은 더욱
열광했다. 그 환호는 내가 하인리와 지나갈 때 기가 막힐 정도로
조용한 정적으로 변했지만.

"……."

국민의 반 정도는 내 결혼을 반대하지 않았다던데. 그런 국민들
도 내가 직접 소비에슈의 결혼식에 참석할 줄은 몰랐나 보다. 내가
가는 곳마다 놀라울 정도로 사방이 조용해졌다. 민망한 기분을 감
추기 위해 나는 애써 침착한 척 턱을 올렸다. 하인리가 내 손을 더
욱 꽉 쥐었다.

저녁은 피로연이었다. 내가 심플한 드레스를 벗고 춤을 추기 편
한 옷으로 갈아입는 동안, 시녀들은 내내 침울해했다. 같이 행진을

한 건 아니지만, 이곳 국민들의 반응을 보았기 때문이겠지. 나는 그들을 위로해주려 시도했지만, 말을 걸어도 소용이 없었으므로 결국 같이 입을 다물었다. 사실…… 나 역시 누굴 위로할 마음 상태가 아니긴 하고. 내가 소중히 여겼던 이들이 날 무시하는 건 그리 좋은 기분은 아니니까. 게다가 하인리. 멀리서 보기에도 눈부시게 아름다운 하인리가, 나 때문에 덩달아 무시받았단 생각을 하자 너무 미안해졌다.

'이래서야 유님이 날 싫어할 만도 하지.'

한숨을 내쉬는 사이 어느새 옷을 다 갈아입었다. 그러나 옷을 다 갈아입은 뒤에도 바로 나갈 마음이 들지 않아서, 눈에 띄지 않게 미적거렸다. 귀족들은 또 어떤 반응을 보일지. 국민들과 같은 반응일지.

'계속 숨어 있을 수는 없어. 나가자.'

하지만 피할 수 없는 일이라면 부딪쳐버리는 게 낫다. 15분 정도를 꾸물거린 후에야 나는 마음을 잡고서 하인리와 함께 연회장으로 갔다.

"나비에 님!"

"세상에, 간만이어요."

"너무 보고 싶었습니다. 잘 지내시는지요?"

다행히 연회장에서는 날 노골적으로 무시하는 이들이 없었다. 트로비 공작가는 아직 동대제국에 있고 세력이 크다. 내가 싫으면 무시해버리면 되는 국민들과 달리 귀족들은 여러 가지 이해관계가 있어서, 나를 무작정 없는 사람처럼 대하지 못하는 듯했다. 이해득실을 떠나 실제로 친한 이들도 여럿 있고…….

행진 때 일이 있다 보니 이들의 얼굴을 보는 것도 민망했지만, 다행히 다들 아까 일을 모른 척해줄 만큼은 센스가 있었다. 30분 정도가 지나자, 나도 행진 때 아무 일도 없었던 것처럼 웃으며 친구들과 어울릴 수 있었다. 소비에슈가 라스타와 첫 춤을 출 때도 마찬가지였다. 귀족들은 나를 가엾다는 듯 힐긋거렸지만, 차라리 이때는 괜찮았다. 행진하는 세 시간 동안 차가운 정적 속에 있던 데 비하면 훨씬 나았다.

마침내 소비에슈와 라스타의 춤이 끝나고. 다른 사람들도 춤을 출 수 있게 되자 하인리는 내게 바로 손을 내밀었다.

"퀸. 우리도 나가요."

나는 하인리의 손을 잡고 중앙으로 나가 춤을 추었다. 사람들의 웅성거리는 소리와 소비에슈의 시선이 느껴졌지만, 모른 체 하인리와 춤을 추는 데만 몰두했다. 그런데 어째서? 이후엔 뜻밖에도 에르기 공작이 다가와 춤을 신청했다.

'왜 이자가?'

의아했지만, 그는 하인리의 친구였고, 블루 보헤안의 왕족이자 대귀족이었다. 또한 내가 서왕국으로 탈출할 수 있도록 마차에 숨겨주기까지 했지. 찜찜하긴 했지만 그의 춤을 받아들인 다음, 춤을 추면서 물어보았다.

"무슨 일로 내게 춤을 신청했나요?"

그러나 에르기 공작은 무겁고 심란한 얼굴로 스텝을 밟을 뿐. 내 말에 대답하지 않았다. 깊게 생각에 잠긴 얼굴이었다. 춤을 추면서 무슨 생각을 하는지 모르겠지만. 그리고 마침내 노래가 끝난 후, 나와 에르기 공작은 손을 떼고 떨어졌다.

"나비에 님."

떨어진 에르기 공작은 그제야 내게 조심히 말을 걸었다. 그러나 에르기 공작이 말을 잇기 전.

"나비에 왕비."

저벅저벅 걸어온 소비에슈가 내게 먼저 춤을 요청했다.

"이번 곡은 나와 췄으면 하는데."

순식간에 사방이 조용해졌다.

솔직한 마음으로는 꺼려졌다. 제정신이냐고 부채로 찰싹 머리를 치고 싶었다. 하지만 소비에슈는 동대제국의 황제였다. 산책을 거절한 데 이어 새신랑의 요청까지 거절하긴 어려웠다. 결혼식 주인공들이 피로연에서 춤을 청할 때 거절하는 건 큰 결례였으니까.

'어쩔 수 없지.'

결국 소비에슈의 손 위에 내 손을 닿을 듯 말 듯 올리고 중앙으로 나아갔다. 나와 소비에슈가 나오자 그쪽에 있던 이들이 덫을 피하듯 얼른 멀찍이 물러났다.

음악이 나오기 전. 잠시 눈을 마주한 채 서 있자, 소름 돋을 정도로 강한 기시감이 들었다. 몇 달 전 신년제의 일이 떠올랐다. 하지만 음악이 시작되자 복잡한 감정과 달리 발은 익숙하게 스텝을 밟았다. 이혼을 했다 한들 아직 얼마 되지 않은 일이다. 게다가 소비에슈와 나는 인생의 대부분을 함께 춤을 췄다. 몸은 익숙하게 그를 내 파트너로 받아들였다. 서로가 실수하는 부분까지도.

소비에슈는 막상 춤을 신청해놓고서는, 추면서도 내내 말이 없었다. 내 손을 꽉 쥐었다 풀기를 반복하며 나를 바라볼 뿐. 그러다가 손을 가볍게 잡고 추는 차례가 되자 작은 목소리로 물었다.

"답장은?"

그가 말하는 답장이 무슨 답장인지는 대번에 알 수 있었다.

"심부름하는 사람이 전하지 않던가요?"

"전할 게 있었소?"

"없다고."

"……."

소비에슈가 작게 이를 가는 소리가 들렸는데. 하필 그때 내가 몸을 한 바퀴 돌리던 참이라, 제대로 들은 게 맞나 모르겠다. 한 바퀴 돌고 나서 돌아와 보니 소비에슈는 태연해 보였다. 눈빛이 흉흉해서 별로 소용은 없었지만. 그 상태로 그가 다시 물었다.

"나한테 할 말이 없었소?"

"무어라 말해야 하는데요?"

"난 그대를 놓칠 생각이 없었소."

"오늘은 폐하의 결혼식이십니다."

놓치지 않기는 무슨. 퍼레이드 때 손을 꽉 잡고 라스타와 붙어 있던 모습이 눈에 선한데. 코웃음이 나온다. 소비에슈는 충격받은 얼굴로 나를 보았다. 그 표정을 보자 이번에는 내가 진심으로 궁금해졌다.

"1년 뒤 날 불러들일 생각이었단 편지를 보면. 내가 화라도 풀 거라 생각했나요?"

소비에슈는 움찔했다. 그게 정곡을 찔려서인지 생각하지 못한 부분을 찔려서인지는 모르겠지만, 나는 말을 계속 이었다.

"1년이 2년이 될지 어떻게 아나요? 그 사이에 둘째가 생기면요? 계약 기간이 연장되나요?"

"나비에."

"설령 1년 후, 정말로 약속을 지키신다 해도……."

딱 그 말까지 했을 때 음악이 끝났다. 나와 소비에슈는 반사적으로 멈추어 섰다. 춤을 끝낼 때 자세 때문에 아직 우리 사이의 거리가 가까웠다. 나는 작은 목소리로 말을 빠르게 마무리 지었다.

"난 폐하와 라스타 양 사이에서 태어난 아기의 어머니가 되어 그 아이를 기르고 싶진 않아요. 그 아이가 성장하면 '어머니의 원수' 따위 소리를 하면서 기른 정을 무시하고 나를 적대할 텐데. 그건 너무 아프잖아요?"

말을 끝내고서 뒤로 두 걸음 물러나 그를 보았다. 소비에슈는 아까보다 더욱 놀란 얼굴이었다. 멍한 얼굴에 입은 살짝 벌어졌고 낯빛은 창백했다. 누가 봐도 내게 한 소리를 들은 모습이다. 그를 잠시 보다가 나는 예법에 맞게 인사를 올리고 뒤돌아 물러났다. 몇 마디를 주고받았을 뿐인데, 벌써 피로해졌다. 다행히 하인리와 에르기 공작, 소비에슈가 연달아 내게 춤을 신청하고 나자 이후로는 춤을 신청하는 사람이 아무도 없었다.

정신적으로 지치긴 마찬가지였을까. 음료수를 마시며 곁눈질해 보니, 소비에슈 역시 의자에 앉아 있을 뿐 더는 춤을 추지 않았다. 에르기 공작은 또래 귀족 청년들과 무슨 이야기를 하는 중이었고. 하인리는 내 옆에서 한 번 더 춤을 추고 싶어 하는 눈치였지만…….

"미안해요."

기운이 없어서 또 춤을 추고 싶진 않았다.

"괜찮습니다. 내일도 기회가 있으니까요."

내일은 2차 피로연이 열리고, 아마 가면무도회가 테마일 거다. 가면무도회라고 하니 또 안 좋은 기억이 떠오르네. 3차 피로연까지 열릴 생각을 하자 끔찍하게 피곤해진다. 하지만 하인리가 걱정할까 봐, 나는 웃으면서 고개를 끄덕였다.

그때였다. 갑자기 먼발치에서 웅성거리는 소리가 들려왔다. 여러 사람이 동시에 놀라고 감탄하는 소리였다.

'무슨 일이지?'

소리가 나는 쪽을 보니, 한 무리의 사람들이 어디에 몰려 있는데. 그쪽에서 나는 소리 같았다. 누가 재밌는 묘기라도 하고 있나? 호기심이 들었지만 거기까지 갈 마음이 들지 않는다. 나는 신경을 끄고서 하인리가 가져다준 파인애플 조각을 먹었다. 그러고 있자니 한참 여기저기 돌아다니며 놀던 로즈가 다가와 알려주었다.

"왕비 전하. 그…… 사람이요."

로즈는 호칭을 애매하게 했지만, 그게 누구를 말하는지 짐작이 갔다. 라스타를 말하는 것이다. 아무래도 로즈는 내 편이니까, 내 앞에서 라스타를 '황후 폐하'라 말하기 애매한 거겠지.

"왜 그러나요?"

고개를 끄덕이고서 쳐다보자, 로즈가 작게 말을 이었다.

"결혼을 한 기념으로 도움이 필요한 여러 기관, 그러니까 고아원이나 양로원 이런 데에 막대한 금액을 기부할 거랍니다."

"그래요?"

"네. 자그마치 2,000만 크랑이나요."

"……정말인가요?"

"어마어마한 금액이지요. 그래서 다들 저렇게 감탄하는 모양입니다."

2,000만 크랑? 헛웃음이 나올 뻔한 걸 참느라 나는 부채를 펼쳐서 입가를 가렸다. 딱 내가 남기고 온 어음 액수였다. 일이 꼬일 수도 있으니, 절대로 자기 이름으로 사용하지 말라고 충고했는데.

'어떻게 이렇게 대놓고…….'

한숨이 나온다. 라스타는 머리가 좋은 걸까 나쁜 걸까? 하지만 어쩔 수 없지. 이 일로 명성이 높아진다 한들, 이 일 때문에 발목이 잡힌다 한들. 이젠 다 경고를 무시한 그녀의 운에 달린 문제다.

하지만 막상 방으로 돌아가고 나니 내내 그 생각이 나면서 찝찝해졌다. 내가 편지에 좀 더 구체적으로 적어두었어야 했을까? 굳이 라스타의 이름으로 이 돈을 사용하지 말라고 한 이유 말이다.

'어쩐다…….'

다른 사람은 몰라도 라스타라면, 어음을 '보자마자' 당연히 알수 있을 일이라 적지 않았다. 일이 꼬이지 않는다면 문제없이 넘어갈 수도 있는 일이었고. 하지만 오늘 라스타의 행동을 보고 나니내가 좀 더 사정을 자세히 설명했어야 하나, 하는 생각이 들었다. 한편으로는 '내가 왜? 이제 그 사람은 황후이고, 난 내 발로 물러난 황후가 아니라 이혼당해 쫓겨난 황후인데?'란 반발도 들었지만. 결국 고민 끝에, 나는 내 마음이 편해질 정도로만 언질을 해주기로 결심했다.

그리고 다음 날. 가면무도회가 시작되어 홀에 들어가자마자 라스타를 찾았다.

'저기 있구나.'

하지만 라스타를 불러 대화를 하려 하니, 라스타가 혼자 넘어져 놓고서는 오빠에게 떠밀렸다 주장한 일이 떠올라 찜찜해졌다. 둘이서 대화를 하다가 또 그러지 않는단 보장이 있나?

'이번엔 그렇게 둘 수 없지.'

다행히 바로 묘안이 떠올랐다. 라스타와 둘이서만 대화를 하면서도, 라스타가 또 그런 거짓말을 못 하게 할 수 있는 묘안. 나는 적당히 기회를 보다가, 라스타에게 다가가 제안했다.

"황후 폐하. 저와 함께 춤을 추겠습니까?"

라스타는 이쪽을 긴장해서 보다가, 내가 손을 내밀며 제안하자 눈을 동그랗게 떴다.

"네?"

이렇게 될 줄 전혀 예상하지 못한 얼굴이었다. 주위의 귀족들도 황당해하긴 마찬가지. 얼굴을 가려도 저쪽이 새 황후고 이쪽이 전 황후란 건 뻔히 보이는데. 뜬금없이 내가 라스타에게 춤을 신청하자 미쳤나 싶은 모양이었다. 나는 말없이 다른 손으로 춤을 추는 무대를 가리켰다. 라스타는 당황한 듯했지만, 내 제안에 응하지 않는 건 날 피하는 거라 생각해서인지 벌떡 일어나서 따라 나왔다.

우리가 무대 중앙에 서자 악사도 놀랐나 보다. 바이올린 활을 삐끗하는 쨍 소리가 나며 음악이 멈춘 걸 보니. 음악이 멈추고 말소리도 멈추었고, 커다란 무대 위로 잠시 정적이 찾아왔다. 그러나 약 30초 정도가 지나자 음악이 완전히 새롭게 시작되었다. 나와 라스타를 배려한 건지, 이번 무곡은 남자와 여자의 춤이 구별되지 않는 음악이었다. 동작이 같기에 그냥 똑같이 움직이면 되는 춤. 무대 중앙으로 나온 라스타는 춤을 추기 위해 자세를 잡으면서, 이제야 좀 진정이 되었는지 차분하게 물었다.

"이렇게라도 라스타를 이기고도 싶으세요?"

"?"

"라스타보다 춤을 잘 춘다고, 그런 소리를 듣고 싶으신 거잖아요 지금."

이 와중에 춤?

"……."

참으로 창의적인 해석 능력이구나. 내가 춤을 경쟁하고 싶어서 불렀다 생각하다니. 하지만 해석을 독특하게 한다고 비꼬는 칭찬을 할 필요는 없겠지.

"그대가 잘 추는 걸로 해요."

나는 단호하게 결론을 내리고서, 원래의 목적을 말했다.

"랑트 남작을 가까이하고 곤란한 일이 있거든 카를 후작에게 도움을 요청해요."

"네? 뭐?"

라스타는 당황했는지 안 그래도 커다란 눈을 더욱 커다랗게 떴다. 내가 이런 말을 뜬금없이 하는 게 이해가 안 된다는 듯이. 하지만 굳이 말을 길게 섞고 싶진 않아서, 나는 설명을 생략하고 내가 하고 싶은 말만 계속해서 뱉었다.

"카를 후작은 폐하의 사람이지만, 사적인 감정에 휩쓸리지 않는 공명정대한 성품입니다. '나라'를 위해서라면 도움을 줄 거예요."

"그게 무슨……?"

"권력과 이득을 노리고 온다 해서 무조건 쫓아낼 필요는 없습니다. 그런 자들 중에도 인재는 있고, 추구하는 게 다를 뿐이니. 하지만 측근으로 삼진 말아요. 삼더라도 상대가 뭘 원하는지 계속 주시하고."

"!"

"오늘 의상을 골라준 사람은 멀리하는 게 좋겠군요."

라스타는 완전히 당황해서 잘 춘다던 춤조차 삐끗했다. 눈에 혼란스러움이 가득 찬 게 보였다. 그렇겠지. 내가 굳이 자기에게 이런 걸 이야기할 필요가 없으니까. 하지만…….

"그댈 위해 하는 조언이 아닙니다. 내 모국을 위해서 하는 조언이지."

차갑게 덧붙이자 라스타의 표정에 그제야 오기가 서렸다.

"내가 준 어음은? 이미 다른 사람에게 주었나요?"

하지만 질문 한 마디에 오기 어린 표정이 빨리도 사라졌다. 라스타는 나를 쏘아보다가 어음 이야기가 나오자 낯빛이 창백해져서 주위를 살폈다.

"무, 슨 얘기를 하는지 라스타는 조금도……."

"회수할 수 있거든 회수하고. 회수하지 못하겠거든 앞으론 정말 그대의 사비로 후원하도록 해요."

라스타가 코웃음을 친다. 내가 돈이 아까워서 이런다고 생각하는 게 분명한 얼굴이었다. 아니야, 라스타. 그 돈 때문에 문제가 발생할 경우, 내가 후원한 기관들에 불똥이 튈까 봐 그런 거야. 라스타에게 문제가 생긴다고 해서 그 기관들에게도 법적인 문제가 생기는 게 아니지만, 후원자들은 잡음 있는 기관에 기부하는 걸 꺼려 할 테니까.

하지만 굳이 여러 가지 경우의 수를 짚는 대신, 여기까지만 말하기로 했다. 최악의 수를 막는 방법은 지금 얘기해주었다. 여기서 더 구구절절 설명하는 건, 내 발등을 찍을지도 모르는 일이니 그만두어야지.

내가 준 돈에 문제가 있거나 그런 건 아니다. 다만, 라스타는 이미 여러 차례 자기 잘못을 남들에게 돌려댔으니까. 이번에도 내가 이 이상의 정보를 준다면, 훗날 문제가 생길 경우를 대비해 다른 사람에게 덮어씌울 준비부터 해둘지 모르지 않는가.

그 순간, 갑자기 라스타가 비명을 지르며 주저앉았다.

"아아, 배가!"

그러고는 고통을 호소하기 시작했다.

"배가 아파요!"

주저앉은 라스타를 가만히 내려다보았다. 진짜인지 꾀병인지 모르겠으나, 라스타는 계속 배를 감싸고만 있었다.

"라스타!"

소비에슈가 놀라서 달려오자, 라스타는 흐느끼면서 소비에슈의 팔을 잡았다.

"폐하, 배가 너무 아파요……!"

소비에슈가 내 쪽을 쳐다본다. 무표정하게 같이 쳐다보았다. 왜? 이번에도 내 탓을 하려고?

그는 입술을 움찔했지만, 더 말하는 대신 라스타를 안아 올렸다. 하지만 그러면서도 연신 내 눈치를 살폈다. 내가 라스타에게 해코지를 했나, 의심하는 표정은 아니었다. 말 그대로 그저 내 눈치를 살폈다. 어째서일까. 혹시 나와 춤을 추다가, 날 내버려두고 라스타를 안고 떠난 일이 새삼 떠오르기라도 하나?

"이런."

그러고 있자니 하인리가 다가와 내 손을 잡으며 부드러운 목소리로 소비에슈에게 조언했다.

"폐하, 빨리 궁의를 불러야 할 것 같군요."

라스타가 창백한 손으로 허공을 허우적거렸다. 실제로도 식은땀이 나는 걸 보니, 이번에는 정말로 배가 아픈 모양이었다. 소비에슈도 같은 생각인지 결국 라스타를 안고 나갔다.

　귀족들이 내 쪽을 힐긋거렸다. 사방에서 시선이 쏟아졌지만, 태연한 척 지나가는 시종에게서 길쭉한 샴페인 두 잔을 가져와 하나는 하인리에게 건네고, 나는 즉시 한 모금을 마셨다. 사람들 앞에서 말을 전하길 잘했지. 설령 진짜 아픈 거라 해도, 라스타는 내 탓이라고 몰아갔을 테니까.

　"어떻지?"

　소비에슈가 차갑게 질문하자 궁의는 얼른 청진기를 떼고서 대답했다.

　"좀 놀라셨지만 몸에는 이상이 없습니다."

　"갑자기 왜 이러는 건가?"

　"스트레스를 받으신 듯합니다."

　"스트레스?"

　소비에슈는 '저 애가 스트레스 받을 일이 뭐가 있지?' 하는 표정을 지었다. 궁의는 어색하게 웃었다. 그거야 소비에슈가 더 잘 알 일이기에. 마침내 궁의가 나가자, 소비에슈는 누워 있는 라스타에게 다가가 손을 꼭 잡아주었다. 라스타는 그 손에 깍지를 끼면서 잠긴 목소리로 속삭였다.

　"폐하, 보셨지요? 황후가 절 협박하였습니다. 무서워요."

"아무것도 보지 못했다."

"황후가 절 협박했어요."

그러나 그녀를 보듬고 달래주어야 할 소비에슈는 오히려 한숨을 내쉬었다.

"황후가 널 무엇으로?"

"절……."

라스타는 머뭇거렸다. 누군가 자신을 협박했다는 건, 협박당할 만한 약점이 있고, 상대는 이걸 알고 있단 뜻이다. 로테슈 자작에게 생생하게 협박을 받아왔기에, 라스타는 누구보다 이 점에 대해 잘 알았다. 그렇다 보니 소비에슈에게 둘러대기 어려웠다. 당연히 어음 이야기도 할 수 없었다. 라스타는 눈물을 글썽이며 이불을 꼭 붙잡았다.

소비에슈는 그 모습에 다시 무거운 한숨을 내쉬었다. 궁의 말처럼 라스타가 뭔가에 스트레스를 받긴 받은 듯한데. 소비에슈는 황후가 남의 약점을 잡아 협박하는 사람은 아니라 확신했기에, 라스타의 말을 그대로 믿기 어려웠다. 그러나 말하는 사람과 듣는 사람의 의도가 항상 일치하진 않는 법. 황후가 그냥 한 말이지만 라스타는 협박이라 받아들였을 가능성은 있었다. 어쨌든 지금 라스타가 겁에 질린 건 분명하지 않은가.

"쉬거라."

소비에슈는 라스타의 곱슬거리는 머리카락을 쓸어 올려주고서, 몇 번 이불을 토닥여준 후 밖으로 나갔다. 이 탓에 알아차리지 못했다. 라스타와 자신이 여전히 나비에를 황후라고 자연스럽게 불렀단 사실을. 그러나 남겨진 라스타는 뒤늦게 이 사실을 깨닫고 인상을 구겼다.

'바보같이!'

라스타는 자신의 입을 탓했다.

'하도 황후 황후 불렀더니 입에 붙어버렸나 봐!'

이틀 전에 결혼식을 치렀으니, 이제 동대제국의 황후는 자신인데. 왜 왕비 따위를 황후라 부르고 있단 말인가.

'게다가 그 여잔 아직도 자기가 높은 사람이라도 되는 것처럼…… 건방지게!'

자존심이 상한 라스타는 뒤늦게 후회하다가 다시 치솟는 통증에 배를 감쌌다.

"윽…….."

아까 배가 아프다고 주저앉은 건 꾀병이 아니었다. 나비에와 얼굴을 맞대고 있던 게 자신도 모르는 사이 지레 큰 압박감으로 닥쳐왔고, 이 스트레스가 너무 커서 배가 아팠던 것이었다.

'그 여잔 나로도 모자라 내 아기까지 노리나 봐.'

그러나 라스타는 이 모든 게 나비에의 계략이라 여겼다. 나비에는 라스타가 아는 모든 사람 중 가장 영리했다. 자신과 대화를 나눈 것조차 나비에가 비상한 술수를 쓴 걸로 여겨질 만큼.

하지만 통증이 서서히 가라앉자, 원망보다는 나비에가 남기고 간 말이 부쩍 신경 쓰이기 시작했다. 어음……. 무슨 소리일까. 랑트 남작과 카를 후작에게 도움을 청하란 건 개소리였고, 권력을 노리고 오는 이들을 가까이하란 건 들을 가치도 없었다.

'내가 배운 게 없다고 그 정도로 멍청하다 생각하나?'

하지만 어음에 대한 건 신경이 쓰였다.

'혹시 어음에 무슨 장치가 있나?'

꼼꼼히 살펴보았지만, 어음에는 아무 이름도 없었다. 불안해서 몇 번이나 머리를 짜냈지만 분명 이름 없는 어음이었다. 그래도 아직 어음을 풀지 않았더라면 확인이라도 한번 해보겠건만. 어음은 이미 랑트 남작에게 준 후였다.

'며칠째 파티 중이니 랑트 남작도 아직 그 어음을 가지고 있겠지. 가져다달라 할까?'

라스타는 잠시 고민해보다가 마음을 바꿨다. 안 된다. 지금 어음을 다시 확인해보겠다고 하면, 랑트 남작이 의아하게 여길 것이다. 그렇다고 어음을 회수하고 상응하는 현금을 줄 능력도 안 되었다.

'그냥 그 여자가 내게 헛소리를 한 거야.'

라스타는 찜찜한 기분을 누르며 애써 마음을 진정시켰다.

'웃겨! 진짜로 문제가 있는 어음이라면 애초에 폐하께 그걸 전달하든가!'

굳이 소비에슈가 아니라 라스타에게 어음을 맡긴 건, 그에게 오해받고 싶지 않아서였다. 이혼하는 마당에 내가 소비에슈에게 어음을 건네면 '날 봐. 내가 이렇게 좋은 황후잖아? 그런데도 나와 이혼할 거야?' 이런 표현을 하는 것처럼 보일 테니까.

'그래도 신경이 쓰이는데……'

아니야. 그 일은 잊자. 이미 내 손을 떠났어. 고개를 저어 불편한 마음을 떨치고서 나는 남궁 밖으로 나왔다. 며칠 후면 이제 동대제국을 떠나게 된다. 이후로는 내가 이곳에 들를 일은 거의 없겠지. 마지막이 될지도 모르니 그 일에만 신경 쓰기에도 바빴다. 그런데 얼마나 걸어갔을까. 멀지 않은 곳에서 반짝거리는 빛들이 보였다.

'뭐지?'

빛을 따라가보자, 놀랍게도 에르기 공작이 커다란 바위에 앉아 있었다. 작은 빛은 그가 들고 있는 목걸이에서 나오고 있었고.

'모른 척 지나가줄까?'

그러나 발소리를 들었는지, 그가 고개를 돌려 나를 보았다. 이제 와서 피할 수도 없는지라, 나는 다가가며 물었다.

"무엇인가요?"

에르기 공작 역시 이런 데서 나를 마주칠 줄 몰랐는지, 나만큼 놀란 표정을 하고 있다가 픽 웃으면서 손바닥을 펼쳐 보였다.

"목걸이입니다. 마법이 아주 약간 담긴 목걸이죠."

그가 보란 듯 손바닥 위에서 목걸이를 굴리자, 펜던트 안에서 작은 반딧불이 돌아다니는 것처럼 보였다. 신기해서 보고 있자니, 에르기 공작이 물었다.

"서운하지 않습니까?"

생뚱맞은 질문이었다. 무슨 뜻이지? 나는 목걸이에서 시선을 떼고 그를 보았다. 에르기 공작은 내 얼굴을 가만히 바라보고 있었는데, 표정이…… 어제 그대로였다. 춤을 출 때의 그 어두운 표정. 그는 하인리의 친구이기도 하지만 라스타의 친구이기도 하지. 지금은 라스타에게 아주 기쁜 날이고. 그런데 왜 저런 표정일까? 아아. 혹시…….

"라스타 양을 좋아하나요?"

그래서 라스타가 결혼한다니 저런 표정인 건가? 아. 말을 하고 나니 '라스타 양'이 아니구나, 이젠.

"라스타 황후님을 좋아하나요?"

말을 정정해서 묻자, 에르기 공작은 눈썹을 치켜뜨더니 피식 바람 빠지는 소리를 내며 웃었다. 그러나 그가 다음에 뱉은 말은, 아까와 같은 질문이었다.

"서운하지 않습니까?"

"서운……?"

"행진 때 일이요."

행진 때 사람들이 내게 손을 흔들지 않은 일을 말하나? 그 일 때문에 표정이 저렇게 어두운가? 이틀 전의 일이고 그와는 관련 없는 일인데? 이상하게 여겨졌지만, 순순히 대답했다.

"어쩔 수 없는 일이겠지요."

에르기 공작은 "어쩔 수 없는 일……" 하고 내 말을 따라 하더니, 냉랭하게 중얼거렸다.

"사람들은 늘 그렇죠. 가장 마지막 일만 기억합니다. 열 가지 도움을 주어도 마지막 한 가지가 마음에 안 들면 당장 등을 돌리고 이전 도움을 잊어버려요."

나는 대답하는 대신 그의 눈치를 살폈다. 바보가 아닌 이상, 그가 내 일을 보고 무언가 나쁜 기억을 떠올렸단 걸 알 수 있었다. 주변 사람, 아니면 자기가 비슷한 일을 겪은 건가? 유심히 보고 있자니, 에르기 공작은 내내 손안에서 굴리던 목걸이를 품 안 주머니에 넣으며 웃었다.

"우리 왕비님께선 참으로 인자하시지. 저라면 좀 화가 날 텐데 말입니다."

이어지는 조롱조의 말투도 평소 같다. 하지만 평소보다 좀 더 가식적이란 생각이 들었다. 표정이 갑자기 확 바뀌었기 때문일까. 친한 사이라면 여기에서 '무슨 일이 있었냐'고 물어야겠지만…… 우리 정도 사이에 그런 개인적인 얘기를 묻긴 좀 곤란하겠지. 나는 고개를 끄덕이고서 손가락으로 내가 갈 방향을 가리켰다.

"혼자 있는 시간을 방해해서 미안해요. 먼저 가보겠습니다."

에르기 공작은 방긋 웃고서 바위에서 일어났다.

"바래다드리지요."

드디어 피로연 마지막 날이었다.

'오늘은 하인리와 시간을 많이 보내줘야지.'

어제 각자 방으로 헤어지기 전, 하인리는 내 손을 꼭 잡고 투정을 부렸다.

"여기 오니까 친구들과만 노시는군요. 저와도 좀 놀아주세요,

부인."

표정은 시무룩했고, 넓은 어깨는 축 처져 있었다. 그 모습에 미안한 마음이 들어서 나는 하인리에게 약속했다. 오늘은 꼭 그와 오래오래 같이 있겠다고. 생각해보니 그랬다. 첫날엔 그와 춤을 딱 한 번 췄다. 가면무도회 날엔 라스타가 그렇게 떠나고 난 후, 잠시 더 머물다가 나도 돌아와버렸다. 파티 전에는 간만에 친구들을 만나서 계속 놀았지.

'하인리가 섭섭할 만도 해.'

마음 같아서는 마지막 피로연은 생략해버리고 싶었지만, 나는 하인리의 눈동자 색을 닮은 보라색 드레스를 차려입고서 그를 맞이하러 나갔다. 직접 방 안에서 데리고 나와 기분을 풀어줄 생각이었다. 같이 놀아준 다음에는 산책도 시켜줘야겠고…….

그런데 막 하인리의 방문을 두드리려 할 때였다.

"나비에."

소비에슈의 목소리가 들려왔다. 돌아보자, 그가 호위도 없이 이쪽으로 다가오는 중이었다. 그를 보자마자 어제 라스타가 배를 감싸 쥐던 게 떠올랐다.

'어제 일을 따지러 온 건가?'

나는 얼굴을 굳히고서 말했다.

"사람들이 다 보았을 텐데요. 난 아무것도 하지 않았습니다."

소비에슈는 가까이 다가오다가 흠칫해서 되물었다.

"무슨 소리요?"

무슨 소리냐고?

"라스타 황후님이 쓰러진 게 내 탓이란 말을 하러 온 게 아닌가요?"

차갑게 되묻자, 소비에슈는 한 대 맞은 얼굴로 외쳤다.

"그런! 말도 안 되는 소리를 왜 하는 거요? 그럴 리가 없지 않소!"

그럴 리가 없다니. 라스타가 충격을 받고 기절을 했을 때. 라스타가 기절한 것조차 그 자리에 없던 내 탓이라며 우긴 게 자기 아닌가? 가만히 쳐다보자, 소비에슈 역시 그 일이 떠오른 듯 표정이 굳었다. 하지만 본인 말처럼 라스타 일을 따지러 온 건 아닌 듯했다. 그렇지만 경계심을 거두지 않고서 쳐다보자, 소비에슈는 "맙소사." 하고 중얼거리며 손으로 자기 이마를 짚었다.

"그럼 무슨 일로 온 건가요?"

최대한 감정을 배제하고서 묻자, 소비에슈가 눈짓으로 내 방을 가리켰다. 안에 들어가서 얘기하고 싶다는 것처럼. 그러나 나는 생각할 것도 없이 고개를 저었다.

"꼭 해야 할 말이라면 여기서 해요."

외국의 왕비로서 강대국의 황제에게 할 법한 태도는 아니었지만, 전 부인으로서 전남편에게 이 정도는 해도 되겠지. 그와 한 공간에 있고 싶지 않았다.

소비에슈의 눈이 다시 흔들렸다. 하지만 정말로 중요하게 할 말이 있긴 한가 본데? 화를 내면서 가버릴 줄 알았는데, 소비에슈는 떠나지 않았다. 잠시 그 상태로 날 바라볼 뿐. 한참을 그렇게 있다가 소비에슈는 정말로 여기서 입을 열었다.

"돌아와줘."

"!"

"네가 다른 남자의 아내가 아니었으면 좋겠어."

"네가 다른 남자의 아내가 아니었으면 좋겠어."

문 뒤에서 들려온 소리에 하인리는 우뚝 멈춰 섰다. 그는 문에 기대어 선 채 심장께에 손을 눌렀다. 심장이 철렁했다. 이게 무슨……?

결혼식에 다녀온 후로 하인리가 좀 이상하다. 힘이 없다고 해야하나……. 결혼식에 가는 도중엔 마차에서도 즐거워했던 것 같은데. 돌아오는 길에는 영 침울했다. 마차 안에 들어와 있긴 했지만, 내내 눈도 잘 마주치지 못하고. 걱정이 되어 무슨 일이냐고 물어봤지만, 돌아오는 대답은 없었다. 그저 이따금씩 내 손을 잡고서 이렇게 물어볼 뿐.

"제 옆에 계실 거지요?"

"왜 그런 당연한 소리를 하나요?"

웃으면서 되물으면 그는 말없이 내 손에 자신의 뺨을 대고 눈을 감았다. 이따금은 내 손바닥이나 손등에 가볍게 입술을 대기도 했다.

"하인리?"

간지럽기도 하고 귀엽기도 해서 물어보면, 그는 다시 물었다.

"제 부인이시지요?"

왜 이런 당연한 소리를 하는 걸까, 내 새 왕자님은?

그래도 돌아오는 길엔 피곤해서 저러는 줄 알았다. 그러나 서왕
국에 돌아와서도 하인리의 상태는 비슷했다. 내 방에 놀러 와서도
불안한 듯 주위를 서성거렸고, 할 말이 있는데 말하지 못하고 끙끙
거렸다. 무슨 일이 있냐고 물어도 대답하지 않기는 마찬가지. 며칠
간 그런 일이 반복되다가, 나는 먼저 나서서 하인리의 기분을 풀어
주기로 작정했다. 동대제국에서 여러모로 감정이 상한 게 분명했
으니까. 그가 날 위해 동대제국에 함께 가주었으니, 상한 기분은 내
가 풀어주고 싶었다. 하지만 어쩐다…… 어떻게 해야 시무룩해진
하인리가 다시 기운을 차리게 할 수 있을까.

그런데 이 문제로 한참을 고민하는 중이었다. 로즈가 뜨고 있는
뜨개질이 눈에 들어왔다. 노란색의 잔털이 달린 보송보송한 털 뭉
텅이와 바늘. 그 두 개를 보자 좋은 생각이 떠올랐다.

'옷! 옷을 만들어주면 되겠다.'

하인리는 창틀에 위험하게 앉은 채 하늘을 보고 있었다. 좋아하
는 일이 책상에 산더미처럼 쌓여 있지만, 지금은 그 일들조차 눈에

들어오지 않았다. 머릿속에서 피로연 마지막 날의 일이 괴로울 정도로 반복되어 미칠 지경이었다.

— 돌아와 줘.

— 네가 다른 남자의 아내가 아니었으면 좋겠어.

— 우리가 부부잖아, 나비에.

그 헛소리에 퀸은 무어라 대답했을까? 차라리 이왕 듣게 된 거 뒷말까지 다 들었으면 좋았을 것을. 퀸의 목소리가 너무 담담하고 작아서, 제대로 뒷말을 듣지 못했다. 소비에슈 황제가 "나비에!" 하고 곤란한 듯이 외쳤으니, 거절한 것 같긴 한데……. 그래도 불안한 마음은 가시지 않았다.

퀸은 소비에슈 황제와 어린 시절부터 함께 자랐다고 들었다. 남매 같은 정도 있을 것이다. 혹시 소비에슈에게 퀸이 가진 감정이 애증이면 어쩌나. 그에게 기회를 다시 주고 싶어지면 어쩌나. 하인리는 자꾸만 나쁜 쪽으로 드는 생각에 힘없이 머리를 옆으로 기울였다. 당장에라도 퀸이 찾아와서 "미안하지만……" 하고 말을 꺼낼 것 같았다.

그때였다.

"전하."

세이벨이 들어와 나비에의 시녀인 로즈가 찾아왔단 걸 알렸다.

"무슨 일이지?"

"왕비 전하께서 주고 싶은 게 있으시다고, 시간이 날 때 놀러 오라 하셨습니다."

하인리는 눈을 휘둥그렇게 떴다.

"주고 싶은 거?"

"직접 만드셨다던데요. 그보다 전하, 창틀에선 내려오시죠. 위험합니다."

요리인가……? 설마 이혼 통보는 아니시겠지. 불안과 기대가 동시에 떠올랐다. 하인리는 황급히 창틀에서 내려왔다.

하인리가 나타난 건, 로즈가 돌아온 지 5분도 지나지 않아서였다.

"시간이 날 때 오라니까요."

웃으면서 타박하자, 하인리는 난처하다는 듯 웃으며 변명했다.

"마침 휴식 중이어서요."

시녀들이 눈치 좋게 얼른 나가자, 하인리는 눈을 반짝이며 물었다.

"그보다 주고 싶은 게 있으시다던데. 무엇입니까?"

휴식 중에 온 게 확실한가? 표정을 보면 선물이 뭔지 궁금해서 바로 달려온 것 같은데? 잔뜩 기대하는 그의 태도에 웃음이 나온다. 그래도 이전의 시무룩한 모습은 확실히 덜한 듯했다. 나는 얼른 서랍으로 가서, 포장한 선물 상자를 꺼내 와 건넸다.

"작군요."

하인리는 내가 건넨 선물을 받으며 중얼거리더니, 상자를 이리저리 뒤집어보았다. 이 안에 뭐가 들었는지 궁금한 모양이었다.

"열어봐요."

웃으면서 요구하자, 하인리는 내 눈치를 살피더니 리본 끝을 잡고 당겼다. 꼼꼼히 묶어둔 리본이 아래로 내려가자 상자가 나왔다. 하인리는 얼른 상자 뚜껑도 열었다. 이 안에 무엇이 들었나 몹시 궁금하단 듯이.

"……어때요?"

나는 하인리가 상자 뚜껑 열기를 기다렸다가, 그가 놀란 눈으로 선물을 바라보기에 얼른 물어보았다. 하인리는 입을 약간 벌린 채 선물을 내려다보았다. 그러고는 상자 안에 손을 넣어 내가 준 선물을 살짝 꺼내 들어 올렸다.

"어때요?"

나는 거듭 물었다. 상자 안에 든 건 내가 뜨개질로 만든 '퀸'의 옷이었다. 예전에 또다시 내 앞에 '퀸'의 모습으로 나타나면 내가 드레스를 입힐 거라 했지. 문득 로즈의 뜨개질거리를 보자 그 말이 기억나 만든 거였다. 난 벌칙이라고 꺼낸 말이었지만, 하인리는 꽤 좋아하는 듯해서…….

"귀엽네요. 새일 때 입으라고 만드신 겁니까?"

하인리는 아기 옷 같은 옷을 바라보다가 웃음을 터트렸다. 역시나. 많이 좋아하는 눈치였다. 며칠간의 어두운 기색이 사라지고 얼굴도 환해 보였다.

'다행이다. 기분이 좀 풀렸나 봐.'

나는 그런 하인리를 보다가 다시 하나 더 제안했다.

"퀸의 모습으로 변한다면, 내가 이 옷을 직접 입혀줄게요."

하인리는 흠칫하더니 '진심이냐'는 눈으로 날 바라보았다. 진심

이란 뜻으로, 나는 소파에 앉아 무릎을 툭툭 두드렸다. 내 말이 끝
나기가 무섭게 하인리가 사라지더니, 그의 옷가지 사이에서 무언
가 꿈틀거리는 게 보였다. 퀸은 옷을 뚫고 나오더니 허겁지겁 내게
달려왔다. 소파 앞까지 와 올려다보기에, 들어 올려서 무릎 위에 올
려주었다. 예전처럼. 눈이 커다래져서 떨리는 게 보였다. 모른 척하
고서, 나는 뜨개질로 만든 옷을 집어다가 퀸에게 입혀주었다.

"귀엽다."

옷을 다 입힌 다음에는, 머리를 쓸면서 노래를 불러주었다. 흥얼
거리듯 작게 부른 거지만. 그래도 마음에 드는지, 내내 동그래져 있
던 눈은 내가 노래를 불러주자 점차 작아지더니, 나중엔 완전히 감
겼다. 노래를 마치고서 내려다보니 퀸은 완전히 잠이 든 것 같았다.
가슴이 일정하게 올라왔다 내려가고, 꿈을 꾸는지 이따금 눈꺼풀
이 떨린다.

"귀여워."

그 모습을 빤히 보다가 이마에 가볍게 입을 맞췄다.

'조울증이 있으신가.'

오전 내내 시무룩해 있던 하인리가, 오후 내내 웃고 있다. 맥켄
나는 그의 주군을 미심쩍게 바라보았다. 그냥 웃는 정도가 아니었
다. 자기 이마를 만지면서 비실비실 웃었다. 회의실로 가다가 기둥
을 쳐다보더니, 갑자기 자신의 얼굴을 비춰보며 "난 귀여워"란 소

리를 뱉기까지 했다.

맥켄나는 걱정스레 하인리를 쳐다보았다. 울적해 있는 것보다야 좋아서 붕 떠 있는 게 낫긴 하지만. 늘 자신만만한 평정심을 유지하는 하인리가, 이렇게 감정이 들쭉날쭉한 게 염려되긴 했다.

그때였다. 신이 나서 걸어가던 하인리가 돌연 우뚝 멈춰 서더니, 한 손으로 자신의 입가를 가렸다. 그러고는 심각하고 진중한 눈으로 허공을 쳐다보며 미간을 찡그렸다. 무언가를 뒤늦게 깨닫고 놀란 눈치였다.

"전하? 왜 그러십니까?"

맥켄나가 의아해서 물어보자, 하인리가 주위 측근들을 물리더니 아주 작은 목소리로 입을 열었다.

"곧 결혼하게 되면……."

하지만 말을 꺼내지 못한 채 하인리는 입술을 다물었다.

"전하?"

곧 결혼하면 뭐가 어떻단 거지? 맥켄나는 뒤가 궁금해져서 물었다.

"뒷말이 뭡니까?"

그러나 하인리는 침묵할 뿐 대답하지 않았다. 맥켄나가 거듭 "전하? 전하?" 하고 묻자, 하인리는 그제야 걱정스럽게 물었다.

"맥켄나. 내 이미지가 어떻지?"

"전하요? 전하께선 아닌 것 같지만 영민하시고, 아닌 것 같지만 진중하시고, 아닌 것 같지만 순정파시고……."

"네가 보는 이미지 말고. 대외적인 이미지."

"안 영민하시고 안 진중하시고 안 순정파시죠."

하인리는 후우우 한숨을 내쉬더니 고개를 젓고서 다시 복도를 걸어갔다. 이런 대답을 원하는 게 아니었던 듯했다. 실제로도 그는 이 대답을 원한 게 아니었다. 사실 그가 묻고 싶은 건, 결혼식 이후 있을 첫날밤에 관해서였다. 이후는 서로의 의사를 중시해서 날을 잡겠지만, 첫날밤은 꼭 치러야 한다. 말은 안 했지만, 그는 이날을 생각하는 것만으로도 심장이 두근거리고 가슴이 뛰었다. 좋아하는 사람과 손끝만 닿아도 이리 좋은데. 품 안에 꼭 끌어안고 있으면 도대체 어떤 기분일까. 상상도 제대로 되지 않을 지경이었다.

하지만 불현듯 떠올라버린 것이다. 그는…… '그' 경험이 없다는 걸. 문제는 자신의 바람둥이 이미지였다. 다른 사람들만큼 난잡하게 여기진 않는 듯하지만, 나비에도 하인리가 바람둥이는 맞다 생각하는 눈치였다. 바람둥이라면 이것저것 다 잘한다 생각하지 않을까? 물론 배우고 익히면 잘할 자신은 있었다. 하지만 첫날밤에 못하면 두 번째 밤이 있긴 할까? 하인리는 나비에에게 완벽한 남자이고 싶었다.

"전하?"

맥켄나가 정말로 걱정이 되는지, 표정을 굳히고 다시 불렀다. 하인리는 손을 저어 괜찮단 신호를 보내고서 말을 돌렸다.

"기사들의 순방에 나갔던 이들이 언제 다 도착하지?"

저걸 고민하던 게 아닌 것 같은데. 맥켄나는 생각하면서도 순순히 대답했다.

"거리가 다 다르지만 오늘까지 도착할 겁니다."

"내일 환영식을 열어줘야겠군."

"예. 아, 왕비님께 그, 손수건이라든가 그런 걸 준비해야 한다고 알려드릴까요?"

"손수건이요?"

하인리가 기분이 풀린 듯해 안심하고 있을 때였다. 맥켄나가 찾아와서는 손수건을 준비해야 한다고 알려주었다.

"예. 기사들의 순방을 마치고 온 기사들이 오늘 내로 다 도착할 거라서요."

"행사 같은 걸 열어주나 보군요."

"네. 정확히는, 오늘은 부수도 쪽에 모이고, 내일 예장 차림으로 거기에서부터 왕궁까지 쭉 오게 됩니다. 사람들도 많이 구경하러 모이구요."

"아."

"행진을 끝내고 돌아오면, 레이디들이 자신의 기사에게 손수건 같은 걸 예장 주머니에 달아줍니다. 그때 왕비 전하께서도 함께하시는 게 나을 듯하여."

오빠는 아직 연인이 없으니 당연히 내가 해야겠지. 하지만 동대 제국에서 내가 받은 침묵이 떠올라 조금 걱정이 된다.

"너무 염려하지 않으셔도 됩니다, 왕비 전하."

내가 무슨 생각을 하는지 알겠다는 듯 맥켄나는 눈치 좋게 웃으며 위로했다.

"코샤르 경은 이번 순방에서 제일 인기 좋은 기사 중 하나니까요."

다음 날 아침. 나는 딱딱해 보일 정도로 격식 있는 드레스를 입고, 머리 역시도 한 올도 남기지 않고 틀어 올렸다. 파티는 아니지만, 오늘은 순방에 참여한 기사들은 물론 그들과 관련 있는 영애, 귀부인들과 만나게 된다. 같이 식사를 하며 어울리진 않겠지만, 행진을 마치고 올 기사들을 기다리며 인사는 나누겠지. 아직 사교계에 제대로 뿌리를 내리지 못했으니, 절대로 얕잡아 보이지 않을 생각이었다.

몇 번이나 거울을 보며 모습을 확인한 후, 나는 준비된 시각에 마차를 타고 성문 밖으로 나갔다. 하인리는 먼저 나가 있었기 때문에 로즈와 마스타스, 그리고 초국적 기사단만이 따르는 채였다. 마차에서 내리자 미리 도착해 있던 귀족들이 내게 공손히 인사를 건넸다.

"왕비 전하를 뵙습니다."

"왕비 전하께 인사 올립니다."

아직 친분이 없는 상태이기에, 그들은 인사가 끝나자 먼저 말을 걸지 못하고서 조용히 내 눈치를 살폈다. 친분이 없는 상태에서는 신분이 높은 사람이 먼저 말을 걸게 되어 있으니까. 하지만 나는 그들에게 말을 거는 대신, 로즈에게 물었다.

"언제쯤 시작하나요?"

"이제 곧 시작할 거랍니다, 전하."

말을 마치자마자 저 멀리서 뿔피리 소리 같은 게 들려온다. 하지만 여기서 수도의 성문이 보이진 않기에, 뿔피리 소리가 끝나자 다시 조용해졌다. 잠시 어색한 침묵이 감돌았다. 그러나 얼마 있지 않아, 저 멀리에서부터 굉장한 환호성 소리가 들려오기 시작했다. 분홍색의 동글동글한 무언가가 허공으로 뿌려지는 것도 보였다.

'기사들이 이쪽으로 오나 보다.'

점점 환호성 소리가 더 가까워졌다. 중간중간 이름도 들렸으나, 환호성 소리가 크다 보니 목소리가 뒤섞여 알아듣기 어려웠다. 환호성은 밀려오는 바닷물처럼 점점 더 크게 들려왔다. 마침내 기사들이 여기에서도 보였다. 말을 탄 채 3열 종대로 들어오고 있었다. 환호성은 그들을 따라왔고, 사람들은 그들을 향해 바구니에 든 꽃잎을 뿌렸다.

예상외로 오빠는 가장 앞줄에 있는 세 명 중 하나였다. 그리고 우려와 달리 아무도 오빠를 무시하지 않았다. 누군가 '코샤르'라고 외치는 소리도 들려왔다. 놀라서 보고 있자니, 마스타스가 옆에서 알려주었다.

"가장 인기 좋은 세 사람이 앞줄에 섭니다, 전하. 그다음 세 명도요. 이후로는 그냥 거리순입니다."

오빠는 자기도 이런 게 어색한지 웃으면서 사람들에게 손을 흔들고 있었다. 그 모습을 보자 괜히 코가 시큰해졌다. 자랑스럽기도 하고 슬프기도 했다.

마침내 기사들은 근처까지 와서는 절도 있게 멈춰 섰고, 맥켄나의 신호에 따라 말에서 내려섰다. 말에서 내린 기사 중엔 오빠도 있었다. 오빠는 몇 걸음을 걸어 나와 나를 가만히 바라보며 웃었다. 모두 다 같이 나서서 손수건을 준다거나, 줄지어 서 있을 때 주는 줄 알았는데. 오빠가 곁으로 다가오고 아무도 움직이지 않는다.

'내가 제일 먼저 달아주어야 하는 건가?'

힐긋 하인리를 보니 그가 눈을 찡긋하며 고개를 끄덕였다. 나는 손수건을 꺼내서 오빠에게 다가갔다. 그러고 보니 두 번째 줄에는 마스타스의 오빠인 에이프린 경이 서 있었다. 그에게 살짝 눈인사를 건네고서, 나는 손수건을 오빠의 예장 앞주머니에 장신구처럼 꽂아주었다.

오빠의 얼굴을 볼 시간은 짧았다. 기사들의 순방에서 돌아온 후, 참여한 기사들은 자신들이 처리한 내용을 회의실에서 보고해야 했기 때문이다. 하지만 오랜만에 오빠를 보고, 오빠가 어색하고 쑥스러워하면서도 잘 적응하는 듯 보이자 안심이 되었다.

'오빠가 동대제국에서의 악명을 이렇게 조금씩 조금씩 벗을 수 있기를……'

그날 저녁, 나는 신전을 찾아가 짧은 기도를 드렸다. 그러나 다음 날. 나는 내 생각보다 오빠의 이미지가 더욱 좋아졌단 걸 알고 놀랐다.

"이게 뭔가요?"

점심 무렵, 로즈가 들고 온 한 무더기의 편지 때문이었다. 발신인이 다 다른, 온갖 가문에서 보내온 편지들이다. 개중 하나를 뜯어서 보니, 평범하지만 친근한 내용이 담겨 있었다. 다른 편지 역시 마찬가지.

'왜 갑자기 이런 편지들을?'

황당해서 로즈를 보자, 로즈가 마스타스 쪽을 힐긋거리며 알려주었다.

"어제 환영식에 있던 영애들이 코샤르 경을 보고 반한 모양이었습니다."

오빠한테?

"정말인가요?"

처음 들어보는 이야기에 거듭 되묻자, 로즈는 다시 마스타스 쪽을 힐긋거리며 말했다.

"코샤르 경은 그림처럼 아름다운 분이니까요. 이번에 활약도 아주 대단했으니, 영애들이 보기에 아주 멋있겠지요."

마스타스는 로즈가 자신을 힐긋거리는 걸 모른 채 신이 나서 덧붙였다.

"게다가 동대제국 대귀족의 후계자이고, 왕비님의 하나뿐인 남매니까요!"

"아……."

내가 당황해서 고개를 끄덕이자, 두 사람은 오히려 더 나를 이상하게 보았다.

374

"항상 있는 일 아닌가요?"

"코샤르 경은 동대제국에서도 인기가 많았을 것 같은데요?"

절대로 아니었다. 오빠는 악명이 높았으니까. 일곱 살 때 이후 오빠의 인기는 내내 바닥이었다. 하지만 저 두 사람이나 이곳 영애 들도 오빠의 소문을 모를 리는 없을 텐데. 서왕국은 소문의 진원지 가 아니다 보니, 오빠에 대한 소문이 과장되었다 여기는 걸까?

'그럴지도.'

그리고 다음 날. 어제보다 더 많은 편지가 내게 배달되었고, 나 는 인정해야 했다. 이곳 사람들은 오빠의 악명이 과장되었다 여기 고 있었다. 처음엔 이 상황이 어색했다. 하지만 좀 더 생각해보니 꽤 좋은 현상 같았다.

'어쩌면 멀레이니의 도움이 없이, 니안과 오빠만으로도 사교계 에 자리를 만들 수 있을지도……'

멀레이니와 손을 잡는 건 쉽게 서왕국 사교계에 스며드는 길이 다. 하지만 이건 크리스타를 지지하는 나머지 반과 척을 지는 길이 었고, 장기적으로는 좋지 않았다. 모든 사람이 날 좋아할 필요는 없 지만, 사교계의 반을 동시에 적으로 돌릴 필요도 없으니까. 최측근 을 뽑는 데는 신중해야겠지만, 적당한 친교 정도라면, 크리스타의 손이 탄 사람도 상관없기도 하고.

'일단 크리스타를 한 번 더 만나볼까.'

우리가 가까워질 가능성이 조금도 없는지. 마음을 먹고서 나는 옷을 갈아입은 후 별궁을 나섰다. 그런데 회랑을 걸어가고 있자니, 이국적인 마차와 사람들이 본궁으로 가는 게 보였다. 낯익은 마차와 무너였다.

'뢰트의 마차 같은데?'

생각하기가 무섭게 카프멘 대공이 눈에 들어왔다. 그가 초대에
응한 것이다. 시선을 느낀 건가. 무뚝뚝한 얼굴로 말없이 걸어가던
카프멘 대공이, 이쪽을 향해 고개를 돌렸다.

나는 미소를 띤 채 그를 향해 한 걸음을 내디뎠다. 그러나 카프멘
대공의 일그러진 얼굴을 보는 순간. 도로 한 걸음 뒤로 물러났다.

'아직 약효가 풀리지 않았구나!'

내가 뒤로 물러나자 그의 표정이 더욱 일그러졌다. 확신할 수 있
었다. 아직 약효가 안 풀린 게 맞아. 하지만 어째서? 이미 많은 시
간이 지나지 않았나? 생각하는 사이 카프멘 대공이 이쪽으로 다가
오려 한다.

안 돼.

나는 다시 뒤로 물러났다. 카프멘 대공의 표정이 눈에 띄게 어두
워졌지만, 어쩔 수 없었다. 약에 취한 대공의 화법은 정말로 이상하
니까. 누가 들어도 이상하게 여길 정도 아닌가.

뒤에서 따라오던 마스타스가 의아한 듯 "전하?" 하고 불렀다.

"왜 그러십니까?"

"다른 길로 가지요. 저쪽은 사람이 많아 보여서."

난 태연한 척 둘러대고서 얼른 옆으로 방향을 바꿨다.

'아……'

카프멘은 저도 모르게 앞으로 나가려는 손에 힘을 주었다. 누군가를 붙잡고 싶어 하는 손가락을 힘을 주어 말았다. 주먹을 쥐고서 손을 내린 그는 우두커니 선 채 멀어지는 치마 끝을 바라보았다. 바람에 나풀거리며 멀어지는 모습이 날아가는 나비 같았다.

"대공님?"

립트에서부터 그를 따라온 종자가 마차에서 짐 꺼내는 걸 지시하다 말고 카프멘을 불렀다.

"왜 그러십니까?"

"나비가……"

"나비요?"

종자는 어리둥절한 얼굴로 주위를 둘러보았다. 나비는커녕 꽃가루조차 없었다.

대공님이 또 헛걸 보시나?

종자의 의아한 목소리가 카프멘의 머릿속을 웅웅 울렸다.

"……아니다."

카프멘은 억지로 고개를 돌렸다.

"그래, 어디로 가면 된다고?"

그러고서 묻자, 다른 대륙에서 온 귀빈을 맞이하기 위해 나와 있던 관리가 얼른 대답했다.

"별의 방으로 가시면 됩니다. 제가 안내해드리겠습니다."

카프멘은 고개를 끄덕이고 걸음을 옮겼다. 관리의 안내를 받아 도착한 '별의 방'은 방 이름이 노골적일 만큼 잘 구현된 장소였다. 카프멘은 까만 천장을 힐긋 훑었다. 여러 종류의 보석들이 지상의 별처럼 박혀 반짝이고 있었다. 귀빈들을 맞이하는 곳을 이렇게 해 둔다는 건, 나라의 부를 과시하기 위함일까. 바닥에는 붉은 양탄자가 길게 깔려 있고, 그걸 중심으로 몇몇 관리들이 양옆으로 나뉘어 서 있다. 하인리 왕은 양탄자의 가장 끝부분에 있는 옥좌 앞에 서 있었다.

"죄송하지만, 대공님. 검은 풀고 가셔야 합니다."

이곳까지 안내한 관리가 작게 속삭였다. 카프멘은 허리춤의 검을 풀어 그에게 건넨 후 성큼성큼 하인리 왕에게로 걸어갔다. 여섯 걸음 정도 앞에서 멈추어 선 그는 가볍게 고개를 숙여 인사했다.

"즉위를 경하드립니다, 전하."

하인리는 빙그레 웃으면서 "고맙군." 하고 대답했다. 잠시 두 사람은 말없이 서로를 바라보았다.

카프멘은 헤어지기 전, 그들이 마지막으로 만난 순간을 떠올리고 있었다. 그날 그는 소비에슈 황제에게 주먹질을 했으나, 대립의 시작은 당시 왕자였던 하인리였다. 카프멘은 입꼬리를 보일 듯 말 듯 뒤틀어 올렸다. 다른 사람의 속마음을 들을 수 있다 보니, 하인리 왕이 지금 자신과 꼭 같은 때를 생각하고 있단 걸 알 수 있어서였다. 하지만 하인리 왕이 웃으면서 "결혼식도 축하해주었으면 하는데"라고 말하는 순간. 희미하던 카프멘의 미소는 싹 사라졌다. 그는 눈썹을 들어 올렸다. 보통 사람들이 이 상황에 저 말을 듣는

다면, 찝찝해하면서도 넘어갈 것이다.

저자가 퀸께 접근하면 어쩌지?

하지만 카프멘에겐 하인리가 저 질문을 한 의도가 노골적으로 들렸다. 게다가 '퀸'이란 소리를 남의 입으로 듣자마자, 그의 마음 속에선 가라앉혀둔 풍랑이 일어나고 있었다. 한 번 풍랑에 휩쓸리자 입이 주체가 되지 않고 열렸다.

"결혼식도 축하드립니다."

"고맙군."

"그분의 결혼식 드레스 입은 모습은 꿈같겠지요."

"?"

인상을 찡그린 하인리의 속에서 '지금 내가 무슨 개소리를 들었지?' 하는 울림이 퍼졌다.

"신경 쓰지 마십시오. 흘려들으시길."

카프멘은 난처해서 뒷말을 덧붙였다. 문제를 일으켰다가 또다시 서왕국에서 쫓기듯 떠나고 싶진 않았다. 그때 소비에슈 황제를 주먹으로 내리친 후 얼마나 후회했던가. 당시엔 후련했지만, 그 기분은 짧았다. 결국 그 일이 문제가 되어서 교역도 하지 못하게 되었고, 나비에 황후 곁에서 더 머무르지 못하게 되었다. 이번에도 같은 일을 반복할 수는 없었다.

하지만 하인리는 이미 기분이 상한 듯했다.

참아야 한다. 참아야 한다. 참아야 한다.

웃고 있는 하인리에게서 흘러나오는 반복되는 문구가, 현재 왕의 속내를 드러내주었다.

난 소비에슈 황제와 다르다. 난 질투심에 쫓기지 않아. 퀸이 내게 귀엽
다 하였어.

그러나 카프멘의 후회는, 하인리에게서 흘러나온 퀸 소리에 다
시 싹 사라져버렸다. 누가 누구에게 귀엽다 했다고? 잠시 잔잔해지
는가 싶던 약효가 불쑥 치솟았다.

"빈말입니다."

"……무어라 하였소?"

"초대해주셔서 감사합니다."

"전혀 다른 말이었는데."

"결혼식을 축하……."

카프멘은 입술을 깨물었다. 아까는 잘해냈는데. 결혼을 축하한
단 말이 두 번은 나오지 않았다. 그 모습을 보며 하인리의 표정도
어두워졌다.

그 시각. 소비에슈의 표정도 어두웠다. 그는 서왕국에서 하인리
가 보낸 초대장을 막 확인하는 참이었다.

"제정신인가?"

소비에슈는 아이보리색 레이스까지 달아 화려하게 꾸민 편지지
를 보며 중얼거렸다. 편지지에는 '우리의 우정을 위해'라는 구절까
지 있었다. 소비에슈는 편지가 나비에의 필체가 아니란 걸 알아보
자, 편지지를 구겨서 던져버렸다.

"폐하!"

카를 후작이 놀라서 입을 벌렸다. 이웃 나라 왕에게서 온 편지는 모두 다 보관을 하게 되어 있다. 그런데 저렇게 구겨서 던지다니. 당장 서기관은 물론 미래의 후손들에게까지 내보이는 꼴이 아닌가. '소비에슈 황제는 하인리 왕의 편지를 받자 몹시 기분이 상했다'라고.

소비에슈는 냉랭하게 일어나더니, 구긴 편지지를 한 번 더 걷어차기까지 했다.

"폐하!"

카를 후작은 말리지도 못하고 다시 그를 불렀다. 하지만 곧 조용히 소비에슈가 원하는 대로 하게 두었다. 생각해보니 저 편지를 볼 수 있는 후손들은 어차피 소비에슈 황제와 하인리 왕의 사이도 같이 배울 터. 저 정도는 이해해줄 것이다.

소비에슈는 몇 번 더 편지를 걷어차고서야 제자리로 돌아왔다. 그러나 아직도 기분은 불쾌했다. 하인리의 편지를 보자, 나비에가 그자와 손을 꼭 잡고 있던 게 떠올랐다. 그는 의자에 기대어 앉았다. 눈을 감고서 관자놀이를 짚자, 이번에는 나비에의 목소리가 울렸다.

— 싫어.

단호하고 차갑던 목소리.

— 싫어.

싫어 싫어 싫어 싫어 싫어 싫어…….

끊임없이 반복되는 목소리에 머리가 아프다. 소비에슈는 도로 눈을 떴다. 그제야 목소리도 사라졌다.

"폐하?"

카를 후작이 걱정스럽게 소비에슈를 불렀다. 소비에슈는 대답 없이 무거운 한숨을 내쉬었다. 마지막 날이란 생각에 충동적으로 나비에를 찾아간 날. 하인리 왕의 방문 앞에 서 있는 나비에를 보자, 갑자기 모든 게 후회되었다. 모든 게 잘못됐단 생각이 들었다. 이걸 바로잡지 않으면 세상이 무너질 것 같은 공포감이 치솟았다. 어째서인지는 모르겠다. 지금도. 그러나 당시에 그런 공포감이 너무 심해서, 소비에슈는 자기도 모르게 나비에에게 다가가 말했다.

— 돌아와줘. 네가 다른 남자의 아내가 아니었으면 좋겠어. 우리가 부부잖아, 나비에.

나비에가 어떤 표정을 지었던가. 좀 놀랐던 것 같다. 눈을 커다랗게 뜨고, '무슨 소리냐'는 듯 쳐다보았다. 그러더니 눈썹에 힘을 주고 슬퍼 보이게 웃으며 말했다.

— 싫어.

당시엔 그 대답에 그저 화가 났을 뿐이었다. 막막하던 공포심은 사라지고 분노가 치솟았다. 그래서 더 물어보는 대신 돌아서서 와 버렸다. 그런데 왜 이제 와서 그 일이 자꾸만 슬프게 생각날까. 분노보다 허망한 기분이 더욱 컸다.

"폐하?"

카를 후작이 다시 소비에슈를 불렀다. 그제야 소비에슈는 입을 다물고 편지를 노려보며 말했다.

"나비에가, 날 자극하고 싶은 모양이다."

"예?"

"일부러 내 앞에서 하인리 왕과 사이좋은 모습을 보이려는 게 분명해."

"……."

"초대장 건은 일단 보류해두지."

소비에슈는 이제 나가보라고 지시한 후 도로 눈을 감았다. 그러나 카를 후작은 구겨진 편지만 챙길 뿐 여전히 나가지 않고 머뭇거렸다. 소비에슈는 눈을 도로 뜨고 그를 쳐다보았다. 왜 저러는 거지?

소비에슈와 눈이 마주치자, 카를 후작은 조심스럽게 다음 용건을 말했다.

"폐하. 황후 폐하의 후원금에 관련해서 드릴 말씀이 있습니다."

"나비에?"

"……라스타 님이요."

"아아. 라스타."

소비에슈는 인상을 찡그렸다.

"라스타가 왜?"

"결혼 피로연 때, 2,000만 크랑을 기부하겠다 하셨지 않습니까."

"그래. 그랬지."

"가능한 금액입니까?"

"그렇지 않아도 랑트 남작에게 그 부분은 확인했다. 황실 어음이더군."

"황실 어음이요?"

카를 후작이 어리둥절해서 되묻자, 소비에슈는 당연한 일 아니냐는 듯 말했다.

"나비에가 남기고 간 돈이겠지."

"나비에 님이요?"

카를 후작은 놀라서 눈을 커다랗게 떴다. 그렇다면 라스타 황후는 나비에 왕비 본인 앞에서 그녀의 돈으로 생색을 낸 게 아닌가!

"정말이라면 회수해야 하지 않겠습니까, 폐하?"

그러나 소비에슈는 태연히 대답했다.

"되었다. 어차피 내가 신고하지 않는 한 문제 될 여지는 없을 테니. 놔두거라."

"하지만……."

"그 정도는 해야지 라스타에 대한 항의가 덜하겠지."

그래도 괜찮을까? 카를 후작은 걱정이 되었다. 일이 꼬일까 봐 걱정이 되는 게 아니라, 소비에슈가 걱정이 되었다. 떠나간 나비에를 그리워하는 것 같으면서도, 여전히 라스타를 위하고 있다. 지금의 행동들이 나중에 더한 후회로 몰아닥치면 어쩌나. 그게 걱정이었다.

반면 라스타는 지금 최고의 행복을 맛보고 있었다. 그녀는 뿌듯한 마음으로 서궁을 천천히 돌아보았다. 우아한 아치형의 계단, 근위대가 머무는 방, 넓은 복도, 화려한 응접실, 고풍스러운 침실까지……. 이 모든 게 자신의 것이었다. 이 궁전에 자신만을 위한 건물이 생긴 것이다.

이 안에서 아이를 낳고 평생을 안락하게 살다가, 오랜 시간이 지나면 아이가 황위에 오르겠지. 아이가 새로운 황제가 되면 그녀는 황제의 모후였다. 이 드넓은 제국의 지배자를 그녀가 낳고 기르다니! 라스타는 벅찬 기분에 창가에 서서 몸을 떨었다.

자신은 바닥부터 올라왔다. 운이 좋아서 부유한 탯줄, 권력 있는 탯줄을 움켜쥔 이들과는 뿌리부터 달랐다. 그들은 나태하게 그 줄을 따라 평생을 걸어가겠지만, 그녀는 아니었다. 절벽에서부터 올라왔고 가파른 계단을 올라 정점에 섰다.

라스타는 미소를 지었다. 이제 황후가 되었으니 모든 게 끝이다. 그녀의 승리였고, 해피엔딩이었다. 평민들을 위한 황후? 애초에 그딴 게 될 생각은 없었다. 평민들이 자신을 위해 뭘 해주었다고? 그녀는 귀족이 싫었지만 평민들도 만만치 않게 싫었다. 굳이 누군가를 챙겨야 한다면 노예들을 챙기고 싶을 뿐.

'이젠 모두 다 내 마음대로야!'

황후의 권력은 어마어마하겠지. 라스타는 주먹으로 가슴께를 눌렀다. 이렇게 하지 않으면 심장이 뚝 바닥으로 떨어질 것 같았다. 결혼 피로연 때의 장면. 그때는 생각만으로도 소름이 돋았다. 사람들의 그 환호성…….

"모두가 라스타를 사랑해."

2,000만 크랑을 후원금으로 내놓았단 소문이 퍼지면 인기는 더욱 올라갈 터. 이젠 정말 꽃과 비단, 보석으로 둘러싼 미래뿐이다.

라스타는 흐뭇해하며 돌아섰다. 그런데 하나뿐인 시녀인 베르디 자작 부인의 표정이 좋지 못했다.

"왜 그래?"

라스타는 가만히 그녀에게 다가가 물었다.

"왜 안 웃어?"

베르디 자작 부인은 놀라서 "네?" 하고 되물었다. 라스타는 고개를 갸웃하며 그녀의 옆모습을 살폈다.

"왜 안 웃지? 라스타가 이 방에 들어온 게 싫어서 그래?"

베르디 자작 부인은 놀라서 얼른 부정했다.

"아닙니다. 절대로 그런 게 아니에요."

"폐비가 생각나서 그래? 여기 오니 네 옛 주인이 그립니?"

"절대로 아닙니다."

베르디 자작 부인은 황급히 부정했다. 라스타는 팔짱을 낀 채 그녀를 지그시 바라보았다. 정부일 때에는 남들의 눈치를 살펴야 했다. 정부는 권한이 있는 게 아니니까. 누군가 정부를 괴롭힌다고 해서, 법적으로 문제가 있지도 않았다. 다들 황제의 눈치를 살피느라 잘 대해줄 뿐이지. 하지만 이제 그녀는 황후였다. 누군가 그녀를 괴롭히면 그건 법을 어기는 것이다. 그녀는 이 권한을 빨리 사용해보고 싶었다.

"정말로 아닙니다, 황후 폐하."

"그럼 설명해봐."

라스타는 빙그레 웃으며 베르디 자작 부인의 턱을 들어 올렸다.

"기분 좋은 날에 왜 이렇게 죽상인지."

"!"

베르디 자작 부인은 주저했으나, 사실대로 말하지 않았다간 정말로 큰일이 날 분위기였기에 결국 솔직하게 털어놓았다.

"원래 응접실엔 귀부인과 영애들이 보낸 선물이 가득해야 합니다."

라스타는 당황해서 "뭐?" 하고 되물었다. 선물?

지금은 침실이지만, 응접실을 지나서 들어왔다. 응접실은 깨끗하고 안락했지만 선물은 하나도 없었다. 라스타는 도로 응접실로 나가보았다. 역시나. 선물은 없었다.

"정말이야?"

라스타가 미심쩍어 묻자, 베르디 자작 부인이 대답했다.

"저도 한 번밖에 겪지 못한 일이지만, 분명 나비에 황후 폐하께서 처음 이곳에 오셨을 때에는 응접실의 반이 선물로 가득 차 있었습니다."

"!"

"선물 꾸러미를 풀고 감사 편지를 적는 데만도 며칠이 걸려서…… 똑똑히 기억하고 있습니다."

베르디 자작 부인의 말에 라스타는 완전히 얼어붙었다. 얼굴에서 피가 빠져나가는 기분이 들었고 갑자기 추워졌다. 저게 무슨 말인가. 피로연에서는 다들 자신에게 환호하고 대단하다고 소리쳤다. 모든 남자들은 그녀와 춤을 추고 싶어 했고, 모든 여자들은 그녀에게 상냥하게 말을 걸었다. 남녀노소 가릴 바 없이 다들 그녀를 찬양했다.

그런데 왜? 왜 아무도 선물을 보내지 않은 거지? 이윽고 그녀의 얼굴이 날카롭게 일그러졌다. 답이 훤히 나왔다. 나비에. 그 폐비가 이곳에 왔을 때 무슨 짓을 하고 간 거다. 국민들은 자기를 무시하고, 귀족들은 라스타에게 상냥하게 대하자 화가 난 거다. 화가 나서 무엇이든 나쁜 소문을 여기저기 흘린 게 분명했다. 머리가 좋다니까 그 정도는 충분히 가능하겠지.

"야비해……."

라스타는 중얼거리며 이를 갈았다. 뿌득, 하는 소리에 베르디 자작 부인이 흠칫해서 뒤로 물러났다.

"나도 똑같이 해줄 거야."

"!"

"나도 그년 결혼식에 가서 똑같이 해주겠어."

이를 갈며 말한 라스타의 눈에 아주 작은 선물 하나가 들어왔다. 푹신한 카펫 사이에 떨어져서 잘 보이지 않았던 선물이다. 라스타는 얼른 그쪽으로 달려가 선물을 들어 올렸다. 그리고 맹세했다. 이 선물을 보낸 사람이 누구이든, 자신은 이 사람에게만 진실한 우정을 바칠 거라고. 선물 포장지를 뜯자 작지만 알이 큼직한 보석 반지가 나왔다. 반지의 안쪽으로 에르기 공작의 이름이 쓰여 있었다.

카프멘을 만난 게 놀라웠지만, 그렇다고 별궁에 틀어박혀서 앞날을 고민할 때는 아니었다. 나는 원래의 목적대로 크리스타를 찾아갔다.

"나비에 님."

크리스타는 내가 찾아올 줄 전혀 몰랐던지, 날 보자마자 놀라서 중얼거렸다. 덕택에 그녀는 한 박자 늦게 내게 인사를 건넸다.

"이런 데서 뵙게 될 줄은 몰랐습니다."

"내가 보낸 아카시아가 잘 자리를 잡았는지 궁금해서 왔습니다."

내가 돌려서 묻자, 크리스타는 잠깐 놀란 표정을 지었지만 곧 웃으면서 시녀에게 음식을 가져와달라 부탁했다. 잠시 후 크리스타의 시녀가 자스민 향이 나는 차와 초콜릿을 가져와 놓고 갔다. 나는 크리스타와 마주 앉으면서 다시 물어보았다.

"아카시아의 꽃은 어떻던가요?"

"아주 마음에 들었습니다, 나비에 님."

"다행이군요."

나는 그녀가 차를 삼키길 기다렸다가 다시 물었다.

"다음에도 꽃이 필 것 같던가요?"

아카시아의 꽃말은 우정이다. 크리스타는 내 말뜻을 알아들을 만큼 사교계에 익숙한 사람이고. 예상대로, 그녀는 내 말을 바로 이해하고는 말없이 찻잔을 내려다보았다. 그러고는 잠시 생각해보다가 대답했다.

"꽃이 필지, 풍성할지는 앞으로 잘 가꾸어야 알 수 있겠지요. 하지만 분명 살아는 있을 겁니다."

'크리스타 역시 나와 척을 질 마음은 없구나.'

그녀의 대답을 듣자 다행이란 생각이 들었다. 그래서 좀 더 용기를 가지고 이번에는 우회적인 질문이 아닌, 직접적인 표현을 시도해보았다.

"우린 둘 다 비슷한 일을 해보았으니, 굳이 돌려 표현하지 않겠어요."

찻잔을 스푼으로 젓고 있던 크리스타의 손이 우뚝 멈추었다.

"난 크리스타 님과 소모적인 심리전을 하고 싶진 않아요."

"!"

"내게도 크리스타 님에게도 결국 아무것도 가져다주지 못할 테니까요."

크리스타는 여전히 찻잔을 스푼으로 젓던 자세 그대로였다. 나는 그녀의 표정을 살피며 말을 마쳤다. 크리스타는 내가 말을 끝내고서도 잠시 동안 대답하지 않았다. 찻잔을 천천히 스푼으로 젓기만 했다. 차가 식지 않을까 생각이 될 즈음에서야 그녀는 다시 입을 열었다.

"저도 알고 있습니다."

입가에 미소를 띤 크리스타는 몹시 힘들어 보였다. 모든 걸 포기한 듯 보이기도 했다.

"나도 나비에 님과 싸우고 싶진 않아요. 하지만 지금 당장은 서로 이 거리에서 만족했으면 합니다."

대답 역시도 힘이 빠져 있었다. 나는 그녀의 말을 곰곰이 생각해보다가, 활짝 웃으면서 "그래요." 하고 말한 뒤 자리에서 일어났다. 그녀의 제안이 무척이나 마음에 드는 것처럼. 그러나 돌아가는 길.

로즈가 "일은 어떻게 되었나요?"라고 물었을 때, 나는 부정적으로 대답했다.

"결과가 좋진 않아요."

크리스타의 말은 얼핏 들으면 화해를 받아들이는 것처럼 여겨진다. 싸우고 싶지 않다고, 본인의 입으로 말하지 않던가. 하지만 그 뒤에 덧붙인 말. 지금 '당장'은 이 거리에서 만족하잔 그 말이 문제였다. 지금 이 상황을 유지해서 득이 되는 건 크리스타이지 내가 아니니까.

크리스타는 가까워질 여지를 남겨두고, 자신은 내게 적대적이지 않단 걸 보였다. 그러면서도 지금의 거리는 유지하자고 제안한다. 자신에게 유리한 상황을 그대로 진행해나가면서도, 앞으로 있을 트러블까지 미리 막고, 설령 트러블이 생기더라도 자기가 회피할 길을 미리 만들어둔 것이다. 내가 지지부진한 상황에 초조해하며 자기에게 적대적인 행동을 하려 들면, 그녀는 말하겠지. 자기는 나와 가깝게 지내고 싶었다고.

"다른 방법을 선택해야겠어요."

어쩌면 내 예상과 달리 크리스타는 진심을 말했을 뿐인지도 모른다. 그러나 그게 진심이든 계산이든, 그녀의 시간 끌기가 내게 가져올 결과는 같다. 그러니 크리스타의 말 하나만 믿고서, 사교계에서 고립된 채 그녀가 마음 바꾸기만을 기다릴 수는 없었다.

나는 잠시 생각해보다가 로즈에게 지시했다.

"멀레이니 양에게 나비 장식을 단 코리달리스와 겔라디아를 보내줘요. 몰래."

코리달리스의 꽃말은 비밀이고, 젤라디아의 꽃말은 협력이었다. 멀레이니는 내 말을 이해할 것이다. 로즈 역시도 내 말을 빠르게 이해하고는 웃으면서 그러겠다고 대답했다.

"왜요? 왜 웃습니까, 선배님? 전하, 왜 둘이서만 마주 보고 웃으십니까?"

마스타스는 전혀 이해하지 못했지만.

"시끄러워요, 후배님."

"아니 저만 빼고 웃으니 그렇지요. 왜 웃으신 겁니까?"

"전하 앞에서 오두방정 떨지 말아요."

"아 저도 좀 끼워주세요."

그런데 마스타스와 로즈가 투닥거리는 걸 보면서 별궁으로 걸어갈 때였다. 뜻밖에도 멀지 않은 곳에 카프멘이 보였다. 그는 아까와 다른 차림으로 내 별궁 근처에서 혼자 서성이다가, 한숨을 내쉬며 별궁을 바라보고 있었다.

'카프멘 대공이 왜 여기에……'

의아해서 생각하고 있자니, 돌연 그가 고개를 들어 내 쪽을 쳐다본다. 눈이 또다시 마주쳤다. 당혹스러웠지만 벌써 두 번째였다. 또다시 그를 피한다면 시녀들이 이상하게 여길 터였다.

아까는 크리스타에게 가는 길이었으니, 사람이 많단 이유로 피할 수라도 있었지. 지금은 사람이라곤 카프멘 대공 하나뿐인 데다 내 거처로 가는 길이 아닌가. 결국 그에게로 다가가며 태연한 척 인사했다.

"잘 지냈나요, 카프멘 대공?"

카프멘 대공은 입술을 달싹였다. 인사를 하려는 것처럼. 그러나 들리는 목소리가 없었다. 쳐다보니 그는 몹시 곤혹스럽단 표정을 짓고 있었다. 난처해 죽겠다는 얼굴로. 그러다 입술만 달싹이더니 아예 한 손으로 입가를 막았다.

'약효가 전혀 안 떨어진 것 같은데.'

그가 해독을 못 했단 건 아까 얼핏 보았을 때도 알았지만. 눈앞에서 보니 효과가 줄어들지도 않은 듯했다. ……곤혹스러운데.

시녀들도 외국에서 온 대공이 날 빤히 쳐다보고만 있으니, 어리둥절한 듯했다. 그러나 카프멘 대공이 결국 한 마디 말도 못 하고 돌아서서 가버리자, 로즈와 마스타스는 화가 나서 씩씩거렸다.

"아니, 저자는 누군데 왕비 전하를 대놓고 무시하는 겁니까?"

"당장 잡아올까요?"

"……뢰트에서 온 카프멘 대공이에요."

나는 로즈와 마스타스를 말리며 대공이 누군지 알려주었다. 이름은 들어본 바가 있던지, 두 사람은 바로 "아." "그?" 하고 탄성을 뱉었다.

"마법 아카데미 수석 졸업자지요, 전하?"

"그래도 그렇지 너무 무례합니다."

"괜찮아요. 낯을 많이 가리는 분입니다."

나는 로즈와 마스타스를 만류하고서, 얼른 별궁으로 돌아갔다. 하지만 걱정되는걸.

'약효가 아직도 저 정도로 강한데. 같이 교역을 진행할 수 있을까?'

이 모든 모습을 기둥 뒤에 숨어서 지켜본 사람이 있었다. 크리스타의 시녀였다. 그녀는 유심히 상황을 살피다가, 카프멘 대공과 나비에 왕비 사이의 묘한 분위기를 보고는 신이 나서 크리스타에게 돌아가 알렸다.

"아주 좋은 사실을 알아냈습니다, 왕비님."

"좋은 사실이라니?"

"카프멘 대공을 아시나요?"

"립트에서 왔다는……."

"네. 그 사람이 결혼식 때문에 이곳에 온 모양이었어요."

크리스타는 고개를 갸웃했다. 그 사람이 온 게 무슨 좋은 소식이란 말인가. 외국 귀빈의 방문은 환영할 일이지만, 방문 목적은 그녀와 전혀 상관이 없었다.

시녀는 까르르 웃음을 터트리며 소곤거렸다.

"그런데 제가 보니, 카프멘 대공은 나비에 왕비를 아주 싫어하는 것 같았습니다."

"카프멘 대공이요?"

크리스타는 잠시 생각해보다가 이상하다는 듯 물었다.

"그는 잠시 동대제국에 머물지 않았던가요?"

"그때 뭔 일이 있었겠지요."

"그럴까요……."

"하지만 싫어하는 건 분명했습니다. 나비에 왕비가 인사를 하는

데 대놓고 무시해버렸거든요. 로즈와 마스타스 그것들이 잔뜩 화가 나서 씩씩대던걸요?"

기분 좋게 웃음을 터트린 시녀는 환한 얼굴로 제안했다.

"이걸 이용해야 합니다, 왕비님. 카프멘 대공을 우리 쪽으로 끌어들여요!"

"카프멘 대공을……."

"네. 나비에 왕비가 코샤르 경을 이용해서 영애들 사이에 인기를 끌어보려 하지 않나요. 그런데 멀리서 보니, 카프멘 대공도 코샤르 경에 밀리지 않는 미남이었습니다. 대공을 이용하면 영애들을 다시 왕비님께 잡아둘 수 있을 거예요."

어떻게 해야 귀족들의 마음을 돌릴 수 있을까. 곰곰이 생각한 끝에 라스타는 우선 수도에 사는 귀족들 모두에게 초대장을 보냈다.

"특별한 사정이 없으면 아무도 황후 폐하의 초대를 거절하지 못합니다."

베르디 자작 부인의 말처럼, 귀족들은 갑작스러운 당일 초대에 난감한 듯했지만 한 사람도 빠짐없이 그녀의 정원에 모였다.

라스타는 정원에 커다란 테이블을 두게 한 다음, 눈이 돌아갈 정도로 화려한 음식들을 차리게 했다. 맛은 당연하고, 보는 것만으로도 놀라울 그런 음식들을. 황제의 요리사는 그 명령을 충실히 수행했다. 당일 초대에 당황해 온 귀족들조차도 테이블 위에 만들어진 과자의 성을 보고서 놀랄 정도였다. 과자의 성 주위로는 아이스크림으로 된 강이 흘러갔고, 온갖 과일로 만든 잼이 비스킷 마차 안에 담겨 있었다.

"정말 귀여운데요!"

귀족들이 준비된 음식을 보며 놀라워하자, 라스타는 우아하게 웃으면서 말했다.

"여러분들을 위해서 일부러 준비하게 했답니다."

귀족들은 테이블에 만들어진 과자 마을을 보았을 때보다 더욱 놀라 라스타를 보았다. 그녀의 말투가 나비에 황후와 흡사했기 때문이다. 원래 라스타의 말투는 높고 귀여운 톤인데, 지금은 그 목소리 톤조차 평소보다 낮았다. 눈썰미가 좋은 몇몇은, 라스타가 입은 붉은색의 맵시 있는 드레스가 나비에 황후의 일상복과 비슷하단 것도 알아차렸다. 완전히 똑같은 디자인은 아니었지만 분명 낯익었다. 귀족들은 말없이 눈짓을 주고받았다.

"모두들 앉아요."

라스타는 기품 있게 웃으며 권하고는, 자신도 가장 상석에 앉았다. 그러고는 차분한 목소리로 말을 이었다.

"여러 가지 일이 있었지만, 이젠 모든 게 안정이 되었어요."

"……"

"이젠 새로운 시대입니다. 난 여러분과 우정을 쌓고 좋은 관계를 유지하고 싶어요. 귀족들 사이의 내분은 황제 폐하께도 폐가 되지요."

빙그레 웃은 라스타는 건배를 하자며 샴페인 잔을 들었다. 귀족들이 따라서 샴페인 잔을 들었다. 라스타는 샴페인을 반 모금만 마신 후 내려놓으며 자신의 배에 손을 올렸다.

"초대를 해놓고 혼자 술을 마시지 않으니 미안해요. 하지만 아기를 위해서 여기까지만 마시겠어요."

아기 이야기가 나오자, 얼떨떨해 있던 귀족들이 얼른 웃으면서 라스타에게 덕담을 던지기 시작했다. 너무 대놓고 나비에 황후를 흉내 내는 모습이 우스웠지만, 그녀의 말이 맞았다. 이젠 새 시대가 열렸고, 나비에 황후는 절대로 돌아오지 못한다. 폐후 된 상태라면 차라리 돌아올 가능성이 있다. 하지만 아예 다른 나라의 왕과 재혼하지 않았던가. 그렇다면 지금 황후에게 잘 보여야 했다. 설령 황후가 다시 바뀌는 일이 있더라도, 적자는 지금 라스타 황후의 배에 있는 저 아기가 될 테니까.

"건강한 아기님이 태어나실 겁니다, 황후 폐하."

"아기님은 황후 폐하를 닮든 황제 폐하를 닮든 아주 빼어나시겠군요."

"살아 있는 천사나 다름없겠지요."

"아기님의 이름은 정하셨나요, 황후 폐하?"

생각대로 되었구나. 라스타는 비위를 맞춰오는 귀족들에게 마주 웃으며 자신의 배를 쓸었다. 그들에게 이 서궁의 주인이 누구인지, 앞으로 그들의 위에 있을 게 누구인지, 그들이 인정하든 하지 않든 다음 황제는 누구의 배 속에 있는지를 보여주면 될 거란 예상이 맞았다.

"이름은…… 글쎄요. 황제 폐하께서 지어주시겠지요."

라스타는 웃으면서 배를 다시 한 번 쓸다가 흠칫했다. 하필 이 순간에 갓난아기의 시체가 떠오른 탓이었다. 로테슈 자작이 아기가 태어나자마자 죽었다면서 내밀었던 그 조그마한 시신. 분명 라스타 자신의 아기는 아니었으나, 시신은 거짓이 아니었다. 라스타는 죽은 아기를 끌어안고 엉엉 울었었다. 당시엔 이게 시체란 걸 알면서도 무섭지 않았다. 그저 슬프고 괴롭고 억장이 찢어지는 기분이었을 뿐. 그 아기는 누구의 아기였을까? 로테슈 자작은 그 가없은 아기를 어디에서 가져온 걸까? 이어서 그 생각은 자신의 진짜 아기…… 첫째 아들 '안'에게로 향했다.

"황후 폐하?"

베르디 자작 부인이 조심스럽게 그녀를 불렀다. 라스타는 그제야 자신이 갑자기 멍하게 있었단 걸 깨닫고, 얼른 방싯방싯 웃었다. 그래, 다 무슨 상관이야. 전부 지난 일이고 아픈 과거일 뿐이다. 이제는 그녀도 배 속의 아기도 온통 기쁜 일만 있을 터였다.

그때 테이블 한쪽에서 커다란 웃음소리가 들렸다. 악의에 찬 웃음소리였다. 주위가 순식간에 조용해졌다. 라스타도 그쪽을 쳐다보았다. 그곳엔 백금발에 키가 커다란 남자가 앉아 있었다. 눈은 노랗고, 지적인 분위기를 풍기는 학자 같은 남자다. 훤칠하게 잘생긴 얼굴…… 라스타는 그가 누구인지 알아차렸다.

나비에 황후가 이혼하던 날. 왜 이혼해야 하냐면서 앞으로 달려들듯 하던 남자였다. 라스타는 저런 자를 괜히 초대했다고 자책했다. 수도에 사는 귀족들 중엔 나비에 황후파였던 이들이 있단 건 안다. 하지만 개의치 않고, 트로비 공작 부부 외의 모든 이들에게

다 초대장을 돌렸다. 눈 똑똑히 뜨고 이제 누가 황후궁의 주인인지 보라고. 그 탓에 저자도 오게 된 모양인데. 뒤늦게 자신의 결정이 후회되었다. 사람들의 시선이 몰리자, 그 남자 파르앙 후작은 매력적으로 웃더니 라스타를 향해 빈말로 사과했다.

"아아, 죄송합니다 황후 폐하. 그저 이 상황이 좀 우스워서요."

"내가 우습단 건가요?"

라스타는 조금도 밀리지 않고 나비에 황후처럼 냉랭하게 되물었다.

"그럴 리가요."

파르앙 후작은 무섭다는 듯 눈썹을 치켜세우더니, 더욱 짙게 웃으며 말했다.

"저는 그저, 기자들에게 대놓고 '평민들을 위한 황후'가 되겠다며 선언한 분이, 이제 와서 귀족들에게 친하게 지내자 하는 게 좀. 아이러니하게 여겨져서 말입니다."

말속에서 느껴지는 뚜렷한 가시에 라스타는 미간을 찡그리고 지시했다.

"나와 친하게 지내고 싶지 않다면 나가도록 해요."

파르앙 후작은 "어이쿠, 무섭군요." 하고 중얼거리고는 얼른 일어났다.

"명령이시라니 가야지요."

그러고는 얼른 인사를 하자마자 밖으로 나가버렸다. 몇몇 귀족들이 눈치를 보더니, 배가 아프다, 화장실에 가겠다, 급한 일이 생각났다며 파르앙 후작을 따라나섰다. 그 몇몇의 숫자는 이윽고 점점 더 많아져 거의 3분의 1이 되었다.

라스타는 주먹을 쥐고 입술을 꽉 깨물었다.

"분명 시키는 대로 했는데, 왜 그자가 그런 식으로 떠드는 거예요?"

짧은 티파티가 끝나자, 라스타는 에르기 공작을 불러 상황을 알려준 후, 화가 나 물었다. 기자들에게 인터뷰 방식을 조언해준 건 에르기 공작이었다. 그때는 그게 정답이라 생각하고 따랐는데. 그 인터뷰를 가지고서 파르앙 후작이 대놓고 비꼬고, 많은 귀족들이 그 말을 받아들이는 듯하자 몹시 화가 났다.

"혹시 일부러 라스타에게 오답을 가르쳐준 건 아니에요?"

라스타의 질문에 에르기 공작은 못 들을 소리를 들었다는 것처럼 웃었다.

"뭐라고요?"

"그게 아니라면 왜 다들 라스타에게 대놓고…… 대놓고 그러겠어요!"

라스타는 말을 하다 보니 설움이 북받쳐 눈시울을 붉혔다. 기쁜 마음으로 연 첫 티파티인데. 정말로 열심히 준비했는데. 모두와 친해지기 위한 첫 티파티를 엉망으로 만들어버렸다.

파르앙 후작을 따라 나간 숫자보다 남은 숫자가 많긴 했다. 하지만 파르앙 후작과 3분의 1 가까운 숫자의 귀족들이 나가자, 남은 사람들의 분위기도 아주 묘해졌다. 그들은 서로서로 눈짓을 주고받으며 키득거렸다. 앞장서서 파르앙 후작을 흉보고 위로해주는 이들도 많긴 했으나, 라스타는 그들보다 비웃던 이들이 더욱 신경 쓰였다.

"이것 참."

에르기 공작은 픽 가볍게 웃었다. 이쪽은 단단히 화가 났는데. 그 모든 분노가 대수롭지 않다는 태도였다. 라스타가 발끈해서 도끼눈을 뜨자, 에르기 공작은 웃으면서 말했다.

"여전히 순진하시군요."

"!"

"설마 모든 사람이 다 황후 폐하에게 호의적인 반응을 보일 거라 생각했습니까?"

"그게 무슨……."

"황후 폐하께서는 귀족과 평민 중 누군가를 택해야 했습니다."

에르기 공작이 '알아듣겠어요?' 하는 태도로 라스타를 쳐다보았다.

"모두를 택할 만한 입장이 아니었지요. 그래서 택한 게 평민들 쪽이고요."

라스타는 기가 막혀서 외쳤다.

"평민들의 지지를 받는다고 했지, 귀족들과 적이 될 거라곤 안 했잖아요!"

에르기 공작은 그래도 여전히 태연했다.

"행진 때 나비에 황후를 향한 국민들의 반응. 그리고 황후 폐하에 대한 국민들의 반응. 두 개는 비교해보셨습니까?"

"그건······."

"국민의 대다수인 평민을 선택했기에 얻은 반응입니다. 그걸 얻었기에 오늘 일이 벌어진 거고요."

"······."

"염려하지 않으셔도 됩니다."

에르기 공작은 빙그레 웃으며 부드럽게 달랬다.

"소비에슈 폐하나 곧 태어날 아기님 때문에라도, 귀족들은 마음을 바꿀 테니까요."

"그럴까요?"

"물론이지요."

라스타는 에르기 공작의 확답에 한결 마음이 가라앉았다. 마음이 가라앉자 이번에는 부끄럽고 미안한 마음이 들었다. 파르앙 후작이 귀족들을 이끌고 가버린 데 너무 놀라서, 괜한 화풀이를 했단 생각이 들었다.

"미안해요."

라스타는 기어들어가는 목소리로 사과했다.

"아깐 너무 놀라서 라스타가 예민해져버렸어요."

"네. 오자마자 바로 화를 내시더군요."

"그게······ 정말 미안해요."

에르기 공작은 웃으면서 "괜찮습니다." 하고 대답했다. 하지만 그 태도에서는 거리감이 느껴졌다. 이전처럼 친밀한 게 아니라, 벽을 쌓는 기분.

"저…… 에르기 공작님."

"왜 그러시죠?"

"그런데 왜 이젠 라스타를 '아가씨'라고 안 부르세요?"

라스타는 에르기 공작에게서 느껴지는 거리감이 호칭 때문일 거라 생각하고서 물었다. 말을 하고 나니 정말로 이상했다. 바로 며칠 전까지만 해도 에르기 공작은 '아가씨'라고 건들거리며 불렀다. 말도 지금보다 훨씬 짧았다. 그런데 결혼식이 끝나고 만나니, 그의 태도는 생판 남을 대할 때와 전혀 다를 바 없었다.

"전엔 장난식으로 라스타한테 아가씨, 아가씨 하고……."

라스타가 솔직하게 묻자, 에르기 공작은 한쪽 입꼬리를 올리며 웃었다.

"황후가 된 분한테 이젠 그러면 안 되죠."

"아."

"이젠 멀어져야 할 때입니다."

라스타는 멍하니 그를 보다가 화들짝 놀라 "안 돼요!" 하고 외쳤다.

"우리 우정에 그런 게 어디 있어요!"

"라스타 님이 황후 폐하가 되었을 때부터 정해진 일이지요."

반면 에르기 공작은 일말의 미련조차 느껴지지 않을 만큼 단호하게 말했다. 라스타는 놀라서 눈을 동그랗게 떴다. 귀족들이 아무도 선물을 보내지 않았을 때. 유일하게 반지를 보내온 이가 에르기 공작이었다. 에르기 공작에게 진실한 우정을 다하기로 혼자 마음을 먹은 게 어제였다. 그런데 멀어져야 한다니? 그는 자신이 진실로 마음을 털어놓는 유일한 친구인데?

"안 돼요!"

라스타는 벌떡 일어나 에르기 공작의 가까이 다가갔다.

"왜 그래요? 화가 났나요? 라스타가 화를 내서 그래요?"

"화가 나다니요. 황후 폐하께선 충분히 물어보실 만한 일이었는데, 화가 날 리 있겠습니까."

"그런데 왜 갑자기 이렇게 멀게 대해요……."

라스타는 울상을 짓고서 그에게 부탁했다.

"그러지 말아요. 라스타는 공작님이 없으면 믿을 사람이 아무도 없어요."

"황제 폐하가 계시지 않습니까."

"라스타는 그분을 사랑하지만 그분을 믿진 못해요."

"……."

라스타는 자신이 말을 하고서도 놀라 눈을 커다랗게 떴다. 늘 생각하던 것이긴 한데. 이걸 입 밖으로 내뱉은 건 처음이다 보니 무서웠다. 라스타는 당황해서 시선을 여기저기 옮겼다.

"그, 라스타는 폐하를 신뢰하지 않는 게 아니라……."

에르기 공작은 너털웃음을 터트리며 물었다.

"이 에르기를, 폐하보다 신뢰하십니까?"

다행히 그는 기분이 좋아 보였다. 라스타는 안도해서 고개를 끄덕였다. 그러고는 두 손을 뻗어 에르기 공작의 커다란 손을 쥐고 부탁했다.

"둘만 있을 때라도 편하게 불러줘요. 네?"

"그러면 계속 '아가씨'라고 부를까요?"

"이름…… 이름으로 불러줘요."

에르기 공작은 다시 나지막한 웃음을 터트렸다.

"이전에도 이름은 부르지 않았는데. 황후 폐하가 된 지금 이름을 부르라고요?"

라스타는 고개를 끄덕이고서, 그를 잡은 손에 더욱 힘을 꽉 쥐었다. 자신을 위해 이렇게 애써주는데, 잠깐 화를 내어서 사이가 멀어질 뻔했다. 아니, 그보다 에르기 공작이 이렇게 간단하게 '이제 멀어져야 할 때'라고 나올 줄은 몰랐다. 당연히 내내 옆에 있을 줄로만 알았으니까. 그 탓에 쫓기는 것마냥 정신이 없고 초조해졌다.

"둘만 있을 때만요. 그러면 되잖아요. 안 그래요?"

라스타가 간절히 부탁하자, 에르기 공작의 눈꼬리가 위험스레 휘어졌다.

"그렇습니까?"

라스타의 어깨 너머로 그의 표정은 배부른 짐승처럼 보였다. 하지만 라스타는 그의 표정을 보지 못하고, 계속해서 부탁했다.

"둘만 있을 땐 말도 편하게 해요."

라스타가 조르듯 "응? 네?" 하고 말꼬리를 늘였다. 그제야 에르기 공작의 표정이 평소처럼 느슨해졌다.

"라스타 님은 사람을 홀리는 데 선수시군요."

이번에는 아까와 달리 존댓말을 사용하면서도 벽이 느껴지지 않왔다. 라스타는 안심하면서도 다시 졸랐다.

"편하게 말하라니까요? 웅?"

"감사합니다만, 친할수록 지켜야 하는 선도 있는 법이니까요."

라스타는 에르기의 말에, 아까 그를 짧게나마 의심한 게 더욱 미안해졌다. 에르기 공작은 이처럼 공과 사가 철두철미한 사람인데. 이런 사람을 의심해버리다니……. 후회하고 있자니, 에르기 공작이 문득 은근하게 물었다.

"그런데 라스타 님. 돈 관리는 어떻게 하고 있습니까?"

"돈 관리요?"

난데없는 돈 이야기에 라스타는 놀라서 그를 살폈다. 혹시 빌려 준 돈을 돌려달란 걸까? 황후가 되었으니 돌려줄 수도 있긴 하겠지만, 아직 그녀는 자신의 돈이 얼마인지, 이젠 얼마를 굴릴 수 있는지조차 듣지 못했다.

라스타의 놀란 표정을 보며 에르기 공작이 자연스럽게 물었다.

"이제 황후 자리에 오르셨으니 돈 관리는 스스로 하시겠지요?"

에르기 공작이 다녀간 다음 날. 라스타는 굳은 결심을 하고서 랑트 남작을 불러 단호하게 물었다.

"라스타가 정부일 때, 돈 관리는 랑트 남작이 해주기로 했잖아요. 기억나나요?"

랑트 남작은 얼른 대답했다.

"물론이지요. 지금도 관리 중입니다, 황후 폐하."

말을 하면서도 랑트 남작은 걱정스러운 표정을 지었다. 어떤 목적으로 라스타가 말을 꺼냈는지 짐작이 간 탓이다.

'직접 돈을 관리하시겠다는 것 같은데…….'

그의 예상대로 라스타는 그 이야기를 꺼냈다.

"이젠 라스타도 일국의 황후가 되었습니다. 나이가 어리다면 모를까, 어엿한 성인이에요. 그동안 공부도 많이 했고요."

"황후 폐하."

"이젠 직접 관리하고 싶어요. 그건 황후로서의 당연한 권리니까요."

랑트 남작은 난처하게 웃으며 대답했다.

"하지만 황후 폐하, 그에 관해서는 우선 황제 폐하의 허락이 필요할 듯합니다."

"폐하의 명령이 필요하다니요?"

라스타는 눈을 동그랗게 떴다.

"황궁 예산에 관한 건 폐하의 권한이 아니라 라스타의 권한이에요. 폐하의 명령이 필요 없는 부분이고요."

"그렇지요."

"그러면 이젠 라스타에게 권한을 넘겨줘요, 랑트 남작."

"죄송하지만 황후 폐하. 그 모든 것보다 우선되는 게 황명입니다."

"!"

라스타가 정말로 놀란 눈치이자, 랑트 남작은 조금 미안해져서 말했다.

"돈 관리는 몹시 머리 아픈 일입니다. 폐하께선 황후 폐하께서 홀몸도 아니시니, 되도록 즐겁게 지내길 바라시는 거구요."

"즐거운지 아닌지는 아직 안 해봤으니 모르잖아요."

"사용은 얼마든지 원하는 대로 하셔도 됩니다, 황후 폐하."

"라스타는 관리를 하고 싶단 거예요."

단호한 라스타의 말에, 랑트 남작은 어색하게 웃으며 말했다.

"예. 제가 황제 폐하께 직접 그 부분을 여쭈어보겠습니다."

결혼식을 일주일 앞두게 되자, 초대받은 외국 귀빈들이 하나둘 도착하기 시작했다. 하지만 결혼식의 주인공이란 입장 때문에, 나는 귀빈들을 맞이하지 않고 있었다. 덕택에 시간이 한가해졌다. 한가하다고 해도 물론, 아직 공부해야 할 게 산더미였지만. 하지만 이따금 주위에서 소란스러운 웃음소리가 들려올 때면 저절로 마음이 싱숭생숭해졌다.

결혼식. 결혼식을 하면 정말로 서왕국의 왕비가 되는구나. 물론 지금도 왕비지만, 이젠 서왕국의 왕비로서 하인리에게 도움을 줄 수 있겠지. 그렇지만 걱정이 되는 부분도 있긴 했다. 첫날밤……. 앞선 경험이 있다고 한들, 이 경우엔 그리 도움이 되지 않았다. 아니, 오히려 첫날밤에 해야 할 일들이 좀 더 생생하게 떠올라서 곤혹스러웠다. 첫날밤을 치른 후 덤덤하게 하인리를 마주할 수 있을까? 생각만으로도 얼굴에 열이 올라왔다. 게다가 그는…….

"왕비 전하? 얼굴이 많이 붉습니다. 혹시 열이 나는 게 아닐까요?"

로라의 질문에 나는 황급히 책을 덮었다. 그럴 리는 없지만, 로라가 방금 전까지 내가 하던 생각을 알아차렸을까 봐 민망했다.

"방 안이 좀 덥군요."

둘러대며 자리에서 일어난 다음, 나는 일부러 창가로 가 문을 활짝 열었다. 로라는 고개를 갸웃하면서도 날 따라와 재잘거렸다.

"날씨가 참 좋아요. 결혼식 날에도 이랬으면 좋겠어요."

"그러게요."

"이젠 모든 일이 잘 풀리겠지요?"

"그럼요."

"어젠 멀레이니 양이 화분도 보내왔고, 투아니아 공작 부인, 아니, 레이디 니안도 사교계에 잘 들어갔고."

로라의 말을 들으며 나는 책상에 놓인 아게라텀 화분을 힐긋 보았다. 어제 멀레이니 양이 집사를 시켜 보내온 화분이다. 연한 보라색의 꽃들로 가득한 화분은, 그녀가 내게 보낸 대답이었다.

신뢰.

그녀가 몰래 손을 잡자는 내 제안을 받아들인 것이다. 게다가 로라의 말처럼, 니안 역시 서왕국 사교계에 무사히, 아니, 정확히 표현하자면 강렬하게 들어갔다. 그녀는 동대제국에서 자신을 둘러싼 소문을 부정하지 않았다. 대신, 오히려 그걸 이용해 자신을 화제의 중심으로 만들어 온갖 곳의 파티 초대를 받았다. 팜므파탈 이미지 역시 누르는 대신 대놓고 이용해서, 오른쪽에는 소문 속의 랑드레 자작을 데리고, 왼쪽에는 서왕국의 어떤 귀족 청년을 거느리고 파티에 참가했다고.

로즈는 이 일을 두고서 "서왕국 귀족들은 이 대범한 귀부인의 출연에 완전히 얼이 빠졌다"고 표현했다.

'이젠 정말로 모든 게 잘 풀릴 일만 남았을까?'

소비에슈는 결혼식에 올까? 라스타는? 부모님은 오시겠지. 소비에슈…… 그러고 보니 이상하지. 소비에슈는 왜 내게 그런 말을 했던 걸까. 돌아오라든가, 그런 말. 최초의 재혼 황후가 된 내가, 최초로 두 번 재혼한 황후까지 할 거라 생각했나? 아니, 그보다 돌아와서 뭘 어떻게 하란 걸까. 자긴 라스타를 사랑하잖아? 라스타와 결혼까지 했잖아? 몇 개월 후면 아기도 태어날 텐데?

당시엔 황당해서 "싫어." 하고 대답하고 끝냈지만, 이제 와 생각하니 그의 속내가 궁금하네. 소비에슈를 잘 안다고 생각했지만, 지금은 도저히 그의 속내가 짐작이 가지 않았다. 하지만 생각하자니 열이 올라서, 나는 창틀에서 몸을 뗐다.

"밖을 좀 산책해야겠어요."

"먹을 걸 준비할까요? 도시락을 들고 나가요, 전하!"

"그럴까요?"

결혼식을 치른 후엔 이럴 시간도 없겠지. 웃으면서 허락하자, 로라는 신이 나서 로즈에게 달려갔다.

"도시락 싸서 놀러 가요!"

우리는 하얀 빵과 치즈, 세 종류의 샌드위치, 과일주스로 된 도

시락 바구니를 들고서 나갔다. 별궁 근처의 햇볕 좋은 곳으로 가
먹으면서 놀 생각이었다. 그러나 얼마 가지 않아 멈춰 서야 했다.
그곳에 이미 먼저 도착해 있는 손님이 있어서.

카프멘 대공이었다.

"대공."

작게 부르자, 그가 놀란 듯 고개를 돌렸다. 카프멘 대공은 황급
히 일어서며 손에 들고 있던 펜던트를 목에 걸었다. 그러고는 펜던
트 목걸이를 옷 안쪽으로 넣은 후, 딱딱하게 웃으며 인사했다.

"또 뵙는군요."

"여기에서 지내고 있으니까요."

"여기에서 말입니까?"

카프멘 대공은 인상을 찡그리더니, 멀리 보이는 별궁을 훑었다.

"저기가 왕비궁입니까? 그렇다기엔 좀 작은데요."

"결혼식 전까지 임시로 머물고 있어요."

"아아."

카프멘 대공은 고개를 끄덕이더니, 난처하다는 듯 중얼거렸다.

"그런 것도 모르고 계속 이 주위에 있었으니 마주치는 거군요."

카프멘 대공은 자기가 생각해도 어이없다는 듯 웃었다. 하지만
곧 그의 귓가가 붉게 물들기 시작했다. 혹시, 하는 순간. 그의 이성
이 약 효과에 물들었다.

"그래도 좋습니다. 이렇게 마주치니."

뒤에서 툭 바구니가 떨어지는 소리가 났다. 카프멘 대공은 아차
싶은 얼굴이었다. 나는 모른 척 바구니를 살피며, 시녀들에게 부탁

했다.

"빵이 엉망이 되었는데. 다시 새로 가져와주겠어요?"

시녀들은 서로 눈치를 보면서도 바구니를 들고서 얼른 물러났다. 그들이 멀어지며 풀을 밟는 소리가 사각사각 들려왔다. 완전히 두 사람만 남게 된 후에야 나는 카프멘 대공에게 물었다.

"해독을 아직 못 시킨 거지요?"

"해독을 못 시키는 걸까요, 안 시키는 걸까요?"

"!"

"못 시키는 겁니다."

카프멘 대공은 낮게 알아들을 수 없는 말을 중얼거렸다. 자기 말 실수에 혼자 화를 낸 듯했다. 하지만 그는 곧 표정 관리를 해내고서, 무뚝뚝하게 물었다.

"이번에 절 초대해주신 건 하인리 전하십니까, 나비에 전하십니까?"

"나예요."

"고마워요. 기뻤습니다. ……무슨 일입니까?"

얼굴이 붉어져서 속삭이다가, 돌연 딱딱하게 굳히며 말하는 카프멘 대공의 모습은 많이 이상했다. 하지만 이미 동대제국에서 몇 번 겪은 터라, 나는 그의 이성과 약효가 어떤 식으로 발휘되는지 알고 있었다. 헛소리 한 번 제정신 한 번.

나는 애써 그의 헛소리를 모른 척하며 대답했다.

"일전에 엎어졌던 뤼트와의 교역 건. 그걸 이번에야말로 성사시키고 싶어서 초대했습니다."

14

첫날밤

"그렇군요."

카프멘 대공은 내 말에 무덤덤한 표정으로 대답했다.

"그럴 줄 알았습니다."

'그럴 줄 알았다고?'

"하인리 왕이 절 부를 일은 없으니까요."

아…… 과연 카프멘 대공은 명석하구나. 그렇지. 하인리가 카프멘을 부를 일은 없지. 서로 날카롭게 대립까지 했는 데다, 하인리는 교역 건에 관해서는 몰랐으니. 속으로 감탄하고 있자니, 카프멘 대공이 갑자기 "제길." 하고 중얼거리면서 휙 돌아섰다.

"카프멘 대공?"

또 약효가 강해지나? 당황해서 그의 뒤에서 손을 허공에 띄운 채 주춤거렸다. 다른 사람이라면 살짝 손을 짚어서 괜찮은지 묻겠지만, 카프멘 대공은 약효 때문에 어떻게 반응할지 몰라서…….

"건드리지 마십시오."

같은 생각인지 카프멘 대공은 단호하게 말했다.

"그대의 손길은 절 무너뜨리고 말 테니까요."

"……."

"뒷말은 무시하십시오."

얼른 뒤를 돌아 확인해보니, 다행히 아직 시녀들은 돌아오지 않았다. 정말 다행이야. 이 말을 못 들어서. 하긴. 바구니를 완전히 엎어버렸으니 새로 준비하는 데 시간이 조금 걸리겠지? 안도하면서 나는 그에게 목소리를 죽여 물었다.

"해독할 방법이 없던가요?"

"여러 가지로 노력은 해보았지만 방법이 없었습니다."

"완전히?"

"완전히."

"그럼 이제 그대는……."

어떡할 거냐. 나는 입안으로 질문을 삼켰다. 생각해보니 정말로 큰일 아닌가.

'몇 년이고 약효가 떨어지지 않으면?'

아니, 몇 년은 그나마 낫지.

'평생 약효가 떨어지지 않으면?'

무서운 생각을 하고서 쳐다보니, 카프멘 대공의 낯빛이 유달리 창백해 보였다. 나는 주저하다가 물어보았다.

"나와 떨어져 있을 땐 어떻던가요? 약효를 누를 만하던가요?"

"아니요."

"아."

"초대장을 보내지 않으셨다면 제가 직접 찾아갔을지도 모릅니다."

"……."

곤란하구나, 생각하는데 잔잔하게 흘러오던 바람이 갑자기 거세졌다. 그 탓에 귀 뒤로 넘겨두었던 머리카락이 마구 흔들렸다. 바람이 잦아든 후 엉망이 된 머리카락을 손으로 대충 정리하고 있자니, 카프멘 대공이 조심스레 손을 뻗었다. 그는 내 얼굴을 가린 머리카락을 조심스럽게 옆으로 넘겨주려다, 불에 손가락이 닿은 것처럼 황급히 손을 치웠다. 어색한 분위기에 나는 뒤로 한 걸음 물러섰다. 그가 약효 때문에 이러는 건 알지만 그래도 아닌 건 아닌 거니까.

"그러면, 교역 문제는 따로 사람을 보내서 진행할까요? 얼굴 마주 보는 일을 피해서?"

"그럴 필요는 없습니다. 오히려 말이 꼬이기만 할 테니까요."

"괜찮겠어요?"

"그대가 곤란해하는 모습을 보며 마음이 아프냐 물으신다면, 몹시 괴롭군요. 젠장. 하지 마."

카프멘 대공이 자기 자신에게 명령하는 모습을 보자니 참으로 가엾어진다. 저 성격에 자존심은 또 얼마나 상할까.

그때 좋은 생각이 떠올랐다.

"혹시, 이렇게 하면 어떨까요?"

"이렇게 하다니요?"

"그 약을 한 병 더 새로 만들 수 있나요?"

카프멘 대공은 인상을 찌푸렸다. 내가 엉뚱한 소리를 할 게 분명하다 여기는 것처럼.

"그 약을 마신 다음, 이번엔 다른 사람을 보는 거예요."

"!"

"반하게 되더라도 좀 더…… 상관없는 사람으로."

좋은 생각이 아닌가? 그러나 내 제안에 카프멘 대공은 픽 웃음을 터트렸다.

"그러다가 두 사람에게 동시에 반하면, 그것도 심각해지지 않겠습니까?"

"아……."

"한 명을 향한 사랑으로도 이렇게 괴로운데. 그 대상이 두 명이 된다면 정말 견디기 힘들 겁니다."

저렇게 자존심 강한 사람이. 참으로 가엾게 되었어.

카프멘은 머릿속을 간지럽히는 소리에 저도 모르게 한숨을 내쉬었다. 참으로 이상한 일이지만, 속마음에도 다 저마다의 소리가 있었다. 사람의 목소리가 다르듯, 속마음의 소리도 제각각이었다.

그리고 나비에 왕비는, 듣고 있으면 어쩐지 간지러운 기분이 들게 하는 그런 속마음 소리를 냈다. 작게 속삭이는 듯한 소리를. 그

소리로 나비에 왕비가 '카프멘 대공'이란 단어를 떠올릴 때마다, 그는 괜히 소름이 돋았다. 처음 만났을 때부터 이랬다. 무뚝뚝한 얼굴로 "동대제국에 온 걸 환영합니다"라고 인사를 하는데, 들려오는 속마음은 간질간질하고 포근했다.

키가 엄청나게 크네.

카프멘 대공은 순간 깜짝 놀라서 황후의 얼굴을 유심히 살폈다. 표정은 냉랭하고 '진짜' 목소리도 무뚝뚝한데, 속마음 목소리만 저렇게 간질간질하다니. 그 이질감 때문에 시선이 안 갈 수가 없었다. 이후로도 마찬가지였다. 약을 마시고 반쯤 미쳐버린 지금 역시도. 날 가엾게 여겨주실 겁니까? 카프멘은 순간 튀어 나가려는 질문을 억지로 눌렀다.

나비에 왕비가 시녀들과 함께 다른 곳으로 간 후. 그는 하얀 울타리에 기대어 서서 눈을 감았다. 그곳에서 한참을 머문 후에야 카프멘은 자신이 머무는 방으로 돌아갔다. 그런데 방문 앞에 낯선 여자가 서 있었다. 귀족으로 보이는 여자. 그녀는 카프멘이 다가오자 상냥하게 물었다.

"카프멘 대공님이신가요?"

이 사람이네.

"그렇습니다만."

"크리스타 님께서 귀한 손님을 직접 대접하고 싶으니, 한번 찾아오라 하셨습니다."

"크리스타 님이 누굽니까?"

뭐야, 이 사람은? 크리스타 님을 몰라?

"하인리 전하의 형수님이십니다. 전 왕비님이시지요."

크리스타 님이 나비에 왕비와 사이가 나쁘단 이야기를 해야 올까? 언제 말하지?

늘 그렇듯 사람의 속마음과 목소리가 마구 뒤섞여 들려왔다. 카프멘은 잠시 말없이 서서, 자신이 들은 목소리와 속마음을 구분했다. 두 개의 소리가 따로따로 들려올 때는 그나마 낫다. 하지만 두 소리가 동시에 들려오면, 어떤 게 진짜 말이고 아닌지를 구분해야 했다. 가끔은 이 부분을 헷갈리는 통에, 대화 상대방이 이상하게 쳐다볼 때도 있었다. 마침내 정리를 끝낸 카프멘은 무덤덤하게 거절했다.

"죄송하지만 피곤합니다."

귀족 여자의 얼굴이 굳어졌다.

이렇게 무례할 수가 있을까!

다른 핑계를 대는 것도 아니고 다짜고짜 피곤하다 거절했으니, 충분히 저렇게 생각할 만도 했다. 하지만 어차피 카프멘 스스로도 무례하단 걸 알면서 한 말이었기에, 그는 더 말을 섞는 대신 차갑게 요구했다.

"이제 들어가도 되겠습니까?"

방 앞에서 물러나달란 뜻을 돌려 표현하자, 자존심이 상한 귀족 여자는 한 마디도 더 대답하지 않고 몸만 슬쩍 옆으로 비켜섰다. 카프멘은 말없이 문을 열고 자신의 숙소 안으로 들어갔다.

카프멘은 이렇게 무례하게 대했으니, 그 크리스타란 사람이 다시 자신을 찾진 않을 거라 생각했다. 하지만 그날 저녁 무렵. 놀랍게도 크리스타 전 왕비가 직접 그를 찾아왔다. 이번에는 카프멘도 그녀를 무례하게 쫓아낼 수 없었다.

"들어오시지요."

인사를 나눈 후. 카프멘이 방으로 초대하자, 크리스타는 조용히 웃고서 방 안에 들어왔다. 카프멘은 데리고 온 종자에게 커피와 먹을거리를 내오라 지시한 후, 크리스타가 다탁 앞에 앉도록 했다. 하지만 그는 자신은 마주 앉는 대신 문가에 붙어 서서 물었다.

"무슨 일로 오신 건지 물어도 되겠습니까?"

"외국의 귀빈이 오셨으니, 당연히 인사를 드려야 한다 생각했답니다."

이 사람이 카프멘⋯⋯.

크리스타는 목소리도 속마음 소리도 담담하고 차분한 사람이었다. 카프멘은 냉랭하게 "그렇군요." 하고 중얼거렸다. 원래도 그는 사람들과 얽히는 걸 그리 좋아하진 않았다. 남의 생각을 들으면서 대화를 나누는 것만큼 우스운 일도 없었으니까. 그런 데다 아까 그 시녀의 생각에 따르면, 이 사람과 나비에 왕비는 사이도 나쁘다고 한다. 카프멘은 그 점이 신경 쓰여서, 빨리 그녀가 볼일을 마치고 돌아가주었으면 싶었다.

그러나 아무리 무뚝뚝한 그여도, 자신을 찾아온 손님에게 다짜고짜 '돌아가라'고 할 정도로 경우가 없진 않았다. 그래서 카프멘은 대신 말없이 크리스타를 바라보기만 했다. 빨리 할 말을 하라는 듯. 하지만 크리스타는 하고 싶은 말을 하는 대신 본론이 아닌 질문만 던졌다.

"혹시 생활하는 데 불편한 점은 없나요?"

친절하게 대해야 해.

"불편한 점이 있다면 제게 말하도록 해요, 대공."

난 이 사람을 끌어들여야 해.

하지만 카프멘은 그녀가 진짜로 하고 싶은 속마음을 들을 수 있기에, 미간을 찡그리고서 단호하게 대답했다.

"있습니다."

"무엇인가요? 아. 돕고 싶어서 물어보는 거랍니다."

무엇이든 말을 해봐요. 도울 테니까.

"감사합니다. 하지만 괜찮습니다."

"?"

"도움은 책임자에게 받을 테니까요."

카프멘의 대답에 크리스타의 눈동자가 잘게 떨렸다.

난 책임자가 아니란 건가. 전 왕비는 자기 일에 나서지 말란 뜻?

"그래요……."

카프멘은 이쯤 했으니 크리스타가 돌아갈 거라 생각했다. 하지만 크리스타는 머뭇거리며 일어나지 않았다. 대신 초조한 목소리가 그녀의 심리를 속속들이 알려주었다.

이 사람을 어떻게 해야 내 손님으로 만들 수 있을까. 이 남자는 나비에 왕비를 싫어하는 게 아니라, 그냥 모든 사람을 다 싫어하는 사람 같은데.

카프멘은 눈썹을 치켜떴다. 그는 전 왕비인 크리스타가 자신 앞에서 왜 이러고 있는지 이해할 수가 없었다.

난 도대체 여기서 뭘 하는 거지? 이렇게 해봤자 달라질 게 있긴 한가?

다행히 크리스타는 머뭇거리다가, 별 방도가 없는지 처연하게 웃으며 일어났다.

나중에 다시 말을 걸자. 지금은 혼자 있고 싶어 하는 것 같으니.

카프멘은 안심하며 그녀를 따라 일어섰다. 하지만 이어서 들려온 크리스타의 슬픈 속마음이 그의 관심을 붙들었다.

이렇게 멋진 남자도 많은데. 왜 하필 그 여자는 많고 많은 남자들 중 하인리를 택했을까.

카프멘은 자기도 모르게 "잠시." 하고 크리스타를 불러 세웠다. 약효가 다시 부글부글 끓어오르기 시작했다. 심장이 새카만 색으로 물들어갔다.

"네?"

크리스타가 어리둥절해서 돌아보았다. 카프멘은 여전히 무뚝뚝하지만, 아까보다는 부드러워진 태도로 물었다.

"아직 커피가 나오지 않았습니다. 마시고 가시죠."

그의 귓가에, 아까 전 만났던 나비에의 목소리가 환청처럼 들려왔다.

― 그 약을 한 병 더 새로 만들 수 있나요?

저녁 무렵, 라스타를 찾아온 소비에슈는 엄격한 목소리로 말했다.

"황후로서 예산을 관리하고 싶다고?"

랑트 남작이 이야기를 전한 모양이었다. 라스타는 두 손을 꼭 모으고서 "네……" 하고 기어들어가는 목소리를 냈다. 당연한 자신의 권리를 찾으려는 것뿐인데. 막상 소비에슈가 저렇게 꾸짖듯 물어보자 괜히 기가 죽었다. 소비에슈가 말없이 내려다보자, 라스타는 머뭇거리며 웅얼거렸다.

"황실 예산 관리는 황후의 역할이라고 알고 있어서요."

"……."

"황후가 되었는데, 아직 라스타는 뭘 해야 할지도 모르겠고……. 그래서 일단 아는 것부터 하려고 했어요."

라스타는 겁먹은 눈으로 소비에슈를 올려다보며 물었다.

"라스타는 좋은 황후가 되고 싶어요, 폐하."

"라스타."

"네."

"네가 황후 자리에 있는 건 1년이라고 했을 텐데."

"아, 알지만…… 1년이라도 황후인 거잖아요."

라스타는 커다란 눈으로 소비에슈를 약한 초식동물처럼 바라보았다.

"라스타는 1년뿐이라도 이곳에 좋은 영향력을 행사하고 싶어요."

"……."

"애초에 돈 관리를 랑트 남작에게 맡기신 것도, 라스타가 돈을 이상한 데 써서 그런 게 아니잖아요. 로테슈 자작 때문이었지."

라스타는 천천히 손을 뻗어 소비에슈의 손을 꼭 쥐며 말했다.

"이젠 그자에게 흔들리지 않는걸요, 폐하."

소비에슈는 라스타의 손을 같이 꼭 잡아주었다. 그러나 대답은 여전히 단호한 거절이었다.

"넌 아직 예산을 관리할 만큼 배우지 못했다, 라스타."

"많이 공부했는데……."

라스타는 울상을 지었다.

"허수아비 황후가 되라는 말씀이신가요?"

"황후 역할을 완전히 하지 말란 게 아니지 않느냐."

"하지만 그렇게 들려요……."

"이제부터 매일 나와 같이 알현을 받을 거다. 우선은 그 일부터 하자."

라스타는 난처한 기분에 입술을 꾹 다물었다. 빨리 예산을 마음대로 움직일 수 있어야 에르기 공작에게 돈을 갚을 텐데. 게다가 로테슈 자작에게 줄 돈도 필요했다. 로테슈 자작과 손을 잡았지만, 그는 절대로 맨입으로 일을 처리할 사람이 아니니까. 라스타는 진심으로 이것저것 쓸데없는 돈을 쓸 마음은 없었다. 하지만 저 두 가지 일은 꼭 해내야 했다.

"마음을 편하게 먹어라. 이제 시작이지 않느냐."

소비에슈는 긴장으로 굳어진 라스타의 등을 가볍게 두드렸다.

"아기를 생각해서라도 네가 마음을 편하게 먹어야지."

"……네."

라스타는 힘없이 대답했다. 착하다는 듯 소비에슈가 그녀의 머리카락을 쓸어주었지만, 그리 기쁘진 않았다.

"저…… 폐하."

"왜 그러지?"

"그러면 벌은요?"

"벌?"

"귀족들이 라스타를 무시하면, 그걸로는 벌을 내려도 되나요?"

"왜. 누가 널 무시했느냐?"

"처음으로 티파티를 열었는데, 파르앙 후작이 라스타를 무시했어요."

"아아. 파르앙 후작."

소비에슈는 혀를 찼다.

"그자는 코샤르의 절친한 친구이지. 트로비 공작가와 가까운 집안이고. 너와는 가까울 수가 없는 사이이니, 그냥 무시하거라."

"황후의 자리는 누구에게도 무시받으면 안 되는 자리잖아요, 폐하."

"그자가 대놓고 너에게 모욕을 퍼부었느냐?"

"라스타는 모욕을 받았다고 느꼈어요."

"그자의 말에 대해선 보고를 받았다."

소비에슈의 말에 라스타는 깜짝 놀랐다. 보고를 받았다고? 누구에게? 그 자리에 모인 귀족들 중 누군가 소비에슈에게 말을 전한 건가? 아니면 그 자리의 근위대 중 누군가가 말을 전했나? 베르디 자작 부인? 하녀들? 하인들? 소비에슈에게 말하지 않은 일을 소비에슈가 먼저 알고 있단 게 꺼림칙했다.

"네가 모욕을 느낄 만한 상황이긴 했지만, 그자는 모욕죄로 처벌받을 수준으로는 말하지 않았어."

"대놓고 빈정거렸어요, 폐하!"

"하지만 네가 한 말을 그대로 한 것이지 않느냐."

"!"

라스타가 우물거리자, 소비에슈는 그녀의 이마 위에 가볍게 입을 맞추었다.

"왜 이렇게 초조해하는 건지 모르겠군."

"그야……."

귀족들이 날 무시하는 게 티가 나니까요. 게다가 황후가 되었는데 아직 거처 외엔 달라진 게 없으니까요. 라스타는 속으로 대답하다가, 문득 떠올라 물었다.

"그보다 폐하. 서왕국 결혼식에는 우리도 가나요?"

소비에슈의 표정이 차갑게 굳었다. 그리 대화하고 싶은 화제가 아니란 듯이. 하지만 라스타에겐 이 일이 중요했다.

"그쪽이 먼저 와주었으니 우리도 가는 게 예의라고 생각해요."

"정말 그렇게 생각하느냐?"

"나비에 왕비가 새로운 출발을 하는 걸 축하해주고 싶어요."

"……."

"물론 또 괴롭힐까 봐 무섭긴 하지만, 그래도……."

소비에슈는 한숨을 내쉬었다.

"임신한 몸으로 거기까지 다녀오긴 힘들 텐데."

"그래도요."

라스타가 단호하게 말하자, 소비에슈는 생각해보겠다며 일어섰다.

"어디 가세요, 폐하?"

라스타는 소비에슈를 따라 일어서다가, 그가 문 밖으로 나가려 하자 놀라 물었다. 방에서 자고 가려는 게 아닌가?

"생각할 게 있어서. 혼자 자거라."

그러나 소비에슈는 미안하단 듯이 말할 뿐 그대로 나가버렸다. 그러다 복도로 나가는 길에 소비에슈는 하녀인 델리스와 부딪칠 뻔했다. 델리스는 놀라서 소비에슈에게 허리 숙여 사죄했다.

"죄송합니다, 폐하. 죄송합니다, 폐하."

"되었다."

소비에슈는 손을 저어 델리스를 말리고는, 곧장 서궁을 나갔다. 델리스는 멀어지는 소비에슈의 뒷모습을 잠시 멍하니 보다가, 얼른 정신을 차리고 응접실을 지나 침실 안으로 들어갔다. 라스타는 탁자 앞에 앉아 두 손을 배 위에 올려놓고 인상을 찡그리고 있었다. 천사처럼 아름다운 얼굴은 인상을 찡그린 와중에도 몹시 슬퍼 보였다.

'저 정도는 되어야 폐하의 사랑을 받을 수 있구나.'

델리스는 속으로 감탄하면서 라스타에게 보고했다.

"잠자리를 보아드리겠습니다, 황후 폐하."

"그래."

라스타의 허락이 떨어지자, 델리스는 조용조용히 움직였다. 이불을 간 다음 안쪽에 미리 데워둔 따뜻한 돌을 넣었다. 이어서 그녀는 세탁해 온 보송한 새 베갯잇을 내려놓았다.

친정에서 사용하던 이불과 베개는 결혼 후에도 며칠간 계속 사용하게 되어 있다. 이젠 그 기간이 지났으니, 새로운 베갯잇과 이불로 바꾸려는 것이었다. 델리스는 보송하고 커다란 베개를 잡고서, 동궁에서부터 사용한 베갯잇을 벗겨냈다. 그 순간. 안쪽에서 파란 깃털이 한 움큼 쏟아졌다.

델리스는 이게 무엇인지 바로 떠올리지 못했다.

'새 깃털?'

그녀는 손을 뻗어 깃털을 하나 들어 올렸다. 파란색이 쨍하게 예뻤다. 그런데 이게 왜 여기에 있지? 델리스는 힐긋 라스타 쪽을 보았다. 라스타는 여전히 팔짱을 끼고서 슬픈 얼굴로 어딘가를 바라보고 있었다.

'혹시 뭐 미신이라거나 그런 이유로 넣어두신 건가?'

고개를 기웃하던 델리스의 머릿속에 순간 몇 달 전의 일이 떠올랐다.

'아! 혹시!'

소비에슈 황제가 나비에 황후에게 파란 새를 선물했다 거절당한 일. 그때 그 파란 새가 꼭 이런 깃털을 가지고 있었다. 게다가 새의 몸에 땜빵이 나 있었고. 새가 왜 이러냐 물었더니, 라스타는 전 황후가 뽑아서 그렇다고 대답을…….

'나비에 님이 아니라 라스타 님이 뽑았던 건가?'

델리스는 놀라서 눈을 커다랗게 뜨다가, 갑자기 서늘해진 분위기를 느꼈다. 원래도 방 안은 조용했으나, 이렇게 오싹하진 않았다. 델리스는 괜히 등골이 쭈뼛해져서 천천히 눈을 옆으로 돌렸다. 불완전한 시야로 라스타가 이쪽을 물끄러미 보는 게 보였다. 의자에 기댄 채 눈 하나 깜빡거리지 않고서. 그러다 시선이 마주치자 델리스는 심장이 쿵 떨어지는 기분에 마른침을 삼켰다. 혹시 내가…… 보아선 안 될 걸 보아버린 걸까? 불안한 마음이 치솟았으나, 델리스는 오빠가 주장하던 라스타의 인품을 믿고서 애써 평소처럼 입을 열었다.

"황후 폐하. 혹, 시 황후 폐하께서 새 깃털을……."

그러나 나오는 목소리는 덜덜 떨리고 있었다. 그조차 라스타가 비명을 지르는 바람에 다 끝내지 못했지만.

"아아악!"

"폐하?"

델리스는 놀라서 라스타에게 다가가려다가, 라스타가 "네가 어떻게 이런 짓을!" 하고 외치자 반사적으로 뒷걸음질을 쳤다.

"네? 네?"

"감히 폐하의 깃털을 뽑은 거야?"

델리스는 너무 놀라서 라스타가 새 깃털을 소비에슈의 깃털이라 말실수한 것도 알아차리지 못했다. 델리스는 황급히 손을 저었다.

"아, 아니에요, 제가 한 게 아니라, 베갯잇을 갈려는데 이게……."

"아아아아악!"

라스타가 다시 비명을 지르자, 문이 열리며 사람들이 들어왔다.

"황후 폐하?"

"황후 폐하!"

다른 하녀인 아리언과 베르디 자작 부인, 호위들이었다. 라스타
는 그들을 돌아보지도 않고서, 한 손으로 입가를 막은 채 델리스를
향해 외쳤다.

"새 깃털을 생으로 뽑아버리다니. 어떻게 이런 짓을!"

델리스는 공포에 질려 황급히 라스타의 앞으로 달려와 무릎을
꿇었다.

"정말 아니에요, 폐하. 전, 전 황후 폐하께서 한 일이라 생각해
서……."

라스타는 뺨을 내리쳐서 델리스의 입을 막았다. 찰싹, 살이 부딪
치는 소리가 나며 델리스의 머리가 휘청 옆으로 돌아갔다.

"감히 폐하의 깃털을 뽑아버리다니! 게다가 그걸 라스타의 베개
에 집어넣었어! 이건 분명 라스타를 저주하려는 거야!"

그러나 라스타가 거듭해서 외쳤으므로, 델리스는 아프단 소리도
내지 못하고 더듬거렸다.

"아, 아니에요, 아니에요!"

그래도 라스타가 냉랭하자, 그녀는 황급히 베르디 자작 부인에
게 매달렸다.

"절대로 그런 게 아니라고 말씀해주세요, 베르디 님!"

그러나 영문을 모르는 베르디 자작 부인은 혹시 엮일까 봐 얼른 뒤로 물러났다. 빈손이 허공을 스치자 델리스는 눈시울이 뜨거워졌다. 델리스는 이번엔 평소 사이가 좋던 호위를 붙잡으며 애원했다.

"절대로 아니에요, 라스타 님을 좀 말려주세요!"

하지만 델리스를 볼 때마다 얼굴을 붉히며 인사를 건네던 호위도, 매정하게 델리스가 붙잡은 손을 탁 치워버리고 물러섰다. 델리스의 손길이 마치 더러운 오물이라도 되는 것처럼.

다들 정확한 영문을 모르면서도 안 좋은 일이란 걸 짐작한 것이다. 하지만 그들이 자신을 보호하기 위해 한 행동은 델리스에게 큰 상처를 주었다. 그러나 지금은 상처를 살필 때가 아니었다. 델리스는 억울한 마음을 누르고서 다짜고짜 라스타에게 빌었다.

"잘못했어요, 잘못했으니 용서해주세요!"

"안 돼! 라스타는 너 같은 소름 돋는 애를 하녀로 둘 순 없어."

라스타가 호위를 향해 "쫓아버려!" 하고 명령을 내리자, 호위는 얼른 팔을 뻗어 델리스의 팔을 우악스럽게 잡았다. 그 거친 태도에는 아름다운 델리스를 향해 호감 어린 미소를 보내던 청년은 없었다. 델리스는 버둥거렸지만, 결국 힘 차이를 이기지 못하고 질질 복도로 끌려갔다.

"소름 돋아!"

라스타는 창백해진 얼굴로 외쳤다. 사색이 된 표정은 정말로 공포에 질린 듯 보였다. 사람들은 뒤늦게 무슨 일인지 살피기 위해 방 안을 둘러보다가, 라스타의 베갯잇이 열려 있고, 그 주위로 파란 새의 깃털이 수북한 걸 발견했다.

"저게 무엇입니까, 황후 폐하?"

"델리스가 폐하께서 기르는 새의 깃털을 뽑아 라스타의 베개에 넣어두었다. 그러다가 들통나니까 저러고 있잖아."

라스타는 치를 떨면서 명령했다.

"저건 당장 치워! 아니, 태워버려라!"

또 다른 하녀인 아리언이 무거운 얼굴로 베갯잇 앞에 깃털을 주워 담았다.

"베개도 버려버려."

"네."

아리언이 나가자, 베르디 자작 부인은 얼른 그녀를 따라 나가며 말했다.

"따뜻한 차를 가져다드리겠습니다."

라스타는 사람들이 나가자 안락의자 위에 얼른 기대듯 쓰러졌다. 실제로 겁을 먹었던지라 몸에 소름이 돋았다. 라스타는 자신의 팔을 문지르면서 섬뜩해진 기분을 눌렀다. 처리할 방도가 없어서 우선 숨겨둔 건데. 이후에 너무 많은 일들이 벌어지면서 깜빡했다. 이러면 안 되는데. 라스타는 자신을 자책하며 속으로 욕을 뱉다가, 미간을 찌푸렸다.

"너무했나? 그냥 모른 척할 걸 그랬나?"

조금 진정이 되자, 아까 질질 끌려간 델리스 생각에 괜히 찜찜해진 탓이다. 울먹이던 얼굴을 떠올리자 마음이 뜨끔거리고 기분이 불편해졌다. 확실히. 좀 심했던 것 같기도 하다. 하지만 이제 와서 말을 바꿀 수는 없는 노릇이었다.

"황후의 권력이 크긴 하구나……. 내 말 한 마디에 사람을 완전히 내칠 수 있다니."

그사이, 베르디 자작 부인이 돌아와 라스타에게 따뜻한 허브티를 내밀었다. 그러나 허브티에서 나는 따뜻한 김과 부드러운 향도 라스타를 안심시키진 못했다. 라스타는 떨리는 손으로 차를 받아 들다가, 문득 베르디 자작 부인을 유심히 살폈다. 말 한 마디로 델리스를 내치고 나니, 이전부터 거슬렸던 베르디 자작 부인이 다시금 눈에 들어온 탓이다. 그 살피는 시선에 베르디 자작 부인은 쭈뼛해졌지만 내색하지 않으며 물었다.

"다른 필요한 게 있으신가요?"

"다른 건 없는데……."

'저 사람은 확실히 머리를 잘 굴려. 마음에 안 들지만 그렇다고 꼬투리 잡힐 만한 여지도 없단 말이지.'

하지만 곧 라스타는 마음을 바꿨다. 베르디 자작 부인을 델리스처럼 내치는 건 미뤄두기로. 델리스야 상황상 바로 꼬투리를 잡을 수 있었다지만, 베르디 자작 부인은 그렇지 않았다. 게다가 이름뿐이긴 해도 귀족이라, 사이좋은 귀족들도 몇 있어 보이고. 무엇보다…… 이제 와서 새 사람을 들이자니, 처음 귀족들을 초대한 티파티에서, 자신을 대하던 귀족들의 태도가 생각나 꺼려졌다. 그런 자들을 시녀로 들였다가, 오히려 그들이 약점을 잡으려 들면? 차라리 알아서 절절 기는 베르디 자작 부인이 낫다.

"없어. 나가봐."

라스타의 무심한 말에 베르디 자작 부인은 안심해서 "네." 하고
밖으로 나갔다.

라스타는 눈을 감고 약간 뜨거운 차를 홀짝였다. 뜨거운 물이 몸
에 들어오자, 열기가 돌면서 서서히 긴장이 풀렸다.

'어쨌든 이걸로 파란 깃털은 사라졌어. 이 부분에 대해서는 마음
을 놓아도 되겠지. 어차피 한 번은 해결했어야 했어.'

그러나 안심하기 전, 돌연 무서운 생각이 다시 떠올랐다.

'혹시 델리스가, 원한을 품고서 나에 대해 나쁜 소문이라도 내면
어쩌지?'

사람들은 헛소문에 놀아나기 쉽다. 이 점을 이용해 투아니아 공
작 부인을 보내버렸기에, 라스타는 그 대상이 자신이 될지도 모른
다고 생각하자 무서워졌다. 델리스는 성실하고 매력적으로 보이니,
밖으로 나가서 헛소문을 내기 쉽지 않겠는가. 헛소문이 나면 어쩌
지? 안 그래도 지금 귀족들에게 무시를 당하는 처지인데, 델리스가
퍼트린 소문에 지지층인 평민들조차 흔들리게 되면? 장기적으로
좋지 않을 게 분명했다.

'아예 입을 막아버려야겠어.'

라스타는 황급히 다시 종을 누른 후, 베르디 자작 부인이 들어오
자 얼른 말했다.

"생각해보니 이건 너무 커다란 죄야. 황후를 저주하기 위해 폐하
의 새를 학대하다니. 안 그래?"

베르디 자작 부인은 불길한 예감에 마른침을 삼켰다. 라스타는
그녀의 시선을 피하며 차갑게 말했다.

"끔찍한 짓을 했으니 걸맞은 벌을 내려야겠어. 그 하녀의 혀를 잘라서 감옥에 가둬."

"!"

"라스타가 그런 명령을?"

다음 날. 소비에슈는 비서인 피르누 백작에게서 어제 라스타가 내린 명령을 전해 듣고서 놀라 되물었다.

"확실한 거냐?"

"네. 감옥에 있는 걸 확인했습니다."

소비에슈는 헛웃음을 쳤다. 라스타가 때에 따라 착해지기도 못돼지기도 한다는 건, 투아니아 공작 부인 사건 때 확실하게 알게 되긴 했다. 지금은 내쫓았지만, 하녀가 낙태약을 먹이려 한 적도 있으니, 경계심이 투철할 거란 이해도 되긴 한다. 그렇지만 혀를 잘라 감옥에 가두라 한 명령은 소름이 돋았다. 피르누 백작도 비슷한 생각인지, 인상을 찌푸리며 물었다.

"어찌할까요, 폐하?"

소비에슈는 한숨을 내쉬다가 얼굴을 굳혔다. 문득, 이전에 라스타가 파란 새 깃털을 뽑은 게 황후인 것처럼 말했던 일이 떠오른 것이다. 물론 당시에도 대놓고 황후라 한 건 아니지만 뉘앙스가 딱 그랬다.

"……일단 두어라. 직접 들어보지."

소비에슈가 찾아갔을 때, 라스타는 자신의 방에 침울한 얼굴로 웅크리고 있었다. 시름에 잠긴 얼굴은 상냥하고 처연해서, 그런 무서운 명령을 내린 사람처럼 보이지 않았다.

"폐하?"

그러다 소비에슈를 보자, 라스타는 얼른 다가와 그를 꼭 끌어안으며 물었다.

"폐하. 들으셨나요?"

"들었다."

소비에슈는 라스타의 어깨 위에 살짝 손을 걸치며 위로하듯 말했다.

"많이 놀랐겠구나."

"네. 다시 스트레스를 받으니 배가 아파요……."

소비에슈는 적당히 라스타를 위로해주다가, 라스타가 진정해서 편안하게 웃기 시작하자 물었다.

"그런데 라스타. 전에 네가 그러지 않았느냐? 황후가 보낸 새를 델리스가 받아서 네게 전달했다고."

"네."

라스타는 잠시 움찔했으나, 곧 풀 죽은 얼굴로 대답했다.

"당시엔 폐비의 단독 범행이라 생각했는데. 델리스가 폐비의 끄나풀이었나 봐요."

라스타는 바로 대답했지만, 소비에슈는 여전히 찜찜한 마음을 풀 수가 없었다. 결국 방으로 돌아간 후, 그는 아예 직접 새 깃털을 뽑은 사람이 누구인지 확인해보기로 마음을 먹고서 새장을 방 가운데에 가져다 두었다. 영리한 새는 제법 소비에슈와 사이가 좋아져서, 소비에슈가 새장을 손가락으로 쓸자 노래를 부르면서 머리를 까딱거렸다. 소비에슈는 새의 부리를 쓸어주고는, 시종에게 라스타를 불러오라 지시했다.

'영리한 새이니 누가 자신을 괴롭혔는지 반응할 거다.'

새를 라스타의 곁에 두고 반응을 볼 셈이었다.

결혼식 날짜가 코앞에 다가왔는데도 소비에슈와 라스타는 오지 않는다. 이렇게 되니, 나는 자연히 이번 결혼식엔 소비에슈와 라스타가 오지 않으리라 생각했다.

"동대제국에선 릴테앙 대공이 대표로 올 것 같군요."

그러나 이 이야기를 하며 릴테앙 대공에 대해 말하자, 뜻밖에도 하인리는 웃으면서 대답했다.

"그것도 좋네요."

"릴테앙 대공이 대표로 오는 게 좋다고요?"

전엔 꼭 소비에슈와 라스타가 오길 바라더니? 하인리는 눈이 마주치자 가늘게 눈웃음을 지으며 속삭였다.

"아아. 그자를 보면 꼭 해주고 싶은 게 있거든요."

"해주고 싶은 거라니요?"

하인리가 릴테앙 대공에게 해주고 싶은 거? 전혀 짐작도 가지 않는데. 하지만 하인리는 더 설명하는 대신 말없이 웃으며 차만 마셨다. 그러나 결혼식 이틀 전, 예상을 뒤집고 라스타와 소비에슈가 모두 다 나타났다.

'정말 미래에까지 길이길이 알려질 황실 비화가 되겠어.'

시녀들조차 내 눈치를 살피는 걸 느끼며, 나는 하인리가 지금쯤 좋아하고 있을지 아쉬워하고 있을지를 생각해보았다. 그 대답은 저녁 무렵, 놀라운 소식과 함께 전해졌다.

"전하께서?"

"네, 전하."

하인리가 소비에슈에게 청해 둘이서만 저녁 식사를 하고 있단 것이다.

"소비에슈 폐하가 하인리 전하를 부른 게 아니라, 하인리 전하가 소비에슈 폐하를 청한 게 확실한 건가요?"

나는 당황해서 몇 번이나 물었다. 하인리와 소비에슈는 처음 만났을 때부터 쭉 사이가 나빴다. 중간에 라스타가 끼었을 때부터 지금 내가 끼기까지 계속. 하인리는 소비에슈와 얽히는 걸 그리 좋아하는 것 같지도 않았지. 하인리가 소비에슈를 결혼식에 초대하고 싶어 하긴 했지만, 어디까지나 '우리가 결혼하는 모습을 보라고 그래요'의 의미였다. 그런데 둘이서만 저녁 식사를 함께할 거라고는…….

"확실합니다, 전하. 사람들을 다 물리고 오롯이 두 분이서만 식사를 하신다 들었어요."

그러나 로즈는 내가 물어볼 때마다 같은 대답을 반복했다.

괜히 걱정이 되어서, 나는 창가로 다가가 창문을 열고 본궁 쪽을 쳐다보았다.

'하인리…… 소비에슈한테 눌릴 것 같은데.'

소비에슈 역시도 나비에 이상으로 궁금했다. 왜 하인리 왕이 자신에게 함께 식사하잔 말을 한 건지. 결국 식사를 시작한 지 얼마 지나지 않아, 소비에슈는 대놓고 하인리에게 질문했다.

"왜 불렀지?"

짧은 질문이지만, 하인리는 대번에 알아듣고 웃으며 대답했다.

"어찌 보면 미운 분이지만, 어찌 보면 고마운 분 아닙니까. 함께 한번 식사를 하고 싶었습니다."

소비에슈는 미간을 찡그렸다.

"고마운 분?"

대답은 대답이었으나 이해하기 어려운 대답이었다. 소비에슈가 '저게 무슨 개소리인가' 하는 표정으로 쳐다보자, 하인리는 당연하다는 투로 설명했다.

"직접 나비에 님과 이혼해주셨으니까요. 덕분에 전 곧 결혼도 하게 되었고."

"!"

"사내 대 사내로 말씀드리자면, 전 처음부터 나비에 님을 짝사랑했던지라."

소비에슈의 표정이 굳었다. 하인리의 웃는 표정은 달콤한 설탕처럼 보였지만, 소비에슈는 그 표정을 보자 때려주고 싶어 저절로 주먹이 쥐어졌다.

"아. 이렇게 생각하면, 폐하께서 제 결혼을 주선해주신 거나 다름없군요."

"하인리 왕······."

"이제 와 새삼 감사드립니다, 폐하. 폐하께서 나비에 님과 이혼하지 않으셨다면, 저는 그분의 그림자를 쫓으며 홀로 아파했을 텐데요."

웃으면서 사람을 짜증 나게 하는 하인리의 태도에, 소비에슈는 몹시 기분이 상해서 빈정거렸다.

"그대가 이렇게 치졸한 자란 걸 나비에가 알아야 할 텐데."

"그럴 일은 없을 겁니다. 전 폐하와 달리 제가 치졸하단 걸 절대로 들키지 않을 거라서요."

소비에슈는 속으로 혀를 찼다. 왜 갑자기 부르나 했더니. 놀리고 싶어서 부른 거였나.

"하."

소비에슈가 어이없어 웃었으나, 하인리는 태연하게 나이프와 포크를 잡았다. 그러나 소비에슈가 갑자기 재밌다는 듯 어깨까지 떨며 웃자, 하인리는 고기 썰던 걸 멈추고 힐긋 소비에슈를 쳐다보았다.

이번엔 하인리가 미간을 찡그렸다. 열 받아 죽겠단 아까의 표정은 온데간데없고, 소비에슈가 나른하게 눈꼬리를 접으며 웃고 있었기 때문이다. 무슨 꿍꿍인가 싶어 보자, 소비에슈가 한쪽 입을 삐뚜름하게 올리며 말했다.

"방심은 기회를 만들지. 지금 그대를 보니 내게도 곧 기회가 오겠군."

"……."

"난 계산 착오로 아내를 잃었지만, 언제든 되찾을 준비를 할 거거든."

"그분은 당신을 좋아하지 않습니다, 폐하. 되찾고 싶다고 되찾아지는 물건이 아니니까요."

"물건이 아니니까. 나비에가 돌아오고 싶어 하면 언제든 되찾을 수 있는 거 아닌가?"

조용히 웃은 소비에슈는 하인리 쪽으로 몸을 기울이며 덧붙였다.

"그대는 이중적이야, 하인리 왕."

"?"

"그런 점 덕분에 나비에는 그대를 많이 믿고 있나 본데. 그런 점 때문에 나비에는 내게 돌아오고 싶어질 거다."

이번엔 하인리가 헛웃음을 뱉었으나, 소비에슈는 말을 멈추지 않았다.

"그대처럼 이중적인 사람은 들키고 싶지 않은 비밀이 많거든."

빙그레 웃은 소비에슈는 속삭이듯 덧붙였다.

"그대가 심어놓은 에르기 공작이라든가."

"!"

라스타는 초조하게 방 안을 빙글빙글 맴돌았다. 델리스를 가두라고 명령한 다음 날. 소비에슈는 라스타를 방으로 불렀지만, 그녀는 배가 아프단 핑계를 대고 가지 않았다. 신경을 계속 쓴 탓인지 실제로도 배가 정말로 아파와서 궁의를 부른 것도 맞았다. 하지만 그날을 기점으로 소비에슈가 영 탐탁지 않은 눈길을 보내곤 해서 초조했다. 그뿐만이 아니었다. 서왕국으로 오는 길에 소비에슈는 마차조차 같이 타지 않았다. 아기를 임신한 후 내내 침대 가에서 한 시간 정도 불러주던 노래도 30분으로 줄여버렸다. 물론 이전에도 바쁜 일이 있으면 노래를 생략하곤 했지만 아예 시간을 줄인건 분명 이번 일 이후였다.

'라스타 말을 안 믿는 거야.'

라스타는 아랫입술을 꽉 깨물었다. 생각하면 할수록 서운해졌다. 어떻게 이럴 수 있지? 답은 금세 나왔다. 소비에슈가 델리스에게 마음이 있는 게 분명하다. 델리스는 예쁘고 매력적이니까, 아예 처음부터 신경을 쓰고 있던 거다. 그런데 델리스가 죄를 짓고 잡혀가니 언짢아하는 것이었다.

"너무해."

라스타는 소파에 앉아 흐느꼈다.

"델리스가 라스타를 저주해서 죽여버리려고 했는데. 폐하는 그건 신경 쓰이지도 않으신 거야? 라스타가 위험했는데, 그것보다 델리스가 좋단 거야?"

아리언은 막 끓인 차를 티테이블에 내려놓다가, 라스타의 말을 들자 괜히 오싹해졌다. 델리스가 새 깃털을 뽑았다고 주장하는 그날. 아리언은 델리스가 심부름을 하느라 몇 시간 자리를 비운 상태란 걸 알았다. 하지만 라스타가 델리스를 마구잡이로 몰아갈 때, 그녀는 진실을 알면서도 나서지 못했다. 그녀는 경험이 많은 하녀였고, 주인이 아랫사람들에게 멋대로 누명 씌우는 일을 여러 번 보아왔다.

진주가 없어졌다, 구두가 엉망진창이 되었다, 돈뭉치가 사라졌다, 정보를 빼돌리는 첩자구나 등등. 하녀 일을 하면서 배운 건, 누군가 아랫사람에게 누명을 씌우려 들 땐 절대로 혼자서 반박해선 안 된단 것이었다. 주인이 답을 정해버린 일에 반박하려 들면, 오히려 같이 싸잡아서 벌을 받거나 쫓겨나지 절대로 해결이 되지 않으니까.

아리언이 오싹하게 여기는 부분은, 상냥하고 귀여운 라스타가 델리스를 멋대로 몰아가 끔찍한 명령을 내렸단 부분도 아니었다. 혼잣말. 아리언은 저 혼잣말이 소름 돋았다. 분명 라스타도 자신이 델리스에게 누명을 씌웠단 걸 알고 있을 텐데. 지금 혼잣말은, 정말로 델리스를 범인이라 여기는 것 같지 않은가. 혼자 있을 때조차 연기를 하는 걸까, 아니면⋯⋯.

라스타의 시선이 힐긋 닿자, 아리언은 생각을 멈추고 돌아서서 방을 나왔다. 어느 쪽이든 이쪽이 신경 쓸 일은 아니었다. 그저 당장 비위나 잘 맞추어주며 조용히 지내면 그뿐.

'이대로라면 잘 사는 모습을 보여주긴커녕 비웃음만 당할 거야.'

몇 시간이나 끙끙거리던 라스타는 태동을 느끼고서 정신을 차렸다. 그래. 이러고 있을 때가 아니었다. 홑몸이 아닌데도 여기까지 고생하며 온 이유가 무엇인데? 나비에에게 자신이 잘 사는 모습을 보여주고 싶어서였다. 나비에가 동대제국으로 와 귀족들을 들쑤시고 간 것처럼, 자신도 서왕국의 귀족들을 들쑤셔 복수하고 싶어서였다. 그러려면 소비에슈에 관한 건은 우선 뒤로 미루고, 당장 복수할 방법을 찾아야 한다.

하지만 어떻게?

'이럴 때 에르기 공작이 같이 있었다면 좋았을 텐데.'

라스타는 에르기 공작이 함께 오지 않은 걸 아쉬워하다가, 우선 급한 대로 베르디 자작 부인과 호위들에게 지시했다.

"폐비가 여기서 어떻게 지내는지, 잘 적응은 하고 있는지, 뭐 문제는 없는지 다 알아와."

얼마 지나지 않아서 베르디 자작 부인은, 나비에가 전 왕비인 크리스타와 미묘한 대치 중이란 걸 알아 왔다.

"확실해? 벌써 알아 오다니. 대충 알아 온 거 아니야?"

"비밀도 아닌 눈치였습니다."

"그래? 휴우…… 잘 살겠다면서 폐하를 배신하고 가더니. 언니도 별수 없구나."

이후 호위들이 알아 온 정보도 비슷했다. 나비에가 이곳에서 아직 적응 중이란 걸 확신한 라스타는, 손가락을 입에 문 채 곰곰이 생각해보다가 지시했다.

"크리스타란 사람, 여기로 불러와봐. 그쪽은 전 왕비고 라스타는 황후니까 부를 수 있지?"

"귀족을 부르는 것처럼 명령은 할 수 없습니다. 다른 나라 사람이니까요. 하지만 웬만해서는 초대를 거부하진 않을 겁니다."

"그럼 불러와."

베르디 자작 부인에게 지시한 라스타는, 이번엔 아리언을 불러 명령했다.

"간단하게 먹을 만한 걸 준비해줘. 전 왕비가 오면 같이 먹게."

"예, 황후 폐하."

"아, 하나 더."

"음료수는 향과 맛이 아주 강한 걸로 가져와."

"네."

"쓴맛이 없는 달달한 술도."

얼마 지나지 않아 아리언은 간단하게 먹을 수 있는 음식들을 날라 왔다. 다진 고구마와 설탕, 치즈로 만든 바삭한 과자와 무척이나 단 음료수, 과일샴페인 등이었다. 음식을 테이블에 내려놓은 아리언이 나가자, 라스타는 음료수 병에 샴페인을 섞고 흔들었다.

거의 준비가 끝났을 즈음, 마침 크리스타가 찾아와 인사했다.

"동대제국의 황후 폐하를 뵙습니다."

그 공손한 태도에, 라스타는 순간 원래의 목적을 잊고 오싹한 쾌감을 느꼈다. 다른 나라의 선대 왕비가 자신에게 공손히 인사하다니. 거만한 귀족들의 모습을 알기에 기분이 좋아졌다. 덕분에 라스타는 진심으로 상냥한 미소를 지으며 말했다.

"어서 와요, 크리스타 님."

반대로 크리스타는 어색하게 웃었다. 그녀는 나비에와 친한 사이는 아니었다. 하지만 라스타와 소비에슈가 이혼 전에 결혼을 약속했단 이야기를 신문에서 보았기에, 저쪽도 그리 탐탁지는 않았다.

"이쪽으로 앉아요."

하지만 상대는 대제국의 황후기에, 크리스타는 순순히 자리에 앉았다. 라스타는 얼른 맞은편에 앉으면서 맑게 웃었다.

"크리스타 님에 대해서는 동대제국에서도 많이 들었어요."

"그런가요?"

"네. 무척 어질고 현명한, 청초한 분이라고들 하던데. 이렇게 뵈니 정말 그대로인 것 같아요."

"고마워요."

라스타는 크리스타의 앞에 술이 섞인 음료수를 따라주며 다정하게 물었다.

"라스타가 갑자기 불러서 많이 놀라셨지요?"

"조금……."

크리스타는 이제부터 본론이 시작되겠구나, 생각하면서 음료수를 받아 마셨다. 그러나 라스타가 뱉은 말은 의외로 자기 이야기였다.

"라스타는…… 저어…… 알겠지만 결혼 과정이 좀 복잡했거든요. 부모님은 어엿한 귀족이시지만 외국 귀족이시고, 게다가 어릴 때 부모님과 헤어져서 평민이 길러주었어요."

크리스타는 음료수를 다시 한 모금 마시면서 고개를 끄덕였다. 저 이야기는 사실 크리스타도 들은 적이 있었다. 그게 사실인가 아닌가를 두고서 서왕국에서도 가십거리로 많이 이야기되기도 했고.

그 사이에도 라스타는 말을 계속 이어갔다.

"그렇다 보니 라스타는 사교계에도 늦게 데뷔했고, 딱히 친하게 지내는 귀족들도 없답니다."

"이런."

"게다가 동대제국 귀족들은 모두 나비에 님의 편이어서, 라스타는 그곳에서 고립된 거나 마찬가지거든요."

"안됐군요."

"그럴 만도 해요. 라스타는 예법을 배운 지도 오래되지 않았으니."

크리스타는 건성으로 대답하다가, 라스타가 슬프게 웃으며 크리스타의 손을 꼭 잡자, 그 허물없는 행동에 놀라 눈을 크게 떴다. 그런 크리스타를 향해, 라스타는 진심 어린 표정으로 말했다.

"그래서 서왕국 여러분과 친하게 지내고 싶었어요."

크리스타는 생각 외로 소탈한 라스타의 모습에 조금 놀랐다. 사람들이 상상하는 라스타는 소비에슈 황제의 정부로 시작해 황후 자리에까지 오른 마성의 여인이었다. 서왕국에서도 라스타에 대해 말이 많았고, 다들 라스타가 치명적인 매력을 지닌 팜므파탈일 거라 생각했다. 하지만 실제로 보니, 참으로 순진하고 어수룩한 시골 아가씨 같지 않은가. 게다가 자신의 입으로 자기가 사교계에 어울리지 못했다던가, 예법에 약하단 이야기까지 고백하는 황후의 모습은 충격적이기까지 했다.

"이곳에 머무는 동안이라도 크리스타 님과 우정을 나누고 싶어요."

라스타가 천사 같은 얼굴로 부탁하자, 크리스타는 반사적으로 고개를 끄덕였다. 사실, 라스타가 불렀단 이야기를 들었을 때부터, 아마 자신을 이용해 나비에와 대립하려는 것이라 짐작은 했다. 뜬금없이 자기 이야기를 길게 늘어놓아 이상했는데. 이제부터 본론을 말하려나 보다.

하지만 라스타는 그 이상 나비에에 관한 이야기는 하지 않고, 오히려 처음으로 데뷔탕트를 치른 풋풋한 귀족처럼 굴었다. 이런저런 화젯거리로 말을 하는데, 정말로 사교계에 익숙하지 않은 게 보여서 듣고 있자면 귀여웠다. 그러다가 서서히 크리스타의 경계심이 풀어질 즈음. 라스타가 아까보다 좀 더 조심스러운 태도로 새로운 화제를 꺼냈다.

"저, 라스타가 이런 말을 한 걸 기분 나쁘게 듣진 마시구요. 라스타는 귀족 사회에 대해 잘 몰라서 물어보는 거니까요."

"?"

"나비에 님은 황후였는데도 서왕국 전하와 재혼을 했잖아요."

"……."

"크리스타 님은 재혼을 못 하나요?"

크리스타는 굳은 얼굴로 라스타를 쳐다보았다. 시녀들이 걱정스럽게 이런 말을 하긴 했지만, 오늘 처음 본 라스타가 재혼 이야기를 꺼내자 당혹스러웠다.

"라스타가 아는 정략결혼 사례는 나비에 님뿐인데…… 정략결혼이라 그런가 나비에 님은 폐하와 서로 정이 없었어요. 그래서 하인리 전하와 금세 재혼도 했고요."

라스타는 크리스타가 달갑지 않아 한단 걸 알면서도 굳이 말을 계속했다.

"라스타가 본 게 귀족들의 흔한 결혼 패턴이라면, 크리스타 님도 정략결혼을 하셨을 테니까……."

결국 크리스타는 단호하게 말을 끊어버렸다.

"그 이야기는 하고 싶지 않군요."

"이런, 미안해요."

라스타는 놀란 얼굴로 황급히 사과했다. 하지만 크리스타의 단호한 대답에 속으로는 웃었다.

'좋아하는 사람이 있나 보네.'

그게 아니라면 저렇게 정색을 할 리가 있나.

"더 마셔요."

그래도 모른 척, 라스타는 크리스타에게 술 섞인 음료를 더 권했다. 효과가 있어서, 시간이 지나자 크리스타는 점점 풀어진 모습을 보였다. 라스타는 크리스타가 술에 취했다 싶자 다시 떠보았다.

"나비에 님처럼 불륜으로 재혼하는 것도 아니고. 크리스타 님은 사별을 한 건데, 재혼을 못 하다니. 이건 너무한 것 같아요. 안 그런가요?"

이번에도 크리스타가 넘어오지 않는다면, 술을 더 마시게 할 작정이었다. 그러나 크리스타는 씁쓸한 얼굴로 웃었고, 라스타는 쾌재를 불렀다. 거의 다 됐구나! 몇 번 더 속삭거리자, 결국 크리스타는 속내를 약간 털어놓았다.

"난 세상 모든 남자와 결혼할 수 있지만, 내가 원하는 단 한 사람과는 할 수 없어요."

"어째서요?"

"……그 사람에게 폐가 되니까."

힘없이 웃는 크리스타의 눈가에 눈물이 고였다. 라스타는 화사하게 웃으면서 손수건을 내밀었다. 권력에서 밀려나게 된 점을 이용해 기분을 들쑤실 생각이었는데. 생각 이상으로 더 재미난 정보를 알아버렸다.

'하인리를 좋아하는구나, 이 사람.'

결혼식을 하루 앞둔 날. 나와 하인리는 결혼식 예행연습을 위해 먼저 식장에 갔다. 칭제를 할 계획도 있기에, 그곳엔 하인리의 최측근들도 모여 있었다. 칭제를 선언할 시기를 논의하려는 거겠지. 최대한 주목을 받는 순간 해야 할 테니. 그러나 다양한 의견이 나오는 바람에 말이 쉽게 맞추어지지 않아서, 시간이 생각보다 너무 오래 걸렸다. 그러다가 잠시 쉬느라 둘만 붙어 있게 되었을 즈음. 나는 어제부터 내내 궁금했던 걸 슬쩍 물어보았다.

"어제저녁에 폐하와 무슨 이야기를 했나요?"

하인리는 내 손에 깍지를 끼려다 말고 굳었다. 손가락이 닿아 있던 바람에, 하인리가 움찔하는 게 바로 느껴졌다. 나는 하인리의 손을 먼저 잡아주며 그를 지그시 바라보았다. 소비에슈가 괴롭힌 건가? 무슨 이야기를 했기에 이래?

그러자 하인리가 한숨을 내쉬며 투덜거렸다.

"너무해요."

"?"

"치사해요."

뭐가?

"손잡고서 물어보면 대답을 할 수밖에 없잖아요."

뭐? 웃음을 터트리자, 하인리는 마지못해 대답했다.

"그 폐하가 열 받을 말만 골라서 했습니다."

그 말에 나는 웃던 걸 멈췄다. 하인리가? 정말이야? 놀랐다. 하인리가 그런 행동도 한다고? 하지만 곧 머릿속에 신년제 특별 연회 때의 일이 스쳐 지나갔다. 하인리…… 소비에슈 앞에서 라스타의 말투를 대놓고 따라하며 깐죽거렸지. 그러고 보니 맞아. 그런 일도 있었어. 친해진 후로 너무 순하게 굴어서 깜빡했지만, 초반에 친해지기 전. 나는 하인리가 라스타와 비슷한 성격 같다고 생각했다. 웃으면서 사람 속 터지는 말을 잘한다고……. 그 생각을 하느라 인상이라도 쓴 걸까. 하인리가 내 눈치를 살피며 물었다.

"하인리한테 화가 났나요?"

그 말투에 순간 웃음이 터져 나왔다. 크게 웃으며 쳐다보자, 하인리가 다시 한 번 라스타의 말투를 따라 했다.

"하인리한테 화내지 말아요."

"그 말투 좀 따라하지 마요."

내가 제일 싫어하는 말투인데. 하인리가 이러면 귀엽게 들리잖아. 하인리는 빙그레 웃더니 내 어깨에 자신의 몸을 슬쩍 기대며 속삭였다.

"좋아해요, 부인."

그 모습이 귀여워서, 나는 그의 머리에 대고 내 머리를 같이 부비다가, 이쪽을 쳐다보며 입을 벌리고 있는 하인리의 측근들을 발견하고 황급히 정색했다. 머리도 물론 도로 들었다. 하지만 맥켄나는 이미 히죽 웃고 있었다. 나는 얼른 엄한 표정을 짓고서, 하인리에게 지금 필요한 말을 했다.

"하인리. 소비에슈 폐하와 사이좋을 필요는 없지만, 비등한 국력을 가진 나라의 황제와 군이 싸울 필요도 없어요."

"!"

"괜한 트러블은 일으키지 않는 게 낫다 봐요."

좋은 분위기이다가 너무 갑자기 방향을 틀었나. 하인리의 표정이 굳었다. 그 표정을 보자 미안해졌지만, 할 말은 해야 했다.

"그대는 내 남편이지만, 동시에 서왕국을 책임지고 있는 사람이잖아요."

하인리는 대답하지 않았다. 트러블을 계속 만들 생각이기라도 한 건가?

"하인리."

작게 이름을 부르자, 하인리는 그제야 고개를 돌렸다. 하지만 그가 부드러운 목소리로 꺼낸 말은 내 말에 대한 대답이 아니었다.

"고백할 게 있습니다."

말을 돌리려는 거구나. 나는 인상을 찡그리고서 그에게 다시 말을 하려 했지만…….

"난 경험이 없습니다."

하인리가 뱉은 말에 순간 말문이 턱 막혔다. 방금…… 뭐라고 한 거야? 놀라 쳐다보자, 하인리는 내 귀에 대고 속삭였다.

"그러니 첫날밤엔 그대가 날 이끌어주어야 합니다."

일부러 말을 돌리고 있단 걸 알면서도 머리가 하얘졌다. 누구에게 상담을 하진 못했지만, 나도 내내 고민하던 일이었으니까. 그렇지만 이 말은 뭐야. 이끌어달라니. 나더러 리드를 하란 건가? 얼굴에 열이 올라서 고개를 숙였다. 좀 모른 척해주면 좋으련만. 하인리는 군이 같이 고개 숙여서 내 얼굴을 바라보면서 눈을 맞추고 놀렸다.

"얼굴이 빨개졌습니다, 부인."

"……마찬가지예요."

"스승님들이 그러셨지요."

"?"

"전 하나를 배우면 100개를 익히는 제자라고."

"!"

무덤덤한 표정을 유지하려 애쓰지만 잘 되지 않는다. 결국 예행연습은 이만하면 됐다 둘러대고서, 나는 도망치듯 결혼식장 밖으로 나왔지만…… 하필 식장 밖에는 카프멘 대공이 서 있었다.

인사를 해야 하는데…… 안 돼.

'첫날밤 상상을 하면서 카프멘 대공과 태연한 척 대화하진 못하겠어.'

"!"

다행히, 자세히 보니 카프멘도 표정이 아주 어두웠다. 길게 얘기하려 들 것 같진 않아.

나는 안심하고서 그에게 다가갔지만, 내가 인사를 꺼내기도 전에 카프멘은 돌아서서 어딘가로 가버렸다. 다행이지만…… 왜 갑자기? 누굴 기다린다고 여기 있던 게 아닌가?

"전하."

"어?"

그러고 있자니, 근처의 시녀들이 내게 다가와 졸랐다.

"이제 결혼식 준비를 해야 합니다."

"지금부터 할 게 많아요. 게다가 오늘은 일찍 주무셔야 하는데!"

"빨리요!"

마스타스는 '왜 벌써부터 준비하지?' 하는 표정이었지만, 덩달아 날 재촉했다.

"그래요."

나는 카프멘의 뒷모습을 마지막으로 확인하고서, 얼른 시녀들을 따라 별궁으로 갔다.

하인리는 멀어지는 나비에의 치맛자락을 바라보다 이마를 조금 구겼다. 나비에와의 시간은 즐거웠지만, 굳이 동대제국과 트러블을 일으킬 필요가 없지 않느냐는 말이 신경 쓰여서인가. 뒤끝이 좋지 않았다. 상대는 다른 뜻으로 한 말이란 걸 알지만, 그 말이 송곳처럼 정곡을 쿡 찔렀다. 소비에슈가 '네 이중적인 모습을 본 나비에는 널 떠날 것'이란 불길한 경고까지 했기에 더욱 찝찝했다.

"전하. 안 들어오십니까? 잠깐 화장실 가신다더니 왜 여기서 이러고 계십니까? 여기가 화장실인가요?"

뒤에서 투덜거리는 맥켄나의 목소리가 들리자, 하인리는 멍하니 기둥에 기대어 선 채 물었다.

"맥켄나. 내가 몸만 순결한 쓰레기란 걸 알면…… 퀸은 그자에게 돌아가려 하실까?"

"예?"

맥켄나의 머릿속에 신하로서 해야 할 법한 위로가 줄줄이 떠올랐다. 전하가 왜 쓰레기입니까, 전하는 서왕국을 위해 모든 걸 하신 겁니다, 동대제국이 동대제국 챙기듯 전하가 우리나라 챙긴 게 왜 쓰레기입니까 등등. 하지만 그보다 먼저, 친한 사촌의 방정맞은 위로가 튀어 나갔다.

"재활용해주실 겁니다. 안심하세요."

하인리가 홱 쳐다보자, 맥켄나는 서둘러 식장 안으로 도망쳤다.

드디어 결혼식 날이다. 이날을 기점으로 드디어 정말 서왕국의 왕비가 되는 것이다. 아니, 칭제할 거라 했으니 서대제국의 초대 황후가 되는 거로구나. 이 생각을 하자마자 약간의 부담감과 감동이 닥쳐왔다.

'초대 황후……'

초대 황후라곤 하지만 서왕국은 이미 기틀이 다 잡혀 있는 나라. 나라의 크기, 재력, 군사력까지 이미 다 제국이라고 하기에 충분하지. 서대제국이 된다 한들, 내가 뜯어고칠 부분은 많이 없을 거야. 하지만 왕국이 제국이 되는 만큼 여러 가지로 바꿀 부분들이 분명 있을 터.

'그걸 내 세대에 잘 조율해두어야겠지.'

"아이참, 왕비 전하. 자꾸 인상 좀 쓰지 마세요."

"아. 미안해요."

"이마에 윤이 나도록 진주 가루를 발랐는데, 자꾸 인상을 쓰시니까 고정되기도 전에 다 떨어진단 말이에요."

'무슨 생각을 못 하겠네.'

대체 언제까지 더 이래야 하지? 푹 자고 일어나야 혈색이 좋고 화장이 잘 먹는다고 해서 어제는 일찍 잠들었다. 아침에 일어나자마자 세 종류의 물로 목욕을 했고, 목선과 어깨 라인을 잡아주는 마사지를 받았다. 이후로 화장을 하는 데만도 몇 시간, 머리를 하는 데만도 몇 시간이 걸리고 있었다.

"다 됐습니다!"

온몸의 근육이 간지럽기 시작할 무렵에서야 주베르 백작 부인이 손뼉을 치며 외쳤다. 다행이야. 여기서 더 오래 지체됐다간 정말로 못 참고 산책을 나갔을지도.

"거울을 보세요, 왕비 전하. 참으로 아름다우십니다."

로즈가 신이 나서 외치는 소리를 듣고서야 나는 정신을 차리고서 거울에 내 모습을 비춰 보았다. 라스타 때처럼 뜯어보면 예쁜데 모아두면 우스꽝스럽게 보이고 싶진 않으니까. 하지만 아니었다. 맙소사. 결혼식 드레스를 입은 내 모습은 놀랄 만큼 마음에 들었다. 놀랄 만큼 화려하고.

'미리 입어봤지만, 머리와 화장까지 손보고 입으니 더욱 대단한데.'

몸을 살짝 돌리자 드레스의 풍성한 치마가 덩달아 돌아가면서 사르르 소리를 낸다. 정말로, 과장하지 않고 그런 소리가 실제로 났다. 동시에 빛을 받아 드레스가 반짝반짝 빛을 냈다. 하인리가 '서왕국은 보석 산출국이다'면서 드레스 치마에 빼곡하게 보석을 달게 해서 만들어진 결과물다웠다.

"정말 아름다워요! 아, 이 모습을 초상화로 남겨야 하는데!"

"고마워요, 로라 양."

시녀들은 감탄했고 보기에도 아름답지만…… 하인리가 오늘 칭제할 거라 다행이야. 그런 소식 없이 이 드레스를 보았다간, 정말로 보석에 미친 사람 같겠어.

결혼식이 시작되기 전. 초대된 귀빈과 귀족들은 모두 다 안에 들어가 있겠지만, 나는 신부의 길을 걷기 위해 미리 준비된 작은 대기실 안에서 기다렸다. 참 이상하지? 이 대기실 안에 홀로 있자니 이상하게도 괜히 손바닥이 가려웠다. 이미 서약서까지 쓴 마당이니, 오늘은 그저 형식적인 식을 올릴 뿐인데. 저 반대편에는 하인리가 있겠지. 하인리도 나만큼 긴장하고 있을까? 그럴 거다. 처음이라고 했고…… 아, 물론 결혼 말이다.

"왕비 전하. 이제 들어가셔도 됩니다."

드레스가 구겨질까 봐 앉지도 못한 채 서성거리고 있자니, 마침내 국가 행사를 진행하는 관리가 들어가도 좋단 신호를 보내주었다. 나는 고개를 끄덕이고서 문 밖으로 나가 '신부의 길'을 천천히 걸어갔다. 맞은편에서는 하인리가 들어오고 있었는데, 눈이 마주치자 누가 봐도 뚜렷할 정도로 환하게 웃었다. 신나 하는 게 보일 정도라서, 나는 웃음을 터트리지 않기 위해 애써 얼굴 근육에 힘을 주었다. 적당히 웃는 건 괜찮겠지만 사람들 앞에서 혼자 호탕하게 웃을 순 없으니.

걷고 걷고 또 걸었다. 신부의 길. 하인리가 없이 내가 혼자 살아온 길…….

'이 길 위에는 소비에슈도 있었지.'

쓸쓸한 생각이 들기 전, 하인리와 내 길이 합쳐졌고, 우리는 서로를 향해 가볍게 웃고서 몸을 틀어 대신관 쪽으로 향했다. 그러면서 자연스럽게 팔이 살짝 닿자, 하인리가 그때를 맞춰 내 손을 꼭 잡았다.

'보통은 손을 잡고 걷지 않는데?'

당혹스러웠지만 나도 그의 손을 같이 잡았다. 절대로 자기를 초대하지 말라며 씩씩거렸던 대신관은, 내내 뚱한 얼굴로 있다가 우리가 손을 잡고 오자 못 말리겠다는 듯 가볍게 웃으며 작게 타박했다.

"초대하지 말라니까."

하지만 우리가 그의 앞으로 가 서자, 신성한 책을 펼치면서 작게 할 말은 해주었다. 오늘따라 웃음이 왜 이렇게 많이 나는지. 그것조차 즐거워 웃고 있자니, 대신관이 절차에 따라 하인리에게 물었다.

"두 사람은 반은 각자의 길을 걸어왔고, 반은 부부의 길을 함께 걸어왔습니다. 서왕국의 왕, 하인리 알레스 라즐로는 남은 길은 나비에 엘리 트로비와 함께 걸어가는 데 동의합니까?"

약간 놀랐다. 원래 결혼식 문구는 저게 아니지 않나? 당황해서 대신관을 보니, 그는 장난스럽게 웃고 있었다. 아무래도 우리가 이미 동대제국에서 결혼 서약을 했기 때문에 적당히 말을 바꾼 모양이었다.

하지만 대신관의 장난스럽던 미소는, 하인리가 "잠시만요." 하고 말하는 순간 싹 사라졌다. 신랑이 신부를 받아들인단 말에 대답은 안 하고 잠시 기다리라 하자, 귀빈석에서도 웅성거리는 소리가 터져 나왔다. 이미 어제 언질을 들은 진행인지라, 나는 사람들의 반응이나 살피면서 차분한 태도로 가만히 기다렸다. 하지만 반응이랍시고 제일 처음 보인 건 라스타의 웃는 얼굴이었다.

여기까지만 보자. 좋은 날에 굳이 내가 곤욕을 치르길 기대하는 사람들까지 확인할 필요는 없지. 대신 옆을 보자, 하인리는 사람들이 웅성거리는데도 고요하게 웃고 있었다.

"그 전에 해야 할 게 있습니다."

모두를 깜짝 놀라게 했으면서, 자기는 여느 때와 다름없는 말투고. 귀빈들은 영문을 몰라 서로 곁눈질했다. 하인리는 그들이 진정하길 기다렸다가, 목소리에 힘을 주어 말했다.

"지금 이 순간부터."

"?"

"우리 서왕국은 서대제국이 될 것이며, 나 하인리 라즐로는 서대제국의 초대 황제로 군림할 것이다!"

시작과 끝이 다른 하인리의 말투에서는 위엄이 느껴졌다. 외국 귀빈들은 자기들끼리 조용히 시선을 교환했다. 이게 무슨 일인가, 통 짐작이 안 간다는 듯이. 하지만 미리 언질을 받은 하인리의 최측근 몇 명이 박수를 치자, 서왕국 사람들은 곧바로 따라서 같이 환호하고 박수를 쳤다. 분위기 탓에 외국에서 온 귀빈들도 얼결에 따라서 박수를 치기 시작했다. 어중간하던 웅성거림은 점차 홀 전체가 울릴 정도의 소란으로 바뀌었다.

기자들이 바쁘게 손을 움직이는 걸 보다가, 나는 다시 소비에슈를 살폈다. 소비에슈는 창백한 낯빛이었으나 표정은 무표정했다. 귀찮다고 생각하나? 아니면 내가 끈질기단 생각? 어느 쪽이든 그가 표정 관리를 잘하고 있단 건 알겠다. 반면, 라스타는 내가 자기 머리 위의 황관을 낚아채 가기라도 했던 얼굴이었다.

다시 돌아선 하인리는 대신관을 향해 혼자 서약을 읊었다.

"나, 서대제국의 황제 하인리 알레스 라즐로는, 황후 나비에 엘리 트로비를 부인으로 맞이하는 데 동의합니다."

대신관은 자기 질문에 대답은 안 하고 엉뚱한 소리를 하다가 뒤늦게 서약을 읊는 하인리를 잠시 황당하단 듯 쳐다보았으나, 곧 자연스럽게 내 호칭까지 바꾸어 물어주었다.

"서대제국의 황후 나비에 엘리 트로비는, 황제 하인리 알레스 라즐로와의 결혼을 받아들입니까?"

"받아들이겠습니다."

웃으며 말하자, 대신관은 결혼 서약서를 우리 쪽으로 내밀었다. 동대제국에서 적은 그 서약서였다. 대신관은 '왕'과 '왕비'라고 되어 있는 부분에 직접 줄을 쳐주면서 작게 말했다.

"옆에 한 번 더 사인하시지요."

나와 하인리가 차례로 사인을 하자, 대신관은 결혼이 성사되었음을 선포하며 신성한 책을 덮었다. 동시에 아까보다 더욱 커다란 환호성이 터져 나왔다.

피로연이 시작되고, 나와 하인리는 제일 먼저 함께 춤을 추었다. 당연한 절차였다. 하지만 몇 시간 후에 벌어질 일 때문일까. 나는 춤에 제대로 집중하지 못하고, 내 목덜미와 허리를 짚은 그의 손의 생생함에 괜히 움찔거렸다.

"보석을 너무 많이 달았나 봅니다, 퀸. 갑옷에 손을 올린 느낌이에요……."

반대로 하인리는 보석으로 두르다시피 한 내 옷의 촉감이 영 불만스러운 모양이었지만.

"이 엉큼한 독수리. 뭘 기대하는 거예요? 춤이나 춰요."

단호하게 꾸짖자, 하인리는 히죽 웃으면서 속삭였다.

"내 머릿속을 볼 수 있는 사람이 없어서 다행입니다."

무슨 생각을 하고 있길래? 혹시…… 나와 비슷한 생각? 하지만 묻지 말자. 대신 그의 허리를 더욱 꽉 잡았다. 그러다가 얼핏 사람들 사이에서 카프멘 대공을 스치듯 보았는데. 춤을 추느라 한 바퀴를 돌고 나니 그는 어느새 사라져 있었다.

'괜찮은가?'

어제도 그렇고 오늘도 표정이 몹시 어두운데. 내가 결혼하기 때문일까. 지금 그는 마법 약 때문에 날 몹시 사랑하고 있으니까, 질투하는 건지도…….

"나만 봐요."

하인리는 눈치 좋게도, 내가 카프멘 대공을 걱정하자마자 바로 알아채고는 속삭였다.

"지금은 나만 봐줘요, 부인."

"욕심이 많네요."

장난치듯 반박하자, 하인리는 당연하다는 투로 당당하게 대답했다.

"퀸은 이제 내 여자잖아요. 난 그대의 남자이고."

"우린 서로를 소유한 거예요." 하고 중얼거린 하인리는 자연스럽게 내 이마에 입을 살짝 맞추다가 뗐다.

"날 가져줘요, 퀸. 붙잡고 묶, 안아줘요."

귀여워라. 나보다 몇 살 어려서인가. 하인리가 이러면 이렇게 커다란 사람인데도 그저 귀엽기만 하다. 하지만 하인리, 의외로 욕심이 있구나. 결혼을 소유로 표현하는 사람은 처음 봤어.

그러는 사이 어느새 음악이 멈추고 첫 춤이 끝났다. 우리는 춤을 끝낸 뒤에도 손을 잡고서 옥좌로 함께 걸어갔다.

"손을 꼭 잡고 다니시네요."

"사이가 정말 좋으신가 봐요."

사람들이 수군거리는 소리가 들렸지만, 하인리는 끝까지 내 손을 놓지 않았다. 덕택에 우리가 옥좌에 앉자, 행사를 담당하는 관리들은 자기들이 더 부끄러워하면서 음식이 가득 든 쟁반을 들고 다가왔다.

그들이 달아나듯 가버린 뒤, 나는 거기서 먹을 만한 걸 몇 가지 골라냈다. 그런데…… 뭐야. 먼저 음식을 빠르게 덜어낸 하인리가 자기 무릎 위에 쟁반을 올리고서는 나를 물끄러미 바라보고 있었다.

"왜 안 먹고?"

내가 묻자 그가 부드럽게 웃는데, 그 표정이…… 설마. 사람들 앞에서 음식을 먹여주려고 저래?

"전에도 말씀드렸지만, 퀸. 저는 뭘 먹여주는 게 좋아요."

그럴 생각인가 보다. 안 돼. 사이가 좋은 것도 좋지만, 그건 전혀 황제 부부답지 않아. 나는 입을 꾹 다물고서 그에게 빠르게 고개를 저었다. 다행히 눈치가 없진 않은지라, 하인리는 시무룩해하면서도 내게 포크를 내밀었다.

"나중에, 둘만 있을 때요."

나는 포크를 받아 들면서 일부러 다른 쪽으로 시선을 돌렸다. 두 번째 음악이 시작되었고, 이제는 다른 귀족들이 무대로 나와 춤을 추고 있었다.

칭제를 했기 때문일까. 일반적인 파티 때보다 분위기가 고조된 것처럼 여겨진다. 사람들의 목소리도 더 높아져 있고 표정도 더 밝아 보였다. 특히 서왕국 사람들은 들뜬 얼굴이었고, 가만히 귀를 기울여보았지만, 아무도 홀 하나를 통째로 차지한 보석들에 대해선 신경 쓰지 않았다. 하긴. 왕국이 제국이 되었는데, 지금 화려한 장식이 문제가 아니겠지. 보자, 그리고…… 음?

"에르기 공작은 왜 안 왔나요?"

그런데 에르기 공작은 아예 안 온 건가? 하인리의 친구인데?

"초대는 했지만 왜 안 온 건진 모르겠습니다."

"그래요."

이후에는 하인리가 맥켄나와 이야기를 시작했고 오빠도 내 근처에 다가와서, 나는 오빠와 이런저런 이야기를 나누었다. 편지를 보낸 걸로 추정되는 영애들이 이글이글한 눈길로 오빠를 내내 바라보는 바람에 결국 몇 마디 나누지 못하고 오빠를 그쪽으로 보내야 했지만.

"내 옆에만 있지 말고 춤도 추면서 놀아, 오빠."

오빠는 내게 도움이 되고 싶어서일까. 순순히 영애들 쪽으로 가서 말을 걸었다. 그 모습이 참 어색해 보이긴 하지만. 그다음에는 시녀들과 잠시 더 이야기를 나누었고, 시녀들이 춤을 추러 간 후에는 니안이 다가와 인사를 올렸다.

"이제 다시 황후 폐하가 되셨군요."

다가온 그녀는 입꼬리를 매혹적으로 올리며 웃더니 장난스레 덧붙였다.

"역시 이 호칭이 더 어울리십니다."

그러자 니안과 함께 다가온 낯선 서왕국, 아니, 서대제국 귀족들이 맞장구를 쳐주었다. 나랑 따로 만난 적도 없으면서. 어느새 니안은 자기 세력을 틈틈이 불리고 있는 모양이었다.

니안이 간 후에는 천천히 주위 분위기를 살폈다. 멀레이니는 내게서 가깝지 않은 곳에 있었지만, 눈이 마주치자 슬쩍 웃으며 은밀하게 눈인사를 해 왔다. 하인리의 최측근 고위 귀족들은 아예 내 쪽으로 다가와서 대놓고 호감을 드러냈고. 하인리가 칭제를 하루 이틀 사이에 결정한 것도 아닐 텐데. 그들은 하인리가 칭제한 원인이 나라고 생각하고 고마워하는 눈치였다.

소비에슈는…… 무슨 생각일까? 완전히 뚝 떨어진 곳에서 혼자 술을 마시고 있는데. 침착한 태도이지만 다가오는 사람들을 막고서 철저하게 혼자 있었다. 라스타는? 라스타는 어쩌고 왜 혼자 있지? 생각이 라스타에 미치자 이번에는 그녀를 찾아 여기저기 시선을 돌렸다. 그러나 웬일인지 라스타가 잘 눈에 들어오지 않았다. 원래 라스타는 화려하고 아름다워서 어디서든 눈에 잘 띄는데.

'아. 저기에 있네.'

왜 눈에 띄지 않았는지 알겠다. 스스로 눈에 안 띄려고 최대한 몸을 사리고 있잖아? 왜 저러지? 저럴 성격이 아닌데?

'……알겠다.'

니안 때문이구나.

속에서 열이 부글부글 올랐지만, 라스타는 최대한 몸을 사렸다. 하필 투아니아 공작 부인과 랑드레 자작이 멀지 않은 곳에 있는 탓이었다. 친하지 않은 사이에서는 황후가 먼저 말을 걸어야 하기에, 지나가는 걸 굳이 붙잡는 사람은 없단 게 그나마 다행이었다.

라스타는 몇 바퀴를 그렇게 돈 후에야 간신히 크리스타 근처로 다가갈 수 있었다. 그녀는 크리스타의 속을 지금 확실하게 들쑤실 생각이었다. 그러나 크리스타에게 아는 척하기도 전. 갑자기 부채를 착 펼치는 소리가 나더니, 요란한 웃음소리가 들려왔다. 고개를 돌리자, 투아니아 공작 부인이 한 무리의 신사와 귀부인들에게 둘러싸인 채 이쪽으로 다가오고 있었다. 칼을 들고 덤비던 랑드레 자작도.

'왜 자꾸 내 쪽으로 오는 거야?'

반사적인 공포심에 라스타는 황급히 다시 그 자리를 떠났다.

피로연이 끝나자 드디어 두려워하던 시간이 다가왔다. 첫날밤. 내가 리드해야 하는 첫날밤이 코앞으로 훌쩍 다가온 것이다. 첫날밤을 떠올리자 목이 따끔거리면서 간지러워졌다. 긴장감에 손바닥이 간지러웠다. 내가 과연 잘해낼 수 있을까? 나는 누군가를 그……관계에서 리드해본 경험이 없었다. 물론 하자면 할 수야 있겠지만, 아니, 할 수 있나? 부끄러워서 얼굴도 제대로 못 들 것 같은데!

하지만 경험이 없다는 하인리를 상대로 그냥 있을 수도 없잖아. 큰일이다. 큰일이야. 그렇게 속으로 내내 큰일이다 큰일이다 되풀이했지만, 그러는 동안에도 시간은 착착 흘러갔다.

어느새 정신을 차려보니, 나는 결혼식을 안 치렀단 이유로 출입이 금지되었던 왕비의 방에 들어가 있었다. 아. 이젠 황후의 방이라 불러야 하나? 침실은 공용으로 사용한다고 했지. 하지만 방에 들어와 보니 따로 개인 침대가 있긴 했다. 그럼 침대가 두 개? 이 궁전이 지어질 때의 서왕국 왕은 왕비와 사이가 아주 좋았나? 왜 굳이 이런 귀찮은 구조로 설계를 한 건지 모르겠다.

그보다…… 이 방, 정말로 대단하구나. 하인리가 일부러 금색으로 장식하게 했다더니. 정말로 방 전체가 온통 금색 톤이다. 짙은 금색, 옅은 금색 등 세세하게는 달랐지만, 죄다 금색인 건 분명했다.

'아니, 실제로 금인 부분도 많은 것 같은데?'

놀라서 보고 있자니, 따라 들어온 시녀들도 차례로 감탄사를 뱉었다.

"별궁과는 비교도 안 되게 아름답습니다, 황후 폐하."

"정말로 예뻐요. 이젠 여기서 쭉 지내시는 거지요?"

"앗, 우리 방은 어디지? 어딘가요, 로즈 양?"

"이쪽이에요."

로즈가 시녀들에게 시녀들이 묵는 방을 가르쳐주기 위해 복도로 나간 사이, 나는 홀로 침대에 앉아 폭신한 이불을 눌러보았다. 이 방의 문을 열어줄 때 유님의 표정이 떠올라서. 그는 내가 이 방을 완전히 차지하게 된 걸 싫어하진 않을까, 생각했는데. 의외로 태연하게 굴었지. 그도 나에 대한 적개심을 조금씩 누르고 있는 걸까? 그러면 좋겠다.

잠시 후, 자신들의 방 구경을 마치고 온 시녀들은 더욱 신이 나서 방 구조를 설명해주었다.

"저쪽엔 침대가 있고요, 저쪽에는 옷장이 있고요, 저쪽에 책상이 있었어요!"

"화장대가 전부 은색이었습니다, 황후 폐하!"

"옷장이 여기부터 저기까지 걸려 있었어요!"

내 방뿐만 아니라 시녀들의 방도 아주 호화롭게 잘 되어 있는 모양이었다.

"나중에 구경시켜줘요."

웃으면서 부탁하자, 시녀들은 당연하다면서 법석을 부리다가 일순 조용해졌다. 왜 그러나 싶어 보자, 다들 서로 눈짓을 주고받으며 히죽히죽 웃고 있었다. ……무슨 생각을 하는지 알 것 같아. 저들도 이제 내가 목욕하고 침실에 들어가야 한단 생각을 하는구

나. 하긴, 이제 저녁이고……. 하인리도 하인리 방에서 목욕을 하고 있으려나?

올라올 때, 급하게 하인리의 비서가 그를 붙잡았다. 외곽 지역에 관해 급히 보고할 게 있다고 했지. 그래서 내가 먼저 올라왔으니까, 어쩌면 하인리는 아직 방에 안 들어왔을지도.

"얼른 씻으셔야지요, 황후 폐하."

"몸에서 은은한 꽃향기가 나도록 해드릴게요. 최근에 공방에서 가장 유행하는 백합과 장미 향수가 있답니다."

"구름에 들어간 느낌을 주는 입욕제를 챙겨 왔어요."

시녀들이 등을 떠미는 걸, 나는 힘을 주어 버텼다.

"황후 폐하?"

로라는 내가 움직이지 않자 어리둥절해서 쳐다보았다.

"왜 그러세요?"

나는 손가락으로 문 밖을 가리켰다.

"잠깐 바람 좀. 쐬고 싶어서요."

"지금요?"

"아직 폐하께서도 방에 들어가지 않으셨으니까……."

좀 뜨끈한 얼굴을 밤바람을 맞으며 가라앉히고 싶다. 오늘을 기점으로 하인리와 내 사이도 조금 변하게 되겠지. 그 변화가 긍정적일지 어색할지는 모르겠다. 하지만 그 전의 마지막 순간을 잠시 즐기고 싶었다.

이 간질간질한 기분을.

계단을 하나 내려간 후, 나는 긴 창문에 붙은 베란다로 나와 난간 손잡이를 잡았다. 고개를 조금 들고서 코끝을 지나가는 밤바람을 한껏 들이켜자, 차가운 공기가 폐를 꽉 채우다 빠져나가는 게 느껴졌다. 하지만 폐를 차갑게 해도 여전히 얼굴의 열은 가라앉지 않았다. 결국 마음을 가라앉히기 위해서, 아직 피로연이 열리고 있을 파티장 쪽을 쳐다보았다. 다른 생각을 하면 좀 낫겠지. 파티장에서는 폭죽이 간간이 터져 나왔고, 여기에서도 조명이 훤히 다 보였다. 그 조명 덕택에 밖으로 나온 사람들도 잘 보인다. 바람을 쐬기위해 나오는 사람들, 밀애를 즐기려 몰래 나온 연인들, 그리고 카프멘 대공…… 카프멘 대공?

카프멘 대공이 혼자서 넋을 놓고 서 있잖아? 저쪽…… 베란다에. 표정이 잘 보이진 않지만 몹시 외롭고 쓸쓸해 보인다. 역시 약효 때문이겠지. 카프멘 대공이 헛소리와 진실한 소리를 섞어 할 때에는 좀 웃기기도 하고 재밌기도 했는데. 생각해보니 참으로 무서운 약이란 생각이 든다. 상사병이란 말이 있을 정도로 사랑은 강렬한 독이 되기도 하는데, 그는 그걸 강제적으로 앓는 중이 아닌가. 안타깝게도 그 강제적인 것조차 자기 손으로 한 실수이긴 했지만.

그때. 돌연 카프멘 대공이 내 쪽을 쳐다보았다. 내 착각은 아닐까 싶었지만, 아니다. 분명 내 쪽이었다. 멀리 떨어져 있는데도 눈이 마주쳤단 느낌이 들었다.

"……."

그가 고개를 돌리지 않아서, 나는 먼저 몸을 돌려 베란다를 나왔다. 하인리와의 첫날밤을 앞두고 있는데, 그가 내게 어떤 마음을 품고 있는지 알면서 태연히 인사를 나눌 수가 없었다. 결국 근처를 서성거리다가 나는 도로 내 방에 돌아갔다.

"딱 맞춰 오셨어요."

"방금 전에 '황제 폐하'께서도 들어가셨다고 합니다."

"마스타스 양, 왜 그렇게 '황제 폐하'를 강조해서 불러요?"

"좋잖습니까. 선배는 안 좋습니까?"

긴장한 건 나 하나뿐인가 봐. 마스타스와 로즈는 평소처럼 투닥거리고 있다. 나는 주베르 백작 부인과 함께 먼저 욕실로 들어갔다. 아까 로라의 말처럼 커다란 욕조에는 구름 같은 거품이 잔뜩 부풀어 있었다. 옷을 벗고 그 안에 들어가자 따스한 느낌이 발가락 끝에서부터 퍼지면서, 조금이지만 긴장을 가라앉혀주었다.

나는 눈을 감고 그 열기를 즐기다가, 잠이 올 것 같아서 몸을 일으켰다. 이후에는 몸에 장미와 백합 향이 난다는 향수를 살짝 바른 후, 다시 물로 헹구고서 결혼식 드레스와 함께 준비한 가운을 걸쳤다.

……손이 떨려. 모든 준비를 마치고 거울을 보니 다행히 평소보다 좀 더 색정적인 느낌이 들었다. 하인리도 이런 가운을 걸치고 있을까? 부부용으로 나란히 맞추긴 했는데. 하인리는 이런 옷이 잘 어울릴 거야. 어색하게 몸을 여기저기 비춰 보다가, 나는 굳게 마음을 먹고서 시녀들을 내보냈다.

이곳의 구조는 조금 특이하다. 내 방과 하인리의 방 사이에는 침실이 붙어 있는데, 침실에서 복도로는 바로 나갈 수 있는 문이 없다. 침실로 들어가려면 내 방을 통하든가 하인리의 방을 통해야 하고, 그 안에는 시녀들도 허락 없이는 들어올 수 없다고 들었다.

몇 번 심호흡을 하고 있자니, 부부침실 문 안쪽에서 바스락 소리가 들렸다.

'하인리가 먼저 들어왔구나.'

나는 심호흡을 하고서 천천히 걸어가 문고리에 손을 올렸다. 용기를 내 천천히 문고리를 돌리자, 내내 감춰져 있던 침실이 아주 느리게 모습을 드러냈다.

"아……."

정말로 딱 침실이구나. 안에 가구가 침대밖에 없어. 침대 밑으로는 푹신한 카펫이다. 황후나 황제의 침대는 안 그래도 커다란 편인데, 이 방의 침대는 그 커다란 침대보다도 더 크고. 정말 잠만 자는 곳인가? 하지만 여기저기에 안개꽃 다발이 놓여 있어서 삭막한 느낌은 없었다. 어째서인진 모르겠지만 침대에서 은은한 빛도 나왔고.

'저건 무슨 기능이지?'

둘러보고 있자니, 옆에서 "퀸." 하는 소리가 났다. 화들짝 놀라서 옆을 보자, 하인리가 내 방과 침실을 잇는 문 옆 벽에 서 있었다. 예상대로 나와 같은 옷을 입고 있었는데, 그는…….

"아."

민망한 기분에 황급히 몸을 돌렸다. 느슨하게 허리끈을 묶은 터라, 그의 상체 대부분이 훤히 보인 탓이다. 어색해서 눈길을 피하고 있자니, 하인리는 가까이 다가와 내 허리를 뒤에서 살며시 끌어안 았다. 그러고는 내 귓가에 입을 맞추고 뺨에 입을 맞추고 다시 귀에 입을 맞추며 속삭였다.

"얼른 가르쳐줘요."

어색하고 민망해서 눈물이 날 것 같았다. 그의 입술이 닿은 곳에서 괜히 열기가 피어올랐다. 막 씻고 왔는지 그도 입술이 물기로 촉촉했는데, 지금은 그조차 쑥스러웠다.

"침대로…… 침대로 가요."

조심히 말하자, 하인리는 나지막하게 웃고는 내 쪽을 쳐다본 채로 뒷걸음질 쳐서 침대로 걸어갔다. 그러더니 침대에 풀썩 앉아 무릎을 살짝 벌리며 두 팔을 뻗었다.

"빨리 와요."

리드를 해달라더니, 뭐가 리드를 해달란 거야? 하지만 그가 자연스럽게 굴자 덩달아 안심이 되긴 해서, 나도 천천히 다가갔다. 몇 발자국 만에 나는 하인리의 다리 사이에 서 있게 되었다.

그러나 하인리가 앙큼하게 구는 건 여기까지였나 보다. 내내 능숙하게 굴던 그는 갑자기 아무것도 모른다는 눈길로 나를 올려다보았고, 나는 신비로운 눈동자를 보며 마른침을 삼켰다. 물기가 덜 마른 채 목덜미 위로 늘어진 그의 머리카락이 평소보다 요염해 보였다. 천천히 손을 뻗어서 그 머리카락을 쓸어보자, 하인리는 모든 걸 내 마음대로 하라는 듯, 눈을 감고서 가만히 고개를 들었다.

……귀여워. 커다란 강아지 같아. 아주 온순한 강아지.

그 태도에 조금 용기가 솟았다. 손가락을 세워서 그의 머리카락

사이를 살짝 긁자, 머리카락이 부드럽게 손에 감겨들었다. 몇 번을 더 그러다가 나는 하인리의 이마에 가볍게 입을 맞추고서 속삭였다.

"올라가요. 더 안쪽으로."

하인리는 눈을 가느스름하게 뜨며 웃더니, 순순히 침대 위로 올라갔다. 나는 머뭇거리다가 그가 완전히 상체를 누이도록 가슴을 살짝 밀었다. 그의 맨살에 내 손끝이 닿자, 하인리는 잠시 몸을 움찔했지만 이번에도 순순히 침대에 누웠다. 그 상태로 그는 눈을 뜬채 나를 올려다보더니, 기대에 가득한 눈으로 속삭였다.

"거칠게 해줘도 괜찮아요."

"이 야한 독수리. 거칠어도 괜찮단 거예요, 거칠게 해달란 거예요?"

웃으면서 묻자, 하인리는 "어느 쪽이든 좋아요." 하고 중얼거리더니 안 그래도 헐렁하게 묶여 있던 자기 옷고름을 한 손으로 스윽 잡아 풀었다. 허리끈이 완전히 벗겨지자 간당간당하게 가려진 상체가 다 드러났다.

나는 무릎걸음으로 침대에 올라가서, 슬리퍼를 차례로 침대 아래에 툭툭 떨어트린 다음 그의 배 위로 가 앉았다.

"으."

하인리는 벌써 못 참겠다는 듯 애타는 소리를 내더니, 자신의 두 손으로 내 허벅지 위에 손을 올렸다. 가운 위로 닿은 손이지만 그의 손 촉감이 뚜렷하게 느껴졌다. 얼굴에 금세 열이 올라와서 입술을 깨물자, 하인리의 손이 천천히 내 몸의 옆선을 타고 따라오다가

꼬리뼈 위쪽 부근에서 멈췄다.

"위에서 내려다보니까 어때요, 부인?"

"……예뻐요. 야하고."

"더 야하게 만들어줘요."

나지막하게 속삭이는 목소리가 고막을 간지럽게 만들었다. 나는 천천히 손을 뻗어 그의 상체를 가만히 쓸었다. 목선과 어깨선을 따라 만지다가, 살을 하나하나 내 손으로 만져보았다. 하인리는 내 손이 닿는 곳마다 탄성을 뱉었다. 그러면서도 슬금슬금 자기 손을 움직이는데…… 나는 그의 손을 잡아서 얼굴 옆으로 올린 후, 꽉 눌렀다.

"부인?"

"오늘은 내가 리드하기로 했잖아."

"!"

놀란 하인리의 뺨에 몇 번 가볍게 입을 맞추다가, 천천히 그의 입술 위에 내 입술을 겹쳤다.

충분히 즐겼다 싶을 즈음. 나는 손을 내려 가운에 가려진 그의 바지를 잡고 쓸었다.

'아.'

……여기는 완전히 준비 완료된 상태네.

"내 앙큼한 독수리."

귀여워서 웃음을 터트리자, 하인리는 귀까지 빨개져서는 내 옷고름을 잡고 슬쩍 끌어당기며 졸랐다.

"부끄러우니까 입 맞추면서 해줘요."

소비에슈는 나비에가 나가자마자 바로 자신의 숙소로 돌아와 멍하니 침대에 앉았다. 그 상태로 한참을 있다가, 천천히 창가로 걸어가 창틀에 이마를 기댔다. 머리가 어지럽고 속이 뒤틀리는 기분이었다. 당장에라도 구역질이 날 것 같고, 심장이 쪼개질 것 같았다.

하인리, 그 망할 왕의 손을 붙잡은 채 웃던 나비에의 모습이 눈앞에 어른거렸다. 그는 주먹을 꽉 쥐었다. 지금쯤 첫날밤을 치르러 방 안에 들어갔을까? 그 생각을 하자 눈앞이 새하얘지는 것 같았다. 서왕국이 칭제를 하는 것보다, 나비에가 하인리의 옆에서 웃는 게 싫었다. 둘이 춤을 추던 모습도 싫었고, 그 빌어먹을 애새끼가 나비에에게 친한 척 달라붙던 것도 싫었다.

"흐윽."

심장을 강하게 울리는 통증에 소비에슈는 결국 자기 가슴께를 붙잡고 허리를 숙였다. 고통스러울 만큼 심장이 아려왔다. 화가 나서 왔지만, 그 화를 누를 정도로 아팠다. 그의 옆에서 웃던 아내가, 다른 남자의 옆에 있다니. 그 자체만으로도 머리가 시뻘건 피로 가득 차는 것 같았다. 그 피가 눈 뒤에서 새어 나와 흘러내릴 것 같은 기분이었다. 눈에서 피가 흘러나오진 않았으나, 코에서는 피가 흘러나왔다. 툭 툭 떨어지는 피에 소비에슈는 손수건을 꺼내 얼굴을 틀어막았다.

"나비에…… 나비에 나비에…….'"

문득 그녀도 이런 기분이었을까, 하는 생각이 들었다. 자신이 라스타를 데려왔을 때. 나비에도 이런 기분이었나? 아무 내색도 하지 않는 모습에 화가 났는데. 사실은 이런 기분을 누르고 있었을까?

"……그럴 리가."

소비에슈는 곧 이를 갈며 중얼거렸다. 그랬다면 티가 났을 텐데, 나비에는 멀쩡했다. 그에게 별 관심이 없었겠지. 그러니 그렇게 태연하게 굴었겠지. 하지만 차라리 그편이 다행이다 싶었다. 나비에가 겪은 게 이런 기분이라면, 그건 너무나 끔찍한 일일 테니까. 다리에 힘이 풀렸다. 소비에슈는 창틀에 등을 대고 바닥에 주저앉았다. 머리를 벽에 대고서 손수건도 내려놓았다.

술에 취해서인가. 눈앞에 대관식 날의 나비에가 보이는 듯했다. 그날의 나비에가 소비에슈에게 손을 내밀었다.

"빨리 가야 합니다, 폐하."

단정한 이마를 구기고서, 꾸짖듯 말했다.

"다들 와 있어요."

"나비에……."

소비에슈는 완전히 술에 취해서 저도 모르게 대답했다.

"다리에 힘이 들어가지 않아, 나비에."

"뭐 하는 거래?"

퉁명스러운 목소리로 슬며시 노려보는 시늉을 하더니, 다시 손을 내민다.

"빨리 와요."

"정말로, 정말로 못 걷겠어."

"손을 잡고 오면 되잖아."

딱 잘라 말하며 다시 손을 내민다.

아니, 이건 그날의 기억이 아니다. 그는 처음부터 당당하게 대관식을 준비했고, 못 일어서겠다며 칭얼거리지 않았다. 하지만 이건 대체 뭘까. 그렇다면 눈앞의 나비에는 누구일까. 생각해보니 대관식보다 좀 전에 이런 일이 있었다. 처음 술에 취했을 때였던가. 아무려면 어떨까.

"나비에."

소비에슈는 손을 뻗어 아내의 손을 잡았다. 그러나 손과 손이 겹쳐지는 순간, 나비에의 환상이 사라졌다. 몸을 일으키려던 그는 다시 뒤로 넘어지며 창틀에 머리를 찍었다. 하지만 통증보다 눈앞에서 사라진 환상이 더욱 두려웠다.

"나비에? 나비에?"

소비에슈는 멍하니 이름을 부르다가 두 손을 휘저으며 바닥을 짚었다.

"나비에? 어디 갔어?"

방금 전까지 앞에 있었는데? 어디로 간 건가? 그새 어디 갔지?

"나비에?"

그는 중얼거리다가 가까스로 몸을 일으켰다. 지독한 술기운에 몸이 휘청였다.

"나비에! 카를 후작? 나비에를 찾아와!"

소비에슈는 겁이 나서 황급히 문을 열고 나가며 외쳤다.

"폐하!"

누가 봐도 술에 취해 정신이 혼미한 모습이라, 놀란 카를 후작은 서둘러 소비에슈를 부축했다.

"폐하, 취하셨습니다!"

"카를, 나비에가, 나비에가 가버렸다. 나비에가!"

"폐하!"

카를 후작은 황급히 소비에슈를 부축해서 억지로 방 안에 돌아가게 했다.

"술 깨는 약을 가져와라."

그는 호위에게 얼른 지시하고서, 소비에슈를 부축해 침대에 눕혀놓았다. 자장가를 듣기 위해 소비에슈를 찾아왔던 라스타는, 복도에 멍하니 서서 그 광경을 바라보다가 황급히 뒤돌아 달아났다.

라스타는 황급히 자신의 방으로 돌아갔다. 심장이 미친 듯이 뛰었다. 이게 무슨 일이지? 방금 내가 뭘 본 건지? 머릿속이 혼란스럽고 뒤죽박죽이었다. 왜 소비에슈가…… 왜 소비에슈가 저런 꼴인가. 마치 전 부인이 그립기라도 한 것처럼?

"아니야. 그럴 리가 없어."

라스타는 고개를 저었다. 그래. 절대로 그럴 리가 없지. 소비에슈는 나비에를 직접 내치지 않았던가.

'이제 와서 그럴 리가…….'

라스타의 얼굴이 창백해졌다. 아무리 부정하려 해봐도, 술에 취한 소비에슈의 태도는 너무 노골적이었다. 그는 그리워하고 있었다. 나비에 황후를. 전 아내를.

그 사실을 인정하자마자 진한 공포심이 밀려왔다. 소비에슈는 그녀를 위로 끌어올려준 은인이자 구원자였지만, 그녀의 모든 약점을 아는 존재이기도 했다. 그가 손을 놓아버리면, 다시 저 아래로 곤두박질칠 일밖에 남지 않았다. 아직 아기가 태어나지 않았으니 매달릴 핏줄도 없었다.

'괜찮아. 폐비는 이미 재혼까지 했잖아. 이제 와서 후회해도 소용없어.'

라스타는 손톱을 짓씹다가 피부를 여기저기 긁었다. 스트레스 때문인지 다시 배가 아파오기 시작했다.

'근데 폐비를 데려오진 않더라도, 그게 원인이 되어서 라스타에 대한 마음이 식으면? 이혼한 원인을 라스타에게 돌리고 식어버리면 어쩌지?'

그러면 다른 여자를 데려올 것이다. 소비에슈는 황제였고 젊었으며 몹시 아름다웠다. 그가 원한다면 언제든 손을 잡을 사람은 많았다. 자신이 원해서든 가문을 위해서든.

'안 돼. 절대로 안 돼.'

에르기. 에르기 공작이 필요하다. 라스타는 황급히 침대로 올라가 몸을 웅크렸다. 에르기 공작이 괜찮다고 말해주었으면 싶었다. 그의 비상한 머리로 좀 위로를 해주었으면 싶었다. 그러나 서대제국에 오지도 않은 에르기 공작이 갑자기 나타날 리가 없었다.

얼마나 그러고 있었을까. 라스타는 꼭 감고 있던 눈을 뜨고, 잘근잘근 씹던 손가락도 입에서 뺐다. 초조해하던 눈동자에 다부진

다짐이 떠올랐다. 그래. 이러고 있을 때가 아니었다. 첫째 아기를 잃고서 힘없이 울고 절망만 했더라면 이런 인생은 없었을 것이다. 하지만 라스타는 자신의 힘으로 그곳을 뛰쳐나왔고, 새로운 인생을 움켜쥐었다. 지금도 마찬가지였다. 불안하다고 해서 떨고만 있다간 결국 끝은 뻔했다.

'내 건 내가 지켜야 해.'

정부일 땐 황제의 사랑에만 매달려야 했다. 모든 권력은 황제에게서 나왔으니. 하지만 최소한 지금은 자신만의 권력이 있지 않던가. 아무리 황제라지만, 그래도 세간의 시선이 있으니 며칠 만에 또 이혼을 하진 못할 터. 마음이 식어도 최소한 몇 개월은 버티겠지. 아기는 그 안에 태어난다. 일단 아기가 태어나기만 하면, 황제의 사랑이 없더라도 살 방도는 있었다. 누가 뭐라 해도 이 아기는 어엿한 적장자일 테니.

'나중엔 아기가 라스타를 지켜줄 거야. 하지만 그때까진 라스타가 아기를 지켜야 해.'

라스타는 침대에서 빠져나와 방 안을 서성거렸다. 그러면 어떻게 해야 할까? 어떻게 해야 하지?

'폐비와 정면 승부를 하자.'

폐비를 피할 이유도, 랑드레 자작을 피할 이유도, 투아니아 공작 부인을 피할 이유도 없다. 폐비는 황제의 뒤통수를 친 전 부인이고, 같은 황후라 해도 어제 막 칭제한 나라의 황후였다. 랑드레 자작은 무기 없는 약자를 칼로 찌르려 한 못돼먹은 망나니였다. 투아니아 공작 부인 역시 꼬리를 주렁주렁 달고서 남자나 후리고 다니는 가벼운 여자 아닌가.

'그런 것들한테 밀릴 필요 없어. 가해자들이 저렇게 당당한데, 왜 라스타가 기죽어 있어야 해?'

랑드레 자작이 무슨 기사단의 단장이라 했나? 그렇다면 잘됐다. 차라리 모두의 앞에서, 그자가 얼마나 역겨운 인간인지 까발려버리자.

라스타는 굳게 다짐했다.

의식이 생기자마자, 겉은 부드럽지만 속은 단단한 촉감이 느껴졌다. 뭐지? 그게 무엇인가 싶어서 손을 더듬거리고 있자니 아주 가까이에서 웃는 소리가 났다. 눈을 뜨고 고개를 들자 하인리가 날 내려다보며 웃고 있었다.

"잘 잤어요, 부인?"

아아…… 맞아. 어제…….

밀려오는 기억에 나는 이마를 그의 가슴에 묻었다. 새벽 즈음 잠이 들었던 것 같은데. 자세히는 기억나지 않는다. 하지만 눈을 떠보니 나는 하인리의 팔을 베고 그의 가슴에 얼굴을 기대고 있고, 몸역시 찝찝하지 않은 걸 보면 하인리가…….

"날 씻겨준 건가요?"

어색하게 묻자, 그는 내 귓불을 입에 넣고 가볍게 물었다.

"기억 안 나요?"

"기억?"

"장미향 입욕제에 거품 가득, 머리는 과일향 샴푸로 감겨달라 했 잖아요."

"……."

"안 나는구나."

하인리는 웃으면서 내 뺨에 자기 뺨을 문질렀다. 민망한 기분에 나는 그의 등을 꽉 끌어안아서 얼굴을 감췄다. 하인리가 거짓말을 한 게 아니란 건 장미향과 과일향 이야기만으로도 알 수 있었다. 평소 내 취향이니까. 그러다가 문득 하인리의 머리카락에서 내가 좋아하는 향이 난단 걸 깨달았다. 같은 걸로 씻었구나. 그걸 깨닫자마자 더욱 얼굴에 열이 올라왔다.

"이대로 죽어도 행복할 것 같아요, 퀸."

하지만 하인리는 이젠 부끄럽지도 않은가. 간지러운 말을 잘도 했다. 아예 안 부끄러워한다고 치기엔 귓가가 붉긴 하지만.

그사이, 귀를 자꾸 물던 하인리는 이제는 목을 타고 내려오기 시 작하더니 자연스럽게 쇄골에 입을 맞추었다. 이런 행동을 보면 헷갈린단 말이지. 우리가 친구인 건 맞지만, 그래도 정략결혼을 한 상 대인데. 꼭 내가 좋아 죽겠단 것처럼 굴고 있으니.

"퀸. 내 부인. 나비에."

내 이름을 부르며, 하인리가 자연스럽게 쇄골에서부터 더 아래로 입술을 내리기 시작한다. 배우는 게 빠르다더니. 허튼 말은 아니었 는지, 피부에 닿는 가벼운 입맞춤이 가볍고 귀여웠다. 하지만…….

"아침이잖아요."

이제 나가서 씻고 다음 피로연도 준비해야 하는데. 언제까지 침대에 죽치고 있을 수는 없었다. 슬쩍 이마를 밀자, 하인리는 이번엔 내 손바닥에 자기 얼굴을 비비다가, 손목 안쪽으로 입을 맞추어 댔다.

"하인리. 나중에."

거듭 말하자, 하인리는 결국 아쉬워하는 표정으로 옆으로 굴러갔다. 어제 그렇게 열심히…… 하고도 왜 지쳐 보이지가 않지? 체력이 좋은 건가? 힐긋 그의 옆모습을 확인하자, 저절로 탄성이 나왔다. 처음 만났을 때 감탄사를 자아내던 그 옆모습은 누워서 보니 더욱 아름다웠다. 손을 뻗어 그의 콧등이며 입술을 만지작거리고 있자, 하인리가 다시 내 손목이며 손바닥에 입을 맞추며 웃었다. 그의 뺨을 몇 번 쓸고 있자니, 나도 모르게 진심이 툭 터져 나왔다.

"이번엔 아기를 가질 수 있으면 좋겠어요."

하인리는 생각지도 못한 이야기를 들었다는 듯 "아기요?" 하고 되물으며 고개를 돌렸다. 나는 고개를 끄덕이며 한 손으로 그의 입술을 만지작거렸다.

내가 아기를 좋아해서 꼭 낳고 싶다는 건 아니다. 하지만 황제 부부에게 있어서 후사는 무척 중요했다. 나라의 안정이 걸린 건 물론, 자칫 잘못해 계승 서열이 꼬이면 다른 나라의 귀족이나 왕족이 뜬금없이 왕위를 차지할 수도 있기 때문이다. 왕족들은 국혼을 많이 하기도 하니까.

실제로도 비슷한 사례가 있었다. 어슬런의 셋째 왕자가 북왕국의 왕녀와 결혼했는데, 어슬런의 왕자 둘이 모두 전염병으로 사망해버린 사건. 계승권은 셋째 왕자에게 갔고, 결국 어슬런은 북왕국에 합쳐졌지. 서왕국, 아니, 서대제국만 해도 하인리의 형에게 자식이 없기에 하인리 쪽으로 계승권이 내려온 거고.

"그러네요. 퀸, 그대를 닮으면 정말 사랑스러운 아기가 태어날 것 같아요."

나는 웃으면서 "그대를 닮아도 좋겠어요"라고 대답했다. 하지만 속으로는 미약한 불안감이 일었다. 소비에슈는 내가 아기를 낳지 못할 거라고 말했지. 당연히 허튼소리라 생각했는데, 이제 와서 걱정이 된다. 만약…… 그게 정말이면 어쩔까?

한참 생각에 잠겨 있자니, 하인리가 먼저 침대에서 일어났다.

'뭐 하려는 거지?'

그러고는 부산스럽게 침실과 자기 방을 오가더니, 접시에 작은 팬케이크와 우유를 받쳐 다가왔다. 달콤한 시럽과 생크림까지 올라간 팬케이크를. 나더러 먹으란 건가? 그렇겠지? 구경만 하라고 가져다줄 리는 없으니.

"고마워요."

쑥스럽지만 기쁘기도 해서 인사하자, 하인리는 괜찮다고 대답하는 대신 얼른 물었다.

"내가, 내가 먹여줘도 괜찮을까요, 퀸?"

"……."

새라서 그런가. 왜 저렇게 먹여주는 데 집착하는 거지? 어쨌든 이번에는 나도 고개를 끄덕였고, 하인리는 내게 팬케이크를 먹여주기 시작했다. 내가 하는 건 그냥 입만 뻐끔거리는 것뿐이었다.

'편하긴 하네.'

그런데 반 정도 먹었을 즈음. 하인리가 놀라운 이야기를 시작했다.

"퀸, 사실 지금 우리가 있는 침대는 전부 다 마력석으로 만들어져 있습니다."

나는 크림을 떠먹다 말고 눈에 힘을 주었다. 마력석? 그거 어마어마하게 비싸지 않나?

"정말인가요?"

"서왕국의 왕은 대대로 마법사였습니다. 그리고 특수한 환경 아래에서, 반려도 마법사로 만들었지요."

"마법사를…… 만든다고요?"

그게 가능하다고?

하인리가 한 말은 놀라웠다. 마법에 대해 문외한인 나조차, 마법이 특별한 재능을 요구한단 걸 알고 있었다. 그런데 마법사를 만들다니! 이건 마법 아카데미는 물론 협회까지 뒤집어질 일이었다.

"하지만 방법이 좀 민망해서…… 절대로 비밀입니다, 퀸."

"비밀이 무엇인가요?"

"어……."

하인리는 몹시 민망해하면서 설명을 해주었는데, 다 듣고 나니 하인리가 왜 저렇게 부끄러워하며 말했는지 이해가 갔다. 마법사와 마석이 같이 있으면 그 사이를 마력이 순환한다고 한다. 당연히 마법사가 마석 침대에 누워 있으면 마력이 마석과 마법사 사이를 오간다. 마법사와 침대 사이에 마법사가 아닌 사람이 끼어 있어도…… 원리는 마찬가지다. 마법사가 마석에서 자기 쪽으로 오는 마력을 받아들이지 않으면, 마력이 돌아가는 과정에서 마법사가 아닌 쪽의 몸으로 흘러가고, 그 과정에서 마력이 비마법사에게도 계속 고인다고…….

"정말인가요?"

당혹스러워서 묻자, 하인리는 몹시 민망해하며 "네." 하고 대답했다.

"하지만 이런 방법이 다라면, 다른 나라에도 이게 알려졌을 것 같은데."

"듣기엔 쉽지만 이런 환경을 만들기가 어려우니까요."

"마석 침대 말인가요?"

"손톱만 한 마석도 아주 값비싸잖아요. 게다가 마석은 기본적으로 휴대가 가능한 크기여야 하니, 군이 침대로 만들어서 놔두는 건 비효율적이죠. 부부 중 한쪽도 꼭 마법사여야 하고."

"아……."

그렇구나. 그 조건들이 다 합쳐지긴 분명 어렵겠어. 하지만 참. 정말로 민망한 방법이다. 멍하니 있으려니, 하인리가 웃으면서 덧붙였다.

"제 말은, 몸이 마력에 익숙해지는 과정에서는 신체가 아주 건강해집니다. 그러니까 아기에 관한 일로 너무 걱정하지 말아요."

내가 '이번엔' 아기를 가지고 싶다 말해서 걱정이 되었구나. 그의 배려에 괜히 심장 부근이 간지러워졌다. 그러나 곧 의아한 생각이 들었다.

"그럼 크리스타 님도 마법사인가요?"

그런 말은 들은 적이 없는데. 게다가 하인리의 형은 몸이 약해서 일찍 죽지 않았나?

하인리는 어두워진 얼굴로 고개를 저었다.

"이 방법의 단점이 있어서요."

"단점?"

"이 크기의 마석을 감당하지 못하면 오히려……."

오히려? 뒤에 나올 말이 아주 중요할 것 같은데. 하인리는 말을 하다 말고 입을 다물었다.

"하인리?"

"걱정 말아요. 우리는 아무 문제 없으니까."

우리는?

하인리는 결국 그 이상의 자세한 이야기는 하지 않았다. 그가 생략한 말이 궁금했지만 그의 표정이 너무 어두워서 나도 더 캐묻지는 않았다. 그 일은 그의 형이 죽은 원인과도 관련이 있는 듯해서. 하지만 피로연에 참석을 한 후에도 내내 그가 하지 않은 뒷말이 궁금했다. 마석을 감당하지 못하면 죽는단 말인가? 크리스타는 건강해 보이니, 마법사 쪽이 일방적으로 위험을 감수하나? 하인리는 괜찮은 건가?

'하인리는 겉으로 보아선 쌩쌩하긴 한데…….'

게다가 하인리의 형은 단명했지만, 서왕국 왕들이 전부 단명한 것도 아니었지. 오히려 아주 장수한 왕도 있었고.

그런데 멍하니 생각에 잠겨 있자니, 구석에 있는 소비에슈의 모습이 들어왔다. 그는 창백한 안색을 한 채 와인을 마시고 있었다. 어제도 그렇더니. 오늘도 혼자서. 얼굴을 보니 그만 마셔야 할 것 같은데. 다른 사람들은 도대체 뭘 하기에 소비에슈를 챙기지 않지? 아아. 자세히 살피니, 멀지 않은 곳에서 그의 비서와 기사들이 초조한 얼굴로 소비에슈를 바라보고 있구나. 그들이 소비에슈를 챙기지 않은 게 아니라, 소비에슈가 혼자 있고 싶다며 사람들을 물린 모양이었다.

'라스타는?'

그럼 이럴 땐 라스타가 나서주어야 하지 않나? 소비에슈의 주위에는…… 일단 없고. 오늘도 사람들 시선을 피해 숨어 다니나?

'아니네.'

다른 쪽을 살피자, 피아노 부근에 앉은 라스타가 사람들에게 둘러싸인 채 즐겁게 웃는 게 보였다. 어제는 니안을 피해 도망 다니더니. 오늘은 니안이 보이지 않아서인가, 여유로워 보였다.

'그래도 그렇지 신혼이면서 저렇게 따로 놀다니.'

황제 부부는 가짜로라도 사람들 앞에선 사이가 좋은 척해야 하는데. 실제로는 사이도 좋은 사람들이, 도대체 뭘 하는 건가 모르겠다.

'하지만 이젠 내가 신경 쓸 일이 아니겠지.'

한숨을 내쉬고 고개를 돌리려는데, 마침 라스타와 눈이 마주쳤다. 그런데 웬일인지, 라스타는 고개를 돌리는 대신 내 쪽을 빤히 바라보았다. 눈싸움이라도 하자는 걸까? 하지만 내 결혼식 피로연에서 전남편의 부인과 대립했단 이야기는 듣고 싶지 않았기에, 나는 한 번 웃어 보인 후 고개를 돌렸다.

때마침 카프멘 대공이 찾아오더니, 하인리에게 둘이서만 할 이야기가 있다고 청했다.

"잠시만 시간을 주시겠습니까, 폐하?"

하인리가 카프멘 대공을 따라 자리를 비운 사이. 나는 마스타스와 대화를 주고받으면서 동그란 설탕 과자를 먹었다. 그런데 과자를 두 개쯤 먹었을 때 즈음. 멀찍이 떨어져 있던 라스타가 이쪽으로 다가왔다. 한숨이 나온다. 어제 얌전히 지나가는가 싶더니. 무슨 짓을 하고 싶어서 저렇게 오는 걸까? 그래도 하인리가 없을 때 와서 다행이란 생각을 하고 있자니, 가까이 온 라스타가 살가운 목소리로 말했다.

"결혼 축하해요, 언니."

……저 언니 소리. 도대체 재는 왜 저렇게 저 소리에 집착하는 거지? 반사적으로 눈살이 찌푸려졌지만, 억지로 표정을 관리해서 무표정하게 만들었다. 그 사이에도 라스타는 말을 계속 이어갔다.

"전엔 신분 낮은 정부 따위랑은 언니 동생 못 하신다 하셨지만…… 이젠 같은 황후가 되었고, 제 신분도 어엿한 귀족이란 게 밝혀졌으니 자매처럼 지내도 되겠지요? 저도 조금 자격이 생긴 건가요?"

아. 이젠 자기를 3인칭으로 부르지 않는 건가? 그런데 착각인지 모르겠지만, 라스타의 말투가 나와 좀 비슷하게 들리잖아? 신기하

네, 생각하고 있자니 사람들이 웅성거리는 소리가 들려왔다. 시선이 이쪽으로 쏠리는 것도 알 수 있었다. 전 부인과 지금 부인의 대립. 당연히 흥미롭겠지. 게다가 그 부인 둘이 다 황후인데.

라스타는 사람들의 주목을 받은 게 기쁜지, 뺨에 열이 올라와 있었다. 발그레해진 모습은 귀여운 인형처럼 보였지만…… 나는 웃으면서 그녀가 열기를 가라앉힐 수 있게 도와주었다.

"그때 했던 말을 그대로 돌려드리지요. 소비에슈 폐하께 새로운 정부가 생기거든, 그 사람과 언니 동생 하도록 해요."

효과가 있구나. 대번에 얼굴에서 열이 싹 빠져나가는 걸 보니.

라스타는 비극의 주인공이라도 된 것처럼 물었다.

"지금, 폐하께서 절 두고 불륜이라도 할 거란 말씀이신가요?"

하지만 나는 그 비극엔 관심이 없었다.

"그대의 집안일을 내게 묻지 말아요."

그래서 솔직하게 대답해주자, 라스타는 화가 많이 나는지 눈썹을 치켜올리더니, 몹시 걱정스럽다는 얼굴로 선을 넘을락 말락 하는 말을 했다.

"하긴. 나비에 폐하는 불임이시니, 다른 데 신경을 쏠 여유가 없겠지요."

아니, 저 정도면 이미 선을 넘은 건가. 내 곁에 있던 시녀들도 대번에 표정을 굳혔다. 결국 참다못한 마스타스가 무어라 말하려는 순간.

"경험자로서 하는 말씀이십니까?"

지척에서 웃음기 섞인 목소리가 들려왔다. 오빠였다. 라스타는 고개를 돌리기도 전에 흠칫했다. 오빠의 목소리를 알아들은 듯. 하지만 곧 그녀는 천진난만한 표정을 만들더니 휙 돌아서며 물었다.

"그게 무슨 말이에요?"

안타깝게도 라스타의 정면에 서 있던 내게는 그 표정 변화가 다 보였지만.

그보다 오빠…… 괜찮나? 혹시라도 오빠가 여기서 인내력이 끊어지는 건 아닐까? 또 사고를 치는 건 아닐까 걱정했지만, 다행히 오빠는 웃으면서 라스타의 말에 응답했다.

"별 뜻 아닙니다. 동대제국 폐하께서 먼저 아기님을 가지셨으니 물어본 겁니다."

"그렇겠지요."

"더 깊은 뜻은 없습니다."

라스타는 눈에 띄게 표정이 굳어서 입술만 뻐끔거렸다. 욕설을 퍼붓고 싶은 것처럼. 하지만 그러는 대신 라스타는 미소를 지으며 오빠를 비꼬았다.

"말을 좀 막 하시네요."

미소를 지어도 감정은 다 숨기지 못했지만.

"제가요?"

"말에 가시가 있잖아요."

"제 말에 가시라. 그럼, 남의 누이에게 다짜고짜 불임이라 하는 분의 말엔 뭐가 있습니까? 칼? 송곳?"

"!"

"아, 그러고 보니까 그게 있었네요."

"칼도 송곳도 없어요. 라스타는 그런 거 몰라요."

원래 말투 나오고 있잖아, 라스타······. 겉으론 웃고 있지만 많이
당황한 모양이다. 라스타에게 다행한 일이라면 다들 둘의 대화에
관심이 쏠려서, '라스타는' 같은 부분을 흘려듣고 있단 점일까.

"아니요, 황후 폐하의 것이 아니라. 제 것 말입니다."

"그쪽 것?"

"황후 폐하의 이름이 올라온 중요한 서류요."

여기서 뜬금없이 내 이름이 올라온 서류 이야기는 아닐 테고. 지
금 오빠가 말하는 서류는 라스타의 이름이 올라온 서류겠지.

'무슨 서류이기에 오빠가 잃어버렸단 거지?'

라스타도 어리둥절해서 되물었다.

"서류?"

"황궁에 실수로 놔두고 와서요. 아, 물론 동대제국 황궁 말입니
다. 황후 폐하를 뵈니 이제 기억났습니다."

라스타는 아직 못 알아들은 듯, 꺼림칙한 얼굴이면서도 바로 대
응하지 못했다.

"잘 찾아보십시오. 중요한 서류 같던데요."

오빠는 빙그레 웃고서 내 쪽을 한 번 힐긋 보더니, 다가오는 대
신 다른 쪽으로 가버렸다.

'아!'

지금 오빠가 말하는 서류. 혹시 라스타의 노예 매매 증서를 말하는 건가?

그 시각. 하인리는 카프멘과 나란히 걸어가고 있었다. 둘 사이의 분위기는 기묘했다. 하인리는 귀찮아하고 찜찜해하는 반면, 카프멘은 앞으로 자신이 할 일들을 떠올리느라 속이 복잡했다. 과연 이렇게까지 해야 할까? 이렇게 했을 때 그 사람이 슬퍼할 텐데, 그래도 해야 하나? 내딛는 한 걸음 한 걸음마다 카프멘의 마음은 동전처럼 앞뒤가 바뀌었다.

무슨 일로 부르는 거지? 귀찮은데. 빨리 돌아가서 퀸과 함께 있어야 하는데.

하지만 옆에서 들려오는 하인리의 속마음이 그를 일차로 자극했다. 이어서 떠오른 어젯밤 하인리의 기억은 그의 이성을 완전히 뒤집어버렸다. 목적한 곳에 도착했을 즈음. 카프멘의 눈동자는 완전히 붉어져 있었다.

"무슨 이야기를 하고 싶으신 겁니까?"

카프멘이 슬쩍 멈춰 서는 듯하자, 하인리는 웃으면서 물었다. 속으로는 여전히 이 상황을 귀찮게 생각하고 있었지만, 그는 감정에 밀려 카프멘 대공을 쫓아버린 소비에슈처럼은 되지 않을 생각이었다.

"바쁘신데 부른 건 아닌가 염려됩니다."

카프멘은 속내를 감추며 덤덤히 말한 다음, 관리가 쟁반에 받쳐 들고 있는 샴페인 잔 중 두 개를 들어 올렸다. 관리가 꾸벅 인사를 하고 사라지자, 카프멘은 그중 하나를 하인리에게 내밀었다.

"괜찮습니다. 좀 바쁘긴 했지만."

하인리는 카프멘이 건넨 잔을 받아 들었다.

"그보다 무슨 일이십니까?"

"아, 교역 건 때문에 잠시."

"교역 건이요?"

"예. 결혼식이 끝나면 이제 나비에 황후 폐하께서도 황후로서의 일을 시작하실 테니까요. 저는 우리 룁트와의 무역이 우선순위에 있길 바랍니다."

하인리는 고개를 끄덕이면서 샴페인을 입가로 가져갔다. 카프멘은 그 모습을 자기도 모르게 빤히 쳐다보았다. 그 노골적인 시선이 하인리의 감을 자극했다. 왜 저렇게 보지? 찜찜해진 하인리는 샴페인을 도로 내려놓았다.

'너무 뚫어지게 봤구나.'

카프멘은 뒤늦게 실수를 눈치채고 태연한 척 웃었으나, 하인리는 눈치 좋게도 자기가 든 샴페인 잔을 카프멘에게 내밀며 말했다.

"바꿔 마실까요?"

카프멘은 픽 어이없단 듯 웃었다.

"이상한 취향이 있으십니다."

"앞으로 여러 가지로 얽히게 될 분이니."

하지만 하인리는 거기에 넘어가는 대신, 계속 샴페인 잔을 내밀었다. 카프멘은 순순히 하인리와 잔을 바꾸었다. 그러고는 보란 듯 대번에 샴페인을 마셨다. 그걸 보자 하인리도 '내가 과민 반응을 했나?' 싶어서 머쓱하게 웃었다.

카프멘은 그 속마음을 들으며 눈을 내리깔고 속으로 웃었다. 만약을 대비해 이미 두 잔 모두에 약을 타두었다. 그러니 애초에 약을 바꾸든 아니든 상관은 없었다. 그러나 이런 사실을 모르는 하인리는 안심하고서 술을 마시느라 고개를 뒤로 젖혔다. 카프멘은 그 틈에 얼른 눈을 내리깐 채 다른 곳으로 가버렸다.

"카프멘? 대공?"

샴페인을 한 모금 마신 하인리가 어리둥절해서 불렀지만, 카프멘은 멈춰 서지 않았다.

이상한 사람이네. 혀를 찬 하인리는 고개를 저었다.

"저…… 폐하?"

그러고 있자니 크리스타가 하인리를 부르며 조심스럽게 다가왔다.

"형수님?"

갑자기 크리스타는 왜 또 여기에 온 건가? 하인리는 놀라서 크리스타를 쳐다보았다가, 눈이 마주치는 순간 심장이 쿵 떨어지는 감각을 느꼈다. 하인리는 마른침을 삼켰다. 크리스타의 모습이 뇌리에 꽂히듯 갑자기 눈에 확 들어왔다. 하인리는 자기도 모르게 손을 가슴께에 올렸다. 이게 무슨 일이지?

크리스타는 그런 하인리를 보며 침을 꿀꺽 삼켰다. 전에 카프멘 대공과 커피를 마실 때, 그가 아주 묘한 말을 했다. 하인리를 사랑하고 그와 가까워지고 싶다면, 언제언제 어디로 오라고. 그게 지금 이 장소였다. 그녀는 당연히 그의 말을 믿지 않았지만 파티장에서 여기까지 오는 건 그리 어려운 일도 아니었기에 믿지 않으면서도 반쯤 호기심으로 와본 것이었다. 그런데 하인리가 저렇게…… 충격을 먹었단 표정으로 자신을 바라본다니. 게다가 무언가를 거부하고 싶은 듯, 고개를 젓다가 입술을 깨물기까지.

"폐하? 괜찮으십니까? 얼굴이 붉습니다."

크리스타는 그 표정을 보고서 조심스럽게 손을 뻗어보았다. 하인리는 흠칫 뒤로 물러났다. 하지만 표정은 여전히 붉었다.

"폐하?"

크리스타가 기대 반 걱정 반의 목소리로 하인리를 부르자, 하인리는 붉어진 얼굴을 손바닥으로 누르며 이를 갈았다.

'카프멘 대공. 나한테 이상한 걸 먹였구나!'

어쩐지 내내 이상하게 행동하더라니. 하지만 이미 심장은 미친 듯 뛰고 있었다. 일단 가보는 게 좋겠단 말을 하기 위해, 하인리는 간신히 입을 열었다.

"형수님."

그러나 나오는 목소리는 자신이 듣기에도 달콤했다. 하인리는 목소리가 자신의 통제를 벗어난 느낌에 절망했다. 반면, 크리스타는 그 목소리에 마음이 설렜다. 게다가 저 눈빛. 물기에 젖은 채 애정을 갈구하는 저 눈빛이라니. 10년이 넘게 꿈꿔온 그가 이제야 자신을 제대로 봐주고 있지 않은가. 하인리의 이마에 식은땀이 고인 걸 발견한 크리스타는 품에서 손수건을 꺼냈다. 카프멘 대공이 무슨 짓을 한 건 분명하다. 하지만 그게 무슨 짓이든, 지금으로선 아무 상관이 없었다. 그저 지금 이 순간이 꿈같을 뿐.

"폐하. 땀이 납니다."

크리스타는 덜덜 떠는 손을 올려 하인리의 이마에 손수건을 대었다.

"땀을 닦아드리겠습니다."

하인리는 가위에 눌린 기분으로 움직이지 못했다. 몸이 자신의 통제를 벗어나고 있었다. 그리고 그 모습을, 바람을 쐬기 위해 연회장에서 나오던 서대제국의 귀부인들이 보고 말았다. 귀부인들은 서로 눈짓을 주고받고서 황급히 뒷걸음질 쳐 그 자리를 벗어났다. 하지만 그 잠깐의 광경만으로도, 귀부인들은 몹시 분개했다. 어제 막 결혼식을 치른 신랑이 자기 형수와 저런 분위기라니!

"크리스타 님께서 어떻게 저러실 수 있지요?"

"망측해라. 정부가 흔하다지만, 크리스타 님은 폐하의 형수가 아닌가요?"

"무덤에 계신 선대 전하께서 우시겠군요."

"이상한 것도 아니지요."

"저게 안 이상하다고요?"

"원래 크리스타 님은 하인리 폐하를 사랑했잖아요."

"정말인가요?"

"유명한 이야기입니다. 왕세자비가 되는 바람에, 울고불고 난리가 났다지요. 선왕 전하와 금슬이 좋으시니 헛소문이라 여겼는데……."

"세상에, 세상에!"

"그래도 그렇지, 폐하께선 결혼하자마자 저게 뭐랍니까!"

"사람은 쉽게 안 바뀐단 거지요."

차갑게 하인리와 크리스타를 욕한 귀부인들은 서둘러 나비에를 찾았다. 다들 결혼한 입장이다 보니, 하인리 황제가 형수와 저러고 있단 게 몹시 화가 났다. 가엾게 여겼던 크리스타 전 왕비도 못되어 보였다. 갑자기 나비에 황후가 가엾단 생각이 든 귀부인들은, 황후의 힘이 되어주기 위해서 서둘러 연회장으로 달려갔다.

한편, 이런 사실을 모르는 카프멘은 눈을 내리뜬 채 성큼성큼 복도를 걷고 있었다. 이대로 자기 방까지 가서 바로 해독제를 먹을 생각이었다. 하지만 돌연 허무한 기분에 휩싸였다. 이렇게 해봐야 무슨 일이 벌어질까. 하인리를 향한 질투로 들끓던 마음이 가라앉자 진한 후회가 몰려왔다. 카프멘은 잠시 멍하니 서 있다가 결국 결심했다. 나비에의 말처럼 차라리 다른 사람을 사랑해버리자. 멋대로 감정을 들쑤시는 그 약효를 누를 수 있게, 차라리 다른 사랑에 고통받자. 그러면 두 고통이 부딪쳐서 이런 짓은 더 하지 않을 테니. 자포자기한 카프멘은 잠시 가만히 서서 어디로 갈지 생각했다. 때마침 테라스에서 구슬프게 우는 소리가 들려와 카프멘은 그쪽으로 걸어갔다. 그러나 카프멘은 커튼을 열고 안으로 들어가자마자 경악했다. 그곳에서는 라스타가 난간에 기대어 훌쩍이고 있었던 것이다.

'이 사람은 안 돼!'

카프멘은 황급히 돌아서려 했으나, 이미 라스타와 눈이 마주쳐버렸다. 일이 이렇게 꼬일 수가 있나. 카프멘은 입술을 악물었으나, 라스타의 눈에 고여 있던 눈물이 툭 아래로 떨어지는 순간, 그는 거세게 몰아치는 약효에 휩쓸려 겉옷을 벗고 말았다.

"대공?"

놀란 라스타의 어깨 위로 카프멘은 자신의 겉옷을 걸쳐주었다. 라스타는 평소 자신을 못마땅하게 대하던 카프멘이 이렇게 나오자, 놀라서 눈을 동그랗게 떴다.

"이거……."

"울지 마십시오."

"아……."

"당신이 울면 보는 사람도 슬퍼지니."

기겁한 라스타가 벌떡 일어났다. 카프멘은 자신의 혓바닥을 저주하며 몸을 돌렸다.

'안 좋은 이야기라도 하는 건가.'

카프멘 대공을 만나러 간 하인리가 어째서인지 돌아오지 않는다. 피로연에서 기다려보았지만 둘 다 찾기 힘들어서, 결국 나는 먼저 침실로 돌아왔다. 혹시나 싶어 유님에게 묻자, 유님은 하인리가 이미 돌아와 있다고 했다.

'말없이 혼자 올라왔다고?'

그럴 사람이 아닌데……. 이상했지만 일단 내 방으로 들어간 다음, 공용 침실로 가서 하인리의 방문을 두드렸다.

"하인리. 그쪽으로 가도 될까요?"

"……"

"하인리?"

하지만 방 안에서 들려온 대답은 거절이었다.

"퀸. 미안합니다. 지금 잠시 속이 좋지 않아서요."

"약을 가져다줄까요?"

"아니, 정말로 괜찮습니다. 한숨 자고 나면 나을 것 같아요."

그 목소리엔 정말로 힘이 없었다. 덜컥 겁이 났다. 혹시 마석 침대를 사용한 부작용이 하인리에게도 나타난 건가?

나비에가 하인리의 태도에 의아해하는 그 시각. 돌아가려던 카프멘은 결국 약효에 눌려 라스타와 나란히 테라스의 벤치에 앉아 있었다. 카프멘은 밤하늘의 하얀 별이 라스타와 닮았다고 생각하다가, 속으로 욕을 뱉었다. 이 약은 거의 저주 수준이었다. 게다가 이 외중에도 나비에를 향한 마음은 또 그대로여서, 옆의 달을 보자 나비에를 닮았단 생각도 들었다.

'미치겠군.'

라스타는 카프멘의 속내를 모른 채 열심히 아까 일에 대한 불만을 털어놓았다.

"그래서 그 여자 오빠가 라스타한데…… 정말 너무하지 않아요?"

"너무하군요."

"거의 협박이나 마찬가지였어요. 라스타는 좋은 의도로 언니를 걱정해준 것뿐인데."

페비가 불임이란 걸 몇몇이 들었을까? 이 일이 페비에게 영향을 줄까?

카프멘은 라스타의 칭얼거리는 말을 들으면서 속으로 웃었다. 이 여자는 겉모습도 아름답고 목소리는 사랑스러우며, 속마음 목소리는 부드럽고 포근했다. 그런데 저런 다정한 속마음 목소리로, 저런 노골적인 못된 생각을 하고 있는 것이다. 참으로 아이러니하게 여겨졌다. 하지만 라스타의 거짓말을 느끼면서도, 그녀가 나비에를 욕보이는 말을 할 때마다 고통스럽고 화가 나면서도, 라스타의 모습이 연약해 보이는 것 같아 신경 쓰였다. 이게 약효란 걸 알면서도 마찬가지였다. 라스타는 그런 카프멘의 기색을 기가 막히게 알아내고는, 한손으로 카프멘이 준 겉옷을 꼭 잡으며 웃었다. 자신의 외모에 취해 이런 반응을 보이는 남자야 하나둘이 아니었다. 카프멘의 태도는 라스타에겐 전혀 새로운 일이 아니었다.

남자라면 라스타를 사랑할 수밖에 없지. 하인리도 처음엔 라스타를 사랑했잖아.

카프멘은 그 당당한 속마음을 들으며 가볍게 웃다가, 약효가 조금 진정된다 싶자 얼른 자리에서 일어났다.

"이만 가보겠습니다."

또다시 헛소리나 통제를 벗어난 행동을 하기 전에, 얼른 방에 돌아가야 했다.

"아. 겉옷은⋯⋯."

"돌려주지 않으셔도 됩니다."

그런데 막 돌아서는 카프멘의 귀로 소비에슈의 속마음이 들려왔다.

황후 자리에 오래 둘 재목은 아니지.

덤덤한 목소리. 카프멘은 고개를 들었다. 대각선 위쪽 테라스 난간에 소비에슈가 기대어 서 있었다. 정확히 이쪽을 보고. 카프멘이 덤덤히 인사하자, 라스타는 "왜 그래요?" 하고 물어보며 카프멘이 인사를 한 방향을 보았다. 그러다가 소비에슈를 발견하고는 놀라서 벌떡 일어났다.

"폐하! 이건⋯⋯."

그러고서 변명을 하려 하지만, 소비에슈는 별말 없이 테라스 안쪽으로 들어갔다. 라스타는 카프멘 대공을 두고 황급히 테라스를 벗어났다. 하지만 위층으로 올라가보니 소비에슈는 이미 사라지고 없었다.

'하필 이 타이밍에.'

라스타는 잠시 당황했지만, 곧 마음을 편하게 먹었다.

'아니지. 차라리 잘됐어. 라스타가 잡힌 물고기라 생각해서 지금 방심하신 모양인데. 슬슬 폐하께서도 알아야 돼. 라스타가 얼마나 사랑받는 사람인지.'

카프멘 대공 같은 사람이 접근하는 걸 보았으니, 이젠 질투도 하고 신경도 쓰겠지. 전 부인을 그리워하다간 자신마저 놓치리란 걸 알려주어야 한다. 생각을 마친 라스타는 소비에슈를 따라가는 대신, 부드럽게 웃고서 다시 아래층으로 내려가 카프멘 대공을 붙잡았다.

"대공. 우리 좀 더 이야기하다 가요."

다음 날. 하인리를 보려 했지만, 그는 맥퀸나가 국경선의 일로 급히 찾는 바람에 자리를 비웠다고 했다. 대신 내게 전해달라며 직접 만든 달걀 요리와 빵을 남겼다. 그 요리를 보고 있자니 불안해졌다. 우리의 첫날밤은 의무적인 거였지. 의무적인 잠자리를 하고 나니, 혹시 나와 쌓아온 우정까지 사라졌나? 하인리가 날 좋아하는 것 같다고 생각한 게 부끄러워졌다.

'그래도 어제는 귀부인들이 유난히 잘 대해주었지. 이 점이나 생각하자.'

그래. 이상할 정도로 서대제국 귀부인들이 내게 잘 대해주었잖아. 좋은 일이야. 괜찮은 성과고. 어차피 난 하인리와 연애결혼을 한 것도 아니잖아.

어쩌면 내가 첫날 밤, 그가 보여준 열정에 혼자 너무 취해 있었나 보다. 날 끌어안고 내가 좋다고 말한 것, 이대로 죽고 싶다던 말, 조금도 떨어져 있고 싶지 않다던 속삭임, 팔이 저릴 텐데도 밤새 날 끌어안던 품……. 그런 데 취해버렸나 보다. 하인리는 그저, 첫 경험에 흥분한 것이었을지도 모르는데.

쓸쓸한 마음을 달래기 위해서, 나는 정원으로 나갔다. 그곳에서 카프멘 대공을 만날 수 있었다. 카프멘 대공은 잠시 흠칫했지만, 곧 이쪽으로 다가왔다. 그를 보자 첫날 밤, 테라스에서 시선이 마주쳤던 게 떠올라서, 나는 일부러 사적인 일을 배제하고 교역 이야기를 꺼냈다. 다행히 카프멘 대공도 바로 내 의도를 따라주었다. 그렇게 몇 마디를 주고받았을까.

"카프멘 대공, 언니. 안녕하세요."

또 다른 산책로에서 라스타가 나타나며 인사했다.

'대체 저 언니 소리는 언제까지 할 작정이지?'

싫었지만 덤덤한 척 "안녕하세요." 하고 같이 인사했다.

"안녕하십니까."

카프멘 대공도 옆에서 차분하게 인사했다. 그런데 무슨 바람이라도 분 걸까. 라스타는 카프멘 대공 옆으로 붙더니 아름답게 웃으면서 사근사근하게 물었다.

"대공, 어젠 잘 들어갔나요?"

어제? 둘이 같이 있었나? 의아해하고 있자니, 카프멘 대공이 입을 열었다.

"어제 제 코트……."

"아. 코트요. 가지고 있어요."

비밀 이야기라도 하듯 라스타가 힐긋 내 쪽을 보았다. 혹시 내가 빠져주어야 하는 상황인가, 잠시 고민하고 있자니, 이번에는 카프멘의 단호한 목소리가 들렸다.

"돌려주셨으면 합니다."

이상한 건 거기에서 끝나지 않았다. 라스타는 화들짝 놀라서는 카프멘 대공을 쳐다보며 물었다.

"갑자기 왜 그래요, 대공?"

왜 저렇게 놀라지? 카프멘 대공은 항상 저렇게 무뚝뚝하지 않나?

"옷은 심부름꾼을 통해 보내주시길 바랍니다."

라스타가 떠난 후.

"둘이 무슨 일이 있었나요?"

궁금해서 묻자, 카프멘 대공은 단호하게 말했다.

"아무 일도 아닙니다."

"?"

아무 일도 없었다고 말하지만, 사실 카프멘은 조금 충격을 받은 상태였다. 어제는 분명 라스타를 향한 약효가 제대로 돌았는데. 자고 일어나보니 멀쩡해진 것이다. 라스타를 봐도 아무렇지 않았다. 문제는, 나비에에게는 여전히 약효가 돌고 있었다.

'도대체 어떻게 된 일이지?'

카프멘은 이상하게 여기다가, 혹시 하인리도 그런가 싶어서 나비에와 헤어지자 급히 그쪽을 찾아가보았다. 때마침 하인리는 크리스타와 대화 중이었다.

'나는 두 번 마셔서 한쪽 효과가 빨리 사라졌고, 저쪽은 아닌가?'

의아해하고 있자니, 두 사람의 대화 소리가 들려왔다.

"그렇군요. 그 부분에 대해서는 저도 논의를 해보겠습니다."

"내 의견을 들어주어서 고마워요."

"별말씀을. 서대제국의 사람이라면 누구나 의견을 낼 수 있지요."

"서대제국…… 사람?"

"그리고 어제 일 말입니다, 형수님."

"아…… 네, 폐하."

"제가 술에 취해서 잠시 넋이 나갔습니다. 죄송합니다. 술버릇입니다. 제가 술에 취하면 정신이 반쯤 빠지거든요."

"술에 취했다고요?"

"네. 하지만 남들이 오해할지 모르니, 앞으론 제가 술에 취해 있거든, 굳이 챙겨주지 않고 그냥 지나가주시길 부탁드립니다."

하인리는 크리스타가 자신에게 먼저 다가와 이마를 닦아주었던 걸 똑똑히 기억했지만, 그 부분까지 자신의 실수로 묶어버렸다. 반면, 어제 일로 기대를 품었던 크리스타는 발밑이 무너지는 기분에 다리에 힘이 풀렸다. 땀을 닦아주자 갑자기 깨어난 듯 달아나긴 했지만 자신을 향한 마음을 인지하고서 놀라 그런 줄 알았는데…….

"아니면 맥켄나나 다른 궁정인들을 불러주십시오."

하인리는 매정할 만큼 단호하게 말했고, 크리스타는 흔들리는 눈으로 그를 쳐다보다가 도망치듯 그 자리를 떠났다. 카프멘은 하인리도 사랑의 묘약이 하루 사이에 해독되었단 걸 깨달았다.

'그렇다면 약효는 이전보다 더 강해지지 않은 건가?'

그런데 나비에를 향한 약효는 왜 그대로인가. 스승이 말한 가설이 귓가를 맴돌았다. 원래 좋아했었는데 약효가 더해진 게 아니냐는 말이.

'내가…… 나비에 황후를 원래 좋아했다고?'

숙소로 돌아온 라스타는 쾅 세게 문을 닫았다. 그녀는 방 안으로 들어가자마자 곧장 베개를 끌어안고 침대에 엎어졌다. 공기는 차가운데 머리만 뜨거워졌다. 라스타는 씩씩거리며 끌어안은 베개를 내리쳤다.

참으로 못된 사람. 정말 못된 사람! 어제 카프멘 대공이 보여준 태도와 오늘의 태도가 너무 달라 기가 막혔다. 어제의 그는 분명 자신에게 빠져 있었다. 헌데 오늘은 이전처럼 냉담하다. 고작 하루가 지났을 뿐인데! 하루라고 해도 스물네 시간을 꼭 채운 것도 아니었다. 고작 열 시간 즈음 되었을 뿐이지.

'폐비가 또 무슨 짓을 한 게 틀림없어.'

라스타는 확신했다. 카프멘 대공이 이쪽에 관심을 보이자, 냉큼 아침에 달려가서 그를 현혹시킨 것이다. 소비에슈를 빼앗아 가더니, 이번엔 카프멘 대공을.

"고상한 척하면서."

생각하니 분해서 라스타는 씩씩거렸다.

"그렇게 고상한 척하면서 사실은 제일 가벼워."

동대제국에 있을 땐 하인리 왕자를 유혹하더니, 이곳에 와선 소비에슈를 또 유혹하고. 그걸로도 모자라 카프멘 대공까지!

"대공이 날 좋아하는 게 싫었던 거야."

라스타는 코웃음을 쳤다. 그런 사람들이 있었다. 어디서나 자신만이 주목받길 원하는 사람들. 라스타가 보기엔 폐비가 꼭 그런 꼴이었다. 하지만 곧 라스타는 고개를 저었다.

'내가 지금 이딴 걸 신경 쓸 데가 아니지.'

카프멘 대공 같은 미남이 매달리는 모습은 귀엽지만, 그것뿐이었다. 소비에슈의 질투를 불러일으키는 용도로는 이미 사용했지 않나. 쓸모를 다했으니 미련을 가질 필요는 없었다. 라스타는 베개를 옆으로 내려놓고 침대에서 일어났다.

'맞아. 지금 중요한 건 폐비 오빠가 한 말이야.'

라스타는 손톱을 잘근잘근 씹으며 인상을 구겼다.

'내 이름이 들어간 서류가 뭘까.'

협박 용도로 쓰일 만한 그런 서류……. 답은 오래지 않아 나왔다.

'노예 매매 증서!'

생각을 마친 라스타가 소비에슈를 찾아가기 전. 한 발 앞서 소비에슈가 라스타를 불렀다.

"황후 폐하. 황제 폐하께서 찾으십니다."

라스타는 그럴 줄 알았단 미소를 짓고서 자리에서 일어났다.

'질투심에 못 이겨 부르는 거겠지.'

태연한 척해보려 했지만 결국 못 참겠는 거다.

"잠깐만 기다려."

라스타는 심부름꾼을 내보내고서, 서둘러 거울을 보며 옷매무새를 정리했다.

"가자."

"예."

소비에슈가 머무는 방 앞으로 가자 기사가 문을 열어주었다. 라스타는 방 안으로 들어가며, 소비에슈에게 할 말들을 정리했다. 우선 질투심에 불타는 남편을 좀 달래주고……. 그다음은 코샤르가 한 말에 대해 알려야겠지. 소비에슈는 화를 내며 코샤르를 처리해줄 것이다. 그러나 라스타가 소비에슈에게 들은 첫 말은 질투가 아닌 당부였다.

"황후라면 행동에 주의하도록 해라."

라스타는 생각 이상으로 딱딱한 말에 아주 잠깐 당황했다. 이게 아닌데? 그녀는 머리를 맹렬히 굴려 소비에슈의 말을 분석했다. 그 결과, 그녀는 이것도 질투의 한 종류란 결론을 내렸다. 황후의 체통은 핑계고, 다른 남자와 어울리지 말라고 저러는 게 분명했다. 라스타는 속으로는 웃으면서도 순순히 대답했다.

"당연하지요, 폐하."

그러나 소비에슈는 라스타의 생글거리는 미소에 더욱 인상을 굳혔다.

"장난으로 하는 말이 아니다, 라스타."

"네?"

"경력 차이가 있으니 나비에 수준을 바라진 않겠어. 하지만 최소한, 부족한 점이 눈에 띄지 않게 해야 할 게 아니냐."

"부족한 점이라니요?"

라스타는 자존심이 상해서 물었다. 질투심 때문에 하는 말이라기엔, 소비에슈의 지금 말은 너무 기분이 나빴다. 누굴 누구와 비교하는 거지?

"남의 나라 국혼에 귀빈으로 참석해서, 꼭 그런 식으로 말해야 하겠느냐."

"라스타가 무슨 말을 했다고 그러세요."

"대놓고 나비에가 불임이니 어쩌니 했지 않느냐."

"틀린 말을 한 게 아니잖아요."

"틀린 말이건 아니건, 결혼식에서 신혼부부에게 할 말은 아니었다. 게다가 이 일은 외교 문제로 비화될 수도 있었어."

동대제국을 사랑하는 나비에이니 이 일을 꼬투리 잡진 않을 것이다. 소비에슈는 나비에의 성품을 생각하며 확신했다. 그와 별개로, 이 일은 말을 꺼낸 쪽이 망신이었다.

라스타는 눈을 커다랗게 떴다. 소비에슈의 말을 듣자마자 나비에를 찾던 그의 모습이 떠오르면서, 심장을 얇은 칼로 벤 듯한 통증이 느껴졌다.

"폐하는…… 언니가 나한테 한 말은 전혀 신경 쓰지 않으세요?"

결국 라스타는 울먹이며 물었다. 불임 이야기를 들은 걸 보니 전후 이야기도 다 들은 듯한데. 어떻게 저렇게 말한단 말인가. 폐비

남매가 자신을 둘이서 어떻게 몰아갔는데!

"폐비는 저더러, 폐하가 새로 애인을 들이면 언니 동생 하며 지내라 했어요. 폐비의 오빠는 절 협박했고요!"

"협박이라니?"

소비에슈는 미간을 찡그리며 물었다.

"그자가 널 어떻게 협박했단 거냐."

"그자가……."

라스타는 있는 그대로 고자질을 하려다가 입을 다물었다. 코샤르가 협박한 내용은 크게 두 개였다. 하나는 숨겨둔 애가 있단 걸 알고 있단 말. 다른 하나는 노예 매매 증서가 동대제국 궁전에 있다는 말. 어느 쪽이건 말하기 어려웠다. 특히 아이에 대한 건 더더욱. 소비에슈가 자신의 첫째에 대해 이미 알고 있단 걸 모르는 라스타는, 결국 두 번째 노예 매매 증서에 대해서만 털어놓았다.

"폐비 오빠가, 라스타의 과거에 대한 서류 이야기를 했어요."

"네 과거?"

"……."

"가지고 있다더냐?"

이번에는 소비에슈도 놀라 물었다. 장차 태어날 아기를 위해서도, 라스타의 과거 문제는 확실히 처리해두어야 했다. 하지만 로테슈 자작이 가지고 있던 노예 매매 증서가 사라지는 바람에 늘 찜찜했는데. 라스타가 그 이야기를 하는 것 같자 놀라웠다.

"모르겠어요. 정확히 그 서류라고 말한 건 아닌데…… 그 사람은, 그 서류가 황궁에 있다고 했어요."

라스타는 소비에슈가 대번에 알아듣는 데 당황하며 말했다.

"황궁에?"

"네."

"내가 찾아보았지만 없었는데."

소비에슈가 중얼거렸다. 라스타는 그 소리를 듣고서야, 자신의 이름이 올라온 노예 매매 증서가 로테슈 자작의 손을 떠났다는 걸 깨달았다. 코샤르가 빈말로 협박을 한 게 아니라, 정말로 그런 서류가 어딘가를 돌아다니고 있던 것이다.

"서류를 잃어버린 건 맞나요?"

라스타는 얼굴이 창백해져서 물었다.

"라스타의 노예 매매 증서를 잃어버렸나요?"

"……."

"알려주세요, 폐하. 라스타 일이잖아요."

라스타가 팔을 붙들고 애원하자, 소비에슈는 어쩔 수 없이 알려주었다.

"코샤르가 로테슈 자작에게서 그 서류를 가져간 건 맞다. 하지만 이후 서류가 사라졌어."

"그 집에 있는 거 아닐까요? 폐비 집이요!"

"다 뒤져보았지만 없었다. 샅샅이 뒤졌고."

라스타는 두 손으로 얼굴을 감쌌다. 이럴 수가 있나. 그러면 지나가던 사람이 그 서류를 발견할 수도 있는 거 아닌가. 궁전은 넓었고 그곳에서 지내는 사람과 스쳐 가는 사람은 더욱 많았다. 궁전의 일부는 관람객들에게 개방되기도 했다. 그런데 서류가 거기서 없어져……?

"왜, 왜 라스타에겐 그런 이야기를 안 하신 거예요!"

스트레스를 견디지 못한 라스타가 드레스를 움켜쥐며 외쳤다.

하인리는 점심 식사를 할 때쯤, 창백한 얼굴로 나타났다.

"미안합니다, 퀸. 국경 쪽으로 급한 일이 있다고 해서 보고받고 왔습니다."

"괜찮아요. 일 때문에 바쁜 건 어쩔 수 없지요."

나는 최대한 덤덤하게 말하며 웃었다. 그런데 이상했다. 평소라면 눈웃음을 지으면서 퀸, 퀸 이것저것 말을 걸 하인리가, 오늘은 이상하게 주먹을 쥐었다 펴길 반복하며 시선을 한곳에 두질 못했다.

"하인리? 괜찮아요?"

정말로 마석 침대 때문에 안 좋은 영향이라도 간 걸까? 걱정이 되어 묻자, 하인리는 아예 눈을 질끈 감더니, 한참을 망설이다가 입을 열었다.

"변명한다고 생각하셔도 어쩔 수 없지만…… 어제 카프멘 대공이 내게 뭘 먹인 모양입니다."

"카프멘 대공? 두 사람이 같이 나갔을 때 일 말인가요?"

"네."

뭘 먹였기에 저러는 거지?

"혹시, 혼자 방에 틀어박혀 있던 일과 관련이 있나요?"

어제는 태도가 유달리 이상하긴 했지. 혼자 올라와서 방에 틀어박혀 있는 하인리라니. 하인리는 이번에도 제대로 대답하지 못하다가 가까스로 입을 열었다.

"네. 이상한 약이었습니다. 마법 느낌도 없고, 독도 아니었는데. 그걸 마시자 몸이 가위에 눌린 느낌이 들었어요."

하인리는 그 이상 말을 하지 못하고 시선을 내리깔았다. 하지만 그것만으로도 나는 카프멘 대공이 그에게 무슨 약을 준 건지 바로 알아차렸다.

'사랑의 묘약을 먹였구나.'

첫날 밤, 테라스에서 나를 바라보던 괴로운 표정이 떠오른다. 스스로를 통제할 수 없을지도 모른다더니…… 결국 일을 쳤어. 미치겠네.

'소비에슈한테 주먹을 날리더니, 이번엔 약을 쓴 건가.'

어쨌든 이렇게 쩔쩔매는 걸 보니, 하인리도 누군가에게 반응은 했단 거겠지. 그리고 지금은…….

"약효는 어떤가요? 지금도 남아 있나요?"

심장이 떨렸지만 최대한 담담한 척 물었다. 카프멘 대공은 그 묘약이 절대로 오래가는 약이 아니라고 했지. 아무리 길어도 일주일을 넘긴 적이 없다고. 하지만 카프멘 대공 스스로가 부작용에 시달리는 이상 불안했다. 하인리와 나는 정략결혼을 했으니, 그가 언젠가는 진짜 사랑하는 사람을 정부로 들일 수도 있단 생각은 했다. 그러나 이런 식으로는 싫었다. 카프멘 대공이 뜬금없이 내게 빠져서 얼마나 괴로워하는지 보았으니까. 아니, 그런 걸 떠나서 하인리가 이렇게 갑자기 다른 사람에게 가면……?

갑자기?

갑자기?

어?

"아니요. 약효는 새벽에 바로 빠졌습니다. 혼자 있을 때요."

"그런데 왜 이렇게 겁을 내요."

"결혼을 하자마자 한눈을 팔았잖아요."

하인리는 쥐어짜내듯 말하더니, 주먹을 쥐고서 탁자를 내려다보았다. 그의 눈동자가 빠르게 떨리는가 싶더니, 이윽고 눈가가 붉어졌다.

"하인리?"

놀랐긴 했지만 이게 저렇게 울 일인가? 나는 얼른 다가가 그의 어깨에 손을 올렸다. 약효가 얼마나 강한지는 누구보다 내가 잘 알았다. 날 싫어하던 카프멘을 그렇게 만들 정도였으니. 하인리도 어쩔 수 없었을 텐데, 그가 이렇게 괴로워하는 건 보고 싶지 않았다.

"하인리. 나를 봐요. 하인리?"

거듭 부르자, 하인리가 침통한 목소리로 중얼거렸다.

"퀸. 난 이런 일로 그대를 아프게 하고 싶지 않았습니다."

"하인리."

"그대의 전남편과 같은 꼴이 되고 싶지 않았다고요."

"하인리……."

"부끄러워서 그대를 볼 수가 없어요, 부인."

"하인리. 그대 잘못이 아니에요."

"그대를 사랑합니다, 퀸."

"!"

"그대를 사랑하고 있어서, 그대를 사랑하는데, 그런데 그딴 약에 휘둘린 날 견딜 수가 없어요, 지금."

"어…… 어?"

나는 하인리를 위로하다가 당황해서 손을 뗐다. 방금 내가 뭘 들은 거지? 방금 뭐라고 했어? 사랑한다고? 하인리가? 나를?

내가 손을 뗀 행동을 오해한 건지 하인리의 표정이 구겨졌다.

"내가 지조가 없어서 싫습니까?"

눈동자에 눈물이 고이는가 싶더니 눈가가 그렁그렁해졌다.

"아니, 그게 아니라……."

나는 반쯤 넋이 나가 중얼거렸다. 아직도 내가 뭘 들은 건지 이해하기 힘들었다. 하인리가 날 좋아한다고? 하인리가 혹시 약을 먹고 처음 본 게 나인가? 하인리가 날 좋아할 이유가? 아니, 물론 가끔은 그런 기미가 있단 생각은 하긴 했지만, 그래도 이건…….

"약효가 아직 남은 것 같아요, 하인리."

"아닙니다. 약효는 새벽에 정말로 다 빠졌어요."

"하지만 그대가 날 사랑할 리가 없잖아요."

나는 황급히 일어섰다.

"퀸."

왜 일어서는지도 몰랐지만 그냥 가만히 있을 수가 없었다. 그러나 하인리가 손을 뻗어 내 옷자락 끝을 움켜잡았다. 버려지기 직전의 동물처럼 올려다보면서. 나는 그의 머리카락을 쓸어주고서 슬쩍 손을 뺐다.

"지금 좀 흥분한 것 같은데, 우선 진정해요."

"흥분해서 이러는 게 아니라…… 아니, 물론 흥분했습니다. 하지만 약 때문에 흥분한 게 아닙니다."

하인리는 애처롭게 날 올려다보았다. 그 분위기를 보니, 내가 이대로 나가면 하인리가 완전히 오해할 것 같았다. 그가 약에 취한 것 때문에 내가 화나서 나간 거라고. 결국 나는 그의 뺨을 내 양손으로 잡고서 거듭 말했다.

"일단 진정해요."

"퀸……."

"화나지 않았어요."

그냥…… 내가 좋다면서 끙끙거리고 매달리던 남자가, 하루 사이에 혼자 방 안에 달팽이처럼 틀어박혀 있으니 쓸쓸했던 것뿐. 하인리는 그래도 불안한지 내 눈치를 살핀다. 손을 뻗어 그의 뺨을 감싸 쥐고서 거듭 괜찮다고 말해주었다. 그래도 안심이 되지 않는지, 하인리는 내 허리에 자기 머리를 묻었다.

그로부터 거의 두어 시간이 지나서야 하인리는 가까스로 진정했다. 하지만 평소처럼 능글맞게 다가오지 못하고 주눅이 들어 눈치를 보았다. 그 모습이 가슴 아프면서 카프멘 대공에게 화가 났다. 묘약 때문에 자기가 그렇게 고생을 해놓고서 어떻게 그걸 하인리에게 먹일 생각을 하지?

"난 그대가 마석 침대의 부작용 때문에 그런다고 생각했어요."

"아니요, 그쪽으로는 전혀 문제가 없습니다."

"확실한가요?"

"당연하지요."

우리는 뒤늦게 같이 점심을 먹었고, 나는 그때서야 하인리가 연달아 이틀간 외곽 지대 일로 긴급 보고를 받은 이유를 알 수 있었다.

"상시천 도적 무리들이 세력을 넓히고 있단 보고가 들어왔어요."

"이쪽으로 오는 건가요?"

"이쪽만 노린다기보다는, 전체적인 규모를 늘리는 듯합니다."

상시천이라면 동대제국에 있을 때부터 지긋지긋하게 들은 이름이었다. 오빠가 변방에 나가 있을 때 그자들과 자주 싸웠지. 이쪽으로도 오는 건가.

"일단 대비를 해두어 나쁠 건 없으니, 방어 전선을 점검하고 있어요."

"상시천에 관한 일은 오빠에게 물어봐요."

자기 담당이 아닌데도 취미로 싸울 정도로 전문가니까. 뒷말은 굳이 붙일 필요가 없어서 생략했다.

하인리는 난처하게 웃었다.

"그렇지 않아도 에이프린 경이 형님을 강하게 추천하고 있습니다."

하인리가 어느 정도 안정이 되자마자 나는 방을 빠져나와 카프
멘 대공을 찾아갔다.

'오늘 아침에 라스타가 그를 보면서 이상하게 대한 것도 분명 묘
약과 관련이 있을 거야.'

그렇지 않으면 라스타가 그렇게 어리둥절해서 카프멘 대공을 볼
리가 없었다. 가까워지고 싶어서 온 거라면 최대한 아름답게 웃으
면서 곁에 머물려 하겠지. 하지만 아침에 본 라스타는 몹시 당황한
표정이었다. 그가 머무는 곳으로 가서 문을 두드리자 바로 카프멘
대공이 모습을 드러냈다. 평소처럼 단정한 옷차림이었다. 안색이
파랗긴 했지만, 그래도 비교적 괜찮아 보였다.

"폐하."

카프멘 대공은 나와 눈이 마주치자, 나지막한 목소리로 나를 불
렀다. 그 눈빛엔 힘이 하나도 없었다. 어디 아픈가? 평소라면 안색
이 나쁘니 나중에 얘기하자고 돌아설 것이다. 하지만…….

'너무했어.'

잠깐 약효가 나타난 걸로 몹시 놀라던 하인리가 떠올라서 나는
제자리에 버티고 섰다. 교역을 위해서라면 그도 당분간 여기에 더
머무를 텐데. 혹시 지금 몸이 안 좋은 거라면 미안하지만, 이참에
그에게 확실하게 해두어야 했다. 그러나 내가 말을 열기 전.

"미안합니다."

카프멘 대공이 눈을 내리깔며 먼저 사과했다.

"······내가 뭐 때문에 화가 난 건진 알겠나요?"

차갑게 묻자 그는 힘없이 고개를 끄덕였다. 나는 허리에 손을 얹고서 최대한 매서운 표정으로 그를 쳐다보았다.

"많이. 많이 실망했어요."

냉담하게 말을 하자, 그의 고개가 더욱 숙여졌다. 거기서 잠시 말을 멈추고 나는 속으로 해야 할 말을 골랐다.

'실망했단 말을 강조할까? 이런 사람인 줄 몰랐다고 할까? 최악이라고 할까? 내가 소비에슈 때문에 아파하는 걸 보고 화를 내주었으면서, 자기도 내게 똑같은 상처를 주려 한 걸 비난할까?'

머릿속으로 오만 가지 말이 나타났다 사라졌다. 그리고 그때마다 카프멘 대공의 얼굴은 시시각각으로 어두워졌다. 마치 내가 속으로 뱉은 욕을 듣기라도 한 것처럼. 내가 무슨 말을 할지 알고 미리 두려워하는 것처럼. 나는 적당한 말을 찾아내자마자 그에게 최대한 차갑게 말했다.

"앞으로는 일 때문이 아니라면 내게 아는 척하지 말아요."

"폐하!"

그가 아직 약효를 풀지 못했단 걸 안다. 그 때문에 많이 괴로워하고 있다는 것도. 하지만 뤼트와의 교역 문제로 카프멘 대공은 아직 이곳에 더 머물러야 한다. 그러니 다음에 같은 문제를 일으키지 않게 하려면 확실하게 해두어야 했다.

예상한 대로 카프멘 대공은 내 말에 충격을 받았는지 부서질 정도로 문틀을 꽉 잡았다. 눈꺼풀은 파르르 떨렸고, 눈은 평소보다 동공이 까매 보였다. 그래도 내가 말을 철회하지 않자, 그는 입술을 꽉 깨물고서 눈을 감았다. 얼마나 그러고 있었을까. 한참을 가만히 있던 카프멘 대공이 뜻밖의 말을 뱉었다.

"왜 저렇게 가만히 있는 거지?"

별거 아닌 말이었지만 순간 나는 너무 몰라서 눈을 커다랗게 떴다. 저건 방금 내가 생각한……?

'어떻게 알았지? 우연인가?'

"어떻게 알았지? 우연인가?"

그뿐만이 아니었다. 이어지는 그의 말은…… 내 생각과 똑같았다. 당황해서 뒤로 물러나자 그가 황급히 말했다.

"전 괴물이 아닙니다."

"!"

눈이 마주치자, 그의 표정에 얼룩진 공포가 보였다. 그의 까만 동공 속에 비춰진 내 표정도 비슷했다. 그 상태로 카프멘 대공은 잠시 나를 가만히 바라보았다. 두렵고 넋이 나간 표정으로. 하지만 그뿐. 아무 말도 행동도 하지 않았다.

그가 왜 저러고 서 있는 건지 생각하다가, 나는 얼른 머리를 저었다. 찝찝해. 남의 생각을 읽는다니, 도대체 저런 능력은 뭐지? 소름이 돋았다. 신기하기보다는 몹시 부담스럽고 가까이하기 꺼려졌다. 속마음을 들키고 싶은 사람이 세상에 어디 있…… 설마.

'일부러 내게 알려준 건가?'

눈이 마주치자, 카프멘 대공이 무너지는 목소리로 수긍했다.

"제 능력이지만, 약점이기도 합니다."

"……."

"가지고 있으십시오. 다음에 같은 일이 생기면, 모두에게 알리신다 해도 받아들이겠습니다."

카프멘 대공은 그 말을 하고서 뒤로 한 걸음 물러나며 말했다.

"지금 알리신다 해도…… 받아들이겠습니다."

4권에서 계속

재혼 황후 3

초판 1쇄 발행 2020년 4월 28일
초판 7쇄 발행 2022년 11월 21일

지은이 알파타르트   **펴낸곳** (주)해피북스투유
펴낸이 김문식 최민석   **출판등록** 2016년 12월 12일 제2016-000343호
총괄 임승규   **주소** 서울시 성북구 종암로 63, 5층(종암동)
기획편집 박소호 김재원 이혜미   **전화** 02)336-1203
　　　　　조연수 김지은 정혜인   **팩스** 02)336-1209
디자인 배현정
제작 제이오

ISBN 979-11-6479-115-6 (04810)
　　　　979-11-6479-027-2 (세트)